한유산문역주 1

韓愈散文譯注

부(賦)·잡저(雜著)

The Prose Works of Han Yu — A Korean Translation with Annotations

지은이 한유(韓愈, 768-824)는 중국의 중당(中唐) 시기를 산 사상가요 정치가인 동시에 걸출한 산문 작가며 특색 있는 시인으로, 사상계·정계·문단 등 다방면에서 뚜렷한 발자취를 남긴 인물이다. 자가 퇴지(退之)고 하양(河陽 : 지금 河南省 孟州市) 사람이다. 본인이 자칭한 본관 및 사후의 시호와 마지막 관직인 이부시랑을 따서 세상에서 '한창려(韓昌黎)', '한문공(韓文公)', '한이부(韓吏部)'로도 부른다. 그는 사상적으로 위진남북조(魏晉南北朝)를 거치면서 쇠퇴한 유학을 부흥시키고 불교와 도교를 배척하는 주장을 견지했다. 정치적으로 군벌들의 지방 할거를 반대해 모반한 번진(藩鎭)세력의 토벌 전쟁에 참여해 공을 세웠고 당시의 정치적 폐단을 공격하는 데 매우 용감했으며, 특히 지방관으로 있을 때 백성들을 위해 괄목할 많은 치적을 남겼다. 산문 방면에서 그는 육조(六朝) 이래 문단을 풍미해 온 변문(駢文)의 폐단을 통렬하게 지적하고, 선진(先秦)과 양한(兩漢) 이전의 고문 전통을 회복할 것을 힘써 주장하면서 유종원(柳宗元) 등 뜻을 같이하는 무리들을 이끌고 당대(唐代) 고문운동(古文運動)을 주도했다. 이론상으로 문장의 내용인 '도(道)'와 형식인 '문(文)'의 합일을 기조로 문체 개혁에 특히 주목할 만한 주장을 내놓아 진부함을 거부하고 참신하면서도 어법 규범에 합치하는 새로운 고문의 표준을 제시했다. 그는 이런 주장을 창작을 통해 몸소 실천해 기세가 분방하고 변화가 다양한 각종 체재의 명문장을 남김으로써 당송팔대가(唐宋八大家)의 으뜸으로서 '백대문종(百代文宗)'이라는 독보적 추앙을 받았다. 시가 방면에도 창조 정신을 발휘해 신기하고 웅건한 풍격의 독창적인 일가의 경지를 이룩했다. 그는 산문 혁신을 제창하는 동시에 시가에서도 전위적인 변혁을 주장해 당시 일군의 작가들에게서 보이는 평범하고 용렬한 시풍(詩風)을 바로잡고자 했다.

옮긴이 이종한(李鍾漢)은 1958년 경북 영천에서 태어나 1981년 계명대학교 한문교육과를 졸업하고, 1983년과 1992년에 서울대학교 대학원 중어중문학과에서 문학석사 학위와 문학박사 학위를 받았다. 1984년부터 계명대학교 중국어문학과 교수로 재직하고 있으며, 1990년과 1997년에 국립대만사범대학(國立臺灣師範大學)과 미국 미네소타대학교(University of Minnesota)에서 객원 연구교수를 지냈다. 일찍이 시로써 시를 논한 비평 양식에 관심을 기울이다가 중국문학에서 연구가 미진한 분야인 산문 연구로 방향을 전환한 바 있으며, 중국 고전산문과 경서를 주로 강의하고 있다. 『두보시선』(2000), 『한문 문법의 분석적 이해』(2001), 『당송산문선』(2003), 『한유 산문의 분류와 의론산문』(2005), 『중국산문간사』(공역, 2007), 『한유 서간문』(2010) 등의 저·역서와 「역대논시절구연구(歷代論詩絶句研究)」(1983), 「한유 산문의 분석적 연구」(1992), 「한국에서의 한유 평가에 관한 연구」(1995), 「한유의 논시시(論詩詩)에 관하여」(1996), 「한유 산문의 시적 특징에 관하여」(1998), 「전문 문인으로서의 한유」(2007), 「한유 '전(傳)'의 장르 성격에 관한 검토」(2008) 등 다수의 논문이 있다.

한유산문역주韓愈散文譯注 1─부(賦)·잡저(雜著)

1판 1쇄 인쇄 2012년 6월 15일 **1판 1쇄 발행** 2012년 6월 25일

지은이 한유 **옮긴이** 이종한 **펴낸이** 박성모 **펴낸곳** 소명출판
등록 제13-522호 **주소** 137-878 서울시 서초구 서초동 1621-18 (란빌딩 1층)
대표전화 (02) 585-7840 **팩시밀리** (02) 585-7848
이메일 somyong@korea.com **홈페이지** www.somyong.co.kr

ISBN 978-89-5626-711-1 94820   값 27,000원   ⓒ 2012, 한국연구재단
ISBN 978-89-5626-710-4 (전 5권)

이 번역도서는 2007년 정부재원(교육인적자원부 학술연구사업비)으로 한국연구재단의 지원을 받아 연구되었음.
(KRF-2007-421-A00063)

한유 사당(韓文公祠) 패방(牌坊) 중국(中國) 조주(潮州)

한유 사당(韓文公祠) 내부 중국(中國) 조주(潮州)

한유 사당(韓文公祠) 입구 중국(中國) 조주(潮州)

2009한유국제학술대회 중국(中國) 조주(潮州)

朱子云：此集今世本多不同，惟近歲南安軍所刊方崧卿校定本為精善，別有《舉正》十卷，然論其去取之意，多以取祥之符，往往曲為它定本而今又以它本校定，異者輒剗去之，因多而從它本而

尤嘉祐館閣本及李謝所據，往往曲為之，決而之一，苟以其而

詞雖善，覽亦弄，或不頗錄，理校及定，其書考之衆，可本證之驗者異，決而之一，苟以其而

文書勢更羲為理校及定及它書，悉考之衆，可本證之驗者，決而之一，苟以其而

未安則雖難官民本閩古近本出石本，小本不不敢信违，庶幾創幾

詳著其未所以者，然覽者以得以考，参伍而各有所

焉○本方亦云，多無文字者為今從之○昌黎先生集後集諸片

所方不同者，乃不復著之論

門人李漢編
《或有緋魚袋，序李二漢字編，今本非是本》
《員外郎、朝議郎行尚書屯田、史館修撰、上柱國賜緋魚袋》

文者貫道之器也。不深於斯道，有至焉者，不也。《易》繫

一

中華書局聚

賦

感二鳥賦并序

○公以貞元十三年上正月相書三

與卷首篇目馮則合正也賦凡五篇蘇集于者美亦所抵二耽盧選而宜作其公之選不

所其都作序尤云集外七百有首目并錄卷合今按十李一漢

列卷莒中公篇云馮章靖親朱校舊本每殺之卷惟存其

意賦此見思蘇語其年少壯貶氣然銳進欲學所藻云不以

耀人之世疑語雖少貶氣然銳進欲學解其所藻章不以

矣處或作五以諸譜五月戊辰愈東歸癸

貞元十一年考之或喬以是在

酉自潼關華潼關陰出息于河之陰時始去京師有不

遇時之歎見行有籠白鳥白鸜鵒而西者舊史十德宗

獻年河陽白鳥號於道曰某土之守某官某一作某用體記土之全句○臣

감이조부(感二鳥賦)

雜著

原道

公淮南所作于原以原道原道性首篇等篇許史氏箋謂云其原本奧衍也

誠宏深我是與言孟東軻坡嘗雄曰自表而後佐能佑將六奧許經

醇大苟見與識尋求也亦識曰歿千之餘晚年後精語曰焉而不醇乎此

分若明非襲前人之又死非不鑿得空其撰傳似谷作文亦必此所語見甚此

多是昭如伊川亦見豈非後愛者多言山以谷嘗告山道曰命文甲

章二必先謹生布之置論每豈見後學者最求正人法度如此如可

贈意曲折以素詩以以亂石介之守道文

公第廳原于道諸易原性春秋毀行自聖人以禹佛骨表

史曰郡孔原于道諸易性春秋堯自聖人難以間來佛未有表

以諍臣來論未有也于

博愛之謂仁行而宜之之謂義由是而之焉之謂道

원도(原道)

한유 지음 | 이종한 옮김

한유산문역주 1

부(賦)·잡저(雜著)

韓愈散文譯注

소명출판

◆ **일러두기**

1. 이 책은 동성파(桐城派) 학자 마기창(馬其昶, 1855-1930)의 『한창려문집교주(韓昌黎文集校注)』(上海古籍出版社, 1986)를 저본으로 삼았다. 이 저본은 마기창이 교주한 유고를 그의 장손 마무원(馬茂元, 1918-1989)이 정리해 1957년에 상해(上海) 고전문학출판사(古典文學出版社)에서 간행한 단구본(斷句本)에 따라 분단(分段)과 표점(標點)을 가해 출판한 것이다. 『한창려문집교주』는 마기창이 요영중(廖瑩中)의 주(注)를 저본으로 삼아 명청대(明淸代) 20여 주석가의 평어와 주석을 채록해 보주(補注)로 삼아 엮은 한유의 산문에 대한 가장 완비된 주석본으로, 그 속에는 문집 8권 외에 문외집(文外集) 2권, 유문(遺文) 1권, 집외문(集外文) 3편과 집전(集傳)이 부록으로 들어 있다.

2. 이 책에서는 한국연구재단과 맺은 2007년도 명저번역연구 지원 약정에 따라 문외집과 유문 및 집외문을 제외하고, 한유 산문의 정집(正集)인 8권의 문집에 들어 있는 320편의 산문 작품을 역주의 대상으로 삼았다. 독자의 참고 편의를 위해 저본의 순서에 따라 작품에 HS-001~320까지의 일련번호를 붙였는데, 한 편 속에 둘 이상의 작품이 들어 있는 경우는 동일번호 내에서 재차 하위 일련번호를 부여했다.

3. 각 작품은 번역문, 해제, 원문과 주석의 순으로 배열했다. 번역문은 가급적 원문의 틀을 유지하고 저본의 단구와 표점에 나타난 호흡을 살려 한유 산문의 기세등등한 특징을 최대한 드러낼 수 있도록 하되, 의미가 충분히 창달되도록 하기 위해 우리말의 어순에 부합하게 옮기려고 했다. 다만 저본의 단구 단위가 너무 긴 경우에는 간혹 그대로 따르지 않고 중간에 끊은 경우도 없지 않다. 해제에서는 각 작품의 창작 시기와 동기 및 배경, 주제 및 핵심 내용, 형식 및 문체의 특징, 관련 작품 간의 상호관계 등을 중심으로 비교적 상세한 해설을 덧붙였다. 원문은 저본을 따라 단락별로 구분해 나열하되 극소수지만 단락 조정을 한 경우가 있으며 주석은 같은 작품 내에서는 일련번호를 붙였다. 주석에서는 괄호 속에 한국 한자음으로 독음을 달고, 어구의 의미 풀이와 출전 및 관련 고사의 규명은 물론 인명·지명·관직명 등을 밝히는 데도 중점을 두었으며, 번역문만 읽고 미진한 작품의 내용 파악을 돕기 위해 보충 설명을 가한 경우도 있다. 해제의 연월 표시는 음력이고, 주석의 우리말 독음은 어구의 내적 끊어 읽기 호흡을 포함해 두음법칙을 적용했다.

4. 독자의 이해와 사용 편의를 위해 이 책의 서두에 역자 서문 외에 이한(李漢)의 「창려선생집 서문(昌黎先生集序)」을 국역해 싣고, 말미에 한유의 생애와 성취, 한유 산문의 분류, 한유에 대한 평가, 한유 산문 국역의 의의 및 기여도 등에 대한 해설 및 작품 '원문 제목'과 '번역문 제목'의 두 가지 찾아보기를 덧붙였다.

5. 번역문과 해설 및 주석에서 한자는 가급적 적게 쓰고 반복 사용을 피하려고 했지만, 의미 전달의 명확성을 높이고 한자 학습의 필요성을 환기한다는 점에서 고유명사나 주요 용어를 중심으로 필요하다고 생각되는 경우에 괄호 속에 병기했다.

6. 이 책에 쓰인 주요 부호는 다음 원칙에 따랐다.
   ' ' 중요한 의미를 지닌 어구나 용어를 강조할 때
   " " 인용할 때
   ( ) 인용 원문을 제시하거나 한자를 병기할 때
   『 』 책이름을 표기할 때
   「 」 책의 편명 또는 작품 이름을 표기할 때

7. 이 책에서 주로 참고한 비중 있는 주석본과 교감본은 다음과 같다.
   朱熹, 『昌黎先生集考異』(文淵閣四庫全書本); 王伯大, 『別本韓文考異』(文淵閣四庫全書本); 廖瑩中, 『東雅堂昌黎集註』(文淵閣四庫全書本); 魏仲擧, 『五百家注昌黎文集』(文淵閣四庫全書本); 陳景雲, 『韓集點勘』(文淵閣四庫全書本); 蔣箸超, 『註釋評點韓昌黎文全集』(再版); 上海 : 會文堂, 1925; 童第德, 『韓愈文選』(北京 : 人民文學出版社), 1980; 童第德, 『韓集校詮』(北京 : 中華書局), 1986; 淸水茂, 『韓愈』 I・II東京 : 筑摩書房), 1986-1987; 張淸華, 『韓愈詩文評注』(鄭州 : 中州古籍出版社), 1991; 錢伯城, 『韓愈文集導讀』(成都 : 巴蜀書社), 1993; 屈守元・常思春, 『韓愈全集校注』(成都 : 四川大學出版社), 1996; 李道英, 『唐宋八大家文集・韓愈文』(北京 : 人民日報出版社), 1997; 高海夫, 『唐宋八大家文鈔校注集評・昌黎文鈔』(西安 : 三秦出版社), 1998; 周啓成・周維德, 『新譯昌黎先生文集』上・下(臺北 : 三民書局), 1999; 羅聯添, 『韓愈古文校注彙輯』(臺北 : 國立編譯館), 2003; 孫昌武, 『韓愈詩文選評』(西安 : 三秦出版社), 2004; 閻琦, 『韓昌黎文集注釋』上・下(西安 : 三秦出版社), 2004.

8. 각 권의 앞에 실은 원전 자료는 『한창려문집교주』의 저본으로 중화서국(中華書局)에서 간행한 동아당본(東雅堂本) 『창려선생집(昌黎先生集)』에서 스캔해온 것이다.

하늘나라에 있는 성훈(聲薰)에게
너의 순정(純正)한 영혼을 그리며

한유산문역주 전체 차례

창려선생집 서문

昌黎先生集序

문인(門人) **이한**(李漢)

　　문장은 도를 꿰는 그릇이다. 이 도에 깊지 않고 문장의 참된 경지에
도달한 경우가 있을 수 있겠는가?『역경(易經)』은 효(爻)를 통해 나타낸
사물의 형상으로 점을 친 것이고,『춘추(春秋)』는 사건을 기록한 것이며,
『시경(詩經)』은 사람의 성정을 읊조리고 노래한 것이고,『서경(書經)』과
『예(禮)』는 거짓된 것을 발라 내버린 것이니 다 문장의 도가 깊다고 하
겠다! 진(秦)나라와 한(漢)나라 이전에는 문장의 기상이 질박하고 순수했
으며, 사마천(司馬遷)이며 사마상여(司馬相如)며 동중서(董仲舒)며 양웅(揚雄)
이며 유향(劉向)과 같은 무리는 이른바 더욱 걸출한 사람들이다. 후한(後
漢)과 조씨(曹氏)의 위(魏)나라에 이르러서는 문장의 기상이 시들어 축 늘
어져 버렸고, 사마씨(司馬氏)의 진(晉)나라 이후로는 문장의 규범이 씻은
듯이 다해버려서『역경』이하를 고문이라고 하면서 표절하고 몰래 훔
치는 것으로 교묘함을 삼았다. 문장과 도가 완전히 막혀버리게 되자 양
자의 관계가 본래 그런 것으로 여겨 유학의 도가 위축되고 문장의 기풍

이 쇠진해버렸음을 제대로 아는 사람이 아무도 없었다.

선생님께서는 대력(大曆) 무신년(戊申年 : 768)에 태어나셨다. 어려서 고아가 되어 좌천된 형님을 따라 영남(嶺南)의 소주(韶州)로 옮겨가신 뒤 형님께서 돌아가시자 형수의 손에 양육되었는데 애써 어렵게 사시다가 고향으로 돌아오셨다. 스스로 책을 읽고 문장을 지을 줄 아시어 날마다 수천 수백 자에 달하는 글을 암송하셨다. 장성함에 이르러 경서는 통째로 다 외고 분명하게 분석해 풀이하셨으며, 불교를 혹독하게 배척하고 모든 역사와 백가의 서적들은 은밀한 뜻을 모조리 들추어내어 숨은 뜻이 없게 하시었다. 학문은 물이 방대하게 흘러넘치듯 탁월하게 빼어났으며, 물이 빛나듯 투철하고 심오했다. 써낸 문장이 괴이하기로는 이무기와 용이 날아오르는 듯하고, 성대하기로는 호랑이와 봉황이 뛰어오르는 듯하며, 쟁쟁하기로는 순임금의 소악(韶樂)과 미묘한 천상의 음악이 울리는 것 같았다. 마치 해처럼 빛나고 옥처럼 청결하며, 온갖 정감을 두루 빠짐없이 나타내고 깊은 사색을 담아냈으며, 천 가지 자태와 만 가지 모습을 다 표현해내어 마침내는 도덕과 인의의 은택을 입어 환하게 빛났다. 만고를 두루 통찰해 살피고 당시 세상을 측은하게 여기시어, 유학의 도가 위축되고 문장의 기풍이 쇠진해 퇴폐한 기풍을 대대적으로 건져 올려서 다른 사람을 가르치고 자기 나름의 독창적 언어로 글을 지어 내셨다. 당시 사람들이 처음에는 깜짝 놀랐다가 중간에는 비웃고 배척했지만, 선생님께서 더욱 견고해지시니 종국에는 모두 한데로 모여들어 선생님의 뜻을 따라 제자리에 정착하게 되었다. 아아! 선생님께서 문장에 대해 당시 변려풍(騈儷風)의 비루한 문장을 꺾어 떨쳐버리고 환히 깨끗하게 정리하신 공적은 무인의 일에 비견한다면, 웅장하고 위대해 늘 있을 법한 일이 아니라고 이를 만하도다!

장경(長慶) 4년(824) 겨울에 선생님께서 돌아가셨다. 문하생인 농서(隴西) 사람 이한은 외람되게도 선생님의 인정을 가장 두텁고 가깝게 받았기 때문에, 남겨 놓으신 글을 거두어 모아 잃어버리거나 빠뜨린 것이 없도록 하였다. 부(賦) 4편, 고시(古詩) 210수, 연구(聯句) 11수, 율시(律詩) 160수, 잡저(雜著) 65편, 서(書)・계(啓)・서(序) 96편, 애사(哀詞)・제문(祭文) 39편, 비지(碑誌) 76편, 필(筆)・연(硯)・악어문(鱷魚文) 3편, 표(表)・장(狀) 52편 도합 700편을 얻었는데, 목록을 합쳐 41권으로 『창려선생집(昌黎先生集)』이라 이름 붙여 세상에 전한다. 이밖에 또 『논어주(論語注)』(『논어필해(論語筆解)』를 가리킴) 10권이 학자들에게 전해지고, 『순종실록(順宗實錄)』 5권이 역사서에 나열되어 있으나 문집 속에는 들어 있지 않다. 선생님은 함자가 유(愈)고 자(字)가 퇴지(退之)며 관직은 이부시랑(吏部侍郎)까지 이르셨다. 나머지 사적은 당(唐)나라 역사서 내 선생님의 전기에 들어 있다.

文者, 貫道之器也。不深於斯道, 有至焉者不也? 『易』繇爻象, 『春秋』書事, 『詩』詠歌, 『書』・『禮』剔其僞, 皆深矣乎! 秦漢已前其氣渾然, 迨乎司馬遷、相如、董生、揚雄、劉向之徒, 尤所謂傑然者也。至後漢、曹魏, 氣象萎爾; 司馬氏已來, 規範蕩悉, 謂『易』已下爲古文, 剽掠潛竊爲工耳。文與道蓁塞固然莫知也。

先生生於大曆戊申。幼孤, 隨兄播遷韶嶺; 兄卒, 鞠於嫂氏, 辛勤來歸。自知讀書爲文, 日記數千百言。比壯, 經書通念曉析, 酷排釋氏, 諸史百子皆搜抉無隱。汗瀾卓踔, 奫泫澄深。詭然而蛟龍翔, 蔚然而虎鳳躍, 鏘然而韶鈞鳴。日光玉潔, 周情孔思, 千態萬貌, 卒澤於道德仁義, 炳如也。洞視萬古, 愍惻當世, 遂大拯頹風, 敎人自爲。時人始而驚; 中而笑且排, 先生益堅; 終而翕然隨以定。嗚呼! 先生於文, 摧陷廓淸之功, 比於武事, 可謂雄偉不常者矣!

長慶四年冬, 先生歿。文人隴西李漢辱知最厚且親, 遂收拾遺文, 無所失墜。得賦四、古詩二百一十、聯句十一、律詩一百六十、雜著六十五、書啓序九十六、哀詞祭文三十九、碑誌七十六、筆硯鱷魚文三、表狀五十二, 總七百, 并目錄合爲四十一卷, 目爲昌黎先生集, 傳於代。又有注論語十卷, 傳學者; 順宗實錄五卷, 列於史書, 不在集中。先生諱愈, 字退之, 官至吏部侍郎。餘在國史本傳。

역자 서문

"世有伯樂然後有千里馬. 千里馬常有, 而伯樂不常有."
세상에는 백락이 있은 뒤에 천리마가 나왔다.
천리마는 항상 있으나 백락은 항상 있는 것은 아니다.

나와 한유와의 첫 만남은 「잡설(雜說)」이란 글이 준 강렬한 인상으로 맺어졌다. 물론 그때는 대학에 입학해 한문 공부를 시작하던 단계여서 글속에 쓰인 한자 익히기와 자구 해독에 급급했기 때문에 이 글의 묘미까지 느낄 계제는 전혀 아니었다. 다만 전문이 151자에 불과한 매우 짧은 글에서 자신이 하고픈 이야기를 비유로 압축한 한유의 글 솜씨는 경이로움 그 자체였다. 그 후 대학 2학년 때 『여한십가문초(麗韓十家文鈔)』에 실린 박지원(朴趾源)의 「백이론(伯夷論)」을 읽으면서도 한유에게 「백이송(伯夷頌)」이 있는지를 알지 못했고, 한유는 그저 훌륭한 문장가의 한 사람이라는 인상만 남긴 채 내 기억의 뒤편으로 물러나 있었다.

한문 해독력 연마에 열중하면서 학부를 마치고 대학원에 진학해 석사과정을 이수할 때는 당시 중국어문학계의 분위기에 따라 나 또한 시와 시론 공부에 치중했다. 그러나 석사를 마치고 박사과정에 진학한 뒤 학위논문 테마를 가지고 골몰하던 1980년대 중반 무렵, 당시로서는 국내 학계에서 거의 주목을 받지 못했던 산문 연구의 필요성과 중요성을 새삼 인식하게 되었다. 중국인들의 다양한 삶의 모습과 사회 · 정치 · 경제 · 문화 · 자연 등 다방면의 잡다한 내용을 담고 있는 중국 문장이 어떻게 문학의 한 영역을 차지하게 되었는지 궁금했다. 그리고 명청대(明淸代) 평론가들이 억양(抑揚)이니 개합(開合)이니 주객(主客)이니 정반(正反)이니 하면서 툭툭 던진 산문의 글쓰기 기법과 관련한 용어들이 무엇을 말하는지도 알고 싶었다. 나아가 중국의 산문작품을 우리 선조들이 쓴 한문문장과 비교해 보면 좋겠다는 생각도 했다.

　이렇게 중국산문을 공부하겠다는 목표를 세우고 구체적인 연구계획을 수립하던 중 대표적인 산문작가를 통해 이를 수행할 필요가 있다는 데 생각이 미치자 내 기억의 뒤편에 자리 잡고 있던 한유가 전면으로 떠올랐다. 나는 이때부터 본격적으로 한유의 글을 읽기 시작했고, 조금씩 한유의 글을 통해 중국산문의 묘미를 느낄 수 있었다. 그러던 차에 한유 시를 전공한 이장우(李章佑) 선생님께서 후학을 위해 소장하고 있던 한유와 관련된 도서와 논문 자료들을 아끼지 않고 내어주셨다. 그것이 한유의 글맛에 대한 소싯적의 어렴풋한 기억을 되살리고 새로운 분야의 연구에 대한 도전을 현실적으로 가능하게 해주었다. 그 후로 내 인생은 늘 한유와 함께 해왔고, 그런 인연을 가능하게 해준 분께 감사하는 마음을 잊지 않았다.

　먼저 한유의 산문작품을 꼼꼼하게 읽는 일에 몰두했다. 작품읽기를 통해 그의 산문작품은 그 이전의 변려체(騈儷體) 문장이 지닌 형식 일변도의 파행을 극복하고 중국산문의 본 모습을 회복하고 있음을 알 수 있었다. 그의 산문작품은 의론 · 서사 · 서정에 걸쳐 모두 알찬 내용으로 짜여 있고, 또 그 속에는 산문이론에 대한 그의 주장도 체계적으로 전개되어 있었다. 뿐만 아니라 작품 구성이 참신하고 언어 기교가 독창적이며, 드높은 기세와 구체적 형상을 갖추는 등 문학적 감수성도 풍부해 후대의 산문창작에 모범으로 간주되었음을 확인할 수 있었다. 이런 깨달음 속에서 한유의 산문작품 전부를 우리말로 옮겨 우리 학계 및 일반 독자들에게 두루 소개해야겠다는 생각을 자연스럽게 품게 되었다.

한편 오문치(吳文治) 교수가 엮은 『한유자료휘편(韓愈資料彙編)』에 대한 검토를 통해, 한유가 중국산문 영역은 물론 사상과 정치 분야에 이르기까지 다방면에 걸쳐 이룬 성취와 후세에 끼친 영향 등에 대한 역대 평론가들의 평가를 확인했다. 소식(蘇軾)이 "문장은 8대의 쇠미한 국면을 일으켜 세우고 유학의 도는 천하 사람들이 불교와 도교에 빠져 있는 데서 건져 올렸다(文起八代之衰, 道濟天下之溺)"라고 한 평가가 한유의 성취를 잘 압축한 표어로 공감되었다. 기실 그가 주도한 고문운동(古文運動)이야말로 다방면에 걸친 그의 성취를 가장 잘 대변한다. 즉 그것은 유가의 경전을 중심으로 한 고대 문장의 건강한 글쓰기를 계승하려는 문학운동인 동시에, 유학의 권위 회복을 통해 불교가 누리고 있던 지배 이데올로기의 위치를 되찾기 위한 사상운동이었으며, 문벌귀족이 독점하던 정치판을 신진사대부에게까지 확장하기 위한 정치운동의 성격을 겸했다.

한유의 산문은 중국에서뿐 아니라 우리나라에도 매우 큰 영향을 끼쳤다. 그의 산문은 시와 함께 고려 광종(光宗) 이후부터 읽히기 시작해 중기 의종(毅宗) 때에는 이미 시문 학습의 모범으로 인식되었다. 그의 시가 두보·이백 등과 함께 중시된 것과 달리 그의 산문은 독자적 추앙의 대상이 되었으며, 조선시대에 들어와서는 그의 사상도 중시되어 갈수록 그를 높이 숭배하는 기풍이 고조되었다. 이는 한유가 불교를 배척하고 유교를 옹호했으며, 국가적 위기 상황에서 목숨을 아끼지 않고 나선 구국의 충정이 조선왕조의 치국이념과 부합해 국가적인 장려를 받은 데 크게 힘입었다고 할 것이다.

이런 비중을 차지하는 한유의 산문작품이 우리나라에서 완역된 적은 없었다. 다만 주목할 것은 일찍이 조선시대에 최립(崔岦)과 윤근수(尹根壽)에 의해 한유의 산문작품에 대한 현토(懸吐) 작업이 이루어졌다는 사실이다. 최립과 윤근수는 한유 산문작품의 미심쩍고 난해한 부분을 두고 나눈 의견에 기초해 도합 128편의 작품에 현토를 가했다. 물론 이것은 완전한 번역의 형태는 아니지만 우리 선조들이 한유 산문작품의 전후 문맥을 읽어내려 간 흔적이 남아 있다는 점에서 상당한 가치가 있다고 생각된다.

본 역주 작업을 수행하면서 기존의 관련 성과를 두루 참고했다. 그중 1999년 대만에서 출간된 『신역창려선생문집(新譯昌黎先生文集)』이 가장 큰 참고가 되었다. 그 책에서는 한유의 산문작품 대부분을 백화로 충실하게 옮기고 비교적 상세한 주석과 해설을 가해 놓았다. 그리고 『한유전집교주(韓愈全集校注)』(1996)와 『한유고문교주휘집(韓愈古文校注彙輯)』(2003) 및 『한창려문집주석(韓昌黎文集注釋)』(2004) 등의 비중 있는 저술은 작품의 창작 시기와 배경을 규명하고, 자구의 교감과 의미 풀이 등을 하는 데 주요한 참고자료로 활용되었다. 이밖에 중국과 대만에는 선집(選集) 형태의 역주본이 부지기수로 나와 있지만, 그 대상작품이 30여 편의 수준을 크게 벗어나지 않고 그것마저도 대부분 중복되는 터라 큰 참고거리는 되지 않았다.

일본에서는 일찍이 시미즈 시게루(淸水茂, 1925-)에 의해 정집의 한유 산문작품이 현대 일본어로 번역되어 『한유(韓愈)』 I (1986)과 『한유(韓愈)』 II (1987)의 두 권으로 출간되었다. 이는 주석도 포함하고 있기는 하지만 대부분 해당 어구의 출전을 밝힌 정도여서 매우 소략한 편이고, 번역도 너무 축자역이어서 원작자의 의도를 제대로 파악해 전달한 것으로 보이지 않았다. 그렇지만 난해한 구절과 해석이 분분한 부분의 번역에 조금은 참고가 되었다.

이 책의 역주 작업이 거의 마무리된 뒤에 한유 산문 정선집(精選集)인

모곤(茅坤)의 『창려문초(昌黎文鈔)』에 실린 작품을 대상으로 한 이주해씨의 『한유문집』(2009)과 오수형 교수의 『한유산문선』(2010)이 번역 출간된 사실을 뒤늦게 알았다. 두 선행 작업의 성취는 시간 관계상 제대로 참고하지 못하고 본래 이 책의 의도대로 작업을 마무리했다.

앞으로 조속한 시일 내에 『순종실록(順宗實錄)』이 포함된 문외집(文外集)과 유문(遺文) 및 집외문(集外文) 등 일부 남은 작품에 대한 역주 작업을 마무리하고자 한다. 그런 뒤에 한유의 작품을 주 대상으로 창작기법과 관련된 문제를 탐색하고, 그 대상을 당송팔대가(唐宋八大家) 및 다른 작가들까지 확대함으로써 산문의 예술성을 규명하는 작업에 착수하고자 한다. 이 분야야말로 우리 학계가 해결해야 할 중국산문 연구의 본령이라고 믿기 때문이다.

40대에 마무리하겠다고 마음먹은 한유 산문 역주 작업이 이런저런 이유로 50대 중반에 와서야 일단락되었으니 만시지탄을 금할 수 없다. 그동안 멀리 이국땅에서 이루 말할 수 없이 힘든 상황에도 굴하지 않고 숭고한 어미 사랑을 다하는 동시에 끊임없는 도전을 통해 자기 삶의 새로운 지평을 열어나간 사랑하는 아내 장선혜와 씩씩하게 독립적으로 잘 자라 자신의 꿈을 실현하기 위해 노력중인 귀한 딸 이다언에게 정말 고맙다는 마음을 전한다. 학창 시절 학문적 동기를 부여하고 끊임없는 애정과 가르침을 주신 류성준, 이종진, 이병한, 김학주 선생님 등을 위시한 많은 은사님들께도 깊은 존경과 감사의 뜻을 바친다. 그리고 명저 번역과제로 지원해준 한국연구재단 관계자와 이 책을 학술전문 연구서적답게 편집하고 출간해준 소명출판 담당자 여러분들의 손길 위에도 심심한 감사의 말씀을 전한다. 그럼에도 불구하고 번역상의 잘못이나 오자 내지 탈자 등이 발견된다면 그것은 모두 역자의 불찰 때문이다. 독자 제현의 아낌없는 질정과 가르침을 정중히 청하며, 이 책이 아직도 미진한 중국산문 분야 연구는 물론 한국 한문학과 한국역사 및 한중 관계 관련 학문의 발전에도 일조가 될 수 있기를 간절히 소망한다.

인류역사를 보면 위정자들이나 보통사람들 할 것 없이 늘 인재나 지도자감이 없다고 투덜대왔다. 정말 없는 것인가? 인재나 재목감을 알아보는 안목이 없기 때문이리라. 위정자들은 낮은 자세로 참된 인재를 찾기 위해 노력하고, 보통사람들은 그런 안목을 가진 지도자를 가려 뽑는 지혜가 필요하지 않을까. 일찍이 한유는 참 인물을 알아보고 육성하는 백락과 같은 존재가 필요하다며 아름다운 문장으로 목 놓아 울었다.

2012년 5월
이종한 삼가 씀

제1권

부(賦)

잡저(雜著)

「두 마리 새를 보고 느껴 지은 부」와 서문

感二鳥賦 · 幷序

정원(貞元) 11년(795) 5월 무진일(戊辰日 : 초2일)에 나는 동쪽 고향으로 돌아간다. 계유일(癸酉日 : 초7일)에 동관(潼關)을 나서 황하의 남쪽 강가에서 쉬고 있었다. 이때는 막 도성을 떠나온 터인지라 때를 만나지 못한 탄식이 흘러나왔다. 노상에서 흰까마귀와 흰구욕새를 새장 안에 넣고 서쪽으로 가는 이가 "아무 땅을 지키는 아무개 관리가 사자를 파견해 천자께 진상하게 했노라!"라고 외치는 것을 보았다. 동서로 오가는 이들이 모두 길을 피하고, 아무도 감히 똑바로 쳐다보지 못했다. 이로 인혜 내 마음이 저절로 슬퍼졌다. 나는 다행스럽게도 천하가 무사태평한 시대에 태어나 선조의 유업을 계승해 방패와 창으로 공격과 방어를 하거나 쟁기자루와 보습으로 경작하고 수확하는 수고로움을 모른 채, 7살 때부터 독서를 하고 문장을 짓는 데 종사한 지 지금까지 어언 22년이나 되어서, 몸가짐이나 행위가 감히 도덕에 부끄러울 게 없고, 한가로이 지낼 때는 예전이나 지금의 대사건들을 사색해 대략 한두 가지 중대한 것은 기억도 하고 있다. 주관부서로 가서 선발고시에 참가해 수백 수십 명과 함께 공명을 구했지만, 결국 관리 천거문서에 이름을 올리지 못하고, 하급 관리들과 나란히 조정에 늘어서서 천자의 광명을 우러러 보았다. 지금 이 새는 단지 깃털이 특이하다는 것 때문에, 도덕이나 지략을 갖추어 자문을 받거나 교화를 보좌할 수 있는 것이 아닌데도 불구하고 진상될 새로 뽑혀 이토록 영광스럽게 빛을 발하고 있다. 따라서 부를 지어 홀로 슬퍼하며, 무릇 때를 만난 이는 작은 덕행일지라도 반드시 뜻을 얻어 영달하지만, 때를 만나지 못한 이는 덕행을 쌓아도 받아들여지지 못함을 밝힌다. 부의 내용은 다음과 같다.

나는 어디로 돌아갈 것인고!
앞으로는 행동을 하고 난 뒤에 생각하련다.
진정 스스로 생존해나갈 수도 없으니
만약 누구라도 삶의 터를 제공해준다면 그를 따르리라.
도성 문을 나서 동쪽으로 달려가니
강렬한 햇볕이 몸에 와 닿는데
때때로 도성을 돌아보며 눈물 흘리고
서쪽 장안으로 가는 길이 먼 것을 생각한다.
동관을 지나서 앉아 쉬다가
황하가 세차게 흘러가는 것을 넘겨보며
두 마리 새는 비록 무지하면서도
막 은총을 입고 입궁해 총애 받음에 사무친다.
나아가고 물러남이 이다지도 다른 것을 생각하니
내 마음 속은 번민과 불안이 더해진다.
저것들 마음속이 어찌 아름답다 하리
한갓 겉모습을 꾸며 뽐낼 뿐이리라!
내 일생의 운명은 꽉 막혀

결국 두 마리 새만도 못하니
동서남북을 표류하면서
10년에 걸쳐서도 안주하지 못하고 있다.
과분하게 배불리 먹는 것조차 그 수를 헤아릴지니
하물며 관리 천거문서에 이름 올리기를 도모하리요!
시속에서 애호하는 이가 현인으로 여겨지니
어찌 내가 어리석지 않다고 하겠는가!

예전에 은(殷)나라 고종(高宗)은
꿈속에서 현량한 보필을 얻었는데,
왕의 측근 중 누가 그에게 먼저 추천했는지
진실로 하늘이 같이 하고 신선도 함께 한 게로다.
아직 시운이 도래하지 않은 때라
혹 임금과 신하가 쌍방에서 구하더라도 이루지 못할지니
비록 집집마다 찾아가서 유세할지라도
허물을 초래하고 화를 불러올 따름이로다.
아마도 하늘이 나를 낳은 것은
또 인간 세상에서 기대하는 바가 있어서일 테니
어찌하여 옛사람에게서 짝을 찾지 않고
홀로 자리가 없다고 상심하는가!
자리를 얻고도 감당할 수 없음이야말로
바보 귀신이 희롱하는 바니
다행히 내 아직 늙지 않았음에
이런 부류를 흠모하지 말기를 바라노라.

해제

　　정원(貞元) 11년(795) 5월 초에 동관(潼關)을 나서서 고향 하양[河陽 : 지금 하남성(河南省) 맹주시(孟州市)]으로 돌아가던 중에 지은 부(賦) 작품. 작자는 이해 1월에 세 번째로 도전한 박학굉사과(博學宏辭科) 전형에서 합격하지 못하자 3월까지 세 차례에 걸쳐 당시의 재상에게 자천(自薦)의 편지를 올려 관직을 구했지만 끝내 이루지 못하고 낙향하던 중, 도중에 새 두 마리가 특이한 깃털을 가진 연유로 황제에게 진상되는 것을 보고 자신의 처지를 한탄하며 이 글을 지었다. 사람의 신세가 무지한 새만도 못하다는 개탄을 통해 때를 만나지 못한 자신의 울분을 담았다. 아울러 그 속에 당시 최고 통치자의 분에 넘치는 사치, 권력에 빌붙기 위해 특이한 진상품을 올리기에 급급한 지방관들의 추태, 그런 사회 분위기 속에서 찬밥 신세인 인재들의 좌절상이 여실히 반영되어 있다. 다만 이 글은 인재가 제대로 평가받고 발탁되지 못하는 데 대한 사무치는 심정을 토로하면서도 낙심하지 않고, 시운이 도래하면 자신의 재능이 빛을 발할 때가 있을 것임을 믿는 기개를 담고 있다. 형식면에서 이 작품은 서문과 부의 본문이 비슷한 분량이고, 외물을 대하고 느낀 심정의 직접 토로와 풍유 및 울분의 정서가 공존하며, 화려한 수식에 치우치지 않고 운문체와 산문체가 뒤섞여 있어 부로서는 변체(變體)에 속한다.

원문 및 주석

貞元十一年[1], 五月戊辰, 愈東歸[2]。癸酉, 自潼關[3]出, 息于河之陰[4]。時始去京師[5], 有不遇時[6]之歎。見行有籠白烏、白鸜鵒[7]而西者, 號於道曰: "某土之守[8]某官, 使使者[9]進於天子!" 東西行者皆避路, 莫敢正目[10]焉。因竊自悲。幸生天下無事[11]時, 承先人之遺業, 不識干戈[12]耒耜[13], 攻守耕穫[14]之勤; 讀書著文, 自七歲至今, 凡二十二年, 其行己不敢有愧於道, 其閒居思念前古當今之故[15], 亦僅志其一二大者[16]焉; 選擧於有司[17], 與百十人[18]偕進退[19], 曾不得名薦書[20], 齒下士[21]于朝, 以仰望天子之光明。今是鳥也, 惟以羽毛之異, 非有道德智謀承顧問贊敎化者, 乃反得蒙採擢薦進[22], 光輝如此。故爲賦以自悼, 且明夫遭時者, 雖小善必達; 不遭時者, 累善[23]無所容焉。其辭曰:

---

1   貞元十一年(정원십일년): 정원은 당나라 덕종(德宗)의 연호. 정원 11년은 795년으로 한유 나이 28세.

2   東歸(동귀): 동쪽 고향으로 돌아가다. 한유의 고향 하양(河陽)이 당나라 수도 장안(長安)의 동쪽에 있으므로 이렇게 말했다.

3   潼關(동관): 지금 섬서성(陝西省) 화음현(華陰縣) 동북방 39리에 있는 관문 이름으로 동한(東漢) 때에 설치되었다. 옛날에는 도림새(桃林塞)로 불렸으며, 섬서·하남·산서(山西) 3성에 걸쳐 있는 전략적 요충지.

4   河之陰(하지음): 황하의 남쪽 기슭. 강물의 남쪽을 '음(陰)', 북쪽을 '양(陽)'이라고 한다.

5   京師(경사): 당시의 수도 장안. '京'은 '크다(大)', '師'는 '무리(衆)'라는 뜻. 수도가 땅이 넓고 인구가 많은 곳이므로 이렇게 말했다.

6   不遇時(불우시): 때를 만나지 못하다. 윗사람에 알려져 발탁되지 못함을 말한다. 한유는 이해(795) 정월에서 3월까지 세 차례에 걸쳐 재상에게 편지를 보내 벼슬을 구했으나, 당시의 재상인 조경(趙憬, 735-796), 가탐(賈耽, 730-805), 노매(盧邁, 739-798) 등이 알아주지 않아서 부득이 고향으로 돌아가게 되었다.

7   白烏白鸜鵒(백오백구욕): 구욕새의 양 날개에 흰점이 있는 것을 제외하면 까마귀와 구욕새는 몸 전체가 검정색인데, 옛사람들은 순백색으로 된 까마귀와 구욕새를 상서로운 것으로 여겨 최고 통치자인 황제에게 진상해 감상하게 했다. 실제 『구당서(舊唐書)·덕종기(德宗紀)』에 "정원 11월 6월에 하양에서 흰까마귀를 진상했다(貞元十一月六月, 河陽獻白烏)"라는 기록이 보인다.

8   守(수): 지방장관. 뒤에 군수·태수·자사(刺史) 등 지방장관의 약칭으로 쓰였다. 고대 중국에서는 전통적으로 백성 소유의 모든 토지를 황제의 사유재산으로 여긴 관계로 지방장관을 황제를 대신해 토지를 지키는 관리로 간주했다. 여기서 말하는 당시의 관리는 하양절도사(河陽節度使) 이원(李元)을 가리킨다.

9   使使者(사사자): 사자를 파견하다. 앞의 '使'자는 동사로 쓰여 '파견하다'는 뜻이

고, 뒤의 '使'는 명사로 예전에는 '시'로 읽기도 했다. '使者'는 곧 '어떠한 임무를 띠고 심부름하는 사람'이다.

10 莫敢正目(막감정목) : 감히 똑바로 쳐다보지 못하다. 곁눈질하여 보다. 두려워하는 것을 말한다.

11 無事(무사) : 전쟁이 없이 무사태평하다. '事'는 '전쟁'을 뜻한다.

12 干戈(간과) : 방패와 창. 무기로 '전쟁'을 가리킨다.

13 耒耜(뇌사) : 쟁기자루와 보습. 가장 원시적인 땅을 가는 농기구로 여기서는 '농사일'을 가리킨다.

14 耕穫(경확) : 경작하고 수확하다.

15 故(고) : 일. 사건.

16 僅志其一二大者(근지기일이대자) : 대략 한두 가지 중대한 것은 기억하다. '僅'은 '대략'의 뜻이고, '志'는 '기억하다', '기록하다'는 뜻으로 '誌(지)'와 통하며, '一二'라고 한 것은 자기를 낮추어 한 표현이다.

17 選擧於有司(선거어유사) : 주관부서로 가서 선발고시에 참가하다. '選擧'는 어질고 유능한 인재를 선발해 등용하는 것을 말한다. 수대(隋代) 이후로 인재를 선발하는 고시의 주관은 예부(禮部), 관리의 전형과 등용 및 고과는 이부(吏部)에서 관장했다. 이 구절은 한유가 이부에서 주관하는 전형인 박학굉사과(博學宏辭科)에 참가한 것을 가리킨다.

18 百十人(백십인) : '十'이 '千'으로 된 판본도 있으나, 정원 9년(793)에 박학굉사과에 응시한 이가 겨우 32명에 불과했다는 사실을 상기할 때 받아들이기 어렵다.

19 偕進退(해진퇴) : '偕'는 '함께'의 뜻이고, '進退'는 박학굉사과의 선발전형에 참가했음을 말한다.

20 不得名薦書(부득명천서) : 관리 천거문서에 이름을 올리지 못하다. '名'은 동사로 쓰여 '이름을 올리다'는 뜻이고, '薦書'는 박학굉사과에 합격해 관리에 천거되는 문서다.

21 齒下士(치하사) : 하급 관리들과 나란히 늘어서다.

22 採擢薦進(채탁천진) : 발탁되어 진상되다.

23 累善(누선) : 덕행을 쌓다. 적선(積善)하다.

吾何歸乎! 吾將旣行而後思[24]；誠不足以自存[25]，苟有食其從之。出國門[26]而東騖[27]，觸白日之隆景[28]；時返顧以流涕，念西路之羌永[29]。過潼關而坐息，窺黃流之奔猛；感二鳥之無知，方蒙恩而入幸。惟進退之殊異[30]，增余懷之耿耿[31]。彼中心[32]之何嘉，徒外飾[33]焉是逞[34]。余生命之湮阨[35]，曾二鳥之不如；泊[36]東西與南北，恆十年[37]而不居；辱飽食其有數，況策名於薦書[38]；時所好[39]之爲賢，庸[40]有謂余之非愚！

24 旣行而後思(기행이후사) : 이미 행동을 하고 난 뒤에 생각하다. 이는 『논어(論語)·공야장(公冶長)』편의 "세 번 생각하고 난 뒤에 행동한다(三思而後行)"라는 것을 완전히 뒤집어서 작자의 '격분의 정'을 강하게 표출한 것이다.

25 自存(자존) : 스스로 생존해나가다. 스스로 생계를 꾸려나가다.

26 國門(국문) : 국도(國道) 곧 도성의 문.

27 東騖(동무) : 동쪽으로 달려가다. 빨리 고향으로 돌아가다. 한유의 고향 하양이 장안의 동쪽에 있는 관계로 이렇게 말한 것이다.

28 隆景(융경) : 강렬한 햇빛. 이번 행차가 음력 5월 한여름에 있는 관계로 햇빛이 매우 강렬했을 것이다.

29 羌永(강영) : '羌'은 문장 가운데에 놓여 의미 없는 어조사로 쓰였고, '永'은 '길다', '멀다'는 뜻이다.

30 進退之殊異(진퇴지수이) : 나아가고 물러나는 것이 크게 다르다. '進'은 두 마리 새가 은총을 입고 황제에게 진상되어 나아가고, '退'는 작자가 등용되지 못하고 물러나는 것을 빗대어 한 말이다.

31 耿耿(경경) : 번민과 불안으로 근심스러운 모양.

32 中心(중심) : 마음속. '내재적인 미덕'을 가리킨다.

33 外飾(외식) : 겉모습을 꾸미다. 두 마리 새의 깃털을 가리킨다.

34 逞(영) : 뽐내다. 과시하다.

35 湮阨(인액) : 운수가 꽉 막히다. 운명이 순탄하지 못하고 어려움이 많다.

36 汩(골) : 물이 빨리 흐르는 모양. 여기서는 물이 급하게 흐르는 것으로 사람이 분주하게 돌아다니는 것을 형용한다.

37 恆十年(긍십년) : 십년에 걸치다. '恆'은 '亘(긍)'과 통한다.

38 策名於薦書(책명어천서) : 관리 천거문서에 이름을 올리다. '策名'은 '이름을 간책(簡策) 위에 올리다'는 뜻. 이렇게 풀이할 경우 뒤의 '薦書'와 의미가 중복되므로 '策'을 '榮(영)'으로 교감하고 '관리 천거문서상의 영광스러운 이름'으로 풀이해 앞 구절의 '辱(욕)'과 대비를 이루는 것으로 본 판본도 있다.

39 時所好(시소호) : 시속에서 애호하는 이.

40 庸(용) : 어찌.

昔殷之高宗[41], 得良弼於宵寐[42] ; 孰左右者[43]爲之先, 信天同而神比。及時運之未來, 或兩求而莫致 ; 雖家到而戶說[44], 祇[45]以招尤而速累。[46] 蓋上天之生余, 亦有期於下地[47] ; 盍[48]求配於古人, 獨悒悵[49]於無位! 惟得之而不能, 乃鬼神之所戲[50] ; 幸年歲之未暮, 庶[51]無羨於斯類[52]。

41 殷之高宗(은지고종) : 은나라 고종으로 이름은 무정(武丁).

42 得良弼於宵寐(득양필어소매) : '良弼'은 '좋은 보필'이라는 뜻으로 부열(傅說)을 가리킨다. '宵寐'는 '밤에 잠자다'라는 뜻이다. 전하는 바에 의하면 은나라 고종

이 밤에 잠잘 때 꿈속에서 이름이 열(說)이라고 하는 한 성인을 만났는데, 잠에서 깨어난 뒤 그 모습을 그려 도처에서 수소문하던 중 부암(傅巖 : 지금 산서성 평육현(平陸縣) 동쪽에서 죄수로 노역하고 있는 그를 찾아내어 '傅說'이라 하고 재상에 임명했다고 한다. 『상서(尚書)ㆍ열명상(說命上)』과 『사기(史記)ㆍ은본기(殷本紀)』에 관련 기록이 보인다.

43 左右者(좌우자) : 황제 주변의 대신이나 총애하는 신하.

44 家到而戶說(가도이호세) : 집집마다 찾아가서 유세하다.

45 祗(지) : 단지. 다만. '只(지)'와 같다.

46 招尤而速累(초우이속루) : 허물을 초래하고 화를 불러오다. '招'와 '速'은 모두 '초래하다', '부르다', '불러들이다'는 뜻이다.

47 下地(하지) : 인간 세상. 위의 '上天(상천)'과 짝을 이룬다.

48 盍(합) : '어찌 ~하지 않는가(何不)'의 뜻이다.

49 怊悵(초창) : 실의에 빠져 상심하는 모양.

50 이상 두 구절은 어떤 사람이 관직을 얻었다고 하더라도 그 직무를 수행할 능력이 없다면, 그것은 귀신이 그를 가지고 희롱한 것이라는 의미다.

51 庶(서) : 가능이나 기대를 표시하는 부사.

52 斯類(사류) : 이 부류. 여기서는 두 마리의 새처럼 도덕이나 지략이 없음에도 불구하고 관직을 차지하고도 그것을 수행해나갈 능력이 없는 사람을 가리킨다.

HS-002 「본래의 포부를 되찾으며 지은 부」와 서문

復志賦 · 幷序

나는 이미 농서공(隴西公)을 수행해 변주(汴州)를 평정한 뒤, 그 이듬해 (797) 7월에 병이 나서 물러나 집에서 휴식하며 「본래의 포부를 되찾으며 지은 부」를 썼다. 그 내용은 다음과 같다.

집에서 머무르니 울적하고 답답한 심정 해소할 길 없어
홀로 한없이 걱정하며 길게 탄식할 뿐이다.
어찌 아침 식사가 배부르지 않으며
겨울 가죽옷을 갖추지 못한 때문이겠는가?

지난날 나는 세상일을 알기 시작한 때부터
진실로 인생살이 순탄하지 못하고 험난해
목성이 미처 한 바퀴를 다 돌기도 전에
형님을 따라 남쪽으로 이주했다.

장강(長江)의 출렁거리는 거친 파도를 넘고
아득히 끝이 없는 동정호(洞庭湖)를 지나서
곡강(曲江)에 이르러 비로소 머물러 살았는데
남방의 연산(連山)을 넘어 다다른 곳이었다.
아! 세월이 얼마 지나지 않아
고아와 과부를 데리고 북쪽 고향으로 돌아왔으나
마침 중원 땅에 전란이 발발함에
장차 생계를 도모하기 위해 강남 지방으로 갔다.
거기서 애당초에 강론과 학습에만 전념해
고인의 유훈이 아니면 마음을 기울이지 않고서
전대 현인들의 남은 발자취를 넘겨다보며
초연히 홀로 떨쳐 일어나 그윽이 탐구했다.
나아갈 길을 알아 재빨리 달려갔지만
나의 역량이 감당하지 못할 줄 어떻게 알았으리?

옛 사람들이 찬 패물을 살피고
지금 사람들이 입는 옷을 보고는
돌연 자신이 재목감이 되지 못함을 잊은 채
높은 관직을 쉽게 얻을 수 있다고 여겼는데
자신을 아는 이를 현명하다고 하노라니
이것이 바로 내가 어리석었던 까닭이로다.
길일을 택해 서쪽으로 가서
이윽고 저 도성에 도착했다.
궁궐 문으로는 곧장 들어갈 수가 없어
담당 부서에서 과거시험에 응시했는데
명리가 모이는 곳인지라
뭇사람들이 달려들었다.

다투어 기회를 노리고 권세에 빌붙어서
어지러이 변덕스러운 것이 미루어 헤아리기 어렵다.
순박한 우둔함을 보전하며 조용히 거처하여,
장차 저들과는 옳음의 기준을 달리하고자 한다.
바삐 달려서 일의 성공을 도모했으나
원래의 포부를 돌아보며 스스로 그름을 깨닫는다.
아침에는 서적의 숲으로 치달리고
저녁에는 예문의 동산에서 노닐며
진실로 한 걸음 물러나 전진을 도모하지만
점점 가까워지지 않고 갈수록 더 멀어지기만 한다.

시대가 나와는 일을 도모하지 않아
10년이 지난 지금도 처음과 같음을 슬퍼하노라!
어찌 한번이라도 과거에 이름을 올리지 않았겠냐마는
남은 포부까지 채우지는 못했다.
벼슬길로 나아가도 뜻대로 되지 않음에
물러나 은둔해 곤궁하게 살고자
도성 문을 밀치고 동쪽으로 나가는데
내 발걸음이 느릿느릿함을 개탄한다.
이따금씩 높은 곳에 올라가 되돌아보니
흐르는 눈물이 허염없이 떨어진다.
낙양(洛陽)에 이르러 슬퍼하며 멀리 내다보다
잠시 이리저리 떠돌며 유유자적한다.
큰 거북점을 빌려 징조를 살펴
은둔자가 살 곳을 찾고자 하니
숨어 칩거하며 늙어 죽기를 바랄지언정
이름과 명예를 드높이려 하지는 않는다.

저 분이 진실로 훌륭하지 아니하시다면
내가 변주(汴州) 고을에서 무엇을 할 수 있었으랴?
소인은 특혜 누릴 것을 마음에 두지만
그래도 자신의 가장 우직한 성심을 바칠 줄 안다.
진실로 나는 소나 말과는 다를지니
어찌 단지 물마시고 꼴을 구하는 데 그치겠는가?
문하에 엎드려 지내며 아무 소문도 내지 않은 채
한 해가 다 가도록 느긋하게 즐기기만 할 뿐이다.
때때로 한가한 틈을 타서 나아가 접견할 기회를 얻었는데
얼굴에 즐거운 기색을 띠고 유쾌한 모습이었다.
공의 성대한 덕을 우러러보며 곤궁한 처지에도 안주하니
어떻게 모든 충정을 다 바칠 수 있겠는가?

전에 나는 마음속으로 다짐했으니
누가 일하지 않고 수확할 수 있겠는가?
탐관오리와 아첨꾼이 더럽고 혼탁한 것을 증오해
수고한 뒤에야 봉록을 받겠노라고 말했다.
이 뜻이 잘 닦여지지 않을까 경계하고
이 맹세의 말이 잊히지 않도록 애지중지했지만,
실의에 빠져 상심해 망연자실하니
마음이 돌아갈 곳 없어 망망하도다.
만약 마음속으로 이와 같이 스스로를 지킬 수 없다면
차라리 봉록을 받지 않고 높이 날아 멀리 떠나느니만 못하다.
문지기란 비천하고 하찮은 자리지만
포부를 마음껏 펼치는 의기양양함이 있다.
이윤(伊尹)도 들판에서 농사짓는 일을 즐거워했으니
어찌 부귀한 생활에 견줄 수 있으리?

행여 맹세의 말이 굳건해지지 않을까 하여
이에 스스로 읊조려 글을 짓는다.
지난날은 돌이킬 수 없나니
장차 올 날에 희망을 걸 수 있기를 바랄 뿐.

해제

정원 13년(797) 7월에 병을 핑계로 집으로 물러나 휴가를 보내던 중에 지은 부로 지난 시절의 순탄하지 못한 인생행로를 서술하고 고민스러운 자신의 심정을 토로하고 있다. 그 전 해 7월, 변주[汴州 : 지금 하남성 개봉시(開封市)]에 군란이 일어나자 작자는 선무군(宣武軍)절도사 동진(董晉, 723-799)을 수행하고 군란 평정에 참가했지만 그 뒤에 중용되지 못했다. 동진은 이 글을 읽은 뒤에 표면에 나타난 은둔생활에 대한 희망이 단순히 가탁에 불과함을 알아차리고, 그 이듬해인 정원 14년(798)에 한유를 시비서성교서랑(試秘書省校書郎)과 변주(汴州)·송주(宋州)·박주(亳州)·영주(潁州) 관찰추관(觀察推官)에 임명했다.

원문 및 주석

愈旣從隴西公[1]平汴州[2], 其明年七月, 有負薪之疾[3], 退休于居, 作復志[4]賦.

其辭曰:

1 隴西公(농서공) : 동진(董晉)으로 자가 혼성(混成)이며 하중[河中 : 지금 산서성 영제시(永濟市) 우향(虞鄕)] 사람이다. 농서군(隴西郡) 개국공(開國公)에 봉해졌다.

2 平汴州(평변주) : 정원(貞元) 12년(796) 7월에 변주절도사 이만영(李萬榮)이 병든 뒤에 군란이 일어나자 덕종(德宗)은 동진을 파견해 평정했다. 한유는 이때 변주관찰추관(汴州觀察推官)으로 동진을 수행했다.

3 負薪之疾(부신지질) : 병이 들었다는 핑계를 대고 물러나 한가로이 지내는 것을 말한다. '負'는 '지다', '薪'은 '땔나무'의 뜻. 임금이 사(士)에게 활쏘기를 시켰으나 땔나무를 지고난 뒤라 힘들어 할 수 없다는 핑계로 사양한 데서 유래한 말로 『예기(禮記)・곡례하(曲禮下)』에 보인다. 대부(大夫)가 병든 것을 '견마(犬馬)', 사(士)가 병든 것을 '부신(負薪)'으로 구분해 부르기도 했다.

4 復志(복지) : 관직을 떠나 은거하려는 본래의 포부를 회복하다. 자신의 본래 포부를 실천에 옮기는 것을 말한다. 손작(孫綽)의 「수초부(遂初賦)」에 나오는 '수초(遂初)'와 같은 뜻이다.

居悒悒⁵之無解兮, 獨長思而永歎⁶; 豈朝食之不飽兮, 寧冬裘之不完。

5 悒悒(읍읍) : 마음이 울적하고 답답한 모양.

6 長思而永歎(장사이영탄) : 깊이 걱정하고 길게 탄식하다. '長思'는 걱정 근심이 끝이 없는 것을 가리킨다. 굴원(屈原)의 「구장(九章)・추사(抽思)」에 "마음이 울적해 걱정스러우니 홀로 길게 탄식하며 상심만 더할 뿐이네(心鬱鬱之憂思兮, 獨永歎乎增傷)"라는 구절이 보인다.

昔余之旣有知兮, 誠坎軻⁷而艱難; 當歲行之未復⁸兮, 從伯氏以南遷⁹。凌大江之驚波兮, 過洞庭之漫漫; 至曲江¹⁰而乃息兮, 逾南紀¹¹之連山¹²。嗟日月其幾何¹³兮, 攜孤嫠而北旋¹⁴; 値中原之有事¹⁵兮, 將就食於江之南¹⁶。始專專¹⁷於講習¹⁸兮, 非古訓¹⁹爲無所用其心; 窺前靈²⁰之逸迹²¹兮, 超孤擧²²而幽尋²³; 旣識路又疾驅兮, 孰知余力之不任²⁴。

7 坎軻(감가) : 길이 울퉁불퉁하고 고르지 못하다. '인생살이가 순탄하지 못해 뜻을 이루지 못하고 지낸다'는 뜻으로 쓰인다. 보통 '坎坷'로 적는다.

8 歲行之未復(세행지미복) : 세성의 운행이 미처 한 바퀴를 다하기 전에. 세성(歲星)은 목성으로 한 바퀴 도는 데 12년이 걸린다. 이해(777)는 한유의 나이가 10살 때로 아직 만 12세가 되기 전이었으므로 이렇게 말했다.

9 從伯氏以南遷(종백씨이남천) : 형님을 따라 남방으로 이주하다. 대력(大曆) 12년

(777)에 한유의 가형 한회(韓會)는 원재(元載)의 사건에 연루되어 관직이 강등되었으나, 다시 소주자사(韶州刺史)로 좌천되어 대력 14년(779)에 임지에 도착했다. 이때 한유는 형님을 따라 남방으로 이주했다.

10 曲江(곡강) : 곡강현(曲江縣 : 지금 광동성(廣東省) 소관시(韶關市)]을 가리킨다. 당시 영남도(嶺南道) 소주(韶州)의 주청 소재지.

11 南紀(남기) : 남방. 『시경·소아(小雅)·사월(四月)』의 "넘실거리는 장강과 한수는 남쪽 나라 모든 강물의 기강이로다(滔滔江漢, 南國之紀)"에서 나온 말로 두보(杜甫)의 시에서도 자주 쓰였다.

12 連山(연산) : 광동성 연산현(連山縣).

13 幾何(기하) : 약간. 얼마 안 있어.

14 攜孤嫠而北旋(휴고리이북선) : 덕종 건중(建中) 원년(780)에 한회가 임지인 곡강에서 세상을 떠나자, 한유가 형수 정씨(鄭氏)와 조카 한노성(韓老成)과 함께 그 유해를 운구하여 장사지내기 위해 고향 하양(河陽)으로 돌아온 것을 가리킨다.

15 値中原之有事(치중원지유사) : 마침 중원에 전란이 발발하다. 대종(代宗) 대력(大曆) 14년(779)에 회서(淮西)절도사 진영에서 일어난 반란을 뒤이어 덕종 건중 2년(781)에 발발한 성덕(成德), 위박(魏博), 산남(山南), 평로(平盧) 등 절도사의 반란 사건이 연이어진 것을 말한다. 이 뒤에도 중원 지역의 절도사들이 일으킨 반란이 끊이지 않았다. '事'는 '변고', '전란'을 가리킨다.

16 就食於江之南(취식어강지남) : 건중 원년(780)에 중원의 전란을 피해 한유가 형수를 따라 한씨(韓氏)의 장원(莊園)이 있던 강남의 선주[宣州 : 지금 안휘성(安徽省) 선주시 선성현(宣城縣)로 이주해 생계를 도모한 것을 말한다. 한유는 정원 원년(785)까지 약 6년간 당시 문화의 중심지였던 강남땅에 머무르며 독서와 학문에 몰두했다.

17 專專(전전) : 한 가지 일에 전념하다.

18 講習(강습) : 유가의 경전을 강론하고 학습하다.

19 古訓(고훈) : 고대 성현들의 유훈. 예전부터 전해내려 오는 경전.

20 前靈(전령) : 전대의 현인. '전수(前修)' 또는 '전현(前賢)'이라고도 한다.

21 逸迹(일적) : 전대의 현인들이 남겨놓은 발자취.

22 超孤擧(초고거) : 초연히 홀로 떨쳐 일어나다. 뭇사람을 초월해 홀로 떨쳐 일어나다.

23 幽尋(유심) : 그윽이 깊은 진리를 찾다. 심오한 도리를 탐구하다.

24 不任(불임) : 감당하지 못하다. 감당할 능력이 없다.

考古人之所佩兮, 閱時俗之所服；忽忘身之不肖兮, 謂靑紫[25]其可拾[26]；自知者爲明[27]兮, 故吾之所以爲惑。擇吉日余西征[28]兮, 亦旣造夫京師[29]；君之門不可逕[30]而入兮, 遂從試於有司[31]；惟名利之都府[32]兮, 羌[33]衆人[34]之所馳；競乘時而附勢兮, 紛變化其難推；全純愚[35]以靖處[36]兮, 將與彼而異宜[37]。

欲奔走以及事兮, 顧初心而自非。朝騁騖³⁸乎書林³⁹兮, 夕翺翔³⁸乎藝苑³⁹ ; 諒卻步以圖前⁴⁰兮, 不浸近而愈遠⁴¹。

25 靑紫(청자) : 고관의 인끈 색깔로 높은 관직을 가리킨다. 한(漢)나라 제도에 의하면 승상(丞相)과 태위(太尉)는 '금 도장(金印)'과 '자색 인끈(紫綬)', 어사대부(御史大夫)는 '은 도장(銀印)'과 '청색 인끈(靑綬)'을 사용했다고 한다.

26 拾(습) : 손으로 줍듯이 쉽게 얻다.

27 自知者爲明(자지자위명) :『노자(老子)』33장에서 "다른 사람에 대해 잘 아는 것을 지혜롭다고 하고, 자신에 대해 잘 아는 것을 현명하다고 한다(知人者智, 自知者明)"라고 한 데서 나온 말.

28 西征(서정) : 서쪽 장안으로 가다.

29 造夫京師(조부경사) : 저 도성에 도착하다. '造'는 '이르다', '도착하다'는 뜻. 한유는 정원 2년(786)에 선성(宣城)을 떠나 장안으로 갔다.

30 逕(경) : 곧장. 직접.

31 有司(유사) : 담당 부서로 진사고시를 주관하는 예부(禮部).

32 都府(도부) : 도회지. 여기서는 '모이는 곳'이란 뜻으로 확대되어 쓰였다.

33 羌(강) : 초사(楚辭) 계열의 사부(辭賦)에서 많이 쓰인 어조사.

34 衆人(중인) : 벼슬길로 나서기 위해 도성으로 몰려와 명리를 추구하는 사인(士人) 계층.

35 純愚(순우) : 순박한 우둔함. 갓난아이와 같은 때 묻지 않은 마음을 가리킨다.

36 靖處(정처) : 자기 분수에 만족하며 조용히 살아가다.

37 異宜(이의) : 마땅히 옳다고 여기는 기준을 달리하다. 한유 자신은 명리를 좇는 뭇사람들과 옳다고 여기는 기준이나 가치관이 다르다는 것을 나타낸다.

38 騁騖(빙무)·翺翔(고상) : 둘 다 '서적과 학문의 세계에 빠져 지내다'는 뜻이다.

39 書林(서림)·藝苑(예원) : 보통 서적이 아니라 육경(六經)과 같은 삼대(三代)와 양한(兩漢)의 경전을 주로 가리킨다.

40 卻步以圖前(각보이도전) : 전진을 도모하기 위해 뒤로 물러나다.

41 不浸近而愈遠(부침근이유원) : 점점 가까워지지 않고 갈수록 멀어지다. '浸'은 '점(漸)'의 뜻이다. 이는「구가(九歌)·대사명(大司命)」에서 "점차 가까워지지 않고 더욱 멀어진다(不浸近兮愈疏)"라고 한 데서 따온 표현이다.

哀白日⁴²之不與吾謀⁴³兮, 至今十年⁴⁴其猶初! 豈不登名於一科兮⁴⁵, 曾不補其遺餘。進旣不獲其志願兮, 退將遁而窮居 ; 排國門而東出兮, 慨余行之舒舒⁴⁶。時憑高以迴顧兮, 涕泣下之交如⁴⁷ ; 庶⁴⁸洛師⁴⁹而悵望⁵⁰兮, 聊浮游⁵¹以躊躇⁵²。假大龜以視兆⁵³兮, 求幽貞⁵⁴之所廬 ; 甘潛伏⁵⁵以老死兮, 不顯著其名譽。非夫子⁵⁶之洵美⁵⁷兮, 吾何爲乎浚之都⁵⁸ ; 小人之懷惠兮⁵⁹, 猶知獻

其至愚。固余異於牛馬兮, 寧止乎飮水而求芻? 伏門下而默默^{60}兮, 竟歲年^{61}以康娛^{62}。時乘閒以獲進兮, 顏垂歡而愉愉 ; 仰盛德以安窮兮, 又何忠之能輸^{63}?

---

42 白日(백일) : 세월 또는 밝은 시대.

43 不與吾謀(불여오모) : 나와 더불어 도모하지 않다. 즉 '나와 잘 맞지 않다'는 뜻이다.

44 至今十年(지금십년) : 정원 2년(786)에서 이해(797)까지는 정확히 말하면 11년이지만, 여기서는 개략적인 수를 말한 것이다.

45 이 구절은 한유가 25세이던 정원 8년(792)에 진사과에 합격한 사실을 두고 말한 것이다.

46 舒舒(서서) : 느릿느릿한 모양. 천천히 가는 모양.

47 交如(교여) : 한꺼번에 닥치는 모습. '如'는 접미사.

48 戾(여) : 이르다. 도착하다.

49 洛師(낙사) : 낙양(洛陽). 당나라 때에 낙양은 동경(東京)이었다. '師'는 '수도(京師)'의 뜻이다.

50 悵望(창망) : 멍하니 슬퍼하며 멀리 내다보다.

51 浮游(부유) : 이리저리 마음대로 노닐다. 소요하다.

52 躊躇(주저) : 유유자적하다. 『장자(莊子)·양생주(養生主)』에 "유유자적하며 마음속으로 만족해하다(躊躇滿志)"라는 표현이 보인다.

53 假大龜以視兆(가대귀이시조) : 옛 사람들은 거북 등껍질을 태워 그것이 갈라지는 흔적을 보고 길흉을 점쳤다.

54 幽貞(유정) : 은둔자를 가리킨다.

55 潛伏(잠복) : 숨어 칩거하다. 은둔해서 사는 것을 말한다.

56 夫子(부자) : 저 분. 동진(董晉)을 가리킨다.

57 洵美(순미) : 진실로 아름답다.

58 浚之都(준지도) : 변주(汴州) 곧 지금 하남성 개봉시(開封市)를 가리킨다. '浚'은 옛 고을의 이름으로 춘추(春秋)시대에는 정(鄭)나라 땅이었고 전국(戰國)시대에는 위(魏)나라 도읍지 대량(大梁)에 해당하는데, 지금 하남성 준의현(浚儀縣)이다.

59 이 구절은 『논어·이인(里仁)』편에서 "군자는 덕을 가슴에 품고 소인은 땅을 마음에 두며, 군자는 형벌을 마음에 두고 소인은 특혜를 마음에 둔다(君子懷德, 小人懷土; 君子懷刑, 小人懷惠)"라고 한 데서 따온 것이다.

60 伏門下而默默(복문하이묵묵) : 문하에 엎드려 지내며 아무 소문도 나지 않다. 한유가 동진의 막부에 있으면서 주군의 주목을 끌지 못해 아무런 명성을 얻지 못했음을 말한다.

61 歲年(세년) : 1년. 한 해.

62 康娛(강오) : ㄴ곳이 여유 있게 즐기다.

63 何忠之能輸(하충지능수) : 어떻게 충정을 다 바칠 수 있겠는가? '輸'는 '바치다'는
    뜻이다. 지금 고향으로 돌아와 동진의 성대한 덕을 우러러보며 곤궁한 처지에
    안주하고 있는지라, 자신의 충정이 조정에 알려질 수 없음을 한탄해 한 말이다.

昔余之約吾心^{64}兮, 誰無施而有獲^{65}? 嫉貪佞之洿濁^{66}兮, 曰吾其旣勞而後
食^{67}。懲此志之不脩兮, 愛此言之不可忘 ; 情怊悵^{68}以自失兮, 心無歸之茫
茫^{69}。苟不內得其如斯兮, 孰與不食而高翔^{70}? 抱關^{71}之阨陋^{72}兮, 有肆志^{73}
之揚揚^{74}。伊尹之樂於畎畝^{75}兮, 焉貴富之能當? 恐誓言之不固兮, 斯自訟
以成章^{76}。往者不可復兮, 冀來今之可望。

64 約吾心(약오심) : 내 마음을 단속하다. 내 마음속으로 스스로 약속하다.
65 誰無施而有獲(수무시이유획) : 누가 일하지 않고 수확할 수 있겠는가? 이는 『초
    사(楚辭)・구장(九章)・추사(抽思)』의 "어찌 힘쓰지 않고 대가가 있겠으며, 어찌
    열매가 맺히지 않았는데 수확이 있겠는가?(孰無施而有報兮, 孰不實而有穫?)"에
    서 따온 표현이다.
66 洿濁(오탁) : 더럽고 탁한 물로 여기서는 인격이 비루한 것을 가리킨다.
67 食(식) : 관리가 되어 봉록을 받아 생활하는 것을 말한다.
68 怊悵(초창) : 실의에 빠져 상심하는 모양.
69 茫茫(망망) : 망망하다. 정신이 흐릿하다.
70 高翔(고상) : 높이 날아오르다. 속세를 떠나 고답적인 세계로 멀리 날아가는 것
    을 상징한다.
71 抱關(포관) : 문지기. 문을 지키는 직무.
72 阨陋(애루) : 좁고 비루하다. 여기서는 지위가 낮은 것을 말한다. '阨'는 '隘'와 통
    한다.
73 肆志(사지) : 포부를 마음껏 펼치다.
74 揚揚(양양) : 의기양양하다. 득의한 마음이 얼굴에 나타나는 모양.
75 伊尹之樂於畎畝(이윤지낙어견묘) : 이윤은 본래 들판에서 농사짓고 있다가 상
    (商)나라 탕(湯)임금에게 발탁되어 그를 도와 하(夏)나라의 걸(桀)을 토벌하고
    재상의 자리인 아형(阿衡)으로 받들어졌다. '伊'가 이름이고 '尹'은 관직명이며,
    '畎畝'는 '들판' 또는 '경작지'이다.
76 自訟以成章(자송이성장) : 스스로 읊조려 글을 짓는다. 스스로 읊조려 이 「복지
    부」를 짓는 것을 말한다. '訟'은 '誦'과 같은 뜻이다.

閔己賦

나는 옛사람에 미치지 못함을 슬퍼하노니
시대의 여건상 그렇게 되었으므로
홀로 답답해한들 언제 끝날 것인가?
문장을 빌려 내심의 고민을 풀어본다.

옛날에 안회(顔回)는 도의 경지에 근접해
몸을 숨겨 곤궁하면서도 화평하고 관대했는데
본래 지혜가 탁월한 사람에게는 대수롭지 않은 일이나
공자께서는 도리어 그의 현명함을 찬탄하셨다.
누추한 집에서 표주박에 물마시고 대그릇 밥을 먹으면서도
정신을 수양하고 타고난 명을 보전했다.
지극히 성스러운 분을 의지하고 따랐으니
어찌 어려운 세파에서도 스스로 만족하시 아니했겠는가!

말하건대, 나는 앞날이 어둡고 동반자가 없는지라
저 사람을 바라보니 너무 멀기만 하도다.
배를 타고 가면서 사방을 구분하지 못하지만
넓디넓어 끝이 없는 큰 강물을 건너간다.
조상이 남겨놓으신 유업에 부지런히 힘쓰고
전현의 말씀을 힘써 좇아가고자 한다.
비록 발을 내딛어 정도를 행하고자 하나
나와 동행할 이가 누군지 몰라 슬퍼한다.
뭇사람들 모두 정도를 버려도 나는 따랐거늘
불현듯 스스로 옳은지 그른지 의아하고
천지 세간은 아득히 끝없이 광대해
내 정녕 가슴으로 품을 만한 곳을 알지 못한다.
수초에 의지해 쉬고 있으니
늘 마음이 편하지 못하고 위태롭다.
오래도록 마음속 간절함은 무슨 연고인고?
역시 타고난 운명이 본디 그러한 때문이리라.

막힘과 통함이 각기 극에 달하면
다 득이 되기도 하고 실이 되기도 한다.
군자가 자기 자리를 잃어버리기도 하고
소인이 자기의 때를 만나기도 한다.
잠시 정도를 굳게 지키며 조용히 기다리는데
진실로 옛사람에 미치지 못하니 무엇이 더 슬프겠는가!

해제

정원 16년(800) 5월에 장건봉(張建封)의 절도추관(節度推官)으로 있다가 물러나 낙양으로 돌아와 칩거하던 중에 지은 부로 관직 생활이 뜻대로 풀리지 않아 깊은 시름에 잠긴 심정을 토로하고 있다. 작자는 정원 15 년에 동진(董晉)이 병사하고 변주(汴州)에 반란이 일어나자 서주(徐州)로 가서 무녕군(武寧軍)절도사 장건봉에게 의지한 바 있었다. 안회(顔回)가 공자에게 의지해 안빈낙도(安貧樂道)의 삶을 살았던 것에 빗대어, 자신을 지키며 다시 등용될 기회를 기다리려는 결심을 피력하는 한편, 자신의 슬픈 처지와 당시 세상에 대한 울분을 담기도 했다.

원문 및 주석

余悲不及古之人兮, 伊¹時勢²而則然 ; 獨閔閔³其曷已兮, 憑文章以自宣⁴。

1   伊(이) : 어조사.
2   時勢(시세) : 시대의 추세. 당시의 형세.
3   閔閔(민민) : 걱정 근심하는 모양.
4   憑文章以自宣(빙문장이자선) : 문장을 빌려 내심의 고민을 해소하다. 글쓰기는 은둔하는 선비가 고민의 해소 내지 소일거리로 삼았던 주된 일의 하나였다. 도연명(陶淵明)이 자서전격인「오류선생전(五柳先生傳)」에서 "늘 문장을 지어 스스로 즐겼다(常著文章以自娛)"라고 한 것이 대표적 예다.

昔顔氏之庶幾⁵兮, 在隱約⁶而平寬⁷, 固哲人⁸之細事⁹兮, 夫子乃嗟歎其賢¹⁰。惡飲食¹¹乎陋巷¹²兮, 亦足以頤神¹³而保年¹⁴ ; 有至聖¹⁵而爲之依歸兮, 又何不自得於衆難, 曰 . 余昏昏¹⁶其無類¹⁷兮, 望夫人¹⁸其已遠 ; 行角䎞¹⁹而不誠

四方兮, 涉大水之漫漫[20]。勤祖先之所貽兮, 勉汲汲[21]於前脩[22]之言；雖擧足以蹈道[23]兮, 哀與我者爲誰。衆皆捨而己用兮, 忽自惑其是非；下士茫茫[24]其廣大兮, 余壹[25]不知其可懷。就水草以休息兮, 恆未安而旣危；久拳拳[26]其何故兮, 亦天命之本宜。

5 顔氏之庶幾(안씨지서기) : 안회(顔回)는 거의 도에 근접했다. 이는 『역경(易經)・계사전하(繫辭傳下)』의 "안씨의 아들은 거의 도에 근접했도다!(顔氏之子, 其殆庶幾乎!)"에서 유래한 표현. 안회는 공자의 수제자로 자는 자연(子淵).

6 隱約(은약) : 몸을 숨기고 곤궁함을 지키다. 몸을 숨겨 은둔해 소박하게 생활함을 말한다. 장기(莊忌)의 「애시명(哀時命)」에 "시름에 묻혀서 몸을 숨기고 소박하게 살아가며, 뜻은 억눌리어 드러내지 못한다(居處愁以隱約兮, 志沈抑而不揚)"라고 한 표현이 보인다.

7 平寬(평관) : 화평하고 관대하다.

8 哲人(철인) : 지혜가 탁월한 사람.

9 細事(세사) : 사소한 일. 대수롭지 않은 일. 소식(蘇軾)과 사마광(司馬光)은 한유가 안회의 안빈낙도하는 생활을 사소한 일로 간주한 견해를 비판한 바 있다. 그러나 마기창(馬其昶)은 「답이고서(答李翺書)」(HS-093)에 보이는 바와 같이 안회와 한유의 처지가 확연히 다른 점을 들어 한유를 옹호했다.

10 夫子乃嗟歎其賢(부자내차탄기현) : 『논어・옹야(雍也)』편에서 공자가 "어질도다! 안회는. 한 대그릇의 밥을 먹고 한 쪽박의 물을 마시며 누추한 집에서 살게 되면, 다른 사람들은 그 괴로움을 참을 수 없는데 안회는 그 즐거움을 바꾸지 않는다. 어질도다! 안회는(賢哉! 回也. 一簞食, 一瓢飮, 在陋巷, 人不堪其憂, 回也不改其樂. 賢哉! 回也)"이라고 한 것을 가리킨다.

11 惡飮食(악음식) : 거친 음식. 단사표음(簞食瓢飮)을 가리켜 한 말.

12 陋巷(누항) : 누추한 집. '누추한 뒷골목'이란 풀이도 가능하다.

13 頤神(이신) : 정신을 기르다. 정신을 보양하다. 마음을 즐겁게 하다.

14 保年(보년) : 타고난 수명을 보전하다.

15 至聖(지성) : 지극히 성스러우신 분. 공자를 가리킨다. 공자는 지성선사(至聖先師)로 불린다.

16 昏昏(혼혼) : 어둑어둑한 모양. 어두컴컴한 모양.

17 無類(무류) : 동반자 또는 동류가 없다.

18 夫人(부인) : 저 사람. 안회를 가리킨다.

19 舟檝(주집 / 주즙) : 배와 노. 배를 가리킨다.

20 漫漫(만만) : 넓디넓어 끝이 없는 모양.

21 汲汲(급급) : 마음이 다급한 모양.

22 前脩(전수) : 전대의 현인. '전현(前賢)'과 같은 뜻.

23 蹈道(도도) : 정도(正道)를 행하다.

24 茫茫(망망) : 아득히 끝이 없는 모양.

25 壹(일) : 정녕. 실로. 확실히. 분명히.

26 拳拳(권권) : 정성스럽게 마음속으로 간직하고 있는 모양. 간절한 마음을 형용한
    다.

惟否泰之相極[27]兮, 咸一得而一違。君子有失其所兮, 小人有得其時。聊固
守以靜俟[28]兮, 誠不及古之人兮其焉悲!

27 否泰之相極(비태지상극) : 막힘과 통함이 각기 극에 도달하다. 인간 세상의 불운
    과 행운이나 홍망성쇠는 극에 달하면 서로 다른 쪽으로 순환해감을 말한다. '否
    泰'는 본래 『주역(周易)』의 두 괘 이름으로 '천지가 교합해 만물이 상통하는 것'
    이 태괘(泰卦), '교합하지 않아 꽉 막힌 것'이 비괘(否卦)다.

28 靜俟(정사) : 조용히 기다리다.

HS-004 「지기를 떠나보내며 지은 부」

別知賦

나는 천하의 명사들과 교제한 지
햇수로 이십 년째가 되어간다.
지위가 낮다고 가까이 하지 않겠으며
지위가 높다고 구하지 않을 것인가?
이런저런 다양한 친구들이 매우 많은데
모두 유능한 것을 좋아하고 덕행 수련을 애호한다.
어찌 편안하게 영달하며 혼자 풍족할 텐가
곤경에 처한 벗들을 돌아보며 함께 걱정한다.
다만 진정 마음을 알아주는 친구란 얻기 어려운 법
백 명 중에 겨우 한 사람 얻을 정도.

계미년(癸未年 : 803)에 도성에서 쫓겨나
바다 모퉁이에서 벌레나 뱀들과 함께 지냈다.

그대가 이곳으로 부임해 옴에
관사(官舍)를 청소하고 진수성찬을 차렸다.
어지러운 생각 가운데서 심오한 뜻을 찾고
수많은 우환 속에서 고독한 웃음을 짓는다.
사물이 어찌 심오하다고 해서 거울처럼 밝아지지 않을 것이며
이치가 어찌 은밀하다고 해서 풀려 나오지 않겠는가?
처음에는 들쭉날쭉 순서가 없더니만
마지막에는 큰물처럼 도도하게 합쳐져 동류가 되었다.
어찌하여 이런 즐거움을 오래 누리지 못하고
끝내 말을 몰아 수레를 돌려가야 하는고?
산들은 높디높게 서로 부딪치듯 모여 있고
초목은 푸르디푸르게 서로 얽혀 있다.
비는 계속해서 내려 그치지 않고
구름은 넓게 퍼져 늘 하늘에 떠 있다.
좋은 벗 다시 올 날이 자주 있지 않음을 알기에
내가 이곳을 떠나려도 까닭이 없음을 슬퍼한다.
성곽에 기대어 흐르는 눈물을 닦으며
속절없이 종일토록 서성거린다.

해제

정원 20년(804) 봄에 양산(陽山 : 지금 광동성 양산현)에 있을 때 호남도지
사(湖南道支使) 양의지(楊儀之)가 임무를 마치고 돌아가는 것을 전송하며
지은 부. 제목 밑에 '送楊儀之' 네 글자가 더 있는 판본노 있다. 삭자는

그 전 해에 경조윤(京兆尹) 이실(李實)을 탄핵한 일로 양산현령으로 좌천되어 있던 중, 심사가 어지럽고 걱정이 많은 상황에서 양의지를 만나 마음이 통하는 교제를 나누었다. 진심을 알아주는 벗과 기약할 수 없는 이별을 해야 하는 쓰라린 심정과 인생살이에서 마음이 통하는 벗을 만나기 어려운 아쉬움을 잘 토로하고 있다. 양의지를 전송하며 지은 것으로는 「송양지사서(送楊支使序)」(HS-134)라는 한 편의 글이 더 있다.

원문 및 주석

余取友於天下, 將歲行之兩周¹。下何深²之不卽, 上何高³之不求⁴? 紛擾擾⁵其旣多, 咸喜能而好修⁶。寧安顯而獨裕, 顧阨窮⁷而共愁。惟知心⁸之難得, 斯百一而爲收。

1 將歲行之兩周(장세행지양주) : 일주(一周)는 12년. 한유가 천하의 넓은 무대에서 친구를 사귄 것이 강남의 선성(宣城)을 떠나 장안으로 올라온 정원 2년(786)부터 시작되었다고 볼 때, 이 작품이 지어진 해가 정원 20년(804)으로 아직 '兩周'에 미치지 못하기 때문에 '將'자를 써서 표현했다.
2 深(심) : 깊숙한 곳에 숨어 있는 것을 가리킨다.
3 고(高) : 높은 자리에 있는 것을 가리킨다.
4 이상 두 구절은 한유가 나눈 친구 교제의 폭이 대단히 넓다는 점을 나타낸다.
5 擾擾(요요) : 시끄러운 모양. 어지러운 모양. 여기서는 친구가 각양각색으로 많은 상황을 형용한다.
6 修(수) : 선행을 닦다. 덕행을 연마하다.
7 阨窮(액궁) : 꽉 막혀 곤궁하다. 『맹자(孟子)・만장하(萬章下)』의 "버려져도 원망하지 않고 곤궁 속에 빠져도 근심스러워 하지 않았다(遺佚而不怨, 阨窮而不憫)"에서 나온 말이다.
8 知心(지심) : 뜻이 서로 통하는 친구. 진심을 알아주는 벗.

歲癸未而遷逐⁹, 侶蟲蛇於海陬¹⁰ ; 遇夫人之來使¹¹, 闢公館¹²而羅羞¹³。索微言於亂志, 發狐笑於羣憂[14]; 物何深而不鏡[15], 理何隱而不抽? 始參差[16] 以異序, 卒爛漫[17]而同流; 何此歡之不可恃, 遂駕馬而迴輈[18]? 山礒礒其相軋[19], 樹翁翁其相摎[20]; 雨浪浪[21]其不止, 雲浩浩[22]其常浮. 知來者之不可以數[23], 哀去此而無由; 倚郭郛[24]而掩涕[25], 空盡日以遲留[26]。

9 歲癸未而遷逐(세계미이천축) : 계미년 12월에 한유가 양산현령으로 좌천된 일을 가리킨다. 계미년은 정원 19년(803).
10 侶蟲蛇於海陬(여충사어해추) : 변방의 바닷가에서 독충들과 함께 지내는 것을 말한다. '侶'는 '벗 삼다'는 뜻이고, '蟲蛇'는 모든 독충의 총칭이며, '海陬'는 '바다 모퉁이'라는 뜻으로 양산(陽山)을 가리킨다.
11 遇夫人之來使(우부인지내사) : 한유가 유배지 양산에 도착한 이듬해 봄에 양의지가 호남도지사(湖南道支使)로 부임해온 것을 말한다.
12 公館(공관) : 공공기관에서 지정한 관사(官舍).
13 羅羞(나수) : 진수성찬을 차리다.
14 이상 두 구절은 한유가 좌천되어 심사가 어지럽고 걱정이 많은 상황에서 양의지를 만나 마음이 통해 즐겁게 교제한 것을 나타낸다.
15 鏡(경) : 거울처럼 밝고 투명하다. 동사로 쓰였다. '고찰하다'는 뜻의 '考(고)'로 된 판본이 많다.
16 參差(참치) : 들쭉날쭉 가지런하지 않는 모양. 연회 자리에 참석한 사람들이 뒤죽박죽 질서가 없는 모양을 형용한다.
17 爛漫(난만) : 큰물처럼 왕성한 모양. '瀾漫' 또는 '爛熳'으로 적기도 하는데, 모두 첩운(疊韻) 관계의 연면자(聯綿字)로 같은 뜻이다. 참석한 사람들의 심정이 도도한 큰물처럼 하나로 합쳐지는 것을 형용한다.
18 迴輈(회주) : 수레를 돌리다. 양의지가 임무를 마치고 돌아가는 것을 말한다. '輈' 는 본래 '수레의 끌채(轅)'를 가리킨다.
19 山礒礒其相軋(산오오기상알) : 산들이 높디높게 서로 부딪치듯 모여 있다. '礒礒' 는 산이 우뚝 높이 솟은 모양 또는 산에 돌이 많은 모양.
20 樹翁翁其相摎(수옹옹기상규) : 나무들이 푸르디푸르게 서로 얽혀 있다. '翁翁'은 초목이 무성한 모양.
21 浪浪(낭랑) : 비가 계속해서 내리는 모양.
22 浩浩(호호) : 구름이 넓게 퍼져 있는 모양.
23 知來者不可以數(지래자불가이삭) : 다시 올 날이 자주 있지 않음을 알다. 이번에 양의지가 떠나간 뒤에 좋은 벗을 만날 기회란 자주 있지 않을 것임을 말한다. '以數'를 '比數(비수)'라고 읽어 '따져서 헤아리다'는 뜻으로 해석해 이 구절을 '다시 올 날 기약할 수 없음을 알다'로 풀이하기도 한다.
24 郭郛(곽부) : 성곽. 외성(外城).
25 掩涕(엄체) : 눈물을 닦다. 「이소(離騷)」의 "길게 탄식하며 눈물 닦는다(長太息以 掩涕)"라는 데서 나온 말로 '눈물 흘리며 운다'는 뜻.

26 遲留(지류) : 서성거린다. 벗을 떠나보내고 아쉬운 심정에서 차마 떠나지 못하고 이별의 길목을 배회하고 있음을 말한다.

HS-005 「도의 본질에 대하여」

原道

사람을 널리 사랑하는 것을 '인(仁)'이라 하고, 실제 일을 행함에 있어 사리에 합당한 것을 '의(義)'라고 하며, 인과 의에 따라 세상을 살아가는 것을 '도(道)'라고 하고, 내심에 충만해 어떠한 외부의 힘에도 기대지 않는 것을 '덕(德)'이라고 한다. 인과 의는 구체적인 내용이 있는 실체적 명칭이고, 도와 덕은 고정된 내용이 없는 추상적 개념이다. 따라서 도에는 군자의 도와 소인의 도가 있고, 덕에는 악덕과 미덕이 있다. 노자(老子)가 인의를 작다고 여긴 것은 그것을 헐뜯으려는 것이 아니고, 그가 그것들을 작게 보았기 때문이다. 우물 안에 앉아 하늘을 살펴보고 하늘이 작다고 하는 것은 하늘이 작기 때문이 아니다. 노자는 자그마한 은혜를 베푸는 것이 인이고, 사소한 일에 신중한 것을 의라고 여겼으니, 그가 그것들을 작다고 본 것은 당연하다. 노자가 말하는 도는 자기가 도로 여기는 것을 도라고 한 것이지, 내가 말하는 도가 아니다. 노자가 말하는 덕은 자기가 덕으로 여기는 것을 덕이라고 한 것이지, 내가 말하는 덕이 아니다. 대체로 내가 말하는 도덕이라는 것은 인과 의를 합한 것으로 천하의 공변된 언론이고, 노자가 말하는 도덕이라는 것은 인과 의를 떠난 것으로 개인의 사사로운 견해다. 주(周)나라의 도가 쇠퇴하고 공자께서 세상을 떠난 뒤에, 진(秦)나라 때에는 분서(焚書)의 화를 입었고, 한(漢)나라 때에는 황로학(黃老學)이 유행했으며, 진(晉)·위(魏)·양(梁)·수(隋)나라 때에는 불교가 성행했다. 도덕과 인의를 논하는 이들은 양주(楊朱)로 들어가지 않으면 묵적(墨翟)으로 빠져들고, 도교로 들어가지 않으면 불교로 귀의했다. 저 다른 사상으로 빠져 들어가면 반드시 유가(儒家)에서 나가 버렸다. 빠져 들어간 것을 주인으로 받들고 나가 버린 것을 노예로 경시하며, 빠져 들어간 것에는 들붙고 나가 버린 것에 대해서는 더럽다고 간주했다. 아! 후세 사람 중에 인의도덕에 관한 학설을 들으려고 하는 이들이 과연 누구를 통해 그것을 듣겠는가? 노자의 학설을 신봉하는 이들은 "공자는 우리 스승의 제자다"라고 하고, 불교를 신봉하는 이들도 "공자는 우리 스승의 제자다"라고들 한다. 공자의 학문을 신봉하는 이들도 저들의 견해를 듣는데 익숙해지다 보니, 저들의 허황한 것을 즐기해 스스로를 작다고 여기고는 덩달아 "우리 스승도 일찍이 저들을 스승으로 삼은 적이 있었다"라고 한다. 단지 그것을 입으로 거론할 뿐 아니라 또 글로 써내기도 했다. 아! 후세 사람 중에 비록 인의도덕에 관한 학설을 들어보려고 하더라도, 누구를 통해 그것을 구하겠는가? 심하도다! 사람들이 괴이한 것을 좋아함이여! 그 실마리를 탐구하지 않고, 그 결과를 물어보지도 않고서 오직 괴이한 것만 들으려고 한다.

옛날에는 백성이 네 부류가 있었으나 지금은 백성이 여섯 부류나 된다. 옛날 교화에 종사하는 이는 네 부류 중에 하나에 불과했지만, 지금 교화에 종사하는 이는 여섯 부류 중에 셋이나 된다. 농사짓는 집은 하나인데 곡식을 먹는 집은 여섯이고, 공업에 종사하는 집은 하나인데 기물을 사용하는 집은 여섯이고, 장사하는 집은 하나인데 그것에 의지해 생활하는 집은 여섯이니 어떻게 백성들이 궁핍해져 도적질을 하지 않겠는가? 옛날에는 사람들에게 해가 되는 것이 매우 많았다. 성인이 세상에 나온 뒤에 그들에게 서로 간에 도와가며 함께 살아가는 방법을 가르쳐주었다. 성인은 그들에게 임금을 세워주고 스승을 세워줬으며, 곤충이며 뱀이며 새나 짐승 따위를 몰아낸 뒤 중원 땅에 거주하게 해주었다. 추위에 떨자 그들에게 옷 짓는 방법을 가르쳐주었고, 배고파하자 음식 만드는 법을 가르쳐주었으며, 나무 위에 살다가 떨어지고 움막이나 토굴 속에 살다가 병에 잘 걸리자 집 짓는 기술을 가르쳐주었다. 그들에게 물건 만드는 기술을 가르쳐서 기물이나 용구를 풍족하게 해주었고, 장사하는 법을 가르쳐서 서로 간에 있는 것과 없는 것을 유통시켜 주었고, 의술이나 약제에 대해 가르쳐서 요절을 면하게 해주었고, 매장이나 제사와 같은 제도를 가르쳐주어 은애하는 마음이 자라나게 해주었으며, 예의를 제정해 선후의 질서를 바로잡아주었고, 음악을 만들어 마음속에 맺혀 답답한 것을 풀게 해주었고, 정치하는 방법을 만들어 나태한 사람들을 이끌어주었고, 형벌을 제정해 힘세고 뻐딱한 무리들을 제거하게 해주었다. 서로 간에 속이는 일이 생겨나자 그들에게 부절이나 도장이며 말(斗)이나 휘(斛)며 저울추나 저울대 따위를 만들어주어 믿을 수 있게 해주고, 서로 간에 쟁탈을 하자 성곽이며 갑옷이며 병기 등을 만들어주어 지킬 수 있게 해주었다. 재해가 닥치기 전에 그들에게 사전 대비를 하게 해주고, 환난이 생기기 전에 그들을 위해 미연에 방비하게 해주었다.

그런데 지금 도교(道敎)를 믿는 무리들이 말한다.

"성인이 죽지 않으면 큰 도둑이 그치지 않을 것이다. 곡식을 되는 말을 쪼개버리고 저울대를 잘라버려야 백성들이 다투지 않을 것이다."

아아! 이 또한 생각이 모자란 탓이로다! 만약 옛날에 성인이 없었다면 인류는 멸종된 지가 오래되었을 것이다. 무엇 때문인가? 깃이나 털이나 비늘이나 딱딱한 껍질이 없이 추위와 더위에 견디며 살아야 하고, 날카로운 손톱이나 이빨이 없이 야수들과 먹이를 다투어야 했기 때문이다. 이런 까닭에 군왕은 명령을 내리는 자요, 신하는 군왕의 명령을 실행에 옮겨 백성들에게 이르게 하는 자요, 백성은 조와 쌀이나 삼베와 비단을 생산하고 기물이나 그릇을 제작하고 화물이나 재화를 유통시켜 그 윗자리에 있는 사람을 섬기는 존재다. 군왕이 명령을 내지 않으면 군왕으로서의 존재 근거를 잃고, 신하가 군왕의 명령을 실행에 옮겨 백성들에게 이르게 하지 않거나, 백성이 조와 쌀이나 삼베와 비단을 생산하고 기물과 그릇을 제작하고 화물과 재화를 유통시켜 그 윗자리에 있는 사람을 섬기지 않으면 처벌해야 한다.

그런데 지금 불교도의 교의에서는 말한다.

"반드시 너희들의 군신 관계를 버리고 부자 관계를 끊고, 너희들 서로 간에 도와가며 살아가는 방법을 금지시켜서, 이른바 청정(淸淨)하고 적멸(寂滅)한 경지를 추구하게 하라."

아아! 그들은 요행히 하(夏)·은(殷)·주(周) 삼대(三代)의 뒤에 나온 탓에 우왕(禹王)·탕왕(湯王)·문왕(文王)·무왕(武王)·주공(周公)·공자(孔子)에 의해 축출 당하지 않았고, 불행하게도 삼대 이전에 나오지 않아서 우왕·탕왕·문왕·무왕·주공·공자에 의해 바로잡히지 못했다.

'제(帝)'와 '왕(王)'은 그 호칭은 다르지만, 성인이 되는 까닭은 마찬가지다. 여름에 칡베옷을 입고 겨울에 가죽옷을 입으며, 목마르면 마시고 배고프면 먹는 것은 그 일은 다르지만 지혜로움인 까닭은 마찬가지다. 지금 도교의 무리들이 말하기를 "어찌하여 태곳적의 인위를 가하지 않고 자연 그대로 따르는 무위(無爲)를 행하지 않는가?"라고 한다. 그런데 이는 겨울에 가죽옷을 입는 사람을 질책해 "어찌하여 칡베옷을 입는 간편함을 행하지 않는가?"라고 하고, 배고파 먹는 사람을 질책해 "어찌하여 마시는 간편함을 행하지 않는가?"라고 하는 격이다.

옛 서적에 다음과 같이 적혀 있다.

"옛날에 천하에 밝은 덕을 밝히고자 하는 사람은 먼저 그 나라를 다스리고, 그 나라를 다스리고자 하는 사람은 먼저 그 가문을 가지런하게 하고, 그 가문을 가지런하게 하고자 하는 사람은 먼저 자기 자신을 수양하고, 자기 자신을 수양하고자 하는 사람은 먼저 그 마음을 바르게 하고, 그 마음을 바르게 하고자 하는 사람은 먼저 그 뜻을 정성되게 했다."

이와 같기 때문에 옛날에 이른바 마음을 바르게 하고 뜻을 정성되게 한 사람은 장차 그것을 통해 무엇인가를 이루고자 했다. 지금 자신의 마음을 다스리고자 하면서 천하 국가를 도외시하고 타고난 인륜 관계를 끊으니, 자식이 되어 자기 부모를 부모로 섬기지 않고, 신하가 되어 자기 군왕을 군왕으로 받들지 않으며, 백성이 되어 자신이 해야 할 일에 종사하지 않는다. 공자께서 『춘추(春秋)』를 지을 때는 제후라도 오랑캐의 예를 쓰면 오랑캐로 다루고, 오랑캐라고 하더라도 중국의 기준에 진입했으면 중국으로 간주했다. 『논어(論語)』에서 "오랑캐 땅에 비록 군왕이 있다고 하더라도, 중국 땅에 군왕이 없는 것만 못하다"라고 하고, 『시경(詩經)』에서 "융(戎)과 적(狄)을 방어하고, 형(荊)과 서(舒)를 징벌한다"라고 했는데, 지금에는 오랑캐의 교의(敎義)를 들어다가 고대 성왕(聖王)의 가르침 위에 두고 있으니, 얼마 안 있어 모두 오랑캐가 되지 않겠는가!

일반적으로 말해서 이른바 고대 성왕의 가르침이란 무엇인가? 사람을 널리 사랑하는 것을 '인'이라 하고, 실제 일을 행함에 있어 사리에 합당한 것을 '의'라고 하며, 인과 의에 따라 세상을 살아가는 것을 '도'라고 하고, 내심에 충만해 어떠한 외부의 힘에도 기대지 않는 것을 '덕'이라고 한다. 고대 성왕의 문헌은 『시경(詩經)』, 『서경(書經)』, 『역경(易經)』, 『춘추』고, 그들의 법도는 예법, 음악, 형벌, 법령이고, 그들의 백성은 선비, 농부, 공장(工匠), 상인이고, 그들의 신분 관계는 임금과 신하, 부모와 자식, 스승과 친구, 빈객과 주인, 형과 아우, 남편과 아내고, 그들이 만든 복장은 삼베옷과 비단옷이고, 그들이 규정한 주거는 궁(宮)과 실(室)이고, 그들이 규정한 먹을거리는 조와 쌀, 과일과 채소, 생선과 고기다. 그 도리는 알기 쉽고 그 가르침은 행하기 쉽다. 이런 까닭에 고대 성왕의 가르침으로 자기를 수양하면 만사가 순조롭고 상서로운 복이 내리며, 백성들을 다스리면 인애하고 공정해지며, 마음을 수양하면 조화롭고 평안해지며, 천하 국가를 다스리면 어디를 가더라고 합당하지 않은 곳이 없게 된다. 이런 까닭에 살아서는 그 타고난 성정을 누리고 죽어서는 마땅한 도리를 다하게 되며, 교외에서 하늘에 제사를 지내면 천신이 강림하고 사당에서 조상에게 제사를 지내면 조상신이 내려와 흠향한다.

"이 도는 어떤 도인가?"

"이것은 내가 말하는 도로서 앞에서 말한 도교와 불교의 도가 아니다. 요임금이 이 도를 순임금에게 전했고, 순임금은 우왕에게 전했고, 우왕은 탕왕에게 전했고, 탕왕은 문왕·무왕·주공에게 전했고, 문왕·무왕·주공은 공자에게 전했고, 공자는 맹가(孟軻)에게 전했는데, 맹가가 죽은 뒤에는 제대로 전승되지 못했다. 순황(荀況)과 양웅(揚雄)은 그 도리를 가려내긴 했으나 정밀하지 못했고, 그것에 대해 언급하기는 했으나 상세하지 못했다. 주공으로부터 그 위로는 윗자리에 올라 왕이 되었으므로 정치를 통해 실행되었고, 주공으로부터 그 아래는 아랫자리에 앉아 신하가 되었으므로 그들의 학설이 오래 전해졌다."

그렇다면 그것을 어떻게 해야 되겠는가?

"불교와 도교를 막지 않으면 고대 성왕의 도가 유행하지 않고, 그것들을 제지하지 않으면 이 도가 행해지지 않을 것이다. 승려와 도사를 일반 백성으로 환속시키고, 저들의 서적을 불태우고 저들의 거처인 사찰과 도관을 일반 민가로 만들고서, 고대 성왕의 도리를 천명해 백성들을 인도하고, 홀아비와 과부나 고아와 늙어 의지할 자식 없는 노인이나 신체장애자와 병에 걸린 자들도 생계를 유지할 수 있도록 해줘야 한다. 이렇게 하면 거의 그런 대로 만족할 수준에 이를 수 있을 것이다.”

해제

유가 도덕의 본질을 근원적으로 규명한 글로 ‘原(원)’이란 제목이 붙은 다른 글들과 함께 정원 19년(803) 겨울 양산현령(陽山縣令)으로 좌천되어 있던 시기 또는 정원 21년(805) 양산을 떠나 침주(郴州)에서 3개월간 머무르며 여러 서적에 푹 빠져 있던 시기에 지은 것이라는 설이 유력하지만, 정확한 창작연대는 미상이다. 이 글의 중점은 당시에 유행하던 노장(老莊) 사상에서 기원한 도교와 외래 종교인 불교를 배척하고, 중국의 전통적인 성인의 도, 곧 유가의 실제적인 인의도덕을 명확히 천명한 데 있다. 이 글은 작자의 핵심 사상을 가장 잘 표명한 문장의 하나인 동시에, 당대(唐代)의 유학 부흥운동과 고문운동을 대표하는 강령과 같은 문장으로도 유명하다. 이 글은 작자 자신이 신봉하여 내세우는 유학의 정당성에 대한 뜨거운 열정과 굳건한 신념에서 나왔기 때문에, 불교와 도교를 성토한 일종의 격문과도 같은 기세등등한 문장의 힘이 글 전체에 흘러넘친다. 시작하자마자 인의도덕에 대한 근본 개념을 명확하게 제시한 뒤 성인과 경전을 끌어와 자신의 견해를 정당화하고, 불교와 도교의 주장을 조목조목 논박했다. 문장 기교면에서 세련된 언어 구사와 명확한 개념 제시가 돋보일 뿐 아니라, 허사를 많이 사용해 문장의 기세에 저지 않은 변화를 추구하고, 전환이 풍부한 장구(長句)와 설문(設問)과 반어 및 감탄과 경탄의 문장, 대구와 비슷한 어조나 어세를 가진 어구들

짝 지어 늘어놓은 문장도 많이 사용하고 있다.

이 글은 「원성(原性)」(HS-006), 「원훼(原毁)」(HS-007), 「원인(原人)」(HS-008), 「원귀(原鬼)」(HS-009)와 함께 '오원(五原)'으로 불리는 대표적 논설문이다. '原道(원도)'라는 명칭은 『회남자(淮南子)』와 『문심조룡(文心雕龍)』의 맨 앞에 실린 편명으로 출현한 적은 있었지만, 산문 문장의 한 작품 이름으로 등장한 것은 한유에 의해서 비롯되었다. '원'은 한유에 의해 논설체 문장의 하나로 등장한 뒤 산문 문학의 한 양식이 되었는데, 여타 논설체의 문장 양식에 비해 문자 그대로 논제를 근원적으로 규명하는 성격이 강하다.

원문 및 주석

博愛[1]之謂仁, 行而宜[2]之之謂義;由是而之[3]焉之謂道[4], 足乎己[5], 無待於外[6]之謂德[7]。仁與義, 爲定名[8];道與德, 爲虛位[9]:故道有君子小人, 而德有凶有吉。老子[10]之小仁義, 非毀之也, 其見者小也。坐井而觀天, 曰天小者, 非天小也;彼以煦煦[11]爲仁, 孑孑[12]爲義, 其小之也則宜。其所謂道, 道其所道[13], 非吾所謂道[14]也;其所謂德, 德其所德[15], 非吾所謂德[16]也。凡吾所謂道德云者, 合仁與義言之也, 天下之公言也;老子之所謂道德云者, 去仁與義言之也, 一人之私言也。周道衰[17], 孔子沒[18], 火于秦[19], 黃老于漢[20], 佛于晉、魏、梁、隋之間[21], 其言道德仁義者, 不入于楊, 則入于墨[22];不入于老, 則入于佛。入于彼, 必出于此。入者主之, 出者奴之;入者附之, 出者汙之。噫! 後之人其欲聞仁義道德之說, 孰從而聽之? 老者[23]曰:"孔子, 吾師之弟子也。[24]" 佛者曰:"孔子, 吾師之弟子也。" 爲孔子者[25], 習聞其說, 樂其誕[26]而自小也, 亦曰:"吾師亦嘗師之云爾。[27]" 不惟擧之於其口, 而又筆之於其書。噫! 後之人雖欲聞仁義道德之說, 其孰從而求之? 甚矣, 人之好怪也! 不求其端, 不訊其末, 惟怪之欲聞。

1 博愛(박애) : 널리 사랑하다. 광대하고 보편적인 사랑을 말한다.

2 宜(의) : 사람의 인정이나 사리의 마땅함에 들어맞는 것을 말한다. 달리 말하면 인에 합치하는 것의 구체적 표현이다.

3 由是而之(유시이지) : 이것을 따라 세상을 살아가다. '是'는 앞의 '仁義(인의)'를 가리키며, '之'는 '가다'는 뜻의 동사로 여기서는 세상을 살아가는 것을 말한다.

4 道(도) : 길. 모든 사람이 마땅히 따라야 할 이치. 여기서는 '인의'를 출발점으로 하여 앞으로 나아가는 바로 그 길이다.

5 足乎己(족호기) : 인의가 내심에서 발해 충분한 자아수양이 되어 있음을 나타낸다.

6 無待於外(무대어외) : 어떠한 외부의 힘에도 기대지 않다.

7 德(덕) : 사람이 자아수양을 통해 터득하여 도달한 정신적 경지.

8 定名(정명) : 일정한 내용을 가진 것의 이름으로 고정된 구체적 내용이 있는 개념. 유가의 인의는 남을 사랑하고 사람의 인정이나 사리의 마땅함에 들어맞는 구체적인 실제 내용을 가지고 있음을 말한다.

9 虛位(허위) : 갖가지 다른 내용이 들어가 앉을 수 있는 빈 장소로 고정된 내용이 없는 추상적 개념. 도덕이란 학파에 따라 제각기 다른 해석을 할 수 있는 개념임을 말한다.

10 老子(노자) : 이름은 이이(李耳), 자가 담(聃)으로 선진(先秦) 시대 도가학파의 창시자이며 『노자』(일명 『도덕경(道德經)』)를 지었다. 후한(後漢) 말엽에 장로(張魯) 등이 도교(道敎)를 창립하면서 노자를 존신(尊神)으로 받들었는데, 여기에서 한유가 노자를 비판한 것은 이 "도교"를 겨냥해 한 것이다.

11 煦煦(후후) : 자그마한 은혜를 베푸는 모양. '煦'는 '약간의 햇볕으로 덥게 하다'는 뜻이다. '인'의 의미범위를 축소시켜 이해한 것을 형용한다.

12 孑孑(혈혈) : 협소한 모양. 사소한 일에 신중한 모양. 즉 '조그맣게 자신을 지키는 것'으로 '의'의 범위를 축소시켜 이해한 것을 형용한다.

13 이상 두 구절은 노자가 이른바 도란 자기가 도로 여기는 것, 곧 만상에 있는 본체를 도라고 한 것임을 말한다.

14 吾所謂道(오소위도) : 내가 이른바 도는 사람의 인의지도(仁義之道), 곧 사람다운 인간애와 이성에 비추어 사리에 합당함을 갖춘 도다.

15 이상 두 구절은 노자가 이른바 덕이란 자기가 덕으로 여기는 것, 곧 본체의 무위자연의 법을 따라서 타고난 본성을 덕이라고 한 것이다.

16 吾所謂道(오소위덕) : 내가 이른바 덕은 사람의 몸에 지닌 도덕성을 말한다.

17 이 구절은 주(周)나라가 평왕(平王) 때 호경(鎬京)에서 낙양(洛陽)으로 동천한 뒤로 천하 공주(共主)로서의 지위를 상실하고 한 모퉁이의 소국으로 전락해, 고대 성왕의 도가 전국에 통행되지 않은 것을 말한다.

18 이 구절은 공자 사후에 유학이 여덟 분파로 갈라지고 백가쟁명(百家爭鳴)의 국

면이 출현해 고대 성왕의 도가 매몰되어 밝게 드러나지 않는 것을 말한다.

19 이 구절은 유학이 진(秦)나라 때에 분서(焚書)의 화를 입었음을 말한다. 진시황(秦始皇) 34년(B.C. 213)에 이사(李斯)의 건의를 받아들여 진나라 이외 다른 나라의 역사 서적은 모두 태우고, 박사가 관장하지 않는 민간 소장의 『시경』과 『서경』 및 제자백가의 서적을 일률적으로 불태우도록 했다. 이는 갱유(坑儒)와 함께 진시황의 극악한 문화탄압 정책을 대변한다.

20 이 구절은 한(漢)나라 초기에 황로의 학술이 극성해 군신들이 신봉하고 다스리는 도로 삼은 것을 말한다. 황로는 황제(黃帝)와 노자(老子)의 학문이며, 한나라 초기에는 도가를 '황로지학(黃老之學)'으로 불렀다.

21 이 구절은 위진남북조 시대에 불교가 성행했음을 말한다. 여기서 '魏'는 북조(北朝)의 북위(北魏)와 동위(東魏)·서위(西魏)를 모두 가리키는 것으로 볼 수 있다. 특히 이 시기의 양무제(梁武帝)와 수문제(隋文帝)는 독실한 불교도였다.

22 이 두 구절은 양주(楊朱)와 묵적(墨翟)의 학설이 전국(戰國)시대에 가장 인기 있는 학문이었음을 말한다. 양주는 극단적인 '자애설(自愛說)'을 주장했고, 묵적은 '겸애설(兼愛說)'을 주창해 묵가학파의 창시자가 되었다.

23 老者(노자) : 노자의 학설을 신봉하는 이들로 도가학파를 말한다. 여기서는 도교의 무리를 가리킨다.

24 공자는 51세 때 남으로 패현(沛縣)으로 가서 노자를 만나 예를 배웠다. 『장자(莊子)·천운(天運)』 등에 관련 기록이 보인다.

25 爲孔子者(위공자자) : 공자의 학설을 신봉하는 이들로 유가학파를 가리킨다.

26 誕(탄) : 허황되다. 통이 크지만 허풍이 심하다.

27 이 구절은 공자 문하의 후학이 기록한 『예기·증자문(曾子問)』에 공자가 노자에게 예를 물었다는 기록이 있음을 말한다, 여기서 '吾師'는 유가의 시조 공자를 가리킨다. 그런데 한유 자신도 「사설(師說)」(HS-021)에서 공자가 노자를 스승으로 삼은 적이 있다는 말을 하기도 했다.

古之爲民者四, 今之爲民者六[28] ; 古之敎者處其一, 今之敎者處其三. 農之家一, 而食粟之家六 ; 工之家一, 而用器之家六 ; 買之家一, 而資焉之家六 ; 奈之何民不窮且盜也! 古之時, 人之害多矣. 有聖人[29]者立, 然後敎之以相生養之道. 爲之君[30], 爲之師, 驅其蟲蛇禽獸而處之中土. 寒, 然後爲之衣 ; 飢, 然後爲之食 ; 木處而顚, 土處而病也, 然後爲之宮室[31]. 爲之工, 以贍其器用 ; 爲之賈, 以通其有無 ; 爲之醫藥, 以濟其夭死 ; 爲之葬埋祭祀, 以長其恩愛 ; 爲之禮, 以次其先後 ; 爲之樂, 以宣其壹鬱[32] ; 爲之政, 以率[33]其怠勌[34] ; 爲之刑, 以鋤[35]其强梗[36]. 相欺也, 爲之符璽[37]、斗斛[38]、權衡³⁹以信之；相奪也，爲之城郭、甲兵以守之。害至而爲之備，患生而爲之防。今其言曰：“聖人不死，大盜不止；剖斗折衡，而民不爭。⁴⁰”嗚呼！其亦不思而已矣！如古之無聖人，人之類滅久矣。何也？無羽毛鱗介⁴¹以居寒熱也，無爪牙以爭食也。是故：君者，出令者也；臣者，行君之令而致⁴²之民者也；民者，出粟米麻絲，作器皿、通貨財，以事其上者也。君不出令，則失其所以爲君；臣不行君之令而致之民，民不出粟米麻絲，作器皿、通貨財，以事其上，則誅⁴³。今其法曰：“必棄而⁴⁴君臣，去而⁴⁴父子，禁而⁴⁴相生養之道，以求其所謂清淨寂滅⁴⁵者”；嗚呼！其亦幸而出於三代⁴⁶之後，不見黜⁴⁷於禹湯文武周公孔子⁴⁸也；其亦不幸而不出於三代之前，不見正於禹湯文武周公孔子也。

28 이 구절은 한유 당시에 사농공상(士農工商) 즉 선비, 농부, 공장(工匠), 상인의 '사민(四民)' 이외에 '승려'와 '도사' 계층이 더 있었음을 말한다.

29 聖人(성인) : 도덕과 지혜 및 능력이 지극히 높은 사람. 여기서는 상고(上古) 시대 전설상의 제왕을 겸해 말했다.

30 爲之君(위지군) : 이 구절에서 '爲'는 동사고 '之'는 간접목적어로 앞에 나오는 '人'을 지시하며 '君'은 직접목적어로 쓰였다. '爲'자의 의미는 문맥에 따라 적절하게 옮겨야 한다. 이하 이 단락에서 이런 패턴으로 이루어진 구절은 같은 구문이다.

31 宮室(궁실) : '宮'과 '室'은 본래 통용 가능한 같은 뜻으로 '집' 곧 '가옥'을 가리키는 말이었는데, 진시황 이후 '宮'은 제왕이 사는 궁전에 한정되어 쓰였다.

32 壹鬱(일울) : 생각이나 감정이 꽉 막혀 답답한 모양.

33 率(솔) : 통제하다. 단속하다.

34 怠勌(태권) : 나태하다. 게으르다. '勌'은 '倦'과 같다.

35 鋤(서) : 호미로 김을 매듯이 제거하다.

36 强梗(강경) : 힘이 세고 억세다. 난폭하다.

37 符璽(부새) : 쌍방 간에 신표를 삼기 위해 반쪽씩 나누어 가지는 부절과 도장. '璽'는 선진(先秦) 시기에 도장의 뜻으로 두루 쓰였으나, 진시황 이후로 제왕의 옥새에 한정되어 사용되었다.

38 斛(곡) : 휘. 열 말 들이 용량 단위.

39 權衡(권형) : 저울추와 저울대.

40 이 인용문은 『장자·거협(胠篋)』편에 보인다.

41 介(개) : 갑각류의 딱지 곧 딱딱한 껍질.

42 致(치) : 이르게 하다.

43 誅(주) : 책임을 물어 처벌하다.

44 而(이) : 인칭대명사고 '너'의 뜻이다. '爾'와 통한다.

45 淸淨寂滅(청정적멸) : 불교도들이 추구하는 최고의 경지를 나타내는 불교 용어. 淸淨은 '일체의 악행과 번뇌로부터 떠난 것'을 가리키고, 寂滅은 범어 니르바나(Nirvana)의 음역어인 '涅槃'을 의역한 것으로 '모든 번뇌에서 벗어나 영원한 진리를 깨달은 경지'를 말한다.

46 三代(삼대) : 하(夏)·은(殷)·주(周)의 세 왕조.

47 見黜(견출) : 쫓겨나다. '見'은 피동을 나타낸다.

48 禹湯文武周公孔子(우탕문무주공공자) : 모두 유가에서 떠받드는 성인들로 하나라의 초대 왕으로 치수(治水)의 공적을 남긴 우왕, 폭군 걸(桀)을 멸하고 은나라를 세운 탕왕, 문왕으로 추존된 서백(西伯) 희창(姬昌), 폭군 주(紂)를 멸하고 주나라를 건국한 무왕 희발(姬發), 무왕의 동생으로 어린 조카 성왕(成王)을 보필해 은나라의 잔당을 토벌하고 주나라의 예악을 제정한 뒤 노(魯)에 봉해진 주공 희단(姬旦), 이들을 이어받아 유학의 기초를 집대성해 유가학파를 개창한 공구(孔丘)를 말한다.

帝之與王[49], 其號名殊, 其所以爲聖一也。夏葛而冬裘, 渴飲而飢食, 其事殊, 其所以爲智一也。今其言曰 : "曷不爲太古之無事?[50]" 是亦責冬之裘者曰 : "曷不爲葛之之易也?" 責飢之食者曰 : "曷不爲飲之之易也?" 傳[51]曰 : "古之欲明明德於天下者, 先治其國 ; 欲治其國者, 先齊其家 ; 欲齊其家者, 先修其身 ; 欲修其身者, 先正其心 ; 欲正其心者, 先誠其意。" 然則, 古之所謂正心而誠意者, 將以有爲也。今也欲治其心, 而外天下國家, 滅其天常[52] ; 子焉而不父其父, 臣焉而不君其君, 民焉而不事其事。孔子之作春秋[53]也, 諸侯用夷禮, 則夷之 ; 進於中國, 則中國之[54]。經[55]曰 : "夷狄之有君, 不如諸夏之亡。[56]" 詩[57]曰 : "戎狄是膺, 荊舒是懲。[58]" 今也, 擧夷狄之法[59], 而加之先王之敎[60] 上, 幾何[61]其不胥[62]爲夷也!

49 帝之與王(제지여왕) : '帝'는 '덕이 천지에 합치된다'는 뜻이고, '王'은 '덕이 인의에 합치된다'는 뜻이다. 구체적으로는 '오제(五帝)'와 '삼왕(三王)'을 가리킨다. 사마천(司馬遷)은 황제(黃帝), 전욱(顓頊), 제곡(帝嚳), 제요(帝堯), 제순(帝舜)을 오제라 했고, 황보밀(皇甫謐)은 황제 대신에 소호(少昊)를 포함시켰다. 삼왕은 하우(夏禹), 상탕(商湯), 주문무왕(周文武王 : 통상 문왕과 무왕은 한데 묶어 지칭함)을 가리킨다.

50 『장자·거협』편에 관련 내용이 보이는데, 이른바 원시시대의 '무위이치(無爲而治)'를 강조하는 주장이다.

51 傳(전) : 경전의 뜻을 해석해 후인들에게 전해 보여주는 책이라는 뜻인데, 여기서는 『예기』를 가리킨다. 아래의 인용문은 『예기』의 제42편인 「대학(大學)」에

보인다.

52 天常(천상) : 천지자연의 이치에 따른 인륜 관계.

53 春秋(춘추) : 춘추시대 노(魯)나라 사관(史官)의 손으로 기록된 노 은공(隱公) 원
    년(B.C. 722)에서 애공(哀公) 14년(B.C. 481)까지 242년간에 걸친 편년사(編年史)
    로 공자의 손길을 거쳐 오경(五經)의 하나로 떠받들어졌다.

54 이상 네 구절은 『춘추』에서 역사 사실을 기술함에 있어 깊은 함의를 담는 방식
    을 사용한 것을 말한다. 이를테면 『춘추』의 역사 기술은 중국 한족(漢族)을 본
    위로 하여 오랑캐와 엄연히 구별하는 화이(華夷)의 관념이 강했는데, 공자는 중
    국의 제후 중에 오랑캐의 예법을 쓰면 그 나라를 오랑캐로 간주했고, 오랑캐라
    고 하더라도 중국의 풍속과 예절을 흠모해 따르면 중국과 동일시했다. 이런 방
    식은 서한(西漢) 때에 나온 『춘추』 해석본의 하나인 『공양전(公羊傳)』에 특히
    두드러졌다.

55 經(경) : 『논어』를 가리킨다. 『논어』는 칠경(七經)의 하나로 동한(東漢) 때에 경
    서에 편입되었다.

56 이 인용문은 『논어 · 팔일(八佾)』편에 보이는데, 시대 상황에 따라 크게 두 가지
    해석이 시도되어 왔다. 하나는 '오랑캐 땅에 비록 군왕이 있더라도 예의가 없으
    므로 중국 땅에 간혹 군왕이 없어도 예의가 남아 있는 것만 못하다'로 풀이하는
    것이고, 다른 하나는 '오랑캐 땅에는 군왕이 있어 중국 땅이 혼란해 군왕이 없
    는 것과 같지 않다'로 풀이하는 것이다. 여기서 한유는 전자의 해석을 취한 것
    으로 보인다. '夷狄(이적)'은 선진(先秦)시대의 소수민족인 소위 동이(東夷), 서
    융(西戎), 남만(南蠻), 북적(北狄)의 사방 오랑캐를 두루 가리키고, '諸夏(제하)'
    는 중원지역 화하족(華夏族)의 여러 나라를 가리키는데 '중국(中國)'이라고 말하
    는 것과 같다. '亡(무)'는 '無'와 같다.

57 詩(시) : 『시경 · 노송(魯頌) · 비궁(閟宮)』을 가리킨다. 선진시대에는 『시경』을
    통상 '詩' 또는 '詩三百(시삼백)'으로 불렀다.

58 이 두 구절은 춘추 전기에 노(魯)나라가 변방 오랑캐를 응징한 위세를 선양한
    것이다. '戎狄(융적)'은 각기 서방과 북방의 소수민족을 가리키고, '膺(응)'은 '막
    다', '방어하다'는 뜻이며, '荊(형)'은 지금 하남성(河南省) 남부와 호북성(湖北省)
    북부에 있었던 초(楚)나라를 가리키고, '舒(서)'는 초나라에 부속된 소국을 가리
    킨다. '懲(징)'은 '징벌하다'는 뜻이다.

59 夷狄之法(이적지법) : 외국에서 들어온 불교의 교의(敎義)를 가리킨다.

60 先王之敎(선왕지교) : 선대 성왕들의 교화 곧 선왕지도(先王之道). 선왕은 요
    (堯) · 순(舜) · 우(禹) · 탕(湯) · 문(文) · 무(武) 등 제왕의 지위에 오른 고대의 성
    인을 가리킨다.

61 幾何(기하) : 무릇. 얼마. 여기서는 '얼마 안 있어'의 뜻.

62 胥(서) : 모두. 다.

大凡謂先王之敎者, 何也? 博愛之謂仁, 行而宜之之謂義, 由是而之焉之謂道;足乎己, 無待於外之謂德。其文詩書易春秋[63], 其法禮樂刑政, 其民士農工賈, 其位君臣、父子、師友、賓主、昆弟、夫婦, 其服麻絲, 其居宮室, 其食粟米果蔬魚肉 : 其爲道易明, 而其爲教易行也。是故以之[64]爲己[65], 則順而祥[66];以之爲人[67], 則愛而公;以之爲心[68], 則和而平;以之爲天下國家, 無所處而不當。是故生則得其情, 死則盡其常[69], 郊[70]焉而天神假[71], 廟[72]焉而人鬼饗[73]。曰[74]:"斯道也, 何道也?" 曰[74]:"斯吾所謂道也, 非向所謂老與佛之道也。堯[75]以是傳之舜[76], 舜以是傳之禹, 禹以是傳之湯, 湯以是傳之文武周公, 文武周公傳之孔子, 孔子傳之孟軻[77], 軻之死, 不得其傳焉。荀[78]與揚[79]也, 擇焉而不精[80], 語焉而不詳[81]。由周公而上, 上而爲君, 故其事行[82];由周公而下, 下而爲臣, 故其說長[83]。"

63 여기서는 네 가지 경전만 거론되어 있지만, 실은 '예(禮)'를 포함한 '오경'을 가리킨다. 뒤 구절에 '禮'자가 나오므로 중복을 피하기 위해 생략한 듯하다.

64 之(지) : 앞의 '先王之教(선왕지교)'를 가리키는 지시대명사.

65 爲己(위기) : 자기 자신을 수양하다. '수신(修身)'의 뜻이다.

66 祥(상) : 상서로운 복을 받다. '詳'과 통하는 것으로 보고 '점잖다'고 풀이하는 설도 있다.

67 爲人(위인) : 다른 사람을 다스리다. '치인(治人)'의 뜻이다.

68 爲心(위심) : 마음을 다스리다. '정심(正心)'과 '성의(誠意)'의 뜻을 포괄한다.

69 이 구절은 사람이 죽으면 장례와 제사의 절차를 온전하게 다할 수 있도록 하는 것을 말한다.

70 郊(교) : 제천(祭天) 곧 하늘에 제사 지내는 의식으로 교외에서 지냈기 때문에 '郊'라고 했다. 여기서는 동사로 쓰였다.

71 假(격) : 이르다. 강림하다. '格(격)'과 통한다. 옛 사람들은 덕 있는 이가 정성껏 제사를 지내야만 신령이 강림해 제사 음식을 흠향하고 복을 내려준다고 여겼다. 여기서는 선왕의 도를 받들어 행함에 천신이 강림한다는 뜻이다.

72 廟(묘) : 종묘. 사당. 여기서는 동사로 쓰여 '사당에서 제사 지내다'는 뜻이다.

73 饗(향) : 흠향하다. 조상신이 와서 제사 음식을 맛보다.

74 曰(왈) : 주어 없이 앞뒤에 나란히 쓰일 경우 작자가 자문자답(自問自答)하는 형식을 이룬다. 앞의 것은 통상 가설의 의문을 끌어오고, 뒤의 것은 문제 제기에 대한 답변이다. 뒤이어 나오는 「원성(原性)」, 「원인(原人)」, 「원귀(原鬼)」에도 이런 용법이 보인다.

75 堯(요) : 오제에 속하는 전설상의 성군인 당요(唐堯)로 천하를 순(舜)에게 선양했다.

76 舜(순) : 오제에 속하는 전설상의 성군인 우순(虞舜)으로 천하를 우(禹)에게 선양

했다.

77 孟軻(맹가) : 전국시대 추(鄒)나라의 대유학자 맹자(孟子, B.C. 372-B.C. 289)로 공
   자를 사숙(私淑)해 그의 학문을 발양시켜 흔히 '공맹'으로 일컬어진다. 『맹자』 7
   권의 저술을 남겼다.

78 荀(순) : 전국시대 후기 초(楚)나라의 대유학자 순자(荀子, B.C. 313?-B.C. 238)로
   이름이 순황(荀況) 또는 손경(孫卿)이다. 유가에서 법가로 넘어가는 교량에 선
   사상가이기도 한데 『순자』 32편을 남겼다.

79 揚(양) : 서한(西漢) 성도(成都) 출신의 문인 겸 유학자인 양웅(揚雄, B.C. 53-A.D.
   18)으로 『태현(太玄)』・『법언(法言)』・『방언(方言)』 등의 저술과 많은 사부(辭
   賦) 작품을 남겼다.

80 이 구절은 순자가 선왕의 도를 가려 뽑음에 있어 정밀하지 못했음을 지적하는
   말이다.

81 이 구절은 양웅이 선왕의 도를 언급함에 있어 상세하지 못했음을 지적하는 말
   이다.

82 위의 세 구절은 주공 위의 요・순・우・탕・문・무는 제왕의 자리에 오른 관계
   로 그 영향력이 실제 정치를 통해 발휘되었음을 말한다.

83 위의 세 구절은 주공 아래의 공・맹은 제왕의 자리에 오르지 못한 관계로 그들
   의 생각이 체계적인 학설로 정립되었음을 말한다.

然則, 如之何而可也? 曰: "不塞不流, 不止不行. 人其人[84], 火其書[85], 廬其
居[86], 明先王之道以道[87]之, 鰥寡孤獨廢疾[88]者有養也: 其亦庶[89]乎其可[90]也?"

84 人其人(인기인) : 불교 승려와 도교 도사들을 일반 사민(四民)의 자리로 돌려 본
   연의 생산 의무를 다하도록 하다. 앞의 '人'은 동사로 쓰여 '환속시키다'는 뜻이
   다.

85 火其書(화기서) : 불교와 도교의 경전을 불태우다. '火'는 동사로 쓰여 '불태우다'
   는 뜻이다.

86 廬其居(여기거) : 불교 사찰과 도교 도관(道觀)을 일반 백성들이 거처하는 곳으
   로 되돌리다. '廬'는 동사로 쓰여 '일반 가옥으로 만들다'는 뜻이다.

87 道(도) : 인도하다. 유도하다. '導'와 같다.

88 鰥寡孤獨廢疾者(환과고독폐질자) : 늙어서 아내가 없는 홀아비, 늙어서 남편이
   없는 과부, 늙어서 자식이 없는 외로운 사람, 어려서 아비가 없는 고아, 신체장
   애자, 병든 자 등 사회적 약자 내지 소외계층을 두루 가리킨다.

89 庶(서) : '~에 접근하다'는 뜻인데, 통상 '거의'로 풀이해도 무방하다.

90 其可(기가) : '만족할 단계는 아니지만 그런 대로 괜찮다고 할 수 있는 수준'으로
   일종의 '말이 절박하지 않은(詞不迫切)' 여유 있는 표현이다.

HS-006 「인간 본성의 본질에 대하여」

原性

본성은 출생과 함께 생기는 것이고, 감정은 외물과 접촉해서 생기는 것이다. 본성의 등급은 세 가지가 있고 그 본성을 구성하는 것은 다섯 가지며, 감정의 등급은 세 가지가 있고 그 감정을 구성하는 것은 일곱 가지다.

"그것은 무슨 말인가?"

"본성의 등급에는 상·중·하의 세 가지가 있다. 상등의 본성은 오직 선할 뿐이고, 중등의 본성은 인도하기에 따라 상등으로 올라갈 수도 하등으로 내려갈 수도 있고, 하등의 본성은 오직 악할 뿐이다. 그 본성을 구성하는 것은 다섯 가지인데, 인애·예절·신의·의리·지혜가 그것이다. 상등의 본성은 그 다섯 가지 중에서 어느 하나를 위주로 하여 나머지 네 가지에까지 두루 확충되고, 중등의 본성은 다섯 가지 중에서 어느 하나를 조금 갖추고 있기도 하고 그렇지 못하기도 하며 나머지 네 가지는 뒤섞여 있는 상태고, 하등의 본성은 다섯 가지 중에서 어느 하나와 어긋나 있고 다른 네 가지에도 위배되어 있다. 본성은 감정과의 관계에 있어서 감정의 등급에 대응해 결정된다. 감정의 등급에는 상·중·하의 세 가지가 있고, 그 감정을 구성하는 것은 일곱 가지인데, 기쁨·노여움·슬픔·두려움·애정·미움·욕망이 그것이다. 상등의 감정은 그 일곱 가지가 마음속에서 움직여 과부족이 없는 중화의 상태에 안정되어 있고, 중등의 감정은 일곱 가지 중에서 어떤 것은 지나치고 어떤 것은 부족하기도 하지만 중화의 상태에 합치하기를 추구하는 것이며, 하등의 감정은 일곱 가지 중에서 어떤 것은 전혀 없고 어떤 것은 너무 과도해 제멋대로 함부로 행하는 것이다. 감정은 본성과의 관계에 있어서 본성의 등급에 대응해 결정된다."

맹자는 본성을 논함에 있어 "사람의 본성은 선하다"라고 했고, 순자는 본성을 논함에 있어 "사람의 본성은 악하다"라고 했으며, 양자(揚子)는 본성을 논함에 있어 "사람의 본성은 선과 악이 뒤섞여 있다"라고 했다. 대체로 이들은 제각각 처음에는 선하다가 악한 것으로 바뀌었다는 것과, 처음에는 악하다가 선한 것으로 변했다는 것과, 처음에는 선과 악이 뒤섞여 있다가 지금은 선하기도 하고 악하기도 함을 말한 것인데, 모두 중등의 본성만 들어 말했을 뿐 상등의 본성과 하등의 본성을 빠뜨린 것으로 한 가지만을 얻고 나머지 두 가지를 잃은 것이다. 숙어(叔魚)가 태어났을 때 모친이 그의 외모를 보고 반드시 뇌물 때문에 죽게 될 것임을 알았고, 양이아(楊食我)가 태어났을 때 숙향(叔向)의 모친이 그 우는 소리를 듣고 훗날 반드시 그 종족을 멸하게 될 것임을 알았고, 월초(越椒)가 태어났을 때 자문(子文)은 큰 걱정거리로 여기며 약오씨(若敖氏)의 귀신이 제사 음식을 받아먹지 못하게 될 것임을 알았다. 그러니 사람의 본성은 과연 선한가?

후직(后稷)이 태어났을 때 모친에게 아무 해가 없었고 그가 막 기어

다니자마자 재주가 있고 영리했으며, 문왕(文王)이 어머니 뱃속에 있었을 때 그 어머니는 아무 걱정이 없었고, 태어난 뒤에는 돌보는 사람이 수고롭지 않았고, 배우기 시작한 뒤에는 스승이 골치를 썩이지 않았다. 그러니 사람의 본성은 과연 악한가?

요임금의 아들 단주(丹朱), 순임금의 아들 상균(商均), 문왕의 아들 관숙(管叔)과 채숙(蔡叔)은 후천적으로 습득한 것이 선하지 않은 것이 아닌데도 끝내 간악한 짓을 저질렀으며, 고수(瞽叟)의 아들 순임금, 곤(鯀)의 아들 우임금은 후천적으로 습득한 것이 악하지 않은 것이 아닌데도 끝내는 성인이 되었다. 그러니 사람의 본성은 선과 악이 과연 뒤섞여 있는가?

따라서 "세 선생께서 본성을 논한 것은 그 중등의 것을 들어 말했을 뿐 상등의 것과 하등의 것을 빠뜨린 것으로 한 가지만을 얻고 나머지 두 가지를 잃은 것이다"라고 말하는 것이다.

"그렇다면 본성 중에서 상등의 것과 하등의 것은 끝내 바꿀 수 없는가?"

"상등의 본성은 학습을 통해서 더욱 밝아지고, 하등의 본성은 형벌의 위엄을 두려워해 죄를 적게 저지르게 된다. 이런 까닭에 상등의 본성을 가진 사람은 가르칠 수 있고, 하등의 본성을 가진 사람에게는 제약을 가할 수 있다. 그렇지만 그 타고난 등급은 공자께서 바꿀 수 없다고 말한 바 있다."

"오늘날 사람의 본성을 논하는 사람들이 이와 다른 것은 무엇 때문인가?"

"오늘날 사람의 본성에 대해 논하는 사람들은 불교와 도교의 견해를 뒤섞어 말하고 있다. 불교와 도교의 견해를 뒤섞어 말하니 뭐라고 말한들 나와 다르지 않겠는가!"

해제

　인간 본성의 문제를 근원적으로 규명한 논설문으로 창작연대는 미상이다. 인간의 본성은 선천적으로 타고난 것으로 외물과 접촉해서 생기는 감정과 구별된다는 전제 하에, 작자는 맹자의 성선설(性善說), 순자의 성악설(性惡說), 양웅의 성선악혼재설(性善惡混在說)에 모두 동의하지 않고 그것들과 대비해서, 인간의 본성을 상·중·하 세 등급으로 구분했다. 이는 동중서(董仲舒, B.C. 179-B.C. 104)의 견해에 근거해 그것을 한 단계 더 발전시켜 최초로 인간의 본성을 세 등급으로 나눈 주장이다. 작자는 상등의 본성은 인애(仁)를 중심으로 하고 예절(禮)·신의(信)·의리(義)·지혜(智)의 네 가지 도덕도 겸비하고 있어서 선하며, 중등의 본성은 다섯 가지 도덕에 결함이 있어 선할 수도 있고 악할 수도 있어 선과 악이 혼재되어 있으며, 하등의 본성은 다섯 가지 도덕을 하나도 갖추고 있지 못해 악하다고 했다. 아울러 인간은 기쁨(喜)·노여움(怒)·슬픔(哀)·두려움(懼)·애정(愛)·미움(惡)·욕망(欲)의 일곱 가지 감정을 가지고 있는바, 감정에도 세 등급이 있어 상등은 일곱 가지 감정이 발동될 때마다 적절하게 통제될 수 있으며, 중등은 일곱 가지 감정이 지나치는 경우도 있고 모자라는 경우도 있기는 하지만 발동될 때 적절함을 추구하고 있으며, 하등은 일곱 가지 감정이 전혀 없거나 너무 과도해 제멋대로 함부로 행하는 것이라고 했다. 작자는 또 본성과 감정의 등급이 서로 대응하며, 공자의 견해에 근거해 상등과 하등의 본성은 바꿀 수 없는 것이라고 단언했다. 인간 본성과 관련한 작자의 이런 견해는 인간에게 적당한 정욕(情欲)이 있음을 긍정한 것으로 인간적인 감정을 끊고 본래의 타고난 본성을 깨달아야 한다는 불교의 주장을 반대하는 것이라는 점에서 당시에는 어느 정도 의의가 있었다. 특히 작자의 견해는 훗날 제자 이고(李翶 : ?-844)에 의해 수정 보완되어 유학의 심성(心性) 이론을 다듬는데 큰 영향을 끼쳤다. 이고는 불교와 노장 사상의 관련 견해를 끌어와 유학의 부족한 심성 이론을 보완해 「복성서(復性書)」 3편을 써서 송명(宋明) 심성 학설의 발전에 지대한 영향을 끼친바, 그 실마리가 작자에게서 비롯된 것이다. 다만 작자가 인간 본성을 타고난 것으로 보고 상등과 하등의 본성은 바뀔 수 없는 것이라고 한 견해는 선험적 관점이라는 비판을 받는다.

원문 및 주석

性也者, 與生俱生也 ; 情也者, 接於物而生也。性之品[1]有三, 而其所以爲[2]性者五 ; 情之品有三, 而其所以爲[2]情者七。

---
1 品(품) : 품등. 등급.
2 所以爲(소이위) : ~을 구성하는 까닭 또는 근거.

曰 : 何也? 曰 : 性之品有上中下三。上焉者, 善焉而已矣 ; 中焉者, 可導而上下也 ; 下焉者, 惡焉而已矣。其所以爲性者五 : 曰仁、曰禮、曰信、曰義、曰智[3]。上焉者之於五也, 主於一而行於四[4] ; 中焉者之於五也, 一不少有焉, 則少反焉, 其於四也混 ; 下焉者之於五也, 反於一而悖於四。性之於情視其品。情之品有上中下三。其所以爲情者七 : 曰喜、曰怒、曰哀、曰懼、曰愛、曰惡、曰欲[5]。上焉者之於七也, 動而處其中 ; 中焉者之於七也, 有所甚[6]、有所亡[7], 然而求合其中者也 ; 下焉者之於七也, 亡與甚, 直情[8]而行者也。情之於性視其品[9]。

---
3 仁禮信義智(인예신의지) : 사람의 본성을 구성하는 다섯 가지 미덕으로 흔히 '오상(五常)'이라고 하는바 사람으로서 항상 지켜야 할 다섯 가지 도리다. 좀 더 풀어서 부연하면 인간애의 마음, 도덕형식을 따르는 마음, 언행일치의 거짓 없는

마음, 이성에 따라 바르게 행하는 마음, 선악시비를 판단하는 마음을 말한다.

4 主於一而行於四(주어일이행어사) : 그 중의 한 가지 덕성인 '인(仁)'만 갖추어져 있으면 나머지 네 덕성은 그것에 근거해 확충될 수 있다는 뜻이다.

5 喜怒哀懼愛惡欲(희노애구애오욕) : 사람이 배우지 않고도 가질 수 있는 일곱 가지 감정으로 흔히 칠정(七情)이라고 한다. 『예기・예운(禮運)』편에 보인다. '懼' 대신에 '樂(낙)'을 포함시키는 견해도 있다.

6 甚(심) : 과도하다. 과분하다. '過(과)'의 뜻이다.

7 亡(무) : 부족하다. 미치지 못하다. '불급(不及)'의 뜻으로 '無(무)'와 같다.

8 直情(직정) : 자기감정대로 하다. 제멋대로 하다. 『예기・단궁하(檀弓下)』에 "예법을 돌보지 않고 감정 내키는 대로 바로 행동한다(直情徑行)"라는 글귀가 보이는데, 이는 현대중국어에서도 사자성어로 흔히 쓰인다.

9 情之於性視其品(정지어성시기품) : 감정의 등급은 본성의 등급에 따라 정해진다. 본성이 선하면 감정도 선하게 됨을 말한다.

孟子之言性曰 : "人之性善[10]" ; 荀子之言性曰 : "人之性惡[11]" ; 揚子之言性曰 : "人之性善惡混[12]。" 夫始善而進惡, 與始惡而進善, 與始也混而今也善惡, 皆擧其中而遺其上下者也, 得其一而失其二者也。叔魚[13]之生也, 其母視之, 知其必以賄死 ; 楊食我[14]之生也, 叔向之母聞其號也, 知必滅其宗 ; 越椒[15]之生也, 子文以爲大戚, 知若敖氏之鬼不食也 : 人之性果善乎? 后稷[16]之生也, 其母無災, 其始匍匐也, 則岐岐然[17], 嶷嶷然[18] ; 文王[19]之在母也, 母不憂, 旣生也, 傅不動, 旣學也, 師不煩 : 人之性果惡乎? 堯之朱、舜之均[20]、文王之管蔡[21], 習非不善也, 而卒爲姦 ; 瞽叟[22]之舜、鯀[23]之禹, 習非不惡也, 而卒爲聖 : 人之性善惡果混乎? 故曰 : 三子之言性也, 擧其中而遺其上下者也 ; 得其一而失其二者也。曰 : 然則性之上下者, 其終不可移乎? 曰 : 上之性, 就學而愈明 ; 下之性, 畏威而寡罪 ; 是故上者可敎, 而下者可制也。其品則孔子謂不移[24]也。

10 性善(성선) : 맹자의 '성선설'은 『맹자・고자상(告子上)』편에 주로 보인다.

11 性惡(성악) : 순자의 '성악설'은 『순자・성악(性惡)』편에 주로 보인다.

12 性善惡混(성선악혼) : 양웅(揚雄)의 '성선악혼재설'은 『법언(法言)・수신(修身)』편에 주로 보인다.

13 숙어(叔魚) : 춘추시대 진(晉)나라의 대부를 지낸 양설부(羊舌鮒)로 양설힐(羊舌肸)의 동생이다. 관련 사적은 『국어(國語)・진어(晉語)』에 보인다.

14 양이아(楊食我) : 숙향(叔向) 곧 양설힐(羊舌肸)의 아들로 이름을 백석(伯石)이라

고도 했는데, 그의 출생에 관한 기록은 『국어·진어』, 생애 관련 기록은 『좌전(左傳)·소공(昭公) 28년』에 보인다.

15 월초(越椒) : 초(楚)나라 사마(司馬) 자량(子良)의 아들. 자문(子文)은 자량의 형이며, 약오씨(若敖氏)의 귀신이 제사 음식을 받아먹지 못한다는 것은 멸족이 된다는 말이다. 관련 사적은 『좌전·선공(宣公) 4년』에 보인다.

16 후직(后稷) : 주(周)나라의 시조고 그의 모친은 강원(姜嫄)인데, 그의 출생 및 성장과 관련한 기록은 『시경·대아(大雅)·생민(生民)』에 보인다.

17 기기연(岐岐然) : 재주가 있는 모양.

18 억억연(嶷嶷然) : 어린이가 영리하고 숙성한 모양.

19 문왕(文王) : 희창(姬昌)으로 주나라를 건국한 무왕의 부친이고 그의 모친은 태임(太任)인데, 관련 사적은 『국어·진어』에 보인다.

20 朱均(주균) : 요임금의 아들 단주(丹朱)와 순임금의 아들 상균(商均). 둘 다 인물이 변변치 못해 요는 순에게, 순은 우에게 천하를 선양했다고 한다. 관련 사적은 『사기·오제본기(五帝本紀)』에 보인다.

21 管蔡(관채) : 관숙(管叔) 희선(姬鮮)과 채숙(蔡叔) 희도(姬度). 이 두 사람은 문왕의 아들이고 무왕의 동생으로 무왕이 죽은 뒤에 주공(周公) 희단(姬旦)이 어린 성왕(成王)을 해치려 한다는 유언비어를 유포하며 무경(武庚)과 함께 반란을 도모했다가 실패한 뒤 관숙은 피살되고 채숙은 방축되었다.

22 瞽叟(고수) : 순임금의 아버지로 후처의 아들 상(象)을 편애해 여러 차례 순을 죽이려고 도모했지만, 순은 그 화를 피하고 아버지를 더욱 잘 섬겼다고 한다.

23 鯀(곤) : 우임금의 아버지로 명을 받들고 치수(治水) 사업에 종사했으나 9년이 되도록 아무 공을 이루지 못해 순임금에 의해 피살되었다고 한다.

24 不移(불이) : 바뀌지 않는다. 바꿀 수 없다. 『논어·양화(陽貨)』편에서 공자는 "단지 가장 지혜로운 사람과 가장 어리석은 사람은 그 사람됨이 바뀌지 않는다(唯上知與下愚不移)"라고 했다.

曰 : 今之言性者異於此, 何也? 曰 : 今之言者, 雜佛老而言也 ; 雜佛老而言也者, 奚言而不異!

原毀

고대의 군자는 자기에 대한 요구는 엄격하고도 주도면밀하고, 다른 사람을 대하는 것은 관대하고도 간략했다. 엄격하고도 주도면밀했으므로 나태하지 않고, 관대하고도 간략했으므로 다른 사람들이 기꺼이 선을 행했다. (고대의 군자는) 옛 사람 가운데 순(舜)이라는 이가 있는데 그의 사람됨이 어질고 의로운 사람이라는 것을 듣고는, 그가 순이 된 까닭을 탐구해 자기에게 요구하여 말했다.

"그도 사람이고 나도 사람인데, 그는 그렇게 할 수 있는데 나는 도리어 그렇게 하지 못하는가?"

그러고는 아침 일찍부터 저녁 늦게까지 생각을 하여 자신에게서 순과 같지 않은 점은 없애고 순과 같은 점은 추구해갔다. (고대의 군자는) 또 옛 사람 가운데 주공(周公)이라는 이가 있는데 그의 사람됨이 재주와 기예가 많은 사람이었다는 것을 듣고는, 그가 주공이 된 까닭을 탐구해 자기에게 요구하여 말했다.

"그도 사람이고 나도 사람인데, 그는 그렇게 할 수 있는데 나는 도리어 그렇게 하지 못하는가?"

그러고는 아침 일찍부터 저녁 늦게까지 생각을 하여 자신에게서 주공과 같지 않은 점은 없애고 주공과 같은 점은 추구해갔다. 순은 위대한 성인으로 후세에 그에게 미칠 만한 사람이 없고, 주공 또한 위대한 성인으로 후세에 그에게 미칠 만한 사람이 없었다. 그런데도 그 사람은 곧 말했다.

"순과 같지 못하고 주공과 같지 못한 것이 나의 병통이다."

그러니 이는 자기에 대한 요구가 엄격하고도 주도면밀한 것이 아니겠는가!

반면에 그 사람은 타인에 대해서는 다음과 같이 말했다.

"저 사람은 이런 장점을 가질 수 있으니 선량한 사람이라고 하고도 남음이 있고, 이런 일을 잘할 수 있으니 기예가 있는 사람이라고 하고도 남음이 있다."

타인의 한 가지 장점을 취하고 다른 두 가지를 요구하지 않았으며, 타인의 새롭게 달라진 점을 인정하고 그의 지난날의 나쁜 점을 따지지 않고는, 안절부절 가슴 졸이며 오직 그가 선을 행한 이로움을 얻지 못할까봐 두려워했다. 한 가지 선은 행하기가 쉽고 한 가지 기예는 능하기가 쉽지만, 그 사람은 타인에 대해서는 다음과 같이 말했다.

"이런 장점을 가질 수 있으니 그것만으로도 충분하다."

"이 일을 잘할 수 있으니 그것만으로도 충분하다."

그러니 이는 그 사람이 타인을 대하는 것이 관대하고도 간략한 것이 아니겠는가!

오늘날의 군자는 이와 정반대다. 타인에게 요구하는 것은 가혹하고 자기 자신을 대할 때는 관대하다. 가혹하므로 타인이 선을 행하기가 어렵고, 관대하므로 스스로 얻은 것이 적었다. (오늘날의 군자는) 스스로 아무런 장점도 갖고 있지 않으면서 말한다.

"나는 이것에 뛰어나니 이것만으로도 충분하다."

스스로 아무런 능력도 갖고 있지 않으면서 말한다.

"나는 이것에 능하니 이 또한 충분하다."

밖으로는 타인을 속이고 안으로는 자기 마음을 기만해 아무 것도 얻지 못한 상태에서 그만둬 버렸으니, 자기 자신을 대할 때 너무 관대한 것이 아니겠는가!

반면 타인에 대해서는 다음과 같이 말한다.

"그는 비록 이와 같을 수 있지만 그의 사람됨은 칭찬할 만하기에 부족하고, 그는 비록 이것에 뛰어나지만 그의 재능은 칭찬할 만하기에 부족하다."

타인의 한 가지 단점을 들춰내고 그의 열 가지 장점을 헤아리지 않으며, 그의 지난날의 나쁜 점을 찾아내고 그의 새롭게 달라진 점을 아랑곳하지 않는다. 그러고는 안절부절 가슴 졸이며 오직 그의 명성이 날까 봐 두려워하니, 이는 다른 사람에게 요구하는 것이 너무 가혹한 것이 아니겠는가!

일반적으로 말해서 이를 두고 자기 자신은 뭇 보통 사람의 기준으로도 대하지 않으면서, 타인에 대해서는 성인의 기준을 바란다고 하는 것이니, 나는 그가 자기를 존중하는지를 알지 못하겠다.

비록 이와 같지만, 이렇게 된 데에는 근본적인 원인이 있다. 나태와 시기가 바로 그것이다. 나태한 사람은 스스로 수양하지 않고, 시기하는 사람은 타인이 수양할까봐 두려워한다. 내가 일찍이 그들에게 시험을 해보았는데, 한 번은 뭇사람들에게 말했다.

"아무개는 훌륭한 선비고 아무개는 훌륭한 선비입니다."

그 말에 호응하는 이들은 반드시 그 사람의 친구이거나, 그렇지 않으면 그 사람과 소원해 이익을 같이 하지 않는 사람이거나, 그렇지 않으면 그 사람을 두려워하는 사람이었다. 이와 같은 세 가지 부류의 사람이 아니면 강경한 사람은 반드시 말로 노여움을 나타내고, 나약한 사람은 필시 얼굴빛으로 노여움을 표시했다.

또 일찍이 뭇사람들에게 시험 삼아 말했다.

"아무개는 훌륭한 선비가 아니고 아무개는 훌륭한 선비가 아닙니다."

그 말에 호응하지 않는 이들은 반드시 그 사람의 친구이거나, 그렇지 않으면 그 사람과 소원해 이익을 같이 하지 않는 사람이거나, 그렇지 않으면 그 사람을 두려워하는 사람이었다. 이와 같은 세 가지 부류의 사람이 아니면 강경한 사람은 반드시 말로 기쁨을 나타내고, 나약한 사람은 필시 얼굴빛으로 기쁨을 표시했다. 이런 까닭에 일이 이루어지면 비방이 일어나고 덕이 높아지면 헐뜯음이 오기 마련이다. 아아! 선비가 이 세상을 살아감에 있어 명예가 빛나고 도덕이 행해지기를 바라기란 어렵구나!

장차 높은 자리에서 큰일을 이루려고 하는 사람이 나의 견해를 터득해 마음속에 간직한다면 아마도 나라는 잘 다스려지게 될 것이로다!

해제

비방이 생기는 원인을 근원적으로 규명한 논설문으로 창작연대는 미상이다. 자신의 수양에는 태만하고 타인의 명성을 시기하는 데서 비방이 생겨남을 밝혔는데, 특히 그 궁극적인 원인으로 타인의 성취에 대한 시기심을 지목한다. 이상적인 인격이라고 할 수 있는 고대의 군자는 자신에게 엄하고 타인에게 관대한 데 반해, 지금의 사대부들은 자신에 대한 요구 수준은 턱없이 낮으면서도 타인에게는 지나치게 높은 잣대를 가지고 비난하는 점을 대비시켜 비방의 원인을 자세하게 논증하고 있다. 이 글은 문벌귀족들이 나름대로의 울타리를 설정하고 국가의 요직과 특권을 독점하면서 현명하고 유능한 인재 발굴을 꺼리는 당시의 시대상과 무관하지 않으며, 그런 시대 분위기에서 상처받은 작자의 감개가 서려 있기도 하다. 남의 눈의 티끌은 보면서 자기 눈의 들보는 보지 못한다는 속담처럼, 이 글은 오늘날의 인간관계에서 자신과 타인을 대하는 태도와 관련해 곱씹어 볼 만하다.

문장 기법면에서 대비의 수법이 가장 두드러지는데, 단락 대 단락간의 대비가 있는가 하면 단락 내에서도 마디마디별로 대비가 꼬리에 꼬리를 물고 이어져 있다. 고대의 군자를 거론한 것으로 시작했지만 이는 어디까지나 객에 불과하고, 작자의 창끝은 군자인 척하는 당시의 사대부들에게 맞춰져 있다. 간결하고 조리정연하게 논지를 전개하고 당시의 세태를 곡진하게 그려내는 가운데, 불합리한 세상에 가슴아파하고 울분을 느끼는 작자의 감정을 언표에 잘 드러내고 있기도 하다.

원문 및 주석

古之君子[1], 其責[2]己也重[3]以周[4]; 其待人也輕[5]以約[6]。重以周, 故不怠; 輕以約, 故人樂爲善。聞古之人有舜[7]者, 其爲人也, 仁義人也。求其所以爲舜者, 責於己曰:"彼人也, 予人也[8]; 彼能是, 而我乃不能是?" 早夜以思[9], 去其不如舜者, 就[10]其如舜者。聞古之人有周公[11]者, 其爲人也, 多才與藝[12]人也。求其所以爲周公者, 責於己曰:"彼人也, 予人也[8], 彼能是, 而我乃不能是?" 早夜以思, 去其不如周公者, 就其如周公者。舜, 大聖人也, 後世無及焉；周公, 大聖人也, 後世無及焉。是人也, 乃曰："不如舜, 不如周公, 吾之病¹³也"；是不亦責於身者重以周乎! 其於人也, 曰："彼人也, 能有是, 是足爲¹⁴良人矣；能善是, 是足爲¹⁴藝人矣。" 取其一¹⁵, 不責其二¹⁶；卽其新¹⁷, 不究其舊¹⁸；恐恐然¹⁹惟懼其人之不得爲善之利。 一善易修也, 一藝易能也, 其於人也, 乃曰："能有是, 是亦足矣。" 曰："能善是, 是亦足矣。" 不亦待於人者輕以約乎!

1　君子(군자) : 광범위한 지배 계층을 형성하는 사대부를 말한다. 재능과 도덕이 출중한 인물을 가리키기도 한다. 여기서는 전자의 의미가 강하다.

2　責(책) : 질책하다. 요구하다.

3　重(중) : 엄격하다.

4　周(주) : 주도면밀하다.

5　輕(경) : 관대하다.

6　約(약) : 간략하다.

7　舜(순) : 우(虞)나라의 순임금. 상고시대의 성군으로 당요(唐堯)로부터 받은 재위를 하우씨(夏禹氏)에게 선양한 것으로 전해진다.

8　여기서 "彼人也, 予人也"는 『맹자・이루하(離婁下)』에 보이는 "순임금도 사람이고 나도 사람이다(舜人也, 我亦人也)"라는 표현을 따온 것으로 맹자가 고대의 군자들이 자신을 질책하면서 순임금과 비교해 미치지 못할까봐 걱정하는 것을 가리키는 말이다. 『맹자・등문공상(滕文公上)』에도 안연(顔淵)이 "순임금은 어떤 사람이고 나는 어떤 사람인가?(舜何人也, 我何人也?)"라고 한 표현이 보인다.

9　早夜以思(조야이사) : '早夜'는 '아침 일찍부터 저녁 늦게까지'라는 뜻이고, '以'는 주종관계 접속사로 앞의 부사어 '早夜'와 뒤의 중심어 '思'를 연결시키고 읽을 때 잠시 쉬는 것을 표시한다.

10　就(취) : 추구하다.

11　周公(주공) : 이름은 희단(姬旦)으로 문왕의 아들. 형 무왕이 죽은 뒤에 어린 조카 성왕(成王)을 보필해 각종 제도와 예악 및 관혼상제(冠婚喪祭)의 의식을 제정했다. 노(魯)나라의 시조로 봉해졌으며, 공자가 크게 추앙한 인물로 대성인의 반열에 든다.

12　藝(예) : 기예. 예법(禮), 악기연주(樂), 활쏘기(射), 마차운전(御), 글씨쓰기(書), 산수(數)의 소위 '육예(六藝)'를 가리킨다.

13　病(병) : 병통. 결함.

14　爲(위) : 이르다. 일컫다. 뒤에 나오는 '不足稱也(부족칭야)'의 '稱'과 같은 뜻이다.

15　取其一(취기일) : 그 사람이 가진 한 가지 장점, 곧 뛰어난 재주나 착한 덕성을 알아주다.

16　其二(기이) : 그 사람이 가진 한 가지 장점 이외의 다른 두 가지 이상의 것.

17　卽其新(즉기신) : 그 사람의 새롭게 달라진 점으로 다가가보다. 그 사람의 새롭

게 달라진 좋은 면모를 인정하다.

18 　不究其舊(불구기구) : 그 사람의 지난날의 나쁜 모습을 따지지 않다.

19 　恐恐然(공공연) : 걱정스러운 모양. 가슴 졸이며 안절부절 못하는 모양.

今之君子則^{20}不然. 其責人也詳^{21}, 其待己也廉^{22}. 詳, 故人難於爲善, 廉, 故自取也少. 己未有善, 曰 : "我善是, 是亦足矣." 己未有能, 曰 : "我能是, 是亦足矣." 外以欺於人, 內以欺於心, 未少有得而止矣, 不亦待其身者已^{23}廉乎? 其於人也, 曰 : "彼雖能是, 其人不足稱也 ; 彼雖善是, 其用不足稱也." 擧其一^{24}, 不計其十^{25} ; 究其舊, 不圖其新. 恐恐然惟懼其人之有聞^{26}也, 是不亦責於人者已詳乎! 夫是之謂不以衆人待其身, 而以聖人望^{27}於人, 吾未見其尊己^{28}也.

20 　則(즉) : 대비 관계를 나타내는 전환접속사로 '오늘날의 군자(今之君子)'의 소행을 앞의 '고대의 군자(古之君子)'의 그것과 극명하게 대비시킨다.

21 　詳(상) : 상세하고 빠짐없다. 가혹할 정도로 완전무결할 것을 강요하다.

22 　廉(염) : 관대하다. 너그럽게 받아들이다.

23 　已(이) : 너무. 매우.

24 　擧其一(거기일) : 그 사람이 가진 한 가지 단점까지 들추어내다.

25 　不計其十(불계기십) : 그 사람이 가진 열 가지나 되는 장점을 헤아리지 않다.

26 　聞(문) : 명예. 좋은 소문.

27 　望(망) : 요구하다. '비견하다'는 뜻으로 풀기도 한다.

28 　尊己(존기) : 자기를 높이다. 자기를 존중하다. 자고자대(自高自大)하는 자만이 아니라 자기에 대한 요구가 엄격한 자존의식을 말한다.

雖然, 爲是者有本有原, 怠與忌之謂也. 怠者不能修^{29}, 而忌者畏人修^{29}. 吾嘗試之矣, 嘗試語於衆曰 : "某良士, 某良士." 其應者, 必其人之與^{30}也 ; 不然, 則其所疏遠不與同其利者也 ; 不然, 則其畏也. 不若是, 强者必怒於言, 懦者必怒於色矣. 又嘗語於衆曰 : "某非良士, 某非良士." 其不應者, 必其人之與^{30}也 ; 不然, 則其所疏遠不與同其利者也 ; 不然, 則其畏也. 不若是, 强者必說^{31}於言, 懦者必說^{31}於色矣. 是故事修而謗興, 德高而毀來. 嗚呼! 士之處此世, 而望名譽之光^{32}、道德之行^{33}, 難已!

29 　修(수) : 수양하다. 수행하다. 품행이나 기예가 진전되는 것을 가리킨다.

30 與(여) : 붕당. 패거리. 친구.

31 說(열) : 기뻐하다. '悅'과 같다.

32 光(광) : '빛나다'는 뜻의 동사로 쓰였다.

33 行(행) : '행해지다', '실행되다', '관철되다'는 뜻의 동사로 쓰였다.

將有作於上者, 得吾說而存³⁴之, 其³⁵國家可幾³⁶而理³⁷歟!

34 存(존) : 마음속에 새겨두다. 유념하다.

35 其(기) : '아마도'란 뜻의 추측 어기부사로 뒤의 추측어기사 '歟(여)'와 호응한다.

36 幾(기) : '거의'란 뜻의 정도부사.

37 理(이) : 잘 다스려지다. '治(치)'와 같은 뜻이다. 당(唐)나라 사람들의 글 중에는
    고종(高宗)의 이름인 '治'자를 피휘하기 위해 '治'를 '理'로 대체해 쓴 경우가 많
    다.

HS-008 「사람의 본질에 대하여」

原人

위에 형상을 이루고 있는 것을 일러 '하늘(天)'이라고 하고, 아래에 형태를 이루고 있는 것을 일러 '땅(地)'이라고 하며, 그 둘 사이에 생명을 지니고 있는 것을 일러 '사람(人)'이라고 한다. 위에 형상을 이루고 있는 해와 달과 별은 다 하늘에 속하고, 아래에 형태를 이루고 있는 풀과 나무와 산과 강은 다 땅에 속하며, 그 둘 사이에 생명을 지니고 있는 오랑캐와 새와 짐승은 다 사람에 속한다.

"그렇다면 우리는 새나 짐승을 사람이라고 해도 되는가?"
"안 된다."
산을 가리켜 "산인가?"라고 물으면, "산이다"라고 하는 것은 된다. 산에는 풀이나 나무와 새나 짐승이 있으니 그것들을 다 포함해서 말하는 것이다. 산의 한 포기 풀을 가리켜 "산인가?"라고 물으면, "산이다"라고 하는 것은 안 된다.

하늘의 도가 어지러워지면 해와 달과 별이 그 올바른 운행을 할 수 없고, 땅의 도가 어지러워지면 풀과 나무와 산과 강이 평온함을 유지할 수 없고, 사람의 도가 어지러워지면 오랑캐와 새와 짐승이 본연의 성정을 따라 살아갈 수 없다. 하늘은 해와 달과 별의 주인이고, 땅은 풀과 나무와 산과 강의 주인이며, 사람(곧 중국인)은 오랑캐와 새와 짐승의 주인이니, 주인이면서 그것들을 포악하게 다룬다면 주인으로서의 도리를 다할 수 없다. 이 때문에 성인은 한결같이 대하고 동등하게 인을 베풀며, 가까이 있는 것은 도탑게 사랑해주고 멀리 있는 것도 모두 포용해 사랑했던 것이다.

해제

사람의 본질이란 천지간에 모든 생명 있는 것들의 주인이니 광범위하고 차별 없이 어진 사랑을 베풀어야 하는 주체임을 규명한 논설문으로 창작연대는 미상이다. 사람의 도가 어지러워지면 오랑캐와 금수까지도 편안하게 살아갈 수 없으므로 한결같이 대하고 동등하게 인을 베풀며 멀리 있는 것이든 가까이 있는 것이든 차별 없이 사랑해야 함을 밝히고 있다. 「원도(原道)」(HS-005)에서 말한 박애정신을 구현한 작자의 이러한 관점은 묵자의 겸애설보다 더 폭넓은, 금수에 대한 사랑까지 담고 있는 것으로 북송(北宋) 때의 성리학자 장재(張載, 1020-1077)의 「서명(西銘)」에 더 잘 천명되어 있다.

원문 및 주석

形¹於上者謂之天, 形於下者謂之地, 命²於其兩間者謂之人。形於上, 日月星辰皆天也;形於下, 草木山川皆地也;命於其兩間, 夷狄³禽獸皆人也。

1   形(형) : 형상 또는 형태를 이루다. 동사로 쓰였다. 이하 마찬가지다.
2   命(명) : 생명을 지니고 있다. 동사로 쓰였다. 이하 마찬가지다.
3   夷狄(이적) : 본래 구분하면 동방과 북방의 오랑캐를 가리키나 여기서는 사방의
    오랑캐라는 뜻으로 쓰였다. 서방과 남방의 오랑캐는 각기 융(戎)과 만(蠻)으로
    불렸다. 중국을 문명이 발달한 중화(中華)의 땅으로 보고, 그 주변을 모두 야만
    으로 취급한 고대 중국의 화이론적(華夷論的) 세계관을 반영하는 말이다.

曰:然則吾謂禽獸人, 可乎? 曰:非也。指山而問焉, 曰:山乎? 曰:山, 可也;山有草木禽獸, 皆擧之矣。指山之一草而問焉, 曰:山乎? 曰:山, 則不可。

天道亂, 而日月星辰不得其行;地道亂, 而草木山川不得其平;人道亂, 而夷狄禽獸不得其情。天者, 日月星辰之主也;地者, 草木山川之主也;人者, 夷狄禽獸之主也。主而暴之, 不得其爲主之道矣。是故聖人一視而同仁⁴, 篤近而擧遠⁵。

4   一視而同仁(일시이동인) : 한결같이 보아주고 동등하게 인을 베풀다. 지금 '一視
    同仁'은 '누구나 차별하지 않고 평등하게 대하다'는 뜻의 사자성어로 널리 쓰인
    다.
5   篤近而擧遠(독근이거원) : 가까이 있는 것은 도탑게 사랑해주고 멀리 있는 것도
    모두 포용해 사랑해준다.

「귀신의 본질에 대하여」

原鬼

대들보 위에서 무슨 소리가 나서 바로 그곳에 불을 붙여 비춰보니 아무 것도 보이지 않는데 이것은 귀신인가?

내가 말한다.

"아니다. 귀신은 소리가 없다."

대청 위에 무언가 서 있는 것 같아 바로 그곳을 살펴보니 아무 것도 보이지 않는데 이것은 귀신인가?

내가 말한다.

"아니다. 귀신은 형체가 없다."

내 몸에 부딪치는 것이 있는 것 같아 바로 잡아보니 손에 아무 것도 잡히지 않는데 이것은 귀신인가?

내가 말한다.

"아니다. 귀신은 소리와 형체가 없는데 어떻게 숨결이 있겠는가?"

"귀신은 소리도 없고 형체도 없고 숨결도 없다는데, 그렇다면 과연 귀신은 없는가?"

내가 말한다.

"형체가 있으되 소리가 없는 것이라면 사물 중에 그런 것이 있으니 흙과 돌이 그것이고, 소리가 있으되 형체가 없는 것이라면 사물 중에 그런 것이 있으니 바람과 천둥이 그것이고, 소리와 형체가 있는 것이라면 사물 중에 그런 것이 있으니 사람과 짐승이 그것이고, 소리와 형체가 없는 것이라면 사물 중에 그런 것이 있으니 귀신이 그것이다."

"그렇다면 괴이한 현상이 사람이나 사물과 접촉하는 것은 어찌된 것인가?"

"이것에는 두 가지가 있으니, 귀신이 있고 요괴가 있다. 조용하게 형체와 소리가 없는 것은 귀신의 평상시의 상태다. 백성 중의 누군가가 하늘을 거스르는 일이 있거나 다른 사람들을 배반하는 일이 있거나 만물과 어긋나는 일이 있거나 인륜에 역행하는 일이 있어서 정기에 감촉하게 되면, 이때에 귀신이 형체를 가지고 모습을 나타내고 소리에 기탁해 반응을 보이며 재앙을 내리는 것이니 모두 백성들이 그렇게 만든 것이다. 그러고 나면 귀신은 재차 평상시의 상태로 돌아간다."

"무엇을 요괴라고 하는가?"

"형체와 소리가 있는 것은 흙과 돌, 바람과 번개, 사람과 짐승이고, 소리와 형체가 없는 것으로 되돌아가는 것은 귀신이며, 형체와 소리가 있을 수 없는 것일진대 형체와 소리가 없을 수 없는 것이 요괴다. 그러므로 그것이 생겨나면 백성들과 접촉함에 있어 일정한 규칙이 없기 때문에 백성들에게 영향을 끼쳐 재앙을 내리기도 하고, 복록을 내리기도 하며, 또 재앙이나 복록을 내리지 않는 경우도 있다."

마침 백성들에게 귀신의 자취가 출현한 때를 만났기 때문에 「귀신의 본질에 대하여」라는 글을 지었다.

해제

　귀신 곧 영혼의 본질을 규명한 논설문으로 창작연대는 미상이다. 귀신은 통상 모습을 드러내지 않고 특수한 상황에서만 출현하는 존재임을 밝히고 있다. 작자는 일반인들의 귀신에 대한 의혹을 해소시켜주기 위해 이 글을 지었지만, 정확한 답안을 제시하고 있지는 못하다. 다만 비슷한 시기에 쓰인 '오원(五原)'의 다른 글과 마찬가지로 이 글도 불교와 다른 견해를 피력하는데 주안점이 있는바, 귀신에게 권선징악과 인륜도덕을 옹호하는 기능이 있다는 관점을 피력한 것만은 분명하다고 하겠다. 즉 작자는 백성들이 하늘의 뜻을 거스르거나 다른 사람들을 배반하거나 사물과 저촉되거나 인륜에 어긋나는 행동을 하지 않으면 귀신이 화를 내리지 않을 것임을 말한 것으로 보인다.

원문 및 주석

有嘯於梁, 從而燭[1]之, 無見也, 斯鬼乎? 曰 : "非也, 鬼無聲." 有立於堂, 從而視之, 無見也, 斯鬼乎? 曰 : "非也, 鬼無形." 有觸吾躬, 從而執之, 無得也, 斯鬼乎? 曰 : "非也, 鬼無聲與形, 安有氣?" 曰 : "鬼無聲也, 無形也, 無氣也, 果無鬼乎?" 曰 : "有形而無聲者, 物有之矣, 土石是也 ; 有聲而無形者, 物有之矣, 風霆是也 ; 有聲與形者, 物有之矣, 人獸是也 ; 無聲與形者, 物有之矣, 鬼神是也."

1　燭(촉) : 불을 붙여 비춰보다.

曰:"然則有怪²而與民物接者, 何也?" 曰:"是有二:有鬼, 有物³。漠然⁴無形與聲者, 鬼之常也。民有忤⁵於天, 有違於民, 有爽⁶於物, 逆於倫而感於氣⁷, 於是乎鬼有形於形, 有憑於聲以應之, 而下殃禍焉, 皆民之爲之也。其旣⁸也, 又反乎其常。" 曰:"何謂物?" 曰:"成於形與聲者, 土石、風霆、人獸是也;反乎無聲與形者, 鬼神是也;不能有形與聲, 不能無形與聲者, 物怪是也。故其作而接於民也無恒, 故有動於民而爲禍, 亦有動於民而爲福, 亦有動於民而莫之爲禍福。" 適⁹丁¹⁰民之有是時¹¹也, 作原鬼。

2 怪(괴) : 괴물. 괴상한 것 또는 그런 현상.
3 物(물) : 요괴. 정령.
4 漠然(막연) : 조용한 모양.
5 忤(오) : 거스르다.
6 爽(상) : 어긋나다.
7 氣(기) : 정기.
8 旣(기) : 끝나다. 다하다. '귀신으로 형체와 소리를 드러낸 것이 끝나다'는 뜻이다.
9 適(적) : 때마침.
10 丁(정) : 만나다. 당하다.
11 是時(시시) : 이때. 대들보나 대청 위에서 귀신의 자취가 출현한 때.

HS-010 「하기 어려운 일에 대한 논란」

行難

　　어떤 이가 묻는다.

　　"일을 하는 데 어떤 것이 가장 어렵습니까?"

　　내가 말한다.

　　"자신이 옳다고 여기는 생각을 버리고, 상대방이 하는 말을 좇는 것입니다."

　　그러자 어떤 이가 "누가 그렇게 할 수 있습니까?"라고 묻는다.

　　내가 말한다.

　　"육참(陸傪) 선생이 어떻겠습니까?"

　　"선생의 현명함은 천하 사람들에게 다 알려져 있으니, 옳은 것을 옳다고 하고 그른 것을 그르다고 합니다. 정원(貞元) 연간에 월주(越州)에서 부름을 받고 들어와 사부원외랑(祠部員外郞)에 임명되었습니다. 도성에 사는 사람들 중에 날마다 그의 집으로 찾아갔다가 문이 닫히고 접견을 거절당한 이들이 거리에 가득 찼는데, 저도 일찍이 그의 집에 가서 객석에 끼어 앉아 있었습니다. 선생께서 자긍심을 가지고 객들에게 일러 말씀하셨습니다.

'아무개는 아전이고, 아무개는 장사치라오. 아무개 아전은 살아 있을 때 어떤 사람이 그를 높은 자리에 임용했고, 아무개 장사치는 죽었을 때 어떤 사람이 그에게 뇌사(誄辭)를 지어줬소. 아무개 아전과 아무개 장사치는 괜찮은 사람들이니 그들을 임용하고 뇌사를 지어준 것은 잘못이 아니지요!'

그러자 객들이 모두 '그렇습니다'라고 했다.

내가 말했다.

'아무개 아전과 아무개 장사치가 임용되거나 뇌사를 받을 수 있는 데는 이유가 있는 것입니까? 아니면 잘못이 있어서 임용되거나 뇌사를 받기에 부족합니까?'

선생께서 말씀하셨다.

'아니오. 나는 그들의 원래 신분을 싫어한 것이라오. 그렇지 않다면 임용하고 뇌사를 지어주는 것이 무슨 잘못이겠소?'

내가 말했다.

'만약 그와 같다면 선생의 말씀은 잘못입니다. 옛날에 관중(管仲)은 도둑 두 사람을 발탁해 제환공(齊桓公)에게 대부(大夫)로 삼도록 천거했고, 조무(趙武)는 창고지기 칠십여 사람을 등용했는데, 대체 어찌 그들의 원래 신분을 따진 것이겠습니까?'

선생께서 말씀하셨다.

'그렇지 않소. 저들이 발탁한 사람은 현인들이랍니다.'

내가 말했다.

'선생께서 현인이라고 하는 이는 위대한 현인입니까? 아니면 보통 사람들보다 뛰어난 현인입니까? 제(齊)나라와 진(晉)나라에도 두 사람과 칠십여 사람이 있었는데, 지금 천하에 그들 만한 사람이 없다고 할 수 있습니까? 선생께서 인재를 선발하시는 것은 너무 사나롭습니다.'

선생께서 말씀하셨다.

'그렇소.'

내가 말했다.

'성인은 세대마다 나오는 것이 아니고 현인은 때마다 나오는 것이 아니니, 천 년 백 년 사이에 우연히 세상에 나올 수 있는 것입니다. 불행하게도 성인이나 현인이 아전이나 장사치의 집안에서 나온다는 선생의 견해가 세상에 전해진다면, 저는 갓난아이들이 제 어미의 젖을 먹고 자라날 수 없게 될까봐 차마 견디지 못하겠습니다!'

선생께서 말씀하셨다.

'그렇군요.'

다른 날 나는 또 선생 댁에 가서 객석에 앉아 있었다.

선생께서 말씀하셨다.

'지금 인재를 등용하는 것이 너무 까다로운 게 아닙니다. 조정에 벼슬하고 있는 이들 중에는 내가 보기에 아무개와 아무개 정도를 취할 만할 따름인데, 하급관직에 있는 이들 중에는 취할 만한 사람이 조정보다 많이 있으니, 내가 인정하고 천거할 만한 사람이 약간 명은 됩니다.'

내가 말했다.

'선생께서 인정하고 천거할 만한 사람이 모두 그들 중에 다 있는 것입니까? 그들은 모두 현인입니까? 아니면 그들의 장점만 취하고 단점은 살피지 않은 것입니까?'

선생께서 말씀하셨다.

'분명 그렇소이다. 내가 어찌 그들에게 완벽하기를 요구하겠소?'

내가 말했다.

'조정에는 재상에서부터 각종 담당관직에 이르기까지 관리가 모두 몇 사람입니까? 한 지방으로부터 한 주(州)에 이르기까지 관리가 모두 몇 사람입니까? 선생의 눈에 든 사람들로는 그 자리를 채우기에 부족하지 아니할는지요! 일찍 이를 도모하지 않고 있다가 하루아침에 급히 천거하신다면, 지금 비록 주도면밀하게 살폈다 하더라도 훗날 임용할 때에는 필시 경솔하게 될 것입니다.'

선생께서 말씀하시기를 '그렇구려, 그대의 말은 맹자라도 따라오지 못할 것이오'라고 했다."

해제

정원 17년(801)에 지은 것으로 국가의 인재 선발이 어려운 일임에 대해 논란한 글. 제목의 '행(行)'은 인재선발의 일을 가리키고, '난(難)'은 '논란' 내지 '힐난'의 뜻으로 동방삭(東方朔, B.C. 161?-B.C. 93)의 「답객난(答客難)」과 같은 유형의 묻고 답하는 양식의 문장임을 나타낸다. 이 글은 작자와 육참(陸傪)의 두 차례에 걸친 토론으로 이루어져 있는데, 첫 번째는 출신이 미천한 사람을 등용하는 것에 관한 문제이고, 두 번째는 인재 선발의 기준을 너무 높이 잡아 국가에 인재가 부족해서는 곤란하다는 점이 중심 논제다. 아전이나 장사치를 끌어와 인재의 출신 문제를 다룬 것은 권문세가에 의한 관직점유 관행이 엄연한 현실에서 출신이 비교적 빈한한 작자 자신의 저지와 목소리를 담은 것이라고 볼 수 있다. 그리고 육참이 작자의 의견을 받아들여 예전의 인재선발에 관한 견해를 바꾼 태도를 칭송하는 뜻이 곁들여 있다.

원문 및 주석

或問: "行¹孰難?" 曰: "捨我之矜², 從爾之稱." "孰能之?" 曰: "陸先生參³何如?" 曰: "先生之賢聞天下, 是是而非非. 貞元中⁴, 自越州⁵徵拜祠部員外郎⁶, 京師之人日造⁷焉, 閉門而拒之滿街. 愈嘗往間⁸客席, 先生矜²語其客曰: '某胥⁹也, 某商也, 其生某¹⁰任之¹¹, 其死某誄¹²之, 某與某, 可人¹³也, 任與誄也非罪¹⁴歟?' 皆曰: '然.' 愈曰: '某之胥, 某之商, 其得任與誄也, 有由乎? 抑¹⁵有罪不足任而誄之邪?' 先生曰: '否, 吾惡¹⁶其初¹⁷; 不然, 任與誄也何尤!' 愈曰: '苟如是, 先生之言過矣! 昔者管敬子取盜二人爲大夫於公¹⁸, 趙文子擧管庫之士七十有餘家¹⁹; 夫惡²⁰求其初¹⁷?' 先生曰: '不然, 彼之取者賢也.' 愈曰: '先生之所謂賢者, 大賢²¹歟, 抑¹⁵賢於人之賢歟? 齊也, 晉也, 且有二與七十; 而可謂今之天下無其人邪? 先生之選人也已詳²².' 先生曰: '然.' 愈曰: '聖人不世²³出, 賢人不時出, 千百歲之間儻²⁴有焉; 不幸而有出於胥商之族者, 先生之說傳, 吾不忍赤子之不得乳於其母也!' 先生曰: '然.'

1 　行(행): '행사(行事)' 또는 '품행(品行)'의 두 가지 풀이가 가능하나, 여기서는 인재선발의 일에 대한 내용이므로 '행사'로 보는 것이 더 옳을 듯하다.
2 　矜(긍): 스스로 옳다고 여기다. 자긍하다.
3 　參(삼): 육참(陸傪). '參'은 '傪'으로 적는 것이 옳다. 육참에 대해서는 「여사부육원외서(與祠部陸員外書)」(HS-103) 해제 참조.
4 　貞元(정원): 당나라 덕종(德宗)의 연호. 이때는 정원 17년(801) 이전을 가리킨다.
5 　越州(월주): 육참이 당시 절동관찰사어사(浙東觀察使御史)의 직책을 맡고 있었는데, 월주는 절동관찰사의 막부가 있던 곳이다.
6 　祠部員外郎(사부원외랑): 사부는 예부에 속한 네 부서의 하나로 제사 등의 일을 관장했는데, 원외랑은 그 부서의 차관이다. 이때 예부에서 과거고시를 주관했는데, 정원 18년에 육참이 권덕여(權德輿)를 보좌해 그 일에 관여하고 있었다. 이에 대해서는 「여사부육원외서(與祠部陸員外書)」(HS-103) 해제 참조.
7 　造(조): 이르다. 여기서는 그 집을 방문하는 것을 말한다.
8 　間(간): 끼어들다. 참여하다.
9 　胥(서): 아전. 관청의 하급 관리.

10 某(모) : 조정의 아무개 관리. 육참 자신을 가리키는 것으로 보기도 한다.

11 任之(임지) : 아무개 아전을 비교적 높은 직무에 임용하다.

12 誄(뇌) : 뇌사(誄辭). 죽은 이의 덕행을 밝히 드러내고 애도를 표하는 문장.

13 可人(가인) : 괜찮은 사람. 장점이 있어 취할 만한 인물.

14 罪(죄) : 잘못. 허물.

15 抑(억) : 아니면. 선택접속사.

16 惡(오) : 싫어하다. 증오하다.

17 其初(기초) : 그 원래의 신분.

18 이 구절은 관중(管仲)이 도둑 두 사람을 제환공(齊桓公)에게 천거해 임용하게 한 고사를 가리킨다. 관경자(管敬子)는 관중으로 경자는 그의 시호다. 『예기·잡기하(雜記下)』에 관련 기록이 보인다.

19 이 구절은 조무(趙武)가 창고지기 칠십여 인을 천거한 고사를 가리킨다. 조문자는 춘추시대 진(晉)나라 대부 조무로 후일 진나라의 정무를 총괄했다. 『예기·단궁하(檀弓下)』에 관련 기록이 보인다.

20 惡(오) : 어찌. 어떻게.

21 大賢(대현) : 공자와 같은 발군의 재능과 덕성을 가진 사람을 가리킨다.

22 詳(상) : 주도면밀하다. 매우 신중하다. 여기서는 인재선발에 있어 고려사항이 너무 많아 까다롭다는 뜻.

23 世(세) : 대대로. 한 세대는 보통 30년을 가리킨다.

24 儻(당) : 우연히. 간혹.

他日, 又往坐焉。先生曰 : '今之用人也不詳[22]。位乎朝者吾取某與某而已, 在下者多于朝, 凡吾與[25]者若干人.' 愈曰 : '先生之與[25]者盡於此乎? 其皆賢乎, 抑[15]猶有擧其多[26]而缺其少[27]乎? 先生曰 : '固然, 吾敢[28]求其全.' 愈曰 : '由宰相至百執事[29]凡幾位? 由一方至一州凡幾位? 先生之得者, 無乃[30]不足充其位邪! 不早圖[31]之, 一朝[32]而擧焉 ; 今雖詳[22], 其後用也必粗.' 先生曰 : '然。子之言, 孟軻[33]不如.'"

25 與(여) : 칭찬하다. 인정하고 천거하다.

26 擧其多(거기다) : 그 아름다운 장점을 들추어내다.

27 缺其少(결기소) : 그 모자라는 단점을 빼버리다.

28 敢(감) : 어찌 감히. '기감(豈敢)'의 뜻이다.

29 執事(집사) : 조정에서 실제로 전문 직무를 맡은 관리를 가리킨다.

30 無乃(무내) : 추측 어기부사로 뒤의 '邪(야)'와 호응해 '아마도 ~이 아니겠는가!'의 뜻이다.

31 圖(도) : 도모하다. 여기서는 적합한 인재를 선발하는 것을 가리킨다.

32 一朝(일조) : 하루아침에. 가능한 한 빨리.
33 孟軻(맹가) : 맹자. 전국시대 추(鄒)나라의 대유학자로 공자를 사숙해 그의 학문
    을 발양시켜 흔히 '공맹(孔孟)'으로 일컬어진다. 『맹자』 7권의 저술을 남겼다.

HS-011 「우임금에 관한 물음에 대답하여」

對禹問

어떤 사람이 묻는다.

"요임금과 순임금은 천하의 제왕 자리를 현인에게 전하고 우임금은 아들에게 전했는데 확실합니까?"

"그렇습니다."

"그와 같다면 우임금의 현명함은 요임금과 순임금에 미치지 못합니까?"

"그렇지 않습니다. 요임금과 순임금이 현인에게 제왕 자리를 전한 것은 천하 사람들이 저마다의 자리를 얻을 수 있도록 하고자 함이요, 우임금이 아들에게 제왕 자리를 전한 것은 후세 사람들이 왕위를 다투는 난리를 일으킬까 우려한 때문입니다. 요임금과 순임금은 백성들을 크게 이롭게 한 것이고, 우임금은 백성들을 매우 깊이 걱정한 것입니다."

"그와 같다면 요임금과 순임금은 무엇 때문에 후세 사람들이 왕위를 다툴까 우려하지 않았습니까?"

"순임금의 사람됨이 요임금과 같았기 때문에 요임금은 그에게 제왕 자리를 전하고, 우임금의 사람됨이 순임금과 같았기 때문에 순임금이 그에게 제왕 자리를 전했습니다. 마땅한 사람을 얻으면 그에게 제왕 자리를 전했으니 바로 요임금과 순임금이고, 마땅한 사람이 없어 환난이 생길까봐 걱정해 다른 사람에게 제왕 자리를 전하지 않은 이가 바로 우임금입니다. 순임금이 만약 우임금에게 제왕 자리를 전할 수 없었다면 요임금이 사람을 알아보지 못한 것이 되고, 우임금이 만약 아들에게 제왕 자리를 전할 수 없었다면 순임금이 사람을 알아보지 못한 것이 됩니다. 요임금이 순임금에게 제왕 자리를 전한 것도 후세 사람들을 우려한 때문이고, 우임금이 아들에게 제왕 자리를 전한 것도 후세 사람들을 걱정한 때문입니다."

"우임금의 걱정이 매우 깊었다지만, 만약 아들에게 제왕 자리를 전했다가 그 아들이 선량하지 못한 상황에 봉착했더라면 어떻게 되는지요?"

"당시에 백익(伯益)은 천하를 다스리기가 어려웠는데, 다른 사람에게 제왕 자리를 전하면 쟁탈이 생기게 되므로 사전에 다른 후계자를 미리 정해놓지 않고, 아들에게 제왕 자리를 전하면 쟁탈이 생기지 않으므로 사전에 그 아들을 후계자로 미리 정해놓았던 것입니다. 사전에 미리 정해두면 설령 현인을 만나지 못하게 되더라도 선조의 법제를 지킬 수 있으며, 사전에 미리 정해두지 않았다가 현인을 만나지 못하게 되면 쟁탈이 생기고 또 혼란스럽게 되는 것입니다. 하늘이 위대한 성인을 내려 보내주는 것도 늘 자주 있는 일이 아니며, 엄청난 악인을 내려 보내주는 것도 늘 자주 있는 일은 아닙니다. 다른 사람에게 제왕 자리를 전했더라도 위대한 성인을 만나야 감히 쟁탈하는 이가 아무도 없을 것이며, 아들에게 제왕 자리를 전했더라도 엄청난 악인을 만나게 되면 사람들이 난리를 당하게 되겠지요. 우임금이 죽은 지 사백 년이 지난 뒤에 걸

(桀)과 같은 폭군이 나왔지만, 또 사백 년이 지난 뒤에 탕(湯)임금이나 이윤(伊尹)과 같은 위대한 성인이 나왔습니다. 그러니 탕임금과 이윤을 기다렸다가 제왕 자리를 전할 수는 없는 노릇입니다. 제왕 자리를 전했다가 성인을 만나지 못해 쟁탈이 생기고 또 난리가 일어나는 것보다는 차라리 아들에게 제왕 자리를 전하는 것이 더 나은 것은 비록 현인을 얻지는 못했더라도 선조의 법제를 지킬 수는 있기 때문입니다.”

　“맹자가 소위 ‘하늘이 제왕 자리를 현인에게 전하면 현인에게 전하고, 아들에게 전하면 아들에게 전한다’고 말한 것은 무슨 까닭입니까?”
　“맹자의 본심은 성인이란 구차하게 자기 아들만 사사롭게 편애함으로써 천하 사람들에게 해를 끼치지 않는다고 생각한 것이나, 그 말한 대로 되지 못하자 그것을 둘러대는 변명을 한 것입니다.”

　　해제

　천하의 제왕 자리를 현인에게 전해 온 요임금과 순임금의 관행을 깨고, 처음으로 자기 아들에게 넘겨 준 우임금의 처사를 둘러싼 물음에 대답한 논설체 문장으로 창작연대는 미상이다. ‘對(대)’는 ‘대답하다’는 뜻으로 이 글은 우임금이 천하의 제왕 자리를 아들에게 넘겨 준 처사에 대한 일련의 질문에 답을 한 것이다. 맹자가 천명이라는 관점에서 이 문제를 다소 신비주의적으로 풀이하고 넘어갔지만, 작자는 인간사의 측면에서 차기 보위를 이어갈 태자를 미리 확정하는 것이 평화로운 정권의 이양에 유리하다는 입장을 설파하고 있다. 수천 년에 걸쳐 군주제가 지속되어 온 중국의 역사를 고려할 때, 왕위를 넘겨 줄 태자를 미리 확정하는 것이 나라의 기강과 사회의 안정 및 백성들의 이익에 유리하다는 점에 수긍이 간다. 물론 이런 견해는 왕조의 보위가 맏이에 의해 세습되더라도, 걸주(桀紂)와 같은 폭군이 빈번하게 나오지 않을 것이라는 인간성에 대한 낙관적인 긍정의 기초 위에 서 있다.

원문 및 주석

或問曰 : "堯舜傳諸¹賢, 禹傳諸¹子, 信手?" 曰 : "然." "然則禹之賢不及於堯與舜也歟?" 曰 : "不然. 堯舜之傳賢也, 欲天下之得其所²也 ; 禹之傳子也, 憂後世爭之之亂也. 堯舜之利民也大, 禹之慮民也深."

1   諸(저) : '之於(지어)'의 합음 겸사(兼詞)로 '그것(제왕 자리)을 ~에게'의 뜻이다.
2   得其所(득기소) : 백성들이 저마다의 합당한 자리에서 편안한 삶을 누리며 살아
     가다.

曰 : "然則堯舜何以不憂後世?" 曰 : "舜如堯, 堯傳之 ; 禹如舜, 舜傳之. 得其人³而傳之, 堯舜也 ; 無其人, 慮其患而不傳者, 禹也. 舜不能以傳禹, 堯爲不知人 ; 禹不能以傳子, 舜爲不知人. 堯以傳舜, 爲憂後世 ; 禹以傳子, 爲慮後世."

3   其人(기인) : 그 자리에 꼭 합당한 바로 그 사람. 사마천이 역사를 서술하고 그
     참된 가치를 알아줄 사람을 기다리며 그것을 암혈에 숨겨 놓을 때 말한 '其人'이
     연상된다.

曰 : "禹之慮也則深矣, 傳之子而當⁴不淑⁵, 則奈何?" 曰 : "時益⁶以難理, 傳之人則爭, 未前定也 ; 傳之子則不爭, 前定也. 前定雖不當賢, 猶可以守法⁷ ; 不前定而不遇賢, 則爭且亂. 天之生大聖也不數⁸, 其生大惡也亦不數⁸. 傳諸¹人, 得大聖, 然後人莫敢爭, 傳諸¹子, 得大惡, 然後人受其亂。禹之後四百年, 然後得桀⁹ ; 亦四百年, 然後得湯¹⁰與伊尹¹¹。湯與伊尹不可待而傳也。與其傳不得聖人而爭且亂, 孰若傳諸子¹², 雖不得賢, 猶可守法。"

---

4   當(당) : 만나다. 부닥치다.

5   不淑(불숙) : 선량하지 못한 사람. '淑'은 '선량하다(善)', '아름답다(美)'는 뜻이다.

6   益(익) : 백익(伯益)으로 우임금의 주요 보좌관. 우임금 사후에 백익이 천하를 맡아 다스렸으나 백성들을 복종시키지 못함에, 제후들이 우임금의 아들 계(啓)에게 왕위를 전하려고 하자 백익이 스스로 그 자리를 내놓았다고 한다. 일설에는 백익과 계가 왕위를 다투다가 계가 백익을 죽이고 왕위에 올랐다고도 한다. '益'을 고유명사로 보지 않고 '더욱', '점점 더'라는 뜻의 부사로 풀이하기도 하는데 그래도 뜻이 통한다.

7   守法(수법) : 선조의 법과 제도 따위를 지키다.

8   數(삭) : 자주. 여러 차례.

9   桀(걸) : 하(夏)나라의 마지막 왕 이계(履癸)로 극히 포악하고 황음무도한 생활을 하다가 상탕(商湯)에게 패한 뒤 남방으로 달아나 죽었다. 그 뒤 하나라도 멸망했다.

10 湯(탕) : 하나라의 걸왕을 멸하고 상(商)나라를 세운 임금으로 통상 '상탕(商湯)' 또는 '성탕(成湯)'으로 불린다.

11 伊尹(이윤) : 탕임금을 도와 하나라의 걸을 토벌하고 상나라를 세우는 데 큰 공을 세운 재상으로 '伊'는 이름, '尹'은 관직 이름.

12 이상 두 구절에서 '與其…, 孰若~'는 '…라기보다는 차라리 ~하는 것이 낫다'는 뜻이다.

日 : "孟子¹³之所謂'天與賢, 則與賢 ; 天與子, 則與子¹⁴'者, 何也?" 日 : "孟子之心, 以爲聖人不苟私於其子以害天下, 求其說而不得, 從而爲之辭。"

---

13 孟子(맹자) : 전국시대 추(鄒)나라의 대유학자 맹가(孟軻)로 공자를 사숙해 그의 학문을 발양시켜 흔히 '공맹'으로 일컬어진다. 『맹자』 7권의 저술을 남겼다.

14 이 네 구절은 『맹자 · 만장상(萬章上)』에 보인다.

HS-012 「잡다한 논설」

雜說

해제

　　다방면의 잡다한 감상을 적은 글로 정확한 창작연대는 미상이지만 일시에 지은 것이 아니라, 내용을 통해 보건대 원화(元和) 초엽 국자박사(國子博士)로 장안과 낙양을 오가며 근무하던 무렵에 지은 작품으로 추정된다. 자유롭게 붓 가는 대로 씌어진 이 네 편의 글은 내용면에서 작은 제재 속에 치국과 관련된 큰 주제를 깃들이기도 했고, 기법면에서 어휘의 퇴고와 어구의 다듬기를 통한 세심한 글쓰기로 짤막한 분량 속에 무수한 변화의 묘미를 추구한 점이 단연 돋보인다. 네 편중에서 첫 번째와 네 번째 글이 특히 명문으로 손꼽힌다.

용이 숨을 내뿜어 구름을 만드니 구름은 본래 용보다 영험하지 못하다. 그러나 용이 이 기운을 타고 아득히 천상의 끝까지 도달해 해와 달에 가까이 다가가 그 빛을 가리고, 천둥과 번개를 일으켜 신통하게 변화를 예측할 수 없게 하며, 온 대지 위에 비를 내려 구릉과 계곡을 잠기게 하니 구름 또한 영험하고 괴이한 것이로다!

구름은 용이 영험하게 할 수 있는 것이지만, 용의 영험함이란 구름이 영험하게 할 수 있는 것은 아니다. 그러나 용이 구름을 만나지 못하면 그 예측할 수 없는 영험함을 부릴 수가 없으니, 자기 자신이 의지하는 것을 잃어버려서는 결코 안 되는 것이리? 기이하도다! 자기 자신이 의지하는 것이 바로 자기 자신이 만든 것이라니.

『역경(易經)』에 이르기를 "구름은 용을 따라 다닌다"라고 했다. 이미 용이라고 한 이상 구름은 그것을 따라오기 마련인 것이다.

소해제

용과 구름의 관계를 논한 글로 흔히 「용설(龍說)」이라는 제목으로 불린다. 구름이란 용이 만들어낸 영험한 것이지만 용은 구름이 없으면 그 의지할 근거를 잃어 예측불허의 영험함을 다할 수 없는바, 양자는 용이 주가 되고 구름이 종이 되는 불가분의 관계에 있음을 밝히고 있다. 이 글의 숨은 뜻에 대해서는 종래 수많은 풀이가 있었지만, 임금과 신하의 의기투합을 비유하는 것으로 보는 것이 일반적이나. 쌀박하고 간결한 필치 속에 의미의 곡절과 전환이 많은 글로 유명하다.

원문 및 주석

龍噓氣成雲, 雲固弗靈於龍也 ; 然龍乘是氣, 茫洋¹窮²乎玄間³, 薄⁴日月, 伏
光景⁵, 感震電, 神⁶變化, 水下土, 汨⁷陵谷 : 雲亦靈怪矣哉!

1   茫洋(망양) : 아득해 광대한 모양.
2   窮(궁) : 끝까지 도달하다. 갈 수 있는 데까지 이르다.
3   玄間(현간) : 요원하고 광활한 천상을 가리킨다. 『역경·곤괘(坤卦)·문언(文言)』에 "하늘은 검고 땅은 누렇다(天玄而地黃)"라는 글귀가 보인다.
4   薄(박) : 접근하다. 가까이 다가가다. '迫'과 같다.
5   光景(광경) : 빛. 일월성신(日月星辰).
6   神(신) : 신묘해 변화를 헤아릴 수 없게 하다.
7   汨(골) : 물에 잠기게 하다.

雲, 龍之所能使爲靈也, 若⁸龍之靈, 則非雲之所能使爲靈也。然龍弗得雲,
無以神⁶其靈矣 : 失其所憑依, 信不可歟? 異哉! 其所憑依, 乃其所自爲也。

8   若(약) : ~의 경우로 말하면. 전환접속사로 쓰였다.

易⁹曰 : "雲從龍。" 旣曰龍, 雲從之矣。

9   易(역) : 『역경·건괘(乾卦)·문언(文言)』을 가리킨다.

HS-012-2

뛰어난 의술을 가진 이는 사람이 마른지 살진지를 보지 않고 맥에 병이 들었는지 안 들었는지를 살필 따름이다. 천하를 헤아리는 데 뛰어난

이는 천하가 안정되어 있는지 위태로운지를 보지 않고 그 기강이 잘 잡혀 있는지 어지러운지를 살필 따름이다. 천하가 사람이라고 한다면 안정과 위태로움은 살지거나 마른 것이며 기강은 맥이다. 맥에 병이 들지 않으면 단지 마르더라도 해롭지 않지만, 맥에 병이 들면 살진 사람이라도 죽게 된다. 이런 이치에 통달한 사람은 아마도 천하를 다스리는 방법을 알 것이로다!

하(夏)나라, 은(殷)나라, 주(周)나라가 쇠했을 때에 제후들이 들고 일어나 싸우고 공격하는 것이 날로 기승을 부렸음에도 불구하고, 수십 명의 왕을 거치면서까지 천하가 기울어지지 않은 것은 기강이 남아 있었기 때문이다. 진(秦)나라가 천하의 왕 노릇을 할 때에 제후들에게 권력을 나누어주지 않고 병기를 모아 불태웠지만, 두 대(代)만 전해진 뒤 천하가 기울어버린 것은 기강이 사라졌기 때문이다. 이런 까닭에 사지에 탈이 없다고 하더라도 믿을 게 못 되니 믿을 것은 맥뿐이다. 사해에 아무 일이 없더라도 자랑할 게 못 되니 자랑할 것은 기강뿐이다. 자기가 믿을 맥을 걱정하고 자랑할 기강을 두려워한다면, 의술에 뛰어난 의사와 천하를 헤아리는 데 뛰어난 정치가를 하늘이 도와준다고 했다. 『역경』에 이르기를 "소행을 보고 조짐을 살핀다"라고 했는데, 의술에 뛰어난 의사와 천하를 헤아리는 데 뛰어난 정치가가 그렇게 한다.

소해제

사람의 맥을 국가의 기강에 비유해 논한 글로 흔히 「의설(醫說)」이라는 제목으로 불린다. 나라의 기강이 바로 서 있으면 일시적인 위기 상황이 발생하더라도 별 문제가 되지 않지만, 그와 상반되는 경우에는 천하기 잠시 무사태평하더라도 국가의 전복이 목전에 있음을 밝히고 있

다. 국가경영의 관건이 투명한 정치를 하여 나라의 법률제도와 인륜도
덕 및 사회질서를 바르게 세우는 데 있음을 피력한 것으로 군벌들의 발
호로 천하에 전란이 빈번한 당시의 현실을 겨냥해 펼친 주장이다.

원문 및 주석

善醫者, 不視人之瘠肥[1], 察其脈[2]之病否而已矣 ; 善計天下者, 不視天下之
安危, 察其紀綱[3]之理亂[4]而已矣。天下者, 人也 ; 安危者, 肥瘠也 ; 紀綱者,
脈也。脈不病, 唯瘠不害 ; 脈病而肥者, 死矣。通於此說者, 其知所以爲天
下乎[5]!

1   瘠肥(척비) : 수척한 것과 살진 것.
2   脈(맥) : 맥박의 모양새와 동태로 한의학에서 병을 진단하는 주요 근거의 하나.
     진(晉) 왕숙화(王叔和)의 『맥경(脈經)』에서 24맥으로 나눈 뒤로 후대에 점차로
     증가되었다.
3   紀綱(기강) : 법률제도와 인륜도덕 등을 가리킨다.
4   理亂(이란) : 잘 다스려져 있는 것과 어지러운 것. '理'는 '治(치)'의 뜻으로 당(唐)
     고종(高宗)의 이름을 피휘한 것이다.
5   이 구절의 '其 …… 乎'는 추측의 어기부사와 어기사가 함께 쓰인 것으로 '아마도
     …… 일지로다'의 뜻이다. '知(지)'를 '智'로 보고, '그들의 지혜는 천하를 다스리
     는 데 쓰일 수 있다'로 풀이하는 견해도 있다.

夏殷周之衰也, 諸侯作而戰伐日行矣。傳數十王而天下不傾者, 紀綱存焉
耳。秦之王天下也, 無分勢於諸侯[6], 聚兵而焚之[7] ; 傳二世而天下傾者, 紀
綱亡焉耳。是故四支[8]雖無故, 不足恃也, 脈而已矣 ; 四海雖無事, 不足矜
也, 紀綱而已矣。憂其所可恃, 懼其所可矜, 善醫善計者, 謂之天扶與[9]之。
易[10]曰 : "視履考祥[11]。" 善醫善計者爲之。

6   이 구절은 진나라가 군현제를 실시해 권력을 지방으로 분산해주지 않고 중앙
     정부로 집중시킨 것을 말한다.
7   이 구절은 진시황(秦始皇) 26년(B.C. 221)에 천하의 병기를 다 수합해 녹여서 종
     (鐘)이나 악기틀(鐻) 및 동인(銅人) 따위를 만든 일을 가리킨다.

HS-012-3

  담생(談生)이 「최산군(崔山君) 전기」를 지으면서 학처럼 말하는 사람을
언급한 것은 어찌 괴이하지 않겠는가! 그러나 내가 세상 사람들을 관찰
해보니, 인간성을 완전히 다 갖추고도 금수나 괴물과 같지 않은 사람이
드물었다. 이것은 세상에 불만을 품고 사악함을 증오해 멀리 숨어 들어
가 세상에 나오지 않는 사람의 소행이겠는가?

  옛날의 성인 중에는 머리가 소와 같은 사람도 있었고, 몸통이 뱀과
같은 사람도 있었으며, 부리가 새와 같은 사람도 있었고, 얼굴 모양이
귀신 쫓는 가면과 같은 사람도 있었다. 그들은 모두 모양은 금수나 괴
물과 같았지만 마음은 그렇지 아니했으니, 그들을 일러 사람이 아니라
고 할 수 있겠는가? 설령 풍만한 가슴과 고운 살결을 가지고 얼굴빛이
불그스레하며 아름답지만 마음씨가 모진 사람이 있다면, 모양은 사람이
더라도 마음은 금수니 또 어찌 그를 사람이라고 하겠는가? 이와 같으므
로 외모가 사람인지 아닌지를 관찰하는 것은 차라리 마음 씀씀이와 일
처리가 사람이 마땅히 해야 할 도리에 맞는지 그렇지 않은지를 따져서
일을 그르치게 하지 않는 것보다 못하다. 괴이한 것과 귀신에 관한 일
은 공자의 무리들이 입에 담지 않았지만, 나는 단지 그 글 속에서 세상
을 개탄하고 사악함을 증오하는 뜻만 취해 이 글을 짓고자 이와 같이

이야기했다.

소해제

담생(談生)이 쓴 「최산군 전기(崔山君傳)」를 읽고 난 뒤의 소감을 쓴 글로 흔히 「제최산군전(題崔山君傳)」이라는 제목으로 불린다. 성인 중에 외모는 금수와 같더라도 고상한 덕행을 갖춘 이가 있는가 하면, 세상사람 중에 빼어난 외모를 갖췄더라도 마음이 금수와 같은 이가 있으므로 사람을 살필 때는 마음 씀씀이나 일처리를 자세히 살펴야 함을 밝히고 있다. 이는 온갖 세태를 다 겪은 작자가 내뱉은 뼈에 사무치는 비판의 목소리로, 그 속에 세상의 불합리한 모든 일에 분개하고 증오하는 뜻에서 우러나온 울분이 담겨 있다.

원문 및 주석

談生¹之爲崔山君傳, 稱鶴言者, 豈不怪哉! 然吾觀於人, 其能盡其性²而不類於禽獸異物者希³矣。將憤世嫉邪, 長往而不來⁴者之所爲乎?

1 談生(담생) : 성이 담씨고 이름은 미상인데, 그가 지었다는 「최산군 전기(崔山君傳)」는 지금 전하지 않는다.
2 盡其性(진기성) : 사람의 본성을 다하다. 인간성을 완전히 갖추다.
3 希(희) : 드물다. '稀'와 같다.
4 長往而不來(장왕이불래) : 멀리 산 속으로 들어가 은거하고 세상에 나오지 않는 것을 말한다.

昔之聖者, 其首有若牛者, 其形有若蛇者⁵, 其喙⁶有若鳥者⁷, 其貌有若蒙供⁸者: 彼皆貌似而心不同焉, 可謂之非人邪? 卽有平脅曼膚⁹, 顔如渥丹¹⁰, 美而很¹¹者, 貌則人, 其心則禽獸, 又惡¹²可謂之人邪? 然則觀貌之是非, 不若

論其心與其行事之可否爲不失也。怪神之事, 孔子之徒不言[13]。余將特取
其憤世嫉邪而作之, 故題之云爾[14]。

5   이상 두 구절과 관련해『열자(列子)·황제(黃帝)』를 보면 포희씨(庖犧氏), 여와
    씨(女媧氏), 신농씨(神農氏), 하후씨(夏后氏) 등은 뱀의 몸통, 사람의 얼굴, 소의
    머리, 호랑이 코를 하고 있으나 위대한 성인의 덕을 지녔다고 했다.

6   喙(훼) : 부리. 새나 짐승의 주둥이.

7   이 구절과 관련해『시자하(尸子下)』에 보면 우(禹)임금은 "긴 목에 새부리 모양
    의 입(長頸鳥喙)"을 가졌다고 했다.

8   蒙倛(몽기) : 옛날 12월에 역귀를 몰아내거나 상여를 낼 때 쓰던 가면으로 얼굴
    이 네모나고 추하며 머리털이 어지러울 정도로 많은데 모양이 매우 흉악했다.
    『순자(荀子)·비상(非相)』에서 "공자의 모습은 얼굴이 귀신 쫓은 가면과 같다
    (仲尼之狀, 面如蒙倛)"라고 했다.

9   平脅曼膚(평협만부) : 가슴이 평평하게 풍만하고 살결이 기름져 윤이 나는 모양.

10 渥丹(악단) : 주사(朱砂). 얼굴빛이 불그스레하게 고운 것을 말한다.

11 很(흔) : 모질다. 거칠고 사납다. '狠(한)'과 통한다.

12 惡(오) : 어떻게. 어찌.

13 이 두 구절은『논어·술이(述而)』편에 보이는 "선생님께서는 괴이한 것, 힘에
    관한 것, 반란에 관한 것, 귀신에 관한 것은 입에 담지 않으셨다(子不語怪力亂
    神)"라는 공자 제자들의 기록에 근거한 것이다.

14 云爾(운이) : '이와 같다', '그러하다'는 뜻이다.

HS-012-4

세상에는 백락(伯樂)이 있은 뒤에 천리마가 나왔다. 천리마는 항상 있
으나 백락은 항상 있는 것은 아니다. 그 때문에 비록 명마가 있다고 하
더라도, 단지 노예처럼 비속한 사람의 손에서 욕을 당하다가 말구유와
마판 위에서 다른 말과 나란히 죽어가니 천리마로서 일컬어지지 못하
고 마는 것이다.

말 중에 하루에 천 리를 달릴 수 있는 놈은 한 번 먹는데 더러 곡식 한 섬을 다 먹어치우기도 한다. 말을 먹이는 이가 그 말이 하루에 천 리를 달릴 수 있는지를 모르고 먹이니, 그 말은 비록 하루에 천 리를 달리는 능력이 있다고 하더라도 배불리 먹지 못하면 힘이 부족해 재능과 장점이 밖으로 드러나지 않는다. 보통 말과 같아지려고 해도 그것조차 될 수 없을진댄, 어찌 그 말이 하루에 천 리를 달릴 수 있기를 구하겠는가!

그 말에 채찍질을 할 때 그것에 올바른 방법으로 하지 않고, 그 말을 먹일 때 그 재능을 다 발휘할 수 있도록 하지 못하며, 그 말이 울어도 그 뜻을 알아차리지 못한다. 그러고는 채찍을 들고 그 앞에 서서 "천하에 말이 없다"라고 한다. 어찌 진실로 말이 없는 것이겠는가? 아마도 진실로 말을 알아보지 못하는 것일 게로다!

소해제

천리마를 뛰어난 인재에 비유하고 백락을 현명한 재상에 비유해 인재를 제대로 식별해서 발탁해야 하는 이치를 천명하고, 참된 인재가 빛을 보지 못하고 매몰되는 데 대한 감개를 토로한 논설체 문장으로 흔히 「마설(馬說)」로 널리 알려져 있는 명작 중의 명작이다. 인재의 문제를 다룬 산문 작품이 역대에 걸쳐 매우 많지만, 이 작품은 전문이 151자로 되어 있는 짧은 글인데도 거의 3분의 1에 해당하는 분량을 허사로 채워서 변화의 묘미를 곡절하게 살리고 있다. 특히 이 글은 인재를 알아보는 안목의 결여가 문제의 관건임을 부각시킨, 그 관점의 참신함으로도 유명하다.

원문 및 주석

世有伯樂¹然後有千里馬²。千里馬常有, 而伯樂不常有；故雖有名馬, 祗³
辱於奴隸人之手, 駢死⁴於槽櫪⁵之間, 不以千里稱也。

1　伯樂(백락) : 본래 말을 관장하는 천상의 별자리였는데, 춘추시대 진(秦) 목공(穆
　　公) 때에 손양(孫陽)이라는 사람이 뛰어난 말 감식안이 있어 '백락'으로 칭해졌
　　다. 후에는 '말을 잘 감별하는 사람'이라는 일반명사로 되었는데, 여기서는 인재
　　를 잘 식별하고 발탁하는 현명한 재상을 비유한다.
2　千里馬(천리마) : 하루에 천 리를 달릴 수 있는 말로 뛰어난 인재를 비유한다.
3　祗(지) : 단지, 다만. '只'와 같다.
4　駢死(변사) : 다른 보통 말들과 머리를 나란히 하고 죽다.
5　槽櫪(조력) : 말구유와 마판.

馬之千里者, 一食⁶或盡粟一石。食⁷馬者, 不知其能千里而食⁷也；是馬也,
雖有千里之能, 食⁶不飽, 力不足, 才美不外見⁸, 且欲與常馬等不可得⁹, 安
求其能千里也！

6　食(식) : 식사. 먹는 것.
7　食(사) : 먹이다. 사육하다. '飼'와 같다.
8　見(현) : 드러나다. '現'과 같다.
9　이 구절은 '欲與常馬等, 且不可得'으로 되는 것이 정상적인 어순인데, 두 구절을
　　하나로 압축하기 위해 작자가 의도적으로 '且'자를 앞으로 끌어내어 글의 긴장
　　감을 더 고조시키는 데 성공하고 있다.

策之不以其道, 食⁷之不能盡其材, 鳴之而不能通其意, 執策而臨之曰："天
下無馬。" 嗚呼！其眞無馬邪¹⁰？其眞不知馬也！

10　이하 두 구절에서 앞의 '其'는 '어찌(豈)', 뒤의 '其'는 '아마도'의 뜻으로 쓰인 것
　　으로 풀이했다. 혹자는 뒤 구절의 마지막 글자 '也'를 앞 구절의 '邪(야)'와 같은
　　뜻으로 보고, '진실로 말이 없음인가? 아니면 말을 식별하지 못하는 것인가?'라
　　는 선택식 의문문의 문형으로 풀이하기도 하는데 취하지 않는다.

HS-016 「순자를 읽고」

讀荀

처음 나는 맹가(孟軻)의 책을 읽고서 공자의 학설이 존귀하고 성인의 도리가 행하기 쉬우며, 왕도를 행하면 천하에 왕이 되기 쉽고 패도를 행하면 제후를 제패하기가 쉽다는 것을 알게 되었다. 생각건대 공자의 제자들이 죽고 나자 성인을 높인 사람은 맹자뿐이었다. 뒤에 양웅(揚雄)의 책을 발견하고 나서는 더욱 맹자를 높이고 신임했다. 양웅의 책으로 인해 맹자가 더욱 높아졌으니 양웅도 역시 성인의 무리라 할 만하도다!

성인의 도리가 다시는 세상에 제대로 전해지지 않았다. 주(周)나라가 쇠퇴해지자 일 꾸미기 좋아하는 사람들이 제각기 자기의 학설로써 당시의 임금들에게 등용되기를 구해, 어지럽게 이리저리 서로 뒤엉켜 육경과 제자백가의 학설이 뒤죽박죽 섞였다. 그렇지만 유학의 노스승과 대학자들은 아직 남아 있었다. 진(秦)나라 때는 분서를 당하고 한(漢)나라 때는 황로(黃老)의 학술에 잠식되어서, 남아 전하는 순정한 학설은 맹자의 책뿐이고 양웅의 책뿐이었다. 순자(荀子)의 책을 발견함에 이르러 순자라는 사람도 있음을 알게 되었다. 그 책의 문장을 고찰해보니 때로는 순수하지 못한 점도 있었지만, 그 귀결되는 요지는 공자와 다른 것이 거의 없었다. 그러니 그는 아마도 맹가와 양웅의 사이에 놓일 만하도다!

공자께서『시경』과『서경』을 가다듬어 편찬하고『춘추』를 가필하거나 삭제할 때, 도리에 합치되는 것은 기록하고 도리에 맞지 않는 것은 빼버렸다. 그 때문에『시경』과『서경』과『춘추』에는 흠이 없는 것이다. 내가 순자의 글 가운데서 성인의 도에 합치되지 않는 것을 삭제해 성인의 경전에 덧붙이고자 하니, 이는 또한 공자의 뜻이로다!

맹자의 책은 순정하고 또 순정한 반면에, 순자와 양웅의 저서는 대체적으로는 순정하지만 약간의 흠이 있다.

해제

『순자(荀子)』를 읽고 난 뒤에 내린 평가를 정리한 일종의 비평적 독후감으로 창작연대는 미상이다. 작자는「독할관자(讀鶡冠子)」(HS-017),「독의례(讀儀禮)」(HS-018),「독묵자(讀墨子)」(HS-019) 등 일련의 독후 단상을 적은 글을 남기고 있는데, 고서의 옳고 그름을 식별하는 능력을 갖추었다고 자부한 책읽기의 안목을 보여준다. 이들 일련의 독후감은 정확한 창작연대를 확정할 수 없지만, 정원 18년(802) 작자가 국자감 사문박사(四門博士)로 재직할 때 지은 것으로 추정되기도 한다. 작자는 유학의 계보에 있어 공자와 맹자를 정통으로 보는 견해를 견지한 자로 이러한 입장에서 『순자』를 읽어 대체적으로는 순정하지만 약간의 흠이 있다는 평가를 내리고 있다.

원문 및 주석

始吾讀孟軻^{1}書, 然後知孔子^{2}之道尊, 聖人之道易行 ; 王易王^3, 霸易霸^{4}也。以爲孔子之徒沒, 尊聖人者, 孟氏而已。晚得揚雄^{5}書, 益尊信孟氏。因雄書而孟氏益尊, 則雄者, 亦聖人之徒歟!

1 孟軻(맹가) : 전국시대 추(鄒)나라의 대유학자로 공자를 사숙해 그의 학문을 발양시켜 흔히 '공맹(孔孟)'으로 일컬어진다. 『맹자』 7권의 저술을 남겼다.
2 孔子(공자) : 춘추시대 중·후기 노(魯)나라 출신으로 이름은 구(丘)다. 유학의 창시자로서 자신의 이상을 펼치기 위해 천하를 철환하며 정치에 종사하기도 했지만, 평생토록 남다른 열정으로 학문에 열중했다. 육경(六經)을 편찬해 교재로 삼아 신분에 관계없이 제자들을 가르쳐 '지성선사(至聖先師)'로 불린다. 후학들의 손에 의해 그의 언행과 제자들과의 대담을 주로 기록한 『논어』가 전해지고 있어 초기 유학의 참모습을 알게 해준다.
3 王易王(왕이왕) : 왕도(王道)는 천하에 왕 노릇하기 쉽다. 왕도는 인의의 덕으로 천하를 다스려 백성들이 감화해 마음으로부터 복종하게 하는 도리를 말한다.
4 霸易霸(패이패) : 패도(霸道)는 제후를 제패하기가 쉽다. 패도는 강대한 힘을 가진 제후국의 군주가 제후들을 통솔하고 주나라 왕실을 높이며 변방 오랑캐들의 침입을 물리치는 것을 말한다.
5 揚雄(양웅) : 서한(西漢) 성도(成都) 출신의 문인 겸 유학자로 자가 자운(子雲)이며, 『태현(太玄)』·『법언(法言)』·『방언(方言)』 등의 저술과 많은 사부(辭賦) 작품을 남겼다.

聖人之道不傳于世 ; 周之衰^6, 好事者各以其說干時君^7, 紛紛藉藉^{8}相亂, 六經^{9}與百家之說錯雜 ; 然老師^{10}大儒猶在。火于秦^{11}, 黃老于漢^{12}, 其存而醇者^{13}, 孟軻氏而止耳, 揚雄氏而止耳。及得荀氏書^{14}, 於是又知有荀氏者也。考其辭, 時若不粹;要^{15}其歸, 與孔子異者鮮^{16}矣:抑猶在軻雄之間乎?

6 周之衰(주지쇠):주나라가 평왕(平王) 때 호경(鎬京)에서 낙양(洛陽)으로 동천한
   뒤로 천하 공주(共主)로서의 지위를 상실하고 한 모퉁이의 소국으로 전락해, 선
   왕의 도가 전국에 통행되지 않은 것을 말한다.

7 이 구절은 전국시대 백가의 사상가들이 각자의 학설로써 당시 제후들에게 유세
   해 부귀를 추구하던 일을 가리킨다. '干(간)'은 '구하다'는 뜻이다.

8 藉藉(적적 / 자자):이리저리 엉클어져 어지러운 모양.

9 六經(육경):공자가 편찬했다는 유가의 가장 기본적인 여섯 가지 경전인『시경
   (詩經)』,『서경(書經)』,『역경(易經)』,『예경(禮經)』,『악경(樂經)』,『춘추(春
   秋)』를 말한다. 고문경학자들은『악경』은 본래 경문이 없었다고 보는 반면에,
   금문경학자들은 진나라 분서 때에 없어져 '오경'으로 되었다고 한다.

10 老師(노사):연배가 가장 높은 학자.

11 火于秦(화우진):유학이 진나라 때에 분서(焚書)의 화를 입었음을 말한다. 진시
   황(秦始皇) 34년(B.C. 213)에 이사(李斯)의 건의를 받아들여 진나라 이외 다른
   나라의 역사 서적은 모두 태우고, 박사가 관장하지 않는 민간 소장의『시경』과
   『서경』및 제자백가의 서적을 일률적으로 불태우도록 했다. 이는 갱유(坑儒)와
   함께 진시황의 극악한 문화탄압 정책을 대변한다.

12 黃老于漢(황로우한):한(漢)나라 초기에 황로의 학술이 극성해 군신들이 신봉하
   고 다스리는 도로 삼은 것을 말한다. 황로는 황제(黃帝)와 노자의 학문인데, 한
   나라 초기에 도가(道家)를 '황로지학'으로 불렀다.

13 存而醇者(존이순자):진나라 분서의 화와 한나라 초기 황로학의 침식을 거친 뒤
   에도 잡다한 사상에 뒤섞이지 않고 보존되고 있는 것을 말한다. '醇'은 '純'과 통
   한다.

14 荀氏書(순씨서):전국시대 대유학자 순자의 책 곧『순자(荀子)』. 순자(B.C.
   298-B.C. 238)는 조(趙)나라 사람으로 이름이 황(況)이고 자가 경(卿)인데, 손경
   (孫卿)이라고도 한다. 제(齊)나라에 유학하고 진(秦)나라와 조나라에 유세했으
   며, 만년에 초(楚)나라 재상 춘신군(春申君)의 천거로 난릉[蘭陵:지금 산동성
   (山東省) 창산현(蒼山縣) 난릉진(蘭陵鎭)]의 수령이 되었다가 춘신군 사후에 관
   직에서 물러나 제자 교육과 저술로 여생을 마쳤다고 한다. 그의 학설은 공자를
   계승해 기본적으로 유가에 속하지만, 전국시대 백가 학설의 정수를 널리 받아
   들여 종합적인 경향을 띤다. 득히 工의 사상은 같은 유가에 속하는 맹자와 여러
   면에서 많은 차이점이 있다.

15 要(요):요점을 간추리다. 총괄하다. 탐구하다.

16 鮮(선):적다. 드물다. '尟 / 尠(선)'과 같다.

孔子删詩書^{17}, 筆削春秋^{18};合於道者著之, 離於道者黜去之。故詩書春秋
無庇^{19}。余欲削荀氏之不合者^{20}, 附于聖人之籍, 亦孔了之志歟!

17 孔子刪詩書(공자산시서) : 공자가 3,000여 편에 달하는 고대 시가 중에서 중복되
   는 것과 예의에 합당하지 않는 것을 삭제해『시경』을 305편으로 편찬하고,『서
   경』도 훨씬 많은 편수를 산정했다는 설을 가리킨다. 현재 이 설이 그대로 수용
   되지는 않지만, 공자가 어떤 형태로든『시경』과『서경』의 정리에 간여해 후학
   을 가르치는 교과서로 확립했다는 점만은 분명하다.
18 筆削春秋(필삭춘추) : 공자가 노(魯)나라 중심의 편년체 역사서인『춘추』를 정리
   한 것을 가리킨다. ‘筆’은 옛 글을 그대로 따온 것이고, ‘削’은 원문을 삭제하고
   개정한 것을 말한다.
19 疵(자) : 흠. 하자.
20 荀氏之不合者(순씨지불합자) : 한유가『순자』중에서 어떤 부분이 공자의 도에
   합치하지 않는 것인지를 구체적으로 밝히지 않았기 때문에, 송대(宋代) 유학자
   들 사이에 많은 논란이 벌어졌지만 정론이 없다.

孟氏醇乎醇者也 ; 荀與楊, 大醇而小疵。

HS-017 「할관자를 읽고」

讀鶡冠子

『할관자』는 19편으로 그 글 속에는 황로(黃老)와 형명(刑名)의 견해가
뒤섞여 있다. 그 중에서 「박선(博選)」편은 '사계(四稽)'와 '오지(五至)'의 설
이 타당하다. 만약 그 사람이 때를 만나 등용되어 자기의 주장을 끌어
와 국가를 다스리는데 적용했다면 그 공덕이 어찌 적었겠는가! 「학문(學
問)」편에서는 미천한 출생이어서 쓸모가 없다 할지라도, 강 한복판에서
배가 뒤집히면 호리병박 하나가 천금의 가치가 있음을 말하고 있다. 나
는 그 문장을 여러 차례 되풀이해 읽고는 그 사람에 대해 매우 슬프게
여겼다. 이 책은 글자의 낱루와 오류가 낳아 오자를 바로삽은 것이 서
른다섯 자고, 앞뒤를 뒤바꾼 것이 세 군데며, 지워버린 것이 스물두 자
고, 곁에 덧붙인 것이 열두 자다.

해제

『할관자(鶡冠子)』를 읽고 난 뒤에 내린 평가를 정리한 일종의 비평적 독후감으로 창작연대는 미상이다. 작자는 비록 정통 유학을 옹호하는 입장에 서 있었지만, 제자백가의 학설에 대해서도 그 장점을 취하는 열린 태도를 취했음을 보여주는 좋은 예다. 『할관자』의 부분적 내용에 대해 긍정적인 평가를 내리고, 그 저자가 학문과 포부를 갖추고 있었음에도 불구하고 때를 만나지 못해 재주를 펼치지 못한 데 대해 아쉬움도 표하고 있다. 책 속에 나오는 탈루와 오류를 바로잡은 점도 곁들여져 있다. 유종원(柳宗元, 773-819)은 『할관자』의 내용이 천박한 점을 들어 위작으로 간주하며 한유와 다른 입장을 취했다.

원문 및 주석

鶡冠子[1]十有九篇, 其詞雜黃老[2]、刑名[3]. 其博選[4]篇, "四稽"[5]、"五至"[6]之說當矣. 使其人遇時, 援其道而施於國家, 功德豈少哉, 學問[7]篇, 稱賤生於無所用, 中流失船, 一壺千金者[8]. 余三讀[9]其辭而悲之. 文字脫謬, 爲之正[10]三十有五字, 乙[11]者三, 滅[12]者二十有二, 注[13]十有二字云.

1 　鶡冠子(할관자) : 전국시대 초(楚)나라 사람으로 성명은 미상인데, 깊은 산속에 은거하며 산새의 깃털로 관에 장식을 하고 있어서 할관자로 불렸다고 한다. 『한서(漢書)·예문지(藝文志)』에 『할관자』 1편이 저록되어 있으며, 지금 전하는 『할관자』는 3권 19편으로 되어 있다. 할관자의 학설은 황로학을 기본으로 하고 있으며, 법가의 형명설(刑名說)에 가깝기도 한데 병법(兵法)을 다룬 내용이 특히 많다.

2 　黃老(황로) : 전국시대에서 한나라 초기에 유행한 도가(道家)의 한 유파인 황로

학파를 말하는데, 전설상의 황제와 노자를 창시자로 높이기 때문에 이렇게 명명했다. 도가를 위주로 하고 법가를 함께 취해 청정무위(淸淨無爲)를 주장하면서도 법을 일체의 척도로 간주했다.

3 刑名(형명) : 본래 형체와 명칭의 관계를 가리켜 양자가 반드시 합치되어야 한다고 여기는데, '形名'으로도 쓴다. 선진(先秦)의 법가들이 이를 '법술(法術)'과 연계시켜 '名'을 '법령', '명분', '언론' 등으로 확대 해석해 '이름에 의거해 실질을 질책하고(循名責實)', '상을 신중하게 하고 벌을 분명하게 하는(愼賞明罰)' 주장을 피력했다.

4 博選(박선) : 『할관자』의 첫째 편명.

5 四稽(사계) : 하늘(天), 땅(地), 사람(人), 명(命)의 네 가지로 도가 존재하는 곳.

6 五至(오지) : 사람을 대하는 방식에 따라 다섯 부류의 각기 다른 사람이 이르게 된다는 것으로 '자기보다 백 배 높은 이(百己)', '자기보다 열 배 높은 이(什己)', '자기와 같은 이(若己)', '종(廝役)', '노예(徒隸)'의 다섯 부류를 말한다.

7 學問(학문) : 『할관자』의 열다섯째 편명.

8 이상 세 구절은 기물이 천대받는 것은 쓰일 곳이 없기 때문인데, 강 속에서 배가 뒤집히면 표주박 하나라도 천금의 가치가 있게 됨을 가리킨다. 즉 귀천이 일정한 때가 없는 것과 마찬가지로 지극한 도라고 하더라도 소용이 없으면 천대받기 마련임을 말한다.

9 三讀(삼독) : 여러 차례 반복해 읽는 것을 말한다.

10 正(정) : 잘못된 글자를 바로잡는 것.

11 乙(을) : 앞뒤를 뒤바꾸는 것.

12 減(멸) : 불필요한 것을 제거하는 것.

13 注(주) : 곁에 더 보태는 것.

「의례를 읽고」

讀儀禮

　나는 일찍이 『의례』가 읽기 어려운데다가 또 그 속에 적힌 예절이나 의식 가운데 오늘날에 행해질 수 있는 것이 매우 적고, 역대에 전승된 것이 각기 달라 그 본 모습을 복원할 길이 없어서, 오늘날의 기준에서 살펴볼 때 진실로 쓸모가 없다는 점을 고민스럽게 생각했지만, 문왕(文王)과 주공(周公)의 법도와 제도가 대략적이나마 그 속에 들어 있었다. 공자께서 "나는 주나라를 좇으리라"라고 한 것은 그때의 문물제도가 성대했음을 말한 것이다.

　고서 중에는 남아 있는 것이 매우 드물다. 제자백가도 오히려 취할 만한 것이 있거늘 하물며 성인의 제도야 오죽하겠는가? 그리하여 그 대강의 요지를 따오고 기발한 문채와 오묘한 취지가 글로 드러나도록 하여 초학자들이 읽기에 편하게 했다.

애석하도다! 내가 문왕과 주공의 시대에 살아서, 그들 가운데서 나아가고 물러나며 읍하고 사양하는 예를 행할 수 없음이여! 아아! 그 장면이 얼마나 아름답겠는가!

해제

중국의 대표적 경서의 하나인 『의례(儀禮)』를 읽고 난 뒤에 쓴 독후감으로 창작연대는 미상이다. 주나라 당시의 예의제도가 당나라의 현실과 맞지 않아 실용 가치는 별로 없다고 하더라도, 그 속에서 취할 만한 점도 없지 않다는 입장에서 요지를 간추려 후대 사람들의 읽을거리로 제공하고 있다. 고대 서적의 내용을 맹목적으로 추종하거나 일률적으로 부정하는 극단적 태도를 지양하고 있는 점을 눈여겨볼 만하다.

원문 및 주석

余嘗苦儀禮[1]難讀, 又其行于今者蓋寡, 沿襲不同[2], 復之無由, 考于今, 誠無所用之, 然文王周公之法制粗在於是. 孔子曰 : "吾從周[3]." 謂其文章[4]之盛也.

---

1   儀禮(의례) : 본래 『예(禮)』・『예경(禮經)』 또는 『사례(士禮)』로 불리다가 서진(西晉) 이후에 『의례』로 불렸다. 유가 경전의 하나로 『주례(周禮)』・『예기(禮記)』와 함께 '삼례(三禮)'로 불리기도 한다. 주공이나 공자의 손에서 나왔다는

설이 있으나, 실제로는 예의 실천을 중시하는 전국시대 유생(儒生)이 정리한 춘추·전국시대 예의제도의 모음집이다. 관혼상제(冠婚喪祭)와 사향조빙(射鄉朝聘) 등 고대의 예제를 주요 내용으로 담고 있다.

2 沿襲不同(연습부동) : 역대에 걸쳐 예의제도의 전승은 차이가 나기 때문에 각기 다르다는 뜻이다.

3 吾從周(오종주) : 『논어·팔일(八佾)』편에 보이는 글귀다.

4 文章(문장) : 예의(禮儀)·제도 등 문물 전반을 가리킨다.

古書之存者希⁵矣! 百氏雜家⁶尚有可取, 況聖人之制度邪? 於是掇⁷其大要, 奇辭奧旨⁸著于篇, 學者可觀焉。

5 希(희) : 드물다. 적다. '稀'와 같다.

6 百氏雜家(백씨잡가) : 유가 이외의 제자백가.

7 掇(철) : 수합하다. 여기서는 '따오다'는 뜻이다.

8 奇辭奧旨(기사오지) : 범상한 것과 다른 기발한 문채에 심오한 취지를 담고 있는 것. 한유가 추구하는 이상적인 문장의 경지를 가리키는 말이기도 하다.

惜乎! 吾不及其時, 進退揖讓⁹于其間。嗚呼, 盛哉!

9 進退揖讓(진퇴읍양) : 주나라의 의례를 실행하는 것을 말한다. '揖讓'은 고대에 주인과 손님이 만날 때 하던 예절이다.

HS-019 「묵자를 읽고」

讀墨子

유가는 묵가가 '상동(上同)'·'겸애(兼愛)'·'상현(上賢)'·'명귀(明鬼)'를 주장한 것 때문에 묵가를 나무라고 있다. 그러나 공자께서는 왕공대인을 경외하고 어떤 나라에 살면서 그 나라의 대부를 비난하지 않았으며, 『춘추』에서는 권력을 독점한 신하를 나무랐으니 '윗사람과 생각이나 사상을 같이 하는 것을 숭상한 것'이 아니겠는가? 공자께서는 대중을 널리 사랑하고 어진 사람을 친하게 대하며, 널리 베풀고 뭇사람을 구제하는 것을 성스러운 덕으로 여겼으니, '차별 없이 똑같이 사랑한 것'이 아니겠는가? 공자께서는 어진 덕을 가진 사람을 존중하고 네 가지 괴목으로 제자들을 권면하고 칭찬했으며, 죽고 난 뒤에 이름이 일컬어지지 않는 것을 한스럽게 여겼으니, '현인을 숭상한 것'이 아니겠는가? 공자께서는 조상에게 제사 지낼 때, 조상신이 그 자리에 있는 것 같이 하여 직접 참석해 제사 지내지 않고 다른 사람을 대신 보내어 제사를 지내는 것은 제사 지내지 않은 것과 같다고 나무라고, "내가 제사 지내는 것이 도리에 합당하면 복을 받을 것이다"라고 했으니, '귀신의 존재를 인정해 밝게 드러낸 것'이 아니겠는가?

유가와 묵가는 같이 요(堯)임금과 순(舜)임금을 옳다고 여기고, 함께 걸왕(桀王)과 주왕(紂王)을 그르다고 하며, 같이 몸을 닦고 마음을 바르게 함으로써 천하 국가를 다스린다고 했는데, 어찌하여 이와 같이 서로 좋아하지 않고 조화를 이루지 못하게 된 것일까? 나는 그들 상호간의 논쟁이 두 학파의 후학들에게서 생겨났다고 생각하는데, 후학들은 제각기 자기들의 학파를 창시한 스승의 학설을 보급해나가는 데에 힘썼지만, 그 두 스승의 학설이 원래부터 서로 배치된 것은 아니었다.

공자께서는 필시 묵자의 학설을 채용했고 묵자도 필시 공자의 학설을 채용했으니, 서로 채용하지 않았다면 공자와 묵자가 될 수 없었을 테다.

해제

『묵자(墨子)』를 읽고 난 뒤에 쓴 독후감으로 창작연대는 미상이다. 유가(儒家)와 묵가(墨家)의 몇 가지 비슷한 점을 들어 공자와 묵자는 서로 수용하는 입장에 있었음을 밝히고 있다. 유묵(儒墨)이 상호 비난한 논쟁은 후학들에게서 비롯되었을 뿐임을 강조해, 유학의 대사로 자임한 작자가 자기가 떠받드는 유가의 영역에만 갇히지 않고 제자백가의 장점도 두루 취한 열린 태도의 소유자임을 잘 보여준다.

원문 및 주석

儒譏墨以上同[1]、兼愛[2]、上賢[3]、明鬼[4], 而孔子畏大人[5], 居是邦不非其大夫[6], 春秋譏專臣[7], 不"上同"哉? 孔子泛愛親仁[8], 以博施濟眾爲聖[9], 不"兼愛"哉? 孔子賢賢[10], 而四科進褒弟子[11], 疾歿世而名不稱[12], 不"上賢"哉? 孔子祭如在, 譏祭如不祭者[13], 曰:"我祭則受福[14]。" 不"明鬼"哉?

1   上同(상동):'통일을 숭상한다'는 뜻으로 묵자의 주요 주장인 동시에『묵자』의 한 편명이다. 묵자는 고인의 선례에 기탁해 백성이나 하급관리의 생각은 지도자나 상급관리와 같아서 사상이나 여론의 통일을 이루어야 한다고 했다. 묵자의 이런 주장에는 하나의 전제가 있는데, 그것은 천자에서 지방의 말단 이장에 이르기까지 모두 선출된 현인이어야 한다는 점이다. 이처럼 위로부터 아래에 이르기까지 현인의 정치체제를 이루어 사상이나 여론의 통일을 숭상하게 되면 국가와 백성의 이익에 합치된다고 여긴 것이다. '尚同'으로 적기도 한다.

2   兼愛(겸애):'차별 없이 똑같이 사랑한다'는 뜻으로 묵자 사상의 핵심 주장인 동시에『묵자』의 한 편명이다. 묵자는 사람마다 타인을 자기처럼 사랑하고, 사람과 사람 사이에 서로 사랑해야 한다고 했다.

3   上賢(상현):'현인을 숭상한다'는 뜻으로 묵자의 주요 주장인 동시에『묵자』의 한 편명이다. 묵자는 현인이야말로 국가의 보배요 사직의 보필자라고 여겨 현인을 숭상하는 것이 정치의 근본이라고 간주하고, 현능한 선비가 재주도 덕도 없는 세습 귀족관리를 대체해야 한다는 주장을 강력하게 천명했다. '尚賢'으로 적기도 한다.

4   明鬼(명귀):'귀신의 존재를 인정해 밝히 드러낸다'는 뜻으로 묵자의 주요 주장인 동시에『묵자』의 한 편명이다. 묵자는 귀신이 분명히 존재해 현인에게 상을 내리고 포악한 자를 벌하는 기능을 하는데, 귀신의 안목이 매우 예리해 은밀한 곳까지 살펴서 극도로 엄정하고 분명하게 상벌을 내린다고 했다.

5   이 구절은 공자가 군자가 두려워해야 할 것으로 '천명(天命)', '대인(大人)', '성인의 말씀(聖人之言)'을 든 것을 말하는데, 대인은 높은 자리에 있는 왕공대인을 가리킨다. 해당 내용은『논어·계씨(季氏)』편에 보인다.

6   이 구절에서 말하는 공자가 어떤 나라에 들어가 거주할 때에 그 나라의 대부를 비난하지 않았다는 것은『순자(荀子)·자도(子道)』에 보인다.

7   이 구절은 공자가 미언대의(微言大義)의 필법으로『춘추』를 기술해 권력을 독차지한 신하에 대해서 폄하하는 언사를 취했음을 말한다.

8   이 구절은 공자가 후학을 교육하면서 "대중을 널리 사랑하고 어진 덕을 가진 사람을 친하게 대한다(汎愛眾而親仁)"라고 한 것으로『논어·학이(學而)』편에 보

인다.

9   이 구절은 공자가 『논어·옹야(雍也)』편에서 자공(子貢)의 물음에 답하면서 "백성들에게 널리 베풀고 뭇 대중을 환난에서 구제할 수 있는 것(博施於民而能濟衆)"은 '인(仁)'을 넘어 '성(聖)'의 경지에 들어간다고 한 것을 말한다.

10   賢賢(현현) : 어진 덕을 가진 사람을 존중하다. 앞의 '賢'자는 동사로 쓰였다. 『논어·학이』편에 공자의 제자 자하(子夏)의 말로 기록되어 있다.

11   이 구절은 공자가 『논어·선진(先進)』편에서 '덕행(德行)'·'언어(言語)'·'정사(政事)'·'문학(文學)'의 네 가지 학과에 뛰어난 제자 10명의 명단을 거론함으로써, 제자들에게 학문과 인격 수양을 권면한 것을 가리킨다.

12   이 구절은 공자가 『논어·위영공(衛靈公)』편에서 군자는 죽은 뒤에 명성이 남지 않는 것을 한스럽게 여긴다고 한 것을 말한다.

13   이 두 구절은 제사를 모시는 공자의 평소 생각과 행동을 가리키는 것으로 『논어·팔일(八佾)』편에 관련 기록이 보인다.

14   이 구절은 예를 아는 사람이 선조에게 제사를 지내면 예절에 합당하기 때문에 귀신이 감응해 흠향하고 복을 내린다는 것으로 『예기(禮記)·예기(禮器)』에 보이는 글귀다.

儒墨同是¹⁵堯舜¹⁶, 同非¹⁷桀紂¹⁸, 同修身正心以治天下國家¹⁹, 奚不相悅²⁰如是哉? 余以爲辯生於末學²¹, 各務售²²其師²³之說, 非二師之道本然也。

15   是(시) : 옳다고 여기다. 긍정하다.

16   堯舜(요순) : 전설상의 두 성군인 요임금과 순임금.

17   非(비) : 그르다고 하다. 부정하다. 비난하다.

18   桀紂(걸주) : 각기 하(夏)나라와 은(殷)나라의 마지막 왕으로 폭군의 대명사.

19   이 구절과 관련한 유가의 주장은 『예기·대학(大學)』에, 묵가의 견해는 『묵자·수신(修身)』에 각기 잘 나타나 있다.

20   不相悅(불상열) : 견해가 일치하지 않아 서로 화해하지 못하다.

21   末學(말학) : 후학.

22   售(수) : 원래 '팔다'는 뜻이나, 여기서는 '보급하다', '추진하다'는 정도의 의미로 쓰였다.

23   기사(其師) : 각기 유가와 묵가의 창시자인 공구(孔丘)와 묵적(墨翟)을 가리킨다.

孔子必用墨子, 墨子必用孔子。不相用, 不足爲孔墨。

「기린의 포획에 대해 해명하여」

獲麟解

기린이 영물인 것은 아주 분명하다. 『시경』에서 읊조렸고 『춘추』에 적혀 있으며, 경서를 해설한 책이나 역사서 및 제자백가의 책에 두루 다 나와 있다. 비록 아낙네나 어린아이라 하더라도 모두 그것이 상서로운 동물임을 알고 있다.

그러나 기린이라는 동물은 일반 가정집에서 길러지지 않고 천하에 항상 나타나는 것도 아니다. 그 생김새가 다른 동물들과 닮지 않아 소나 말이나 개나 돼지나 승냥이나 이리나 순록이나 사슴 등과 같지 않기 때문에, 비록 기린이 나타날지라도 그것이 기린인 줄을 알지 못한다.

뿔이 달린 놈은 내가 그것이 소라는 것을 알겠고, 갈기가 달린 놈은 내가 그것이 말이라는 것을 알겠고, 개나 돼지나 승냥이나 이리나 순록이나 사슴은 내가 그것이 개나 돼지나 승냥이나 이리나 순록이나 사슴임을 알겠지만, 오직 기린만은 알 수가 없다. 알 수 없기에 그것이 상서롭지 못하다고 하는 것 또한 당연하다. 비록 그러하나 기린이 세상에 나타나면 반드시 성인이 천자의 지위에 있게 되니, 기린은 성인을 위해서 나온다. 성인은 반드시 기린을 알아보니 기린은 결과적으로 상서롭지 못한 것이 아니다.

또 말한다. "기린이 기린인 까닭은 그것이 지닌 덕 때문이지 그것의 생김새 때문이 아니다." 만약 기린이 성인을 기다리지 않고 나타난다면, 그것을 두고 상서롭지 못하다고 하는 것 또한 당연할 것이다.

해제

정원 17년(801)에 자문자답(自問自答)의 형식으로 노(魯)나라 애공(哀公) 14년(B.C. 481) 봄에 있었던 사건, 곧 애공이 서쪽으로 사냥을 나갔다가 기린을 포획한 일을 둘러싼 의혹을 해명한 글. 원래 이 사건은 『좌전·애공14년』조에 기록되어 있다. 공자는 기린이 포획된 것이 성스러운 덕을 가진 천자가 자리에 있으면서 감응하지 못한 때문이라고 여기고, 붓을 꺾고 『춘추』의 집필을 여기에서 중단했다고 한다. '解(해)'는 의혹이나 분란 거리를 해명하거나 변박하는 것을 위주로 하는 산문 양식의 하나다. 기린의 '상서로움(祥)'과 '상서롭지 못함(不祥)'을 두고, 반전에 반전을 거듭하는 문장의 곡절 변화가 매우 두드러진다. 표면적으로는 기린의 상서로움과 상서롭지 못함을 논하고 있지만, 실제로는 인재가 제대로 평가받는 것과 평가받지 못하고 매몰되는 문제를 다루고 있다. 인재를 아끼고 소중히 여기지 않은 세태에 대한 분노와 항의의 뜻이 숨어 있다.

원문 및 주석

麟¹之爲靈昭昭也。詠於詩², 書於春秋³, 雜出於傳記百家之書⁴; 雖婦人小子皆知其爲祥也。

1   麟(인) : 전설상의 동물인 기린(麒麟)으로 형상은 사슴, 이마는 이리, 꼬리는 소, 발굽은 말과 같고 전신에 비늘이 나 있으며, 머리 위에 뿔 한 개가 있다고 한다. 살아 있는 벌레를 밟지 않고 산 풀을 꺾지 않으며 생물을 먹지 않아 '어진 짐승(仁獸)'으로 불리기도 한다. 수컷을 '麒', 암컷을 '麟'이라 구분하기도 한다.
2   『시경·주남(周南)』에 「인지지(麟之趾)」편이 있다.
3   『춘추·애공(哀公) 14년』조에 보인다.
4   경서를 해설한 『좌전(左傳)』·『공양전(公羊傳)』·『대대례기(大戴禮記)』와 『사기(史記)』 및 『한서(漢書)』와 같은 역사서, 『순자(荀子)』·『할괄자(鶡冠子)』와 같은 제자백가서에 기린을 언급한 것이 두루 나타난다. '傳記(전기)'는 보통 경전을 해설한 서적을 가리킨다.

然麟之爲物, 不畜於家, 不恒有於天下。其爲形也不類, 非若馬牛犬豕豺狼麋⁵鹿然; 然則, 雖有麟, 不可知其爲麟也。

5   麋(미) : 순록. 큰사슴. 엘크(elk). 전신이 적갈색이며 뿔이 크고 꼬리가 짧은 소보다 큰 사슴의 일종.

角者吾知其爲牛, 鬣⁶者吾知其爲馬, 犬豕豺狼麋鹿, 吾知其爲犬豕豺狼麋鹿, 惟麟也不可知; 不可知, 則其謂之不祥也亦宜。雖然, 麟之出; 必有聖人⁷在乎位。麟爲聖人出也, 聖人者, 必知麟, 麟之果不爲不祥也?

6   鬣(엽) : 갈기. 여기서는 동사로 쓰여 '갈기를 가지다'의 뜻이나.
7   聖人(성인) : 여기서는 성스러운 덕을 갖춘 천자를 가리킨다. 이하 같다.

又曰 : "麟之所以爲麟者, 以德不以形。" 若麟之出不待聖人, 則謂之不祥也亦宜。

「스승을 좇아 배우는 것에 대하여」

師說

옛날의 학문하는 사람들에게는 반드시 스승이 있었다. 스승은 성인의 도를 전수하고 학업을 교수하며 의혹을 풀어주는 존재다. 사람은 태어나면서부터 도리를 아는 것이 아닐진댄 누군들 의혹이 없을 수 있겠는가? 의혹이 있는데도 스승을 좇아 묻지 않는다면 그 의혹은 끝내 풀리지 않게 된다. 나보다 앞서 태어나 그가 도를 들은 것이 본래 나보다 앞서면 나는 그를 좇아 스승으로 받들며, 나보다 뒤에 태어났더라도 그가 도를 들은 것이 또한 나보다 앞서면 나는 그를 좇아 스승으로 받든다. 나는 도를 스승으로 받드니 대체 어찌 그의 나이가 나보다 먼저 태어났는지 뒤에 태어났는지를 따지겠는가? 이런 까닭에 지위가 높고 낮음과 나이가 많고 적음을 막론하고 도가 있는 곳이 스승이 있는 곳이다. 아! 스승을 좇아 배우는 도리가 전해지지 않은 것이 오래 되었으니, 사람이 의혹이 없고자 하는 것은 어렵도다! 옛날의 성인은 다른 사람보다 훨씬 뛰어나지만 그래도 오히려 스승을 좇아 물었으나, 지금의 뭇사람들은 성인보다 훨씬 더 못한데도 스승에게 배우는 것을 부끄럽게 여긴다. 이런 까닭에 성인은 더욱 성스럽게 되고 어리석은 사람은 더욱 어리석게 되는 것이니, 성인이 성스럽게 되는 까닭과 어리석은 사람이 어리석게 되는 까닭은 아마도 모두 여기에서 나온 것일 게로다!

자기 자식을 사랑해서는 스승을 가려 그들을 가르치지만, 자기 자신에 대해서는 곧 스승을 좇아 배우기를 부끄럽게 여기나니 어리석도다! 저 어린아이의 스승은 그들에게 책읽기를 가르치고 책의 구두를 익히게 하는 사람이니, 내가 말하는 도를 전수하고 의혹을 풀어주는 존재가 아니다. 구두를 알지 못하거나 의혹이 풀리지 않음에, 어떤 것은 스승을 좇아 배우고 어떤 것은 스승을 좇아 배우지 아니하니, 작은 것은 배우고 큰 것은 내버리는 셈이라 나는 그 밝음을 보지 못하겠다.

무당 의사나 악사나 각종 기능인들은 서로 스승을 좇아 배우기를 부끄럽게 여기지 않는데, 사대부의 무리들은 스승이니 제자니 하는 이가 있으면 무리 지어 모여들어 그들을 비웃는다. 그들에게 물으면, 곧 "저 사람과 저 사람은 나이가 서로 비슷하고 학문 수준도 서로 비슷하다. 스승으로 받들 사람의 지위가 낮으면 부끄러운 일이고 관직이 높으면 아부에 가깝다"라고 한다. 아아! 스승을 좇아 배우는 도리가 회복되지 않음을 알겠도다! 무당 의사나 악사나 각종 기능인들을 군자들은 같은 대열에 넣어주지 않거늘, 지금 그들의 지혜는 도리어 저 사람들에게 미칠 수 없으니 아마도 괴상한 일이로다!

성인에게는 정해진 스승이 없었으니, 공자께서는 담자(郯子)·장홍(萇弘)·사양(師襄)·노담(老聃)을 스승으로 삼았다. 담자와 같은 사람들은 그들의 현명함이 공자에 미치지 못하지만, 그런데도 공자께서는 말하기를 "세 사람이 길을 가면 반드시 나의 스승이 있다"라고 했다. 이런 까닭에 제자라고 해서 반드시 스승만 못한 것은 아니고, 스승이라고 해서 반드시 제자보다 뛰어난 것도 아니다. 도를 들음에 선후가 있고 기술과 학업에 전공이 있을 따름이다.

이씨 집안의 아들 반(蟠)이 나이가 열일곱인데 고문을 좋아해 『육경』의 경문(經文)과 전문(傳文)을 모두 통해 익히고서 시속에 구애되지 않고 나에게 배우러 왔다. 나는 그가 옛 사람들이 스승을 좇아 배우는 도리를 행할 수 있는 것을 가상히 여겨 「사설(師說)」을 지어 그에게 준다.

해제

스승의 작용과 스승을 좇아 배우는 중요한 의의를 천명한 논설체 문장으로 정원 18년(802) 경 사문박사(四門博士) 재직 시에 지은 것으로 추정된다. 이반(李蟠)이라는 문하생을 위해 써준 글로 되어 있지만, 실은 이를 빌려서 당시에 벼슬을 세습하는 무리들을 공격하고 고문운동(古文運動)을 추진하기 위해 밝힌 일종의 간접적인 선언서다. 스승의 작용을 "성인의 도를 전수하고 학업을 교수하며 의혹을 풀어주는 것(傳道·受業·解惑)"으로 정의한 것과 "제자라고 해서 반드시 스승만 못한 것은 아니고, 스승이라고 해서 반드시 제자보다 뛰어난 것도 아니다(弟子不必不如師, 師不必賢於弟子)"라고 한 논단은 지금도 널리 통용된다.

원문 및 주석

古之學者必有師。師者, 所以傳道^{1}受業^{2}解惑^{3}也。人非生而知之^{4}者, 孰能
無惑? 惑而不從師, 其爲惑也終不解矣。生乎吾前, 其聞道也固先乎吾, 吾
從而師之 ; 生乎吾後, 其聞道也亦先乎吾, 吾從而師之 : 吾師道也, 夫庸知^5
其年之先後生於吾乎? 是故無貴無賤、無長無少, 道之所存, 師之所存也。
嗟乎, 師道之不傳也久矣, 欲人之無惑也難矣! 古之聖人, 其出人也遠矣,
猶且從師而問焉 ; 今之衆人, 其下聖人也亦遠矣, 而恥學於師。是故聖益
聖, 愚益愚, 聖人之所以爲聖, 愚人之所以爲愚, 其皆出於此^{6}乎?

1 道(도) : '인의(仁義)'를 근간으로 하는 유학의 도라는 내포적 의미로 작자의 「원
   도(原道)」(HS-005)에 자세한 내용이 보인다. 달리 표현하면 '자신을 수양하고 다
   른 사람을 다스리는(修己治人)' 도리를 가리키는데, 좀 더 일반적으로 풀이하면
   '인생의 진리' 또는 '진리의 말씀'으로 확대 해석할 수도 있다.
2 受業(수업) : 여기서 '受'는 '授'와 같은 글자로 '교수하다'는 뜻이고, '業'은 '경전
   텍스트를 읽는 학업'의 뜻. '業'은 본래 '나무판'을 가리켰는데, 예전에는 종이가
   없어 목판(木版)에 글을 써서 가르쳤기 때문에 뒤에 바로 '학업'의 뜻으로 쓰이
   게 되었다.
3 惑(혹) : 도를 전수하고 학업을 교수하는 가운데 생기는 잘 이해되지 않거나 판
   단하기 어려운 의혹.
4 生而知之(생이지지) : 태어나면서부터 인생의 진리를 아는 것, 곧 탁월한 재주를
   타고난 성인의 경지를 가리키는 말로 쓰인다. 원래 『논어·계씨(季氏)』편에 보
   이는 글귀다.
5 知(지) : 따지다. 분간하다.
6 此(차) : 앞에 나오는 '從師而問'과 '恥學於師'를 가리킨다.

愛其子, 擇師而敎之 ; 於其身也, 則恥師焉 ; 惑^{7}矣! 彼童子之師, 授之書而
習其句讀^{8}者也, 非吾所謂傳其道解其惑者也。句讀之不知, 惑之不解, 或
師焉, 或不焉, 小學而大遺^9, 吾未見其明也。

7 惑(혹) : '어리석다', '흐리멍덩하다', '사리 분별력이 없다'는 뜻으로 앞에 나오는
   '解惑'의 '惑'이 '의문'을 가리키는 것과는 다르다.
0 句讀(구두) : 구두점. 문장부호. 뜻이 완전히 전달되는 단위를 '句'라 하고, 말

뜻이 완전히 끊어지지는 않지만 낭독하기에 편하게 하기 위해 잠시 쉬는 부분을 '讀'라고 한다. 옛날에는 책에 문장부호가 없었기 때문에, 아이들에게 책읽기를 가르칠 때 스승을 통해 먼저 '구두'를 익히도록 했다.

9   小學而大遺(소학이대유) : 구두를 익히는 것과 같은 작은 것은 배우고, 도를 전수하고 학업을 교수하며 의혹을 풀어주는 것과 같은 큰 것은 내버린다는 것으로 지엽적인 것은 추구하고 중요한 것은 방치함을 말한다.

巫醫[10]樂師[11]百工[12]之人, 不恥相師。士大夫之族, 曰師、曰弟子云者, 則羣聚而笑之。問之, 則曰：“彼與彼年相若也, 道相似也。位卑則足羞, 官盛則近諛。”嗚呼! 師道之不復可知矣! 巫醫藥師百工之人, 君子[13]不齒[14], 今其智乃反不能及, 其可怪也歟!

10 巫醫(무의) : 지금은 무당과 의사로 나누어 옮길 수도 있지만, 여기서는 연이어 나오는 '樂師(악사)'와 '百工(백공)'의 쓰임을 보건대 '무당 의사' 곧 '무당 겸 의사'의 한 직업인으로 보는 것이 원문에 더 충실하다. 이는 고대에 신에게 제사지낼 때 노래와 춤으로 신을 즐겁게 함으로써 주인을 대신해 축복해줄 수 있는 사람인데, 이런 주술적 신통력으로 사람의 병을 고칠 수 있었기 때문에 '무의'라고 칭해졌다. 이 용어는 『논어・자로(子路)』편에 보인다.

11 樂師(악사) : 음악에 정통한 악관(樂官).

12 百工(백공) : 온갖 기예에 종사하는 사람으로 각종 공예가 및 기능공을 가리킨다.

13 君子(군자) : 앞에 나오는 '사대부의 무리(士大夫之族)'를 받는 말로 군자인 척하면서 실은 어리석기 짝이 없는 당시의 뭇 사대부 무리들을 비꼬아 한 말이다.

14 齒(치) : 치아처럼 병렬로 놓인 것을 가리킨다. 동사로 쓰여 '같은 부류로 여기다', '같은 대열로 간주하다'는 뜻이다.

聖人無常師[15], 孔子師郯子[16]、萇弘[17]、師襄[18]、老聃[19]。郯子之徒, 其賢不及孔子, 孔子曰：“三人行, 則必有我師[20]。”是故弟子不必不如師, 師不必賢於弟子, 聞道有先後, 術業有專攻[21], 如是而已。

15 常師(상사) : 정해진 스승. 고정된 스승. 이는 『논어・자장(子張)』편의 "선생님인들 어찌 다른 사람에게 배우지 아니했겠는가만, 또한 어떻게 정해진 스승이 있었겠는가?(夫子焉不學, 而亦何常師之有?)"라는 데서 유래한 말이다.

16 郯子(담자) : 춘추시대 담국(郯國: 지금 산동성 일대)을 다스린 군주로 공자가 일찍이 그에게 고대의 소호씨(少皥氏)가 새(鳥)의 이름으로 관직을 명명한 사정을 물었는데, 자세한 내용은 『좌전・소공(昭公) 17년』조에 보인다. '子'는 담국

의 군주에 해당하는 작위.

17 萇弘(장홍) : 주경왕(周敬王) 시대의 대부로 공자가 일찍이 그에게 음악에 대해 물었다. 『공자가어(孔子家語)·관주(觀周)』에 보인다.

18 師襄(사양) : 노(魯)나라의 음악을 관장하는 관리로 거문고를 잘 켜서 공자가 일찍이 그에게서 거문고를 배웠다. 『사기·공자세가(孔子世家)』와 『회남자·주술훈(主術訓)』 등에 보인다.

19 老聃(노담) : 도가학파의 창시자인 노자(老子) 곧 이이(李耳)를 가리키는데, '聃'은 그의 자(字)다. 공자가 주나라에 가서 일찍이 노자에게 예(禮)를 물었다. 『사기·노장신한열전(老莊申韓列傳)』에 보인다. 그런데 한유는 「원도(原道)」(HS-005)에서 공자가 노자에게 예를 물었다는 사실을 부인하고 있다. 이는 두 글이 같은 시기에 쓰이지 않아서 생긴 결과로 돌릴 수도 있겠지만, 어쨌든 논지 전개의 필요에 따라 내용이 달라진 결함으로 볼 수 있다.

20 三人行(삼인행), 則必有我師(즉필유아사) : 『논어·술이(述而)』편에 보이는데, 거기에서는 '則'자가 없고 '師' 아래에 '焉(언)'자가 있다. '三'은 '많다'는 뜻이다. 여러 사람이 모이면 그 중에는 선한 이도 있고 악한 이도 있을 수 있으므로 선한 이는 좇아 따르면 될 것이고 악한 이에 대해서는 자신은 그러한 악을 범하지 않도록 하는 반면교사(反面敎師)로 삼을 수 있다는 점에서 모두 자신의 스승이 될 수 있다는 뜻이다.

21 專攻(전공) : '전문적으로 연구하다'는 뜻으로 지금 널리 쓰는 '전공'이라는 용어의 최초 용례. 원래 '攻'은 각종 기예를 다루는 분야에 한해 주로 쓰였으나, 한유 시대에 와서는 추상적인 학문의 범주에까지 확대되어 쓰였음을 알 수 있다.

李氏子蟠²², 年十七, 好古文²³, 六藝經傳²⁴皆通習之, 不拘於時²⁵, 學於余。
余嘉其能行古道²⁶, 作師說以貽之。

22 李蟠(이반) : 한유의 제자로 덕종(德宗) 정원(貞元) 19년(803)에 진사에 급제했다.
23 古文(고문) : 좁게는 당(唐)나라 때 '진한(秦漢) 이전의 산문'을 가리키는 말로 사용된 것이지만, 실제로는 '진한 이전의 고전 작품을 모범으로 하여 당나라 때부터 성행하기 시작한 자유롭고 구어에 근접한 산문 문체'를 말한다. 이는 대구(對句)와 전고(典故) 따위에 치중한 장식적인 정형체 문장인 변문(騈文)과 대비되는 용어다.
24 六藝經傳(육예경전) : 여기서 '六藝'는 시(詩)·서(書)·예(禮)·악(樂)·역(易)·춘추(春秋)의 '육경(六經)'을 가리킨다. 성인의 저작을 '經', 현인이 경문을 해석한 저작을 '傳'이라 하여 '聖經賢傳(성경현전)'이라는 말이 있기도 하다. 따라서 이 속에는 소위 '춘추삼전(春秋三傳)'인 『좌전(左傳)』·『공양전(公羊傳)』·『곡량전(穀梁傳)』과 '삼례(三禮)'인 『의례(儀禮)』·『주례(周禮)』·『예기(禮記)』가 포함된다. '육경' 중에서 『악(樂)』은 본래 경문이 없었다는 설과 진시황(秦始皇)의 분서로 소실되었다는 설이 있는데, 아무튼 한(漢)나라 초에 이미 전하지 않았다.

그런데 통상 '六藝'라고 하면 '예법(禮)', '악기 연주(樂)', '활쏘기(射)', '마차 운전(御)', '글자 쓰기(書)', '셈하기(數)' 등 주(周)나라 때의 여섯 가지 교양필수 교육과정을 가리킨다.

25 시(時) : 당시 시속의 분위기, 곧 스승을 좇아 배우는 것을 부끄럽게 여기는 사회기풍을 말한다.

26 고도(古道) : '고대의 도'가 아니라, '옛 사람들의 스승을 좇아 배우는 도리'를 말한다.

HS-022 「학문의 정진을 권하는 것에 대해 해명하여」

進學解

국자학(國子學)의 선생이 이른 아침에 태학(太學)에 들어가서 모든 학생들을 불러다가 학교 건물 아래에다 세워 놓고 그들을 훈계해 말한다.

"학업은 부지런한 데서 정밀해지고 장난질하며 노는 데서 황폐해지며, 덕행은 깊이 사고하는 데서 완성되고 자기 멋대로 따라가는 데서 망가진다. 지금은 바야흐로 성군과 현신이 함께 만나서 정치의 법령이 모두 마련되어 있으니, 흉악하고 간사한 무리를 가려 제거하고 유능하고 어진 인재를 등용해 높은 자리에 앉혔다. 작은 장점이라도 갖춘 이라면 모두 관직에 이름을 올리고 하나의 기예에 이름난 이도 입용하지 않음이 없으며, 빗질하듯 모으고 가려 뽑아서 더러운 때는 긁어내어 빛을 발하도록 하니, 대체로 재능과 덕행이 모자라도 요행히 선발되는 일이 있을지언정, 누가 능력이 뛰어난 데도 기용되지 않았다고 말하는고? 모든 학생들은 학업이 정밀하지 못할까 근심할 것이지 담당 관리가 현명하지 못할까 근심하지 말며, 덕행이 성취되지 못할까 근심할 것이지 담당 관리가 공정하지 못할까 근심하지 말라."

말이 미처 끝나기도 전에 대열 속에서 어떤 학생이 웃으며 말한다.
"선생님께서는 저희들을 속이시는군요! 저희 제자들이 선생님을 좇
아 배운 지 지금까지 여러 해가 지났습니다. 선생님께서는 입으로는 육
경(六經)의 문장을 끊임없이 읊조리고 손으로는 백가(百家)의 책을 쉬지
않고 펼치시어, 사건을 기록한 것은 반드시 그 요점을 이끌어내고 논리
를 세우는 것은 반드시 그 심오한 도리를 찾아내시며, 많이 배우기를
탐하고 체득하기를 힘써서 작거나 크거나 간에 버리지 않고, 밤에도 등
불의 기름을 태워 낮을 이어서 항상 아등바등 애쓰며 한 해를 보냈으니,
선생님의 학업은 부지런하시다고 할 만합니다. 이단을 배척해서 불교와
도교를 물리치고, 유학의 빈틈을 꿰매어 보완해 그 오묘하고 은밀한 뜻
을 확대했으며, 실전된 도리의 까마득함을 찾아 홀로 두루 수집하고 멀
리서 계승해 모든 강물을 막아서 동쪽으로 흘러가게 하고 이미 거꾸러
져 엉망인 물결을 바로잡았으니, 선생님의 유학에 대한 공로가 수고로
우시다고 할 만합니다. 고전의 진한 향기에 푹 잠겨서 꽃부리를 머금고
꽃을 씹듯 경전의 깊은 도리를 세심히 맛보며 그것을 문장으로 지으니
그 책이 집안에 가득합니다. 위로는 「우서(虞書)」와 「하서(夏書)」의 광대
해 끝이 없는 것, 「주서(周書)」의 고유문(告諭文)과 「상서(商書)·반경(盤
庚)」의 난삽해 읽기 어려운 것, 『춘추(春秋)』의 근엄한 것과 『좌씨전(左氏
傳)』의 부허(浮虛)하고 과장적인 것, 『역경(易經)』의 기이하면서도 법도에
맞는 것, 『시경(詩經)』의 올바르면서도 아름다운 것을 본받고, 아래로는
『장자(莊子)』와 「이소(離騷)」, 태사공(太史公)의 저술, 양자운(揚子雲)과 사마
상여(司馬相如)의 기법은 같으나 특징이 다른 데까지 미쳤으니, 선생님의
문장창작은 그 내용을 넓히고 형식을 자유롭게 하셨다고 할 만합니다.
어려서 배움을 알기 시작해서는 과감하게 행동하는데 용감하고, 자라나
서는 예법에 정통해 이렇게 하나 저렇게 하나 모두 마땅했으니, 선생님

은 사람됨에 있어서 완성된 경지에 이르셨다고 할 만합니다."

"그러나 공적으로는 다른 사람들에게 신임을 받지 못하고 사적으로는 친구에게서 도움을 받지 못했으며, 늙은 이리가 턱밑이 축 늘어져 앞으로 가면 턱수염이 밟히고 뒤로 가면 꼬리가 밟히듯이 진퇴양난이라 걸핏하면 허물을 얻었습니다. 잠시 감찰어사(監察御史)가 되었으나 곧 남쪽 변방으로 귀양 가고, 3년 남짓 국자박사(國子博士)로 있으면서 쓸데없이 바빴을 뿐 별다른 치적을 발휘하지 못했습니다. 운명이 원수와 모의했는지 여러 차례 실패를 불러왔으며, 겨울에 따뜻한 데도 아이들은 춥다고 울부짖고, 해는 풍년이 들었는데도 사모님은 배고프다고 훌쩍이며, 머리는 벗겨지고 치아는 빠져서 결국 죽게 되신다면 무슨 소용이 있겠는지요? 이것도 고려할 줄 모르면서 도리어 다른 사람을 가르치려고 하십니까?"

선생님께서 말씀하신다.

"아! 자네 앞으로 나오게! 대체로 큰 나무는 대들보가 되고 가는 나무는 서까래가 되는데, 기둥 위의 네모진 나무와 대들보 위의 짧은 기둥, 문지도리, 문지방, 빗장, 문설주가 제각기 적합하게 만들어지면 그것을 써서 집을 만드는 것은 목수의 일이다. 옥가루와 주사(朱砂), 수자해좆과 청지(靑芝), 소 오줌과 말불버섯, 못쓰게 된 북의 가죽을 거두어 갈무리해 앞으로 쓰일 것에 대비해서 버리지 않는 것은 의사의 뛰어남이다. 인재의 선발과 등용이 분명하고 공정하며, 총명한 이와 우둔한 이를 두루 적소에 임용하며, 기품이 있는 이를 아름답게 하고 재주가 출중한 이를 뛰어나게 하며, 인물의 우열을 비교해 오직 그릇으로 쓰임에 적합하게 하는 것은 재상의 방책이다. 옛날에 맹자는 변론을 좋아해 공자의 학설이 그로 인해 천명되었으나 천하를 철환하다가 끝내 길에서 늙어 죽었고, 순자는 유학의 성노를 지켜서 장대한 이론이 그로 인해 넓게 펼쳐졌으나 참소를 피해 초(楚)나라로 도망갔다가 난릉(蘭陵)에서 파직되어 죽었다. 이 두 유학자는 말을 내뱉으면 곧 경전이 되고, 일거일동이 모두 후인의 법칙이 되어 기타 범상한 무리들을 뛰어 넘어 월등하게 성인의 경지에 들어갔으나, 세상에서의 그들의 처지는 또 어떠했는가?"

"지금 나는 학문에 비록 힘쓸지라도 유학의 도통을 따르지 못했고, 논변한 것이 비록 많았기는 하지만 정곡을 찌르지 못했으며, 문장이 비록 특출하다 하지만 세상에 쓰이지 못하고, 덕행이 비록 닦여졌지만 뭇사람에게 드러나지 못하면서 오히려 달마다 봉록을 축내고 해마다 국고의 양식을 소모하고 있다. 자식은 농사지을 줄 모르고 아내는 베를 짤 줄 모르며, 나는 말을 타고 종들을 따르게 하여 편안히 앉아 먹으면서 삼가 조심스럽게 일상의 도리를 따르며 서적을 몰래 펼쳐 그 내용을 베끼거나 하고 있다. 그러나 성명하신 군주께서 벌주지 않고 재상으로부터 배척당하지 않았으니 이것은 아마도 행운이 아니겠는가? 걸핏하면 비방을 받아서 명성 또한 그에 따라 손상을 입었으니, 할 일 없는 한직에 방치되는 것도 분수에 마땅한 것이도다."

"만약 봉록의 유무를 계산하고 관등의 고하를 따져서 자기의 재능에 어울리는 일을 망각하고 이전 사람의 결점을 지적한다면, 이것은 이른바 목수보고 짧은 말뚝으로 큰 기둥을 삼지 않는다고 힐난하는 것이며, 의사보고 창포로 생명을 연장시키는 것을 비난하며 자기의 희령(豨苓)을 헌상하고자 하는 것이리다."

해제

　원화(元和) 8년(813) 국자박사(國子博士) 재직 시에 지은 해명적 성격의 문장으로 '進學(진학)'은 학생들이 학업과 덕행에서 진전이 있도록 한다는 뜻이다. 국자선생과 학생의 대화 형식을 설정해 작자 자신이 장기간에 걸쳐 조정에서 중용되지 못하고 배척을 받은 현실에 대한 불만과, 유능한 인재가 밀려나고 무능한 자가 관직을 차지하는 부조리한 현실에 대한 풍자를 기탁하고 있다. 장엄하면서도 해학적인 풍자와 반어법 등의 수사법이 잘 구사되어 있다. '解(해)'라는 산문 양식은 동방삭(東方朔)의 「답객난(答客難)」, 양웅(揚雄)의 「해조(解嘲)」, 반고(班固)의 「답빈희(答賓戲)」 등과 같은 부(賦)의 형식을 본 딴 것이다. 자신을 둘러싼 논란거리나 의혹을 본인의 입이 아닌 타인의 입을 빌려 해명하고 내심의 불평을 토로한 반면에, 자신은 매우 겸손한 태도를 유지하고 있는 데 이 글의 특별한 묘미가 있다. 특히 이 글은 창작기법면에서 사부(辭賦)와 변문(駢文)의 장점을 산문의 틀과 리듬 속으로 잘 수용해 당송(唐宋) 고문(古文)의 면모를 일신시켰다는 평을 받는다. 이를테면 비슷한 어조나 어세를 가진 어구를 짝 지어 늘어놓는 수법을 산문 속에 적극적으로 수용해 작자가 창도한 고문이 육조 시대 변려문의 장점과 같은 전대 문학의 성취를 효과적으로 계승 발전시켰다는 산문사적 의의를 지니는 것이다. 이 글은 그런 평가의 중심에 있는 명작의 하나로 손꼽힌다.

원문 및 주석

國子先生[1]晨入太學[2], 招諸生[3]立館[4]下, 誨之曰: "業精于勤荒于嬉, 行成于思毀于隨[5]. 方今聖賢[6]相逢, 治具[7]畢[8]張, 拔去兇邪, 登崇畯良[9]. 占小善者率以錄, 名一藝者無不庸[10]; 爬羅剔抉[11], 刮垢磨光[12], 蓋有幸而獲選, 孰云多而不揚[13]. 諸生業患不能精, 無患有司[14]之不明; 行患不能成, 無患有司之不公."

1   國子先生(국자선생) : 한유는 국자학 박사의 신분이었으므로 스스로 선생이라고
    칭했다. 당나라 때에 국가의 교육과 정령을 주관하는 관서는 국자감(國子監)이
    었는데, 그 아래에 국자학(國子學), 태학(太學), 광문관(廣文館), 사문학(四門學),
    율학(律學), 서학(書學), 산학(算學)의 7학을 설치하고 각기 박사(博士)를 두었
    다. 국자학에는 정5품상에 해당하는 박사 5인을 두었다.
2   太學(태학) : 당나라 때에 국자학과 함께 국자감에 속하는 학교였지만, 여기서는
    최고학부인 '국자학'의 뜻으로 쓰였다. 이는 진한(秦漢) 시대의 옛 호칭을 답습
    해 쓴 결과다.
3   제생(諸生) : 국자학의 모든 학생. 국자학에는 80명의 학생이 재학했는데, 국공
    (國公)의 자손, 문무 3품관 이상의 자손 및 종2품관 이상의 증손만이 입학할 수
    있었다.
4   館(관) : 학관. 교사(校舍). 국자학의 학교 건물.
5   隨(수) : 스스로 사색하지 않고 옛것을 그대로 답습하다. 구차하게 옛것을 적당
    히 얼버무리고 새로 연마하지 않다.
6   聖賢(성현) : 성군(聖君)과 현신(賢臣).
7   治具(치구) : 다스리는 도구 곧 정령(政令).
8   畢(필) : '다', '모두'란 뜻의 범위부사.
9   登崇畯良(등숭준량) : 유능하고 어진 인재를 등용해 높은 자리에 앉히다. '畯'은
    '俊'과 같다.
10 庸(용) : 임용하다. 등용하다. '用'과 같다.
11 爬羅剔抉(파라척결) : 빗질해 모으고 가려서 뽑다.
12 刮垢磨光(괄구마광) : 더러운 때는 긁어내고 갈아서 광채가 나도록 하다.
13 揚(양) : 선발하다. 뽑다.
14 有司(유사) : 인재 선발을 담당하는 관리나 부서.

言未旣[15], 有笑于列者曰: "先生欺余哉! 弟子事先生于茲有年矣. 先生口

不絕吟於六藝[16]之文, 手不停披[17]於百家之編[18] ; 記事者必提其要, 纂言者
必鉤其玄[19] ; 貪多務得[20], 細大不捐[21], 焚膏油以繼晷[22], 恆兀兀以窮年[23] :
先生之業可謂勤矣。觝排異端[24], 攘斥佛老[25], 補苴罅漏[26], 張皇幽眇[27] ; 尋
墜緒之茫茫[28], 獨旁搜[29]而遠紹[30], 障百川而東之[31], 迴狂瀾於旣倒[32] : 先生
之於儒, 可謂有勞矣。沈浸醲郁[33], 含英咀華[34], 作爲文章, 其書滿家。上規
姚姒[35], 渾渾[36]無涯 ; 周誥殷盤[37], 佶屈聱牙[38], 春秋謹嚴[39], 左氏浮誇[40], 易
奇而法[41], 詩正而葩[42] ; 下逮莊騷[43], 太史所錄[44], 子雲相如[45], 同工異曲[46] :
先生之於文, 可謂閎其中而肆其外[47]矣。 少始知學, 勇於敢爲 ; 長通於方,
左右具宜 : 先生之於爲人, 可謂成矣。"

---

15 旣(기) : 끝나다. 마치다.

16 六藝(육예) : 육경(六經). 자세한 풀이는 「사설(師說)」(HS-021)의 주석 24 참조.

17 披(피) : 펼치다. 펼쳐 읽다.

18 百家之編(백가지편) : 제자백가(諸子百家)의 저술.

19 鉤其玄(구기현) : 그 심오한 도리를 탐색해내다.

20 貪多務得(탐다무득) : 많이 배우기를 탐하고 체득하기를 힘쓰다.

21 細大不捐(세대불연) : 작거나 크거나 간에 버리지 않다.

22 焚膏油以繼晷(분고유이계구) : 등불의 기름을 태워 햇빛을 잇다. 밤에도 낮을 이
어 쉬지 않고 열심히 학문 연마에 정진했음을 뜻한다.

23 恆兀兀以窮年(항올올이궁년) : 항상 아등바등 애쓰며 한 해를 보내다. 일 년 내
내 쉬지 않고 학문 연마에 정진했음을 나타낸다.

24 觝排異端(저배이단) : 이단의 학설을 막고 배척하다. '觝'는 '抵'와 같다. 이단은
유가 이외의 학설로 여기서는 바로 뒤 구절에 나오는 불교와 도교를 가리킨다.

25 攘斥佛老(양척불로) : 불교와 도교를 물리치고 배척하다.

26 補苴罅漏(보저하루) : 틈이 생겨 새는 것을 꿰매어 보완하다. 유가 학설의 부족
한 점을 보충해 채우다.

27 張皇幽眇(장황유묘) : 유학의 오묘하고 은밀한 뜻을 확대하다.

28 尋墜緒之茫茫(심추서지망망) : 유학의 타락된 실마리가 까마득한 것을 찾다. '墜
緒'는 이미 실전된 유가의 도리. '茫茫'은 아득하여 끝이 없는 모양.

29 旁搜(방수) : 두루 광범하게 수집하다.

30 遠紹(원소) : 먼 것을 계승하다. 전승이 중단된 천여 년 전 맹자가 밝힌 유학의
계통을 이어받다.

31 障百川而東之(장백천이동지) : 모든 강물을 막아서 동쪽으로 흘러가게 하다. '제
자백가의 학설을 모두 유가로 귀착시키다'는 뜻.

32 迴狂瀾於旣倒(회광란어기도) : 이미 거꾸러져 엉망인 물결을 바로잡다. 이미 제

방 밖으로 새어나간 미친 듯한 물결을 원래 물길로 돌이키다. '다른 방향으로 잘못 빠져 들어간 유학을 본연의 길로 되돌리다'는 뜻.

33 沈浸醲郁(침침농욱) : 고전의 진한 향기에 푹 잠기다. '沈浸'은 본래 '물속에 침몰하다'는 뜻인데 여기서는 깊이 몰두해 연구하는 것을 가리킨다. '醲郁'은 향기로운 풀로 빚은 좋은 술인데, 여기서는 심오해 큰 가치가 있는 유가의 경전을 가리킨다.

34 含英咀華(함영저화) : 꽃부리를 머금고 꽃을 씹다. 유가 경전의 깊은 도리를 세밀하게 맛보다.

35 上規姚姒(상규요사) : 위로는 「우서(虞書)」와 「하서(夏書)」를 본받다. '姚'는 순(舜), '姒'는 우(禹) 임금의 성으로, 여기서는 각기 『상서』 중의 「우서」와 「하서」를 가리킨다.

36 渾渾(혼혼) : 광대해 끝이 없는 모양.

37 周誥殷盤(주고은반) : '周誥'는 『상서·주서(周書)』 속의 주공(周公)과 소공(召公)이 지은 「대고(大誥)」, 「강고(康誥)」, 「주고(酒誥)」, 「소고(召誥)」, 「낙고(洛誥)」 등의 고유문(告諭文)을 가리키고, '殷盤'은 『상서·상서(商書)』 중의 「반경(盤庚)」 상·중·하 3편을 가리킨다.

38 佶屈聱牙(길굴오아) : 매우 난삽해 읽기 어려운 것을 형용한다.

39 春秋謹嚴(춘추근엄) : 『춘추』의 근엄함. 『춘추』는 공자가 노나라의 역사에 근거해 편찬한 중국 최초의 편년사로 노 은공(隱公) 원년(B.C. 722)에서 애공(哀公) 14년(B.C. 481)까지의 기록을 담고 있다. '일자포폄(一字褒貶)'으로 불릴 정도로 극도로 간략한 표현 가운데 역사의 공적과 과실에 대한 찬미와 비판의 뜻을 담고 있다.

40 左氏浮誇(좌씨부과) : 『좌씨전』의 부허(浮虛)하고 과장적임. 『좌씨전』은 좌구명이 『춘추』를 풀이한 것으로 전해지는 저술로 문장 서술이 화려하고 과장적이어서 중국 산문의 서술형식의 발전에 크게 기여했다.

41 易奇而法(역기이법) : 『역경』의 기이하면서도 법도에 맞음. 『역경』은 고대의 점복에 관한 저술로 괘(卦)와 효(爻)의 변화가 무궁무진하고 기이하면서도 일정한 법칙이 있어 법도에 맞다.

42 詩正而葩(시정이파) : 『시경』의 올바르면서도 아름다움. 『시경』은 사상 내용이 순정하면서도 문장 표현이 아름다운 것을 말한다.

43 下逮莊騷(하체장소) : 아래로는 『장자(莊子)』와 「이소(離騷)」에까지 미치다.

44 太史所錄(태사소록) : 태사공(太史公) 사마천(司馬遷)의 저술 『사기(史記)』를 가리킨다.

45 子雲相如(자운상여) : 한나라 때의 대표적 사부(辭賦) 작가인 양웅(揚雄 : 자 子雲)과 사마상여(司馬相如).

46 同工異曲(동공이곡) : 기법은 동일하나 취향은 다르다. 위에 적시된 모든 저술 또는 작품들이 창작 기법은 동일하게 뛰어나지만, 특징은 달라 풍격이 제각각 다른 것을 말한다.

47 閎其中而肆其外(굉기중이사기외) : 그 중심을 광대하게 하고 그 바깥을 자유자
재로 표현하다. 중심은 문장의 '사상 내용', 바깥은 문장의 '형식' 내지 '언어 표
현'을 가리킨다.

"然而公不見信於人, 私不見助於友, 跋前躓後[48], 動輒得咎[49]。暫爲御史,
遂竄南夷[50] ; 三年博士, 冗不見治[51] ; 命與仇謀, 取敗幾時 ; 冬煖而兒號寒,
年豐而妻啼飢 ; 頭童齒豁[52], 竟死何裨。不知慮此, 而反敎人爲[53]?"

48 跋前躓後(발전지후) : 늙은 이리가 턱밑이 축 늘어져 앞으로 가면 턱수염이 밟히
고 뒤로 가면 꼬리가 밟히듯이 진퇴양난의 상황임을 형용한다.
49 動輒得咎(동첩득구) : 걸핏하면 허물을 얻다. 하는 일마다 욕을 먹다. '動輒'은
'걸핏하면', '툭하면'의 뜻을 담은 정도부사.
50 遂竄南夷(수찬남이) : 이상 두 구절은 잠시 감찰어사가 되었으나 곧 남쪽 변방으
로 귀양 간 것을 말한다. 한유가 감찰어사로 있을 때 극심한 가뭄으로 인한 백
성의 기아 문제를 가지고 상소를 올렸다가 권세가의 미움을 사서 양산현령(陽
山縣令)으로 좌천된 일을 가리킨다.
51 冗不見治(용불현치) : 이상 두 구절은 3년 남짓 국자박사로 있으면서 쓸데없이
바쁠 뿐 별다른 치적을 나타내지 못한 것을 말한다. 국자박사는 직위가 낮은 한
직이라서 능력을 발휘하기 어렵다는 뜻이 숨어 있다. 한유는 헌종(憲宗) 원화
(元和) 원년(806)에서 4년(809)까지 3년간 국자박사를 지냈다. '見'은 '現'과 같다.
52 頭童齒豁(두동치활) : 머리는 벗겨져 갓난아이처럼 반질반질 빛나고 치아는 빠
져 입안이 텅 비다.
53 爲(위) : 의문을 나타내는 어기사. 동사로 쓰인 것이 아니다.

先生曰 : "吁[54]!, 子來前! 夫大木爲枅[55], 細木爲桷[56], 欂櫨侏儒[57], 根闑扂楔[58],
各得其宜, 施以成室者, 匠氏之工也 ; 玉札丹砂[59], 赤箭靑芝[60], 牛溲馬勃[61],
敗鼓之皮[62], 俱收並蓄[63], 待用無遺者, 醫師之良也 ; 登明選公[64], 雜進巧拙[65],
紆餘爲姸[66], 卓犖爲傑[67], 校短量長[68], 惟器是適[69]者, 宰相之方也。昔者孟
軻[70]好辯, 孔道以明。轍環天下, 卒老于行 ; 荀卿[71]守正, 大論是弘, 逃讒于
楚, 廢死蘭陵[72] : 是二儒者, 吐辭爲經[73], 擧足爲法[74], 絶類離倫[75], 優入聖域[76],
其遇於世何如也?"

54 吁(우) : '탄식'을 나타내는 감탄사.
55 枅(망) : 대들보.
56 桷(각) : 서까래.

57 欂櫨侏儒(박로주유) : '欂櫨'는 기둥 위의 네모진 나무로 '두공(斗栱 / 枓栱)'이라
고도 하며, '侏儒'는 대들보 위의 짧은 기둥.

58 椳闑扂楔(외얼점설) : 문지도리, 문지방, 빗장, 문설주.

59 玉札丹砂(옥찰단사) : '玉札'은 옥가루 또는 오이풀(地楡)로 한약 이름이며, '丹砂'
는 수은과 유황이 화합되어 있는 주사(朱砂)로 약으로 쓰인다.

60 赤箭青芝(적전청지) : 수자해좆(天麻)과 청지. 모두 한약 이름이다.

61 牛溲馬勃(우수마발) : '牛溲'는 소 오줌으로 약에 쓰며, '馬勃'은 말불버섯으로 악
창(惡瘡)을 치료하는 데 쓰인다.

62 敗鼓之皮(패고지피) : 못쓰게 된 북의 가죽으로 독기를 치료하는 데 쓰인다.

63 俱收並蓄(구수병축) : 모두 다 거두어들여 갈무리하다.

64 登明選公(등명선공) : 인재의 선발과 등용이 분명하고 공정하다.

65 雜進巧拙(잡진교졸) : 총명한 이와 우둔한 이를 섞어 두루 적소에 임용하다.

66 紆餘爲姸(우여위연) : 기품이 있는 이를 아름답게 하다.

67 卓犖爲傑(탁락위걸) : 재주가 출중한 이를 뛰어나게 하다.

68 校短量長(교단양장) : 장단의 우열을 비교하다. 인물의 길고 짧은 우열을 견주어
보다.

69 惟器是適(유기시적) : 오직 그릇됨에 적합하게 하다. '惟'는 목적어인 '器'를 강조
하는 범위부사이고, '是'는 목적어가 동사 앞으로 도치되었음을 표지하는 구조
조사다.

70 孟軻(맹가) : 전국시대 추(鄒)나라의 대유학자로 공자를 사숙해 그의 학문을 발
양시켜 흔히 '공맹'으로 일컬어진다. 『맹자』 7권의 저술을 남겼다.

71 荀卿(순경) : 전국시대 후기 초(楚)나라의 대유학자인 순자로 이름이 순황(荀況)
또는 손경(孫卿)이다. 유가에서 법가로 넘어가는 교량에 선 사상가로 『순자』를
남겼다.

72 逃讒于楚(도참우초), 廢死蘭陵(폐사난릉) : 순자는 본래 조(趙)나라 사람이었으
나 제(齊)나라 유학해 직하학궁((稷下學宮)의 좨주(祭酒)가 되었다. 제나라에서
참소를 입어 초(楚)나라로 도망을 가니, 춘신군(春申君)이 난릉[蘭陵 : 지금 산동
성(山東省) 창산현(蒼山縣) 난릉진(蘭陵鎭)]의 현령으로 임명했다. 춘신군이 죽
은 뒤에 관직에서 물러나 난릉에서 제자를 양성하다 그곳에서 죽었다.

73 吐辭爲經(토사위경) : 말을 내뱉으면 곧 경전이 되다. 발표한 언론이 모두 경전
이 되다.

74 擧足爲法(거족위법) : 일거일동이 모두 후인의 법칙이 되다. 행동거지가 모두 후
세 사람들의 모범이 되다.

75 絕類離倫(절류이륜) : 동류에서 끊어지고 무리에서 떠나가다. 기타 동일한 부류
의 사람들을 뛰어 넘다. '類'와 '倫'은 같은 뜻이다.

76 優入聖域(우입성역) : 성인의 경지에 월등하게 들어서다.

"今先生學雖勤而不繇其統[77], 言雖多而不要其中[78], 文雖奇而不濟於用, 行雖修而不顯於衆, 猶且月費俸錢, 歲靡廩粟⁷⁹; 子不知耕, 婦不知織, 乘馬從徒⁸⁰, 安坐而食, 踵⁸¹常途之促促⁸², 窺陳編以盜竊⁸³; 然而聖主不加誅⁸⁴, 宰臣不見斥⁸⁵: 玆非其幸歟? 動⁸⁶而得謗, 名亦隨之, 投閑置散⁸⁷, 乃分之宜。"

77 不繇其統(불유기통) : 유학의 도통을 따르지 못하다. 유학에 대해 체계적인 연구를 하지 못했다는 뜻. '繇'는 '由'와 같다.
78 不要其中(불요기중) : 그 정곡을 찌르지 못하다. 사리의 관건을 터득하지 못하다. '要'는 '구하다', '추구하다'는 뜻.
79 歲靡廩粟(세미늠속) : 해마다 국고의 양식을 축내다. '廩'은 곡식 창고.
80 從徒(종도) : 종들을 따르게 하다. '從'은 사역동사로 쓰였다.
81 踵(종) : 좇다. 따라가다.
82 促促(촉촉) : 삼가 조심스러운 모양.
83 窺陳編以盜竊(규진편이도절) : 서적을 몰래 펼쳐 그 내용을 베끼다. '窺'는 '훔쳐 보다', '盜竊'은 '표절하다', '베끼다'는 뜻.
84 誅(주) : 벌주다. 징벌하다.
85 見斥(견척) : 배척받다. 내쫓김을 당하다. '見'은 피동을 나타낸다.
86 動(동) : '걸핏하면', '툭하면'의 뜻을 담은 정도부사. 앞에 나오는 '動輒'과 같다.
87 投閑置散(투한치산) : 할 일 없는 한직에 방치되다.

"若夫⁸⁸商⁸⁹財賄⁹⁰之有亡⁹¹, 計班資⁹²之崇庳⁹³, 忘己量⁹⁴之所稱⁹⁵, 指前人之瑕疵⁹⁶: 是所謂詰⁹⁷匠氏之不以杙爲楹⁹⁸, 而訾⁹⁹醫師以昌陽¹⁰⁰引年¹⁰¹, 欲進其狶苓¹⁰²也。"

88 若夫(약부) : 연접접속사로 '~의 경우에는', '~로 말하자면'의 의미를 내포한다. 문장 또는 단락의 첫머리에 쓰여 위의 글을 연접하는 동시에 아래 글을 제기하는 기능을 한다.
89 商(상) : 계산하다. 상담하다.
90 財賄(재회) : 여기서는 '봉록으로 받은 재물'을 가리킨다.
91 有亡(유무) : 있고 없음. '亡'는 '無'와 같다.
92 班資(반자) : 관등. 반열과 계급.
93 崇庳(숭비) : 높고 낮음. '庳'는 '卑'와 같다.
94 己量(기량) : 자기의 재능(도량).
95 稱(칭) : 어울리다.
96 瑕疵(하자) : 흠. 하자.
97 詰(힐) : 힐난하다.
98 以杙爲楹(이익위영) : 짧은 말뚝으로 큰 기둥을 삼다.

99 訾(자) : 비난하다. 헐뜯다.
100 昌陽(창양) : 창포(昌蒲). 한약 이름으로 수명을 연장시킬 수 있다.
101 引年(인년) : 생명을 연장시키다.
102 豨苓(희령) : 버섯의 일종으로 모양과 빛이 돼지와 비슷해 저령(猪苓)으로도 불
    리며, 단풍나무 뿌리 부근에 많이 모여 자라는데 설사약의 일종으로 약 성분이
    '창포'와 정반대다.

HS-023 「정치의 근본에 대하여」

本政

주(周)나라의 정치는 문물제도가 찬란하고 존비의 질서가 분명했지만 그것이 피폐해지자 후세 사람들은 하(夏)·은(殷)·주 삼대(三代)의 도가 순환하는 전승관계를 알지 못하고, 상고시대의 훌륭한 것을 대대적으로 펼쳐서 당시에만 통용되는 술책을 좇아 천하의 백성들에게 드러내 보였다. 그리하여 백성들이 가르침에 미혹되기 시작해 제자백가의 잡다한 학설들이 일어났다.

그들은 말한다.

"천하는 평화롭게 만들 수 있다. 저들의 정치는 인애를 말하고 있으나 의로움에 위배되고, 이들의 가르침은 공경함을 말하고 있으나 성실함에는 어긋난다. 무엇 때문인가? 나는 주나라를 좇으리라!"

또 말한다.

"주나라는 은나라에 미치지 못하니 은나라를 좇으리라!"

하(夏)나라라고도 하고, 우순(虞舜)이라고도 하고, 노당(陶唐)이라고도 하고, 삼황씨(三皇氏)라고도 하고, 천지개벽의 시작이라고도 했다. 그들은 이처럼 사악한 감정을 노골적으로 드러내고 무절제한 뜻을 둘러대며, 지엽적인 말로 올바른 것처럼 꾸미고 각자 소견대로 바르게 고치고 간소하게 만든다며 소란을 피워, 백성들의 평화를 손상시키고 혼란만 유도했다. 아! 도가 세상과 멀어져 끝내 회복할 수 없는 것일까!

　백성을 다스리는 집정자가 하나의 명령을 내고 하나의 법령을 시행하자, 백성들 중에 답답해하며 비난하지 않는 사람이 아무도 없었다. 그러자 지위를 지킬 수가 없다고 하면서, 갑자기 명령이나 법령을 바꾸어 백성들의 뜻에 따른다. 비유하자면 이것은 천 리의 길을 가려고 하다가 문간에 이르러 되돌아서는 것과 같으니, 나중에 비록 부지런히 쉬지 않고 가더라도 도저히 도달할 수 없을 것이다. 왜 이렇게 하는지를 근원적으로 규명해보면, 본래 그런 계기를 만든 사람이 있을 것이다. 스승으로부터 들을 바에 의하면 고대에 천하를 다스리던 군왕들은 백성을 교화하기는 하되 그들을 어떻게 교화하는가 하는 방도를 알려주지는 않았고, 그 정치에 폐단이 생긴 뒤에 그것을 바꾸기는 하되 그것을 어떻게 바꾸는가 하는 방도를 일러주지는 않았지만, 정치는 이로써 시행이 되고 백성들은 이로써 순박해졌다. 정령을 창제한 사람이 교화가 행해지지 않는 원인을 알아서, 거짓되고 괴상한 주장을 억누르고, 치우치지 않고 올바른 도리를 펼치며, 겉만 화려하게 꾸미지 않고 성실하고 실질적인 것을 숭상해, 자신도 모르는 사이에 하늘과 같이 순조롭게 운행하고 자신이 느끼지도 못하는 사이에 신처럼 변화가 일어난다면, 도가 행해지는 것을 아마 기대할 수 있을 것이로다!

창작연대는 미상인데, 번여림(樊汝霖)은 이 글이 「원도(原道)」(HS-005)에 뒤이어 지어진 것으로 보았다. 그러나 주희(朱熹, 1130-1200)는 '편벽되고 난삽한(僻澁)' 점을 들어 젊은 시절에 지은 것으로 추정했고, 방성규(方成珪, 1785-1850)도 이에 동조했다. 제목의 '본(本)'은 산문 양식면에서 '원(原)'과 흡사한 것으로 이 글이 정치의 근본에 대해 근원적으로 논한 것임을 나타낸다. 산문의 이런 양식은 『여씨춘추(呂氏春秋)』의 한 편인 「본생(本生)」에서 기원했으며, 왕부(王符, 85?-163?)의 『잠부론(潛夫論)』에 「본정(本政)」이 한 편으로 들어 있다. 이 글은 주나라의 도가 쇠미해져 문물제도가 피폐해지자, 노장(老莊)의 무리가 나와 태고의 무위(無爲)를 주장하며 성현의 가르침을 비난한 것을 바로잡고자 하는 의도로 지은 것이다.

원문 및 주석

周之政文, 旣¹其弊也, 後世不知其承², 大斅³古先⁴, 遂一時之術以明示民；民始惑敎, 百氏⁵之說以興. 其言曰："天下可爲也. 彼之政仁矣, 反於詆⁶；此之政敬矣, 戾⁷於忠. 何居⁸? 我其周從乎⁹！" 曰："周不及殷, 其殷從乎?" 曰夏, 曰虞¹⁰, 曰陶唐¹¹, 曰三皇氏¹², 曰遂古之初¹³；暴尊情¹⁴, 飾淫志¹⁵, 枝辭琢正¹⁶, 紛系糾射¹⁷, 以僻民和, 以導民亂. 嗚呼, 道之去世, 其終不復矣乎！

1　旣(기)：미치다. 고대 전적에서 '旣'는 '曁(기)'와 통용되기도 했다. 뒤 단락에 나오는 '及其弊也(급기폐야)'의 '及'과 같은 뜻이다.
2　이성 새 구절에 대해서 손여청(孫汝聽)은 "하나라의 정치는 질박하고 후덕함을 위주로 했는데 질박하고 후덕함이 피폐해지면 소인들이 예절을 모르고 존스럽

게 되었기 때문에 은나라 사람들은 삼가 신중함으로써 그것을 계승했다. 삼가 신중함이 피폐해지면 소인들이 귀신을 섬기게 되므로 주나라 사람들은 문물제도와 존비의 차이로써 그것을 계승했다. 문물제도와 존비의 차이가 피폐해지면 소인들이 그러한 틀에 젖어 성심이 없게 되었기 때문에 이를 바로잡기 위해 질박하고 후덕함으로 돌아가는 것이 최상이었다. 그 순환의 전승관계를 알지 못하는 것은 질박하고 후덕함으로 바로잡지 못하는 것을 말한다(夏之政忠, 忠之敝, 小人以野, 故殷人承之以敬. 敬之敝, 小人以鬼, 故周人承之以文. 文之敝, 小人以僿, 故救僿莫若以忠. 不知其承, 謂不能救之以忠也)라고 풀이했다. 하(夏)·은(殷)·주(周) 삼대(三代)의 정치에 대한 이런 내용은『사기·고조본기(高祖本紀)』의 찬(贊)에 보인다. 「진사책문(進士策問)」의 둘째 작품(「HS-051-2」)에도 이에 대한 내용이 보이니 참조하기 바란다.

3　大敷(대부) : 대대적으로 펼치다. 크게 펴다.

4　古先(고선) : 고대. 상고의 제왕들이 통치하던 무위이치(無爲而治)의 시대로 여기서는 도가(道家)의 통치 방식을 가리킨다.

5　百氏(백씨) : 제자백가.

6　誼(의) : 의로움. 정의. '義(의)'와 통한다.

7　戾(여) : 어긋나다.

8　何居(하거) : 무엇 때문인가? 무슨 까닭인가? '居'는 어조사로 뜻이 없다. 이는『시경·패풍(邶風)·백주(柏舟)』의 "해야 달아 어찌하여 번갈아 가며 이지러지는가?(日居月諸, 胡迭而微?)"에 나오는 '居'와 같은 용법이다.

9　이 구절은『논어·팔일(八佾)』편의 "주나라의 예는 하나라와 은나라의 두 왕조를 거울로 삼았으니, 찬란하다 그 문물이여! 나는 주나라를 따르겠다(周監於二代, 郁郁乎文哉, 吾從周)"라고 한 공자의 말에서 따온 것이다.

10　虞(우) : 오제(五帝)의 한 사람인 순임금의 나라 이름으로 순임금 통치 시대를 가리킨다. 순임금을 '우순(虞舜)'이라고도 한다.

11　陶唐(도당) : 오제(五帝)의 한 사람인 요임금의 나라 이름으로 요임금 통치 시대를 가리킨다. 요임금을 '당요(唐堯)'라고도 한다. 요임금은 처음에 도(陶)에 봉해졌다가 뒤에 당(唐)으로 옮겼다.

12　三皇氏(삼황씨) : 상고시대의 세 제왕으로 복희(伏羲)·신농(神農)·황제(黃帝)를 가리키기도 하고, 천황(天皇)·지황(地皇)·인황(人皇)을 가리킨다고 하는 등 여러 설이 있다. 이는 중국 상고시대의 다원적인 신화 전설을 단원 체계로 변화시켜 역사 속으로 편입시키는 과정에서 빚어진 결과다.

13　遂古之初(수고지초) : 태고의 시초. 천지개벽의 시작. 굴원(屈原)의 「천문(天問)」첫 구절에 "태고의 시초를 누가 전해줬을까?(遂古之初, 誰傳道之?)"라는 글귀가 보인다.

14　暴孽情(폭얼정) : 사악한 감정을 노골적으로 드러내다. '暴'은 '曝(폭)'과 통한다.

15　淫志(음지) : 무절제한 의지. '淫'은 '과분하다', '지나치다'는 뜻.

16　枝辭琢正(지사탁정) : 지엽적인 말로 올바름을 꾸미다. '쓸데없는 말로 올바른

것처럼 꾸며대다'는 뜻인 듯하다.

17 紛紊糾射(분문규역) : 각자 제 마음대로 바르게 고치고 번다한 것을 싫어하다. '각각 제 소견대로 문구를 붙여서 올바르고 간소하게 만든다며 혼란스럽다'는 뜻인 듯하다.

長民者[18]發一號、施一令, 民莫不悱然[19]非矣。謂不可守, 遽變而從之。譬將適[20]千里, 及門而復, 後雖矻矻[21], 決不可曁[22]。原其始, 固有啓之者也。聞於師曰 : 古之君天下者[23], 化之不示其所以化之之道 ; 及其弊也, 易之不示其所以易之之道。政以是得, 民以是淳。其有作者[24], 知敎化之所繇廢[25], 抑詭怪而暢皇極[26], 伏[27]文貌[28]而尚忠質[29], 茫乎天運[30], 宵爾神化[31], 道之行也, 其庶己乎!

18 長民者(장민자) : 백성을 다스리는 사람. 백성을 다스리는 집정자. '長'이 '다스리다'는 뜻의 동사로 쓰였다.

19 悱然(비연) : 말 못하고 마음속으로 분이 나 기쁘지 않은 모양.

20 適(적) : 가다.

21 矻矻(굴굴) : 부지런히 일하는 모양. 열심히 노력하는 모양.

22 曁(기) : 미치다. 도달하다.

23 君天下者(군천하자) : 천하를 다스리는 사람. 천하의 군왕이 된 사람. '君'이 '군왕이 되다'는 뜻의 동사로 쓰였다.

24 作者(작자) : 창제자. 무언가 독창적인 과업을 이룬 사람으로 '예악이나 제도 등을 제정한 사람'을 가리킨다. 『예기·악기(樂記)』에 "창제자를 일러 성인이라고 한다(作者之謂聖)"라는 글귀가 보인다.

25 繇廢(유폐) : 폐기된 까닭. 행해지지 않는 이유. '繇'는 '由'와 같다.

26 皇極(황극) : 제왕이 천하를 통치하는 준칙. 조금도 치우침이 없고 지극히 올바른 도리.

27 伏(복) : 굴복시키다. 감추다.

28 文貌(문모) : 본래 예절이나 의식 등을 가리키는데, 여기서는 '겉만 번지르르하게 꾸며 번문욕례(繁文縟禮)로 흐른 것'을 뜻한다.

29 이 구절은 "문물제도와 존비의 차이가 피폐해짐에 따라 질박하고 후덕함으로 계승하는 것(文之敝繼之以忠)"을 말한다. 자세한 것은 주석 2 참조.

30 茫乎天運(망호천운) : 저절로 모르는 사이에 하늘과 같이 순조롭게 운행하다. '茫乎'는 '아득한 모양'인데 여기서는 '저절로 모르는 사이에'의 뜻이다.

31 宵爾神化(요이신화) : 자신도 느끼지 못하는 사이에 신과 같이 변화가 일어나다. '宵爾'는 '멍한 모양'인데 여기서는 '자신도 느끼지 못하는 사이에'의 뜻이다.

HS-024 「수비에 대한 경계」

守戒

『시경』에 이르기를 "큰 제후의 나라는 마치 왕실의 대들보와 같다" 라고 하고, 『서경』에서는 "그것으로써 왕실을 번성하게 한다"라고 했다. 제후는 천자와의 관계에 있어서 영토를 지키며 맡고 있는 지방의 공물 을 바칠 뿐만 아니라, 본래 왕실의 대들보가 되어 왕실을 번성하게 할 수 있어야 하는 것이다. 지금 산 속에 사는 사람은 사나운 짐승이 해가 되는지를 알아서 반드시 그 울타리를 높이고 밖으로는 함정을 설치해 대비하며, 도시에 사는 사람은 벽을 뚫고 담을 넘어 들어와 훔치는 좀 도둑이 큰 도적이 되는지를 알아서 반드시 그 담장을 높게 하고 안으로 는 자물쇠를 견고히 하여 방비한다. 이는 시골 사람과 비루한 사내도 생각이 미칠 수 있는 것으로 남보다 뛰어난 지혜를 갖추고서야 할 수 있는 것이 아니다. 지금 큰 도읍과 대도시가 굳세고 강한 자들의 사이 에 끼어 있는데, 그것에 대비할 줄을 모른다. 아! 미혹되었도다.

시골 사람과 비루한 사내가 할 수 있는데 왕공과 고관이 도리어 하지 못하니, 어찌 재주와 역량이 부족해서이겠는가? 아마도 할 만한 일이 못된다고 여겨 안 하는 것일 게다. 천하의 재앙은 할 만한 일이 못된다고 여기는 것보다 더 큰 것이 없고, 재주와 역량이 부족한 것은 그 다음이다. 할 만한 일이 못된다고 여기는 사람은 적이 쳐들어와도 알지 못하고, 재주와 역량이 부족한 사람은 사전에 대비할 생각을 하고 있으므로 재앙이 닥치더라도 사전 대비를 하지 않은 것과는 차이가 나게 된다. 저 굳세고 강한 자들은 갑옷을 입고 창을 든 병사를 수도 없이 많이 거느리고 있으며 이어진 땅이 천 리에 달해 우리의 영토와 경계가 맞닿아 있는데, 그 사이에 언덕이나 구릉, 장강이나 황하, 동정호(洞庭湖)나 맹문관(孟門關) 따위의 요새가 없는데다가 또 간간이 자기들의 역량이 천하와 더불어 나란히 설 수 없음을 알기 때문에, 아침저녁으로 발꿈치를 들고 목을 길게 뺀 채 호시탐탐 천하에 변고가 생겨 우리를 넘볼 기회를 엿보고 있다. 그러므로 저들은 사나운 짐승이나 벽을 뚫고 담을 넘어 들어오는 강도보다 훨씬 더 포악한 것이다. 아아! 어찌하여 알면서도 그것에 대비하지를 않는가?

맹분(孟賁)과 하육(夏育)도 경계하고 있지 않으면 어린아이에게조차 항거할 수 없으며, 노(魯) 땅의 큰 닭이라도 대비하고 있지 않으면 촉(蜀) 땅의 작은 닭에게 버틸 수 없다. 지금 사슴이 표범에 비해서 덩치가 우람하게 크지 않는 것은 아니지만, 결국 표범에 의해 잡혀 먹히고 마는 것은 발톱과 어금니의 재질이 같지 않고 용맹스럽고 겁이 많은 자질이 다른 때문이다. 만약 "그렇다면 어떻게 그것에 대비해야 합니까?"라고 묻는다면, "인재를 얻는 데 달려 있다"라고 답할 것이다.

해제

　번진(藩鎭)의 분할 점거에 반대하며 조정 대신들에게 사전 대비를 철저히 하여 국가의 영토를 잘 지킬 것을 촉구하는 취지를 피력한 논설체 문장으로 창작연대는 미상이다. ‘계(戒)’는 잠언체(箴言體)에 속하는 산문 양식의 하나로 ‘경계’ 내지 ‘훈계’의 뜻을 담는다. 당(唐)나라 때는 안사(安史)의 난 이후에 지방 군벌인 번진들이 나라의 전략적 요충지를 분할 점거한 상태에서, 군권과 세금 징수권을 가지고 있을 뿐 아니라 부자와 형제끼리 세습까지 하면서 반란을 일으키기가 다반사였다. 당시의 이런 현실을 고려할 때, 이 글은 현실적 의의가 큰 작품이다.

원문 및 주석

詩曰: “大邦維翰¹”, 書曰: “以蕃王室²”, 諸侯之於天子, 不惟守土地奉職貢³而已, 固將有以翰蕃⁴之也。今人有宅於山者, 知猛獸之爲害, 則必高其柴椵⁵而外施窩窪⁶而待之；宅於都⁷者, 知穿窬⁸之爲盜, 則必峻其垣牆⁹而內固扃鐍¹⁰以防之：此野人¹¹鄙夫之所及, 非有過人之智而後能也。今之通都大邑¹², 介於屈强¹³之間, 而不知爲之備。噫, 亦惑矣!

1　大邦維翰(대방유한)：이 구절은 『시경·대아(大雅)·판(板)』에 나오는 글귀다. 원전에는 “좋은 사람은 마치 울타리 같고, 대중은 마치 담장 같으며, 큰 나라는 마치 병풍 같고, 종실은 마치 대들보 같다(价人維藩, 大師維垣, 大邦維屏, 大宗維翰)”로 되어 있다.

2　以蕃王室(이번왕실)：이 구절은 『서경·미자(微子)』에 나오는 말로 옛 전범(典範)을 따라서 상도(常道)를 잃지 않음으로써 왕실을 번성하게 한다는 뜻이다. ‘蕃’을 ‘藩’의 뜻으로 보아 ‘왕실을 지키는 울타리가 되다’로 풀이하기도 한다.

3 守土地奉職貢(수토지봉직공) : 왕실의 영토를 지키고 맡고 있는 지방의 공물을 바치다. 제후가 천자를 위해 해야 하는 영토 수호와 공물 납부의 두 가지 주요 책무.

4 翰蕃(한번) : 왕실의 대들보가 되어 왕실을 번성하도록 하다. 모두 동사로 쓰였다. 이상의 세 구절은 변주절도사(汴州節度使) 동진(董晉)이 재상의 직함으로 번진(藩鎭)을 다스리는 책무를 맡고 있으면서 단지 왕실을 침범하거나 배반하지 않는 소극적인 임무 수행만 하는 것으로는 조정의 동량과 같은 신하가 될 수 없음을 은연중에 지적하고 있는 것이다.

5 柴楥(채원) : 울짱. 울타리.

6 窞穽(담정) : 함정. '陷穽'과 같다.

7 都(도) : 도성. 큰 도시.

8 穿窬(천유) : 벽을 뚫거나 담을 넘어 들어가서 훔치는 좀도둑.

9 峻其垣牆(준기원장) : 그 담장을 높게 하다.

10 扃鐍(경휼) : 빗장과 자물쇠.

11 野人(야인) : 도성 밖에 사는 사람. 촌사람.

12 通都大邑(통도대읍) : 번화한 대도시로 변주(汴州)를 가리킨다.

13 屈强(굴강) : 굳세고 강하다. '屈'은 '倔'과 같다.

野人鄙夫能之, 而王公大人反不能焉, 豈材力爲有不足歟? 蓋以謂不足爲而不爲耳! 天下之禍, 莫大於不足爲, 材力不足者次之. 不足爲者, 敵至而不知 ; 材力不足者, 先事而思[14] ; 則其於禍也有間[15]矣. 彼之屈强者, 帶甲荷戈[16]不知其多少 ; 其緜[17]地則千里而與我壤地相錯, 無有丘陵江河洞庭孟門之關[18], 其間又自知其不得與天下齒[19], 朝夕擧踵引頸[20], 冀天下之有事[21], 以乘吾之便 : 此其暴於猛獸穿窬也甚矣. 嗚呼, 胡知而不爲之備乎哉!

14 先事而思(선사이사) : 일이 발생하기 이전에 예방할 방책을 생각해두다. 사전에 대비할 생각을 하고 있다.

15 有間(유간) : 차이가 나다.

16 帶甲荷戈(대갑하과) : 갑옷을 입고 창을 들다. 여기서는 갑옷을 입고 창을 든 병사를 가리킨다.

17 緜(면) : 연면해 있다. 끊이지 않고 이어져 있다.

18 丘陵江河洞庭孟門之關(구릉강하동정맹문지관) : 언덕이나 구릉, 장강이나 황하, 동정호나 맹문관으로 모두 요새나 험난한 관문을 가리킨다. 동정호는 호남성(湖南省) 악양성(岳陽城) 남쪽에 있는 중국 최대의 담수호고, 맹문관은 하남성 휘현(輝縣) 서쪽 태항산(太行山) 남쪽 산록에 있는 관문이다.

19 齒(치) : 나란히 서다. 봉널에 시다.

21 冀天下之有事(기천하지유사) : 천하에 전쟁과 같은 변고가 생기기를 바라다.

賁育²²之不戒, 童子之不抗; 魯雞²³之不期, 蜀雞²⁴之不支。今夫鹿之於豹
非不巍然²⁵大矣, 然而卒爲之禽者; 爪牙之材不同, 猛怯之資殊也。曰: "然
則如之何而備之?" 曰: "在得人²⁶。"

22 賁育(분육) : 맹분(孟賁)과 하육(夏育). 모두 고대의 유명한 역사(力士)로 맹분은
    맨손으로 소의 뿔을 뽑고 하육은 '삼만 근(千鈞)'을 들 수 있었다고 한다.
23 魯雞(노계) : 큰 닭의 일종. 『장자·경상초(庚桑楚)』에 보인다.
24 蜀雞(촉계) : 큰 닭의 일종이므로 문맥이 통하기 위해서는 '작은 닭'의 뜻인 '월계
    (越雞)'로 적는 것이 옳다.
25 巍然(외연) : 우뚝 솟은 모양. 덩치가 큰 모양.
26 得人(득인) : 인재를 얻다. 인심을 얻다.

HS-025 「미장이 왕승복 전기」

坊者王承福傳

미장하는 기술은 미천하고도 고된 일이다. 그 일을 직업으로 하는 이가 있는데, 기색이 스스로 만족해하는 것 같았다. 그의 말을 들어보니, 간략하면서도 하고픈 말을 다 했다. 그에게 물어보니 성은 왕씨(王氏)고 이름은 승복(承福)이며, 대대로 경조부(京兆府) 장안현(長安縣)에서 농부로 살아왔다고 했다. 천보(天寶)의 난리 때에 조정에서 백성들을 징집해 병사로 충당하자, 13년 동안 활과 화살을 가지고 종군해 관직이나 훈작을 받을 수 있었지만 그것을 내버리고 고향으로 돌아왔는데, 전쟁 통에 원래 경작하던 선답이 없어져서 흙손을 손에 들고 일을 하여 생계를 유지한 지가 30여 년이 되었다고 했다. 시중의 주인집에 세 들어 살면서 숙식에 해당하는 비용을 지불했는데, 당시 숙식비의 등락에 따라 미장하는 일의 공전을 올리거나 내려서 숙식비를 내고, 남는 돈이 있으면 길거리에 떠돌아다니는 신체장애자나 환자나 굶주린 자들에게 주었다고 했다.

그가 또 말했다.

"곡식은 재배를 해야 수확할 수 있고, 베나 비단은 반드시 누에를 치고 길쌈을 해야 얻을 수 있으며, 그 밖에 살아가는데 필요한 용품들은 모두 사람의 노동을 거쳐 만들어지는 것입니다. 저는 그것들 모두에 의존해 살아가고 있습니다. 그러나 사람이 모든 일을 혼자 다 할 수 없으므로 마땅히 각자가 저마다의 능력을 다해 서로 도우며 살아갈 수 있도록 해야 합니다. 따라서 군주는 우리들이 각종 생업에 종사하며 살아갈 수 있도록 다스리는 존재고, 모든 관리는 임금의 교화를 받들어 시행해 가는 자입니다. 사람이 담당하는 임무에는 큰 것도 있고 작은 것도 있어 오직 잘해낼 수 있느냐에 따라 정해지니, 그릇이 제각각 서로 다른 용도가 있는 것과 같습니다. 단지 먹기만 하고 자기 할 일을 게을리 하면, 반드시 하늘의 재앙을 받게 되는 까닭에 저는 감히 하루라도 흙손을 내려놓고 놀지를 못합니다. 대체로 미장하는 일은 배우기 쉽고 힘을 써서 할 수 있으며, 또 분명 쓰일 데가 있어 그 대가를 받게 되므로 비록 고되더라도 부끄럽지 않으니 제 마음이 편안합니다. 대체로 사람의 힘이란 애쓰면 세상에서 효과를 거두기가 쉽지만, 마음은 애쓰더라도 지혜롭게 되기가 어렵습니다. 그러니 힘을 쓰는 이가 다른 사람에 의해 부려지고 마음을 쓰는 이가 다른 사람을 부린다는 것은 본래 당연한 이치입니다. 저는 단지 하기 쉽고 마음에 부끄러울 게 없는 일을 택한 것일 뿐입니다. 아! 제가 흙손을 손에 들고 돈이 많고 지위가 높은 집안에 출입한 지 여러 해가 되었습니다. 한 번 가서 일한 적이 있는 곳에 다시 가 보면 이미 폐허가 되어 있었고, 두 번이나 세 번 가서 일한 적이 있는 곳에 다시 가 보면 역시 이미 폐허가 되어 있기도 했습니다. 그 이웃에게 물어보면, 어떤 이는 '아! 그 사람 처형을 당했지요'라고 하고, 어떤 이는 '그 사람이 죽고 난 뒤에 자손들이 가업을 유지할 수 없었다지요'라고 하고, 어떤 이는 '그 사람이 죽은 뒤에 가산이 관가로 귀속되었다지요'라고 했습니다. 제가 이로써 보건대, 단지 먹기만 하고 자기 할 일을 태만하게 하여 하늘이 내린 재앙을 받은 것이 아니겠는지요! 억지로 마음을 썼으되 지혜가 부족하며 자기의 재능이 어울리는지 않은지를 가리지 않고 무모하게 그 일을 한 때문이 아니겠는지요! 양심에 부끄러운 짓을 많이 하고 옳지 않을 줄 알면서도 억지로 그 일을 한 때문이 아니겠는지요! 부귀란 지키기 어려운 것인데, 공로는 적으면서도 너무 지나치게 누렸기 때문일까요? 아니면 흥성과 쇠퇴에 일정한 운수가 있어 떠나가기도 하고 오기도 하여 늘 변하지 않을 수가 없기 때문일까요? 제 마음이 몹시 슬퍼져 이런 까닭에 제 힘으로 잘할 수 있는 일을 가려서 하는 것입니다. 돈이 많고 지위가 높은 것을 좋아하며, 가난하고 지위가 낮은 것을 슬프게 생각하는 것은 전들 어찌 다른 사람과 다르겠습니까?"

그가 또 말했다.
"공이 큰 사람은 스스로 향유할 것이 많습니다. 처자식은 모두 제가 부양해야 하는 존재인데, 저는 능력이 모자라고 공도 작으니 처자식이 없어도 괜찮습니다. 또한 저는 이른바 힘을 쓰는 육체노동자인데, 만약 내 가정을 이룬 뒤에 힘이 부친다면 마음도 고달프게 될 것입니다. 몸은 하나이면서 임무는 둘이라면, 비록 성인이라고 하더라도 잘할 수 없을 것입니다."

나는 처음에 그가 한 말을 듣고 잘 이해가 되지 않고 미심쩍었으나, 그가 한 말을 좇아 곰곰이 생각해보니 그는 아마도 현명한 사람인 것 같도다! 아마도 이른바 홀로 자기 일신을 선하게 지키는 사람일 것이다! 그러나 나는 그를 나무랄 것이 있으니, 자신만 너무 많이 위하고 다른 사람을 위하는 것이 너무 적은데 그는 혹 양주(楊朱)의 학설을 배운 자인가? 양주의 학설은 자기의 털 한 오라기만 뽑아서 천하 사람들을 이롭게 한다 해도 하지 않겠다는 것이다. 서 사람은 가성내서 마음을 누고

스럽게 하는 것으로 여기고, 조금이라도 자기의 마음을 써서 처자식조차 부양하려고 하지 않으니, 어찌 다른 사람을 위해 자기 마음을 수고스럽게 하려고 하겠는가? 비록 이와 같지만, 그는 세상의 부귀를 얻지 못할까봐 걱정하고 얻은 뒤에 그것을 잃을까봐 노심초사하는 자, 단지 자기 생활의 욕망을 채우려고 사악한 것을 탐해 도의를 저버리다가 자기 목숨까지 잃어버리는 자보다는 훨씬 더 현명하도다! 게다가 그가 한 말 중에는 나에게 경종을 울리는 것이 있는 까닭에 나는 그의 전기를 지어 스스로를 반성하는 거울로 삼는다.

해제

정원 17년(801) 무렵 장안(長安)에서 관리 임용을 기다리고 있던 시기에 지어진 것으로 추정되는 미장이 왕승복(王承福)의 전기. 다만 왕승복의 전기적 사실을 적은 부분은 아주 소략하고 그의 말을 기록하는 데 대부분의 지면을 할애하고 있다. 그리하여 표면적으로는 인물전기지만, 실제로는 왕승복의 입을 빌려 당시의 사회상을 반영하고 작자 자신의 의견을 피력한 잡문에 가까운 글이다. 작자는 이 글에서 분수를 지키며 자기 일에 충실한 평범한 육체노동자의 입을 빌려, 능력이나 공적도 없이 분수에 맞지 않는 관직을 차지하고서도 직무를 태만히 하다가 비참한 말로를 맞이하는 관료층의 추태에 경종을 울린다. 사회적으로 천시받는 육체노동자의 생각과 처신이 고관대작들보다 훨씬 더 고상함을 드러내어 당시 벼슬아치들의 부끄러움을 모르는 추태를 풍자하는 뜻을 담고 있다.

원문 및 주석

圬¹之爲技, 賤且勞者也。有業之²其色若自得³者。聽其言, 約而盡⁴; 問之, 王其姓, 承福其名, 世爲京兆長安⁵農夫。天寶之亂⁶, 發人爲兵, 持弓矢十三年, 有官勳, 棄之來歸, 喪其土田, 手鏝衣食⁷, 餘三十年。舍⁸於市之主人, 而歸其屋食之當⁹焉。視時屋食之貴賤, 而上下其圬之傭以償之; 有餘, 則以與道路之廢疾餓者焉。

1   圬(오) : 흙손으로 미장하는 일. '杇'로도 적는다.
2   業之(업지) : 그것(미장하는 일)을 직업으로 삼다. '業'이 동사로 쓰였다.
3   自得(자득) : 스스로 만족해하다. 자아 만족감을 느끼다.
4   約而盡(약이진) : 간략하면서도 하고픈 말을 다 하다.
5   京兆長安(경조장안) : 경조부(京兆府) 장안현(長安縣). 경조는 당나라 때에 서경(西京)인 장안을 중심으로 주위 20여개의 현을 포함해 설치한 부로 그 장관을 경조윤(京兆尹)이라 했다. 그 부청 소재지가 장안 곧 지금의 섬서성(陝西省) 서안시(西安市) 부근에 있었다.
6   天寶之亂(천보지란) : 천보 14년(755) 11월에 범양(范陽)·평로(平盧)·하동(河東) 삼도절도사(三道節度使)인 안녹산(安祿山)이 일으킨 모반 전쟁으로 이때 현종(玄宗)은 영왕(榮王) 이완(李琬)을 원수로 임명하고 장안에서 사병 11만 명을 징발해 토벌에 나섰지만, 수도 장안과 낙양이 함락되자 사천(四川) 지방으로 피난가기에 이르렀다. 천보(742-756)는 당 현종의 연호.
7   手鏝衣食(수만의식) : 흙손을 손에 들고 일을 하여 입고 먹는 생계를 영위하다. '手'가 동사로 쓰였으며, '鏝'은 흙손으로 '圬'와 같다.
8   舍(사) : 살다. 거주하다.
9   屋食之當(옥식지당) : 자고 먹는 것에 해당하는 비용, 곧 숙식비.

又曰 : 粟, 稼而生者也; 若¹⁰布與帛, 必蠶績而後成者也; 其他所以養生之具, 皆待人力而後完也。吾皆賴之。然人不可徧爲, 宜乎各致¹¹其能以相生也。故君者, 理¹²我所以生者¹³也; 而百官者, 承¹⁴君之化者也。任有小大, 惟其所能, 若器皿焉。食焉而怠其事, 必有天殃, 故吾不敢一日捨鏝¹⁵以嬉。夫鏝¹⁶, 易能可力焉, 又誠有功, 取其直¹⁷, 雖勞無愧¹⁸, 吾心安焉。夫力, 易强而有功也; 心, 難强而有智也; 用力者使於人¹⁹, 用心者使人, 亦其宜也；吾特[20]擇其易爲而無愧者取焉。嘻[21]！吾操鏝[15]以入貴富之家有年[22]矣，有一至者焉，又往過之，則爲墟矣；有再[23]至三至者焉，而往過之，則爲墟矣。問之其鄰，或曰：噫！刑戮也。或曰：身既死，而其子孫不能有也。或曰：死而歸之官也。吾以是觀之，非所謂食焉怠其事而得天殃者邪！非強心以智而不足，不擇其才之稱否[24]而冒[25]之者邪！非多行可愧，知其不可而強爲之者邪！將[26]貴富難守，薄功而厚饗之者邪！抑[27]豐悴[28]有時，一去一來而不可常者邪！吾之心憫焉，是故擇其力之可能者行焉。樂富貴而悲貧賤，我豈異於人哉？

10　若(약)：전환의 의미를 지니는 연접접속사로 '～의 경우에는', '～로 말하자면'의 뜻을 지닌다. '若夫(약부)', '至於(지어)', '至如(지여)' 등과 같은 용법이다.

11　致(치)：다하다. 극진히 하다.

12　理(이)：다스리다. '치(治)'의 뜻이다. 당 고종(高宗)의 이름인 '治'를 피휘한 결과다.

13　所以生者(소이생자)：각종 생업에 종사하는 것으로 앞에 나오는 '稼而生(가이생)', '養生(양생)', '相生(상생)'의 세 가지 '生'자의 의미를 포괄한다.

14　承(승)：받들어 행하다. '丞(승)'과 통하는 것으로 보고, '보좌하다'로 풀기도 한다.

15　鏝(만)：명사로 쓰여 미장일을 하는 도구인 흙손.

16　鏝(만)：동사로 쓰여 흙손을 써서 미장일을 하다.

17　直(치)：값. 대가. 여기서는 미장일을 하고 품삯으로 받는 '공전(工錢)'을 뜻한다. '値'와 같다.

18　無愧(무괴)：마음속으로 부끄러울 것이 없다. 양심에 부끄러울 것이 없다.

19　用力者使於人(용력자사어인)：이하 두 구절은 『맹자·등문공상(滕文公上)』의 "어떤 이는 마음을 수고롭게 하고 어떤 이는 힘을 수고롭게 하는데, 마음을 수고롭게 하는 이는 다른 사람을 다스리고, 힘을 수고롭게 하는 이는 다른 사람에 의해 다스려지며, 다른 사람에 의해 다스려지는 이는 다른 사람을 먹여주고, 다른 사람을 다스리는 이는 다른 사람에 의해 먹게 된다(或勞心, 或勞力; 勞心者治人, 勞力者治於人; 治於人者食人, 治人者食於人)"는 데서 따온 표현이다.

20　特(특)：다만. 단지.

21　嘻(희)：'놀라움', '경이로움'을 표시하는 감탄사.

22　有年(유년)：여러 해가 되다.

23　再(재)：두 차례. '다시'란 뜻이 아니다.

24　稱否(칭부)：어울리는지 어울리지 않는지의 여부

25　冒(모)：마구하다. 무모하게 하다.

26　將(장)：아마도. 혹. 추측을 나타내는 어기부사.

27 抑(억) : 아니면. 선택접속사.
28 豐悴(풍췌) : 흥성과 쇠퇴. 가업(家業)의 흥성과 쇠퇴를 가리킨다.

又曰 : 功大者, 其所以自奉²⁹也博. 妻與子, 皆養於我者也, 吾能薄而功小,
不有之可也. 又吾所謂勞力者, 若立吾家而力不足, 則心又勞也. 一身而
二任³⁰焉, 雖聖者不可能也.

29 自奉(자봉) : 스스로 향유하다. 가정도 두고 그밖에 많은 것을 누리며 사는 것을
   말한다.
30 二任(이임) : 힘도 수고스럽게 하고 마음도 수고스럽게 하는 두 가지 임무.

愈始聞而惑之, 又從而思之, 蓋³¹賢者也! 蓋³¹所謂獨善其身³²者也! 然吾有
譏焉, 謂其自爲也過多, 其爲人也過少, 其學楊朱³³之道者邪? 楊之道, 不
肯拔我一毛而利天下, 而夫人³⁴以有家爲勞心, 不肯一動其心以畜³⁵其妻子,
其肯勞其心以爲人乎哉? 雖然, 其賢於世之患不得之而患失之者³⁶, 以濟³⁷
其生之欲, 貧邪而亡道³⁸以喪其身者, 其亦遠矣! 又其言有可以警余³⁹者, 故
余爲之傳而自鑒⁴⁰焉.

31 蓋(개) : 아마도. 대체로. 추측을 나타내는 어기부사.
32 獨善其身(독선기신) : 홀로 자기 일신을 선하게 지킨다. 이는 『맹자 · 진심상(盡
   心上)』의 "궁해지면 홀로 자기 일신을 선하게 지켜나가고, 통달하게 되면 동시
   에 천하를 선하게 만들어간다(窮則獨善其身, 達則兼濟天下)"에서 따온 글귀다.
33 楊朱(양주) : 자는 자거(子居). 전국시대 초기의 사상가. 묵자의 겸애설(兼愛說)
   에 정면으로 반대해 이기주의적인 위아설(爲我說)을 주장했다. 남아 전하는 저
   술은 없고 『열자(列子) · 양주편(楊朱篇)』, 『맹자』, 『장자』, 『한비자』 등에 그의
   사적과 주장이 단편적으로 기록되어 있다.
34 夫人(부인) : 저 사람. 왕승복을 가리킨다.
35 畜(축) · 기르다. 부양하다. '蓄'과 같다.
36 患不得之而患失之(환부득지이환실지) : 얻기 전에는 얻지 못해 얻으려고 근심하
   고, 얻은 다음에는 그것을 잃어버릴까봐 근심하다. 지금은 줄여서 '환득환실(患
   得患失)'이라는 사자성어로 쓰여 개인의 이해득실에만 노심초사하는 것을 가리
   킨다. 『논어 · 양화(陽貨)』편에 관련 내용이 보인다.
37 濟(제) : 만족시키다. 채우다.
38 亡道(망도) : 도의를 잃어버리다. '無道(무도)'로 읽어도 뜻이 통한다.
39 警余(경여) : 나에게 경종을 울리다. 나로 하여금 경각심을 갖게 하다.
40 自鑒(자감) : 스스로를 반성하는 거울로 삼다.

HS-026 「다섯 가지 잠언」

五箴

사람들은 자기의 잘못을 알지 못할까봐 걱정하기 마련인데, 알고 난 뒤에도 고치지 못하는 것은 용기가 없는 것이다. 내가 벌써 서른여덟 살이 되니, 짧아진 머리카락은 날로 더 희어지고, 흔들거리는 이빨은 날로 더 빠져가며, 청력과 시력은 전과 같지 않고, 학문과 도덕도 초심과 날로 어긋나가니 군자에 이르지 못하고 결국 소인이 되고 말 것이 아주 분명하도다! 「다섯 가지 잠언」을 지어서 나의 잘못을 견책한다.

해제

정원 21년(805)에 양산현령(陽山縣令)에서 사면을 받고 나와 강릉부법조참군(江陵府法曹參軍)으로 있던 중, 현실의 여러 문제에 직면해 지난날을 회상하면서 인생살이의 감개를 토로해 지은 5편의 잠언. 작자 자신의 지난 인생 경험에서 우러나온 것으로 표면적으로는 자신의 과오에 대한 경계의 뜻을 담고 있지만, 행간에는 역설적으로 불량한 당시의 사회 기풍에 대한 비판과 그런 현실에 대한 작자의 불만 서린 정서가 깃들어 있다. '잠(箴)'은 간명하고 가지런한 어구에 압운까지 한 산문 양식으로 그 속에 훈계의 메시지를 담는다. 이 글은 4언 운문체의 짧고 단조로운 구절과 리듬의 제한을 받는 잠언체이면서도 다섯 편 모두 구성이나 어구의 곡절과 변화 및 정제된 어휘 선택 등을 통해 유창하고 리듬 있는 기세를 조성함으로써 간결하면서도 의미심장한 맛을 살려내고 있다.

원문 및 주석

人患¹不知其過² ; 旣知之不能改, 是無勇也。余生三十有³八年 ; 髮之短者日益白, 齒之搖者日益脫⁴, 聰明不及於前時, 道德日負於初心, 其不至於君子而卒爲小人也, 昭昭⁵矣! 作五箴以訟其惡云。

1　患(환) : 걱정하다. 두려워하다.
2　過(과) : 잘못. 과실.
3　有(유) : 또. 그리고. '又'와 같은 뜻이다.
4　이상 세 구절은 한유가 「제십이랑문(祭十二郞文)」(HS-188)에서 "내 나이가 아직 마흔이 채 되지 않았는데도 눈은 어두침침해지고 머리카락은 희끗희끗해졌으

며 치아도 흔들거린다(吾年未四十, 而視茫茫, 而髮蒼蒼, 而齒牙動搖)"라고 한
것과 일맥상통한다.

5   昭昭(소소) : 밝게 빛나는 모양. 분명한 모양.

HS-026-1 「노는 것에 대한 잠언(游箴)」

내가 젊을 때에는
많은 능력을 얻고자 하여
진종일 쉬지 않고 노력했지만
내가 지금에는
배나 부르게 하고 노는 데 빠져
진종일 아무 하는 일이 없다.
아아! 내가
정녕 무지한 것인가?
군자의 길을 버리고
소인의 무리로 들어가려는가?

소해제

젊은 시절과 장년 시절의 대비를 통해, 당시에 배불리 먹고 노는 데
빠져 노력하지 않는 자신의 태만함을 반성하며 경계하는 뜻을 담고 있
다.

원문 및 주석

余少之時, 將求多能, 蚤夜[1]以孜孜[2] ; 余今之時, 旣飽[3]而嬉, 蚤夜以無爲[4]。
嗚呼余乎, 其無知乎? 君子之棄, 而小人之歸乎?

1   蚤夜(조야) : 아침 일찍부터 저녁 늦게까지. '蚤'는 '무'와 같다.
2   孜孜(자자) : 쉬지 않고 노력하는 모양. 근면하다. 부지런하다. '孶孶'와 같다.
3   飽(포) : 배부르다. 만족하다. 현실에 만족하고 안주하는 것을 뜻한다.
4   無爲(무위) : 아무 하는 일이 없다.

HS-026-2 「말에 대한 잠언(言箴)」

말할 줄 모르는 사람과
어떻게 더불어 말할 수 있겠는가?
말할 줄 아는 사람은
입을 닫고 있어도 그 의도가 전달된다.
막부에서 근무할 때 한 변론은
사람들이 도리어 네가 배반했다고 여기고
어사대에서 당시 정치를 논평한 것은
사람들이 도리어 네가 치우쳤다고 여긴다.
너는 삼가지 않으려는가!
시끄럽게 떠들어대서 너 자신을 해롭게 할 것인가!

소해제

할 말 못할 말 가리지 않고 말을 많이 해서 스스로를 해치지 말 것을 경계하고 있다. 상관에 대해서도 할 말은 하다가 벼슬길에서 어려움을 당한 자신을 경계하고 있지만, 실은 할 말은 기탄없이 해야 한다는 역설이 숨어 있다고 보아도 무방할 것이다.

원문 및 주석

不知言之人, 烏可與言? 知言之人, 默焉而其意已傳。幕中之辯[1], 人反以汝爲叛; 臺中之評[2], 人反以汝爲傾: 汝不懲[3]邪! 而呶呶[4]以害其生邪!

1 幕中之辯(막중지변): 이하 두 구절은 한유가 서주(徐州)절도사 장건봉(張建封)의 막료로 있을 때 격구(擊毬)하는 일을 간하는 등 거리낌 없이 직언을 하다가 장건봉의 심기를 건드려 견책을 받은 사건을 겨냥해 한 말이다.
2 臺中之評(대중지평): 이하 두 구절은 한유가 감찰어사(監察御史)로 있을 때 가뭄이 들어 백성들이 기아에 허덕이는 진상을 상소해 권력자의 미움을 사서 양산현령으로 좌천된 사건을 겨냥해 한 말이다.
3 懲(징): 징계하다. 삼가다.
4 呶呶(노노): 시끄럽게 계속 지껄이는 모양. 말이 밑도 끝도 없이 들는 사람이 싫증나도록 하는 것을 말한다.

HS-026-3 「행동에 대한 잠언(行箴)」

행동이 정의에 어긋나고
언론이 법도에 위배되면

뒤에 비록 해가 없다고 하더라도
너는 마땅히 후회해야 한다.
행위에 사악함이 없고
언론에 치우침이 없다면
죽어도 정신은 죽지 않을 것이니
네가 무엇을 후회하겠는가?
후회해야 마땅한데도 후회하지 않으면
너의 악행이 어떻게 고쳐질 것이며
후회하지 않아도 되는데도 후회한다면
너의 선행은 어디에 있겠는가?
그때그때 마땅히 후회해야 할 것과
후회할 필요가 없는 것은
생각해보면 그 도리를 깨달을 터인데
너는 생각조차 하지 않으려 한다.

소해제

후회해야 하면 후회하고 후회하지 않아도 되면 후회할 필요가 없는
바, 그 판단 준거는 행위의 정당성에 있다는 취지를 담고 있다.

원문 및 주석

行與義乖, 言與法達, 後雖無害, 汝可以悔 ; 行也無邪, 言也無頗, 死而不
死, 汝悔而何? 宜悔而休[1], 汝惡曷瘳[2]? 宜休而悔, 汝善安在? 悔不可追, 悔
不可爲 ; 思而斯得, 汝則弗思。

1   休(휴) : 그치다. 멈추다.
2   瘳(추) : 병이 낫다. 고쳐지다.

HS-026-4 「호오에 대한 잠언(好惡箴)」

선한 것이 없는데도 좋아하는 것은
그의 사람된 도리를 관찰하지 않았기 때문이며
도리에 어긋난 짓을 하지 않았는데도 미워하는 것은
그의 전후 사정을 자세히 모르기 때문이다.

전에 좋아하던 사람이었는데
지금 그의 허물을 보고서
따르자니 한 패거리가 되고
내버리자니 그와 원수가 된다.

전에 미워하던 사람이었는데
지금 그의 선함을 보고서
따르자니 부끄럽고
내버리자니 미치광이가 된다.

원수가 되거나 한 패거리가 되는 것과
미치광이가 되거나 부끄러운 것은
자신에게도 이로울 게 없고
도덕에도 의롭지 못하다.

의롭지도 못하고 이로울 것도 없는 것은
가장 큰 악행이다.
이와 같이 한다면
좌절을 당하지 않겠는가?
나이가 아직 적었을 때에는
그 때문에 생각하지 못한 것이 있었다지만
지금은 이미 나이가 들었으니
무엇 때문에 아직 삼가지 않는가?

소해제

좋아하고 미워하는 도리를 말한 것으로 친구와 사귐에 있어 마땅히
도의를 기준으로 삼아야지 개인의 일시적 호오에 좌우되어서는 안 된
다는 취지를 담고 있다.

원문 및 주석

無善而好, 不觀其道, 無悖而惡[1], 不詳其故。前之所好, 今見其尤[2]；從也
爲比[3], 捨也爲讎[4]。前之所惡[1], 今見其藏[4]；從也爲愧, 捨也爲狂。維讎維
比, 維狂維愧, 於身不祥, 於德不義。不義不祥, 維惡之大, 幾如是爲, 而
不顚沛[5]? 齒[6]之尚少, 庸有不思, 今其老矣, 不愼胡爲!

1   惡(오) : 싫어하다. 증오하다.
2   尤(우) : 허물. 과실.
3   比(비) : 결탁한 붕당. 패거리.
4   藏(장) : 착하다. 선하다.
5   顚沛(전폐) : 엎드러지고 자빠지다. 좌절을 당하다.

齒(치) : 나이.

HS-026-5 「명성이 알려지는 것에 대한 잠언(知名箴)」

내실이 부족한 사람은
다른 사람이 알아주는 것에 급급하나
재주와 학문이 흘러넘치면
그 명성이 사방으로 치달리듯 전해진다.

오늘 너에게
명성이 알려지는 법을 일러 줄 터
명성이 나지 않는 것을 걱정하지 말고
명성이 크게 빛나는 것을 걱정하라.

옛날에 자로(子路)는
오직 명성이 나는 것을 두려워했는데
찬란하게 천 년토록
도덕의 명예가 더욱 존중되었다.

너의 문장을 자랑하고
너의 언론을 자부하는 것은
다른 사람이 능하지 못한 것을 틈타
영예를 강탈해 스스로 취하는 것이다.

네가 그의 부친도 아니고
네가 그의 스승도 아니면서
청하지도 않는데 가르친다면
누군들 능욕을 당했다고 하지 않겠는가?

능욕은 증오를 부르고
강탈은 원한을 초래하나니
네가 도무지 깨닫지 못한다면
곤란한 지경에 이르게 될 것이다.

소인도 곤욕을 당할 때는
후회할 줄 알아서
평정한 상태로 돌아오면
끝까지 그것을 경계한다.

이미 너의 본심에서 나온 것이고
또 너의 자리 앞에 새겨두었는데도
네가 만약 돌아보지 않는다면
마땅히 화를 면치 못할 테다.

소해제

　명성이 알려지기에 급급하면 화를 부르기 마련임을 경계한 글로 작자가 고문(古文)을 창도하고 후진을 발탁해 양성하는 과정에서 당시 사람들로부터 받은 비난에 대한 원망이 숨어 있다.

원문 및 주석

內不足者, 急於人知 ; 霈焉[1]有餘, 厥聞[2]四馳。今日告汝, 知名之法 : 勿疾[3]無聞, 疾其曄曄[4]。昔者子路[5], 惟恐有[6]聞[7], 赫然[8]千載, 德譽愈尊。矜[9]汝文章 負[10]汝言語, 乘人不能, 揜[11]以自取。汝非其父, 汝非其師, 不請而敎, 誰云不欺? 欺以賈[12]憎, 揜以媒[13]怨, 汝曾不寤, 以及於難。小人在辱, 亦克知悔, 及其旣寧, 終其能戒, 旣出汝心, 又銘汝前, 汝如不顧, 禍亦宜然!

1 霈焉(패언) : 왕성하게 흘러넘치는 모양. '霈'는 '沛'와 같다.
2 聞(문) : 소문. 명성.
3 疾(질) : 걱정하다.
4 曄曄(엽엽) : 빛나는 모양.
5 子路(자로) : 자로는 공자보다 9살 연소한 제자 중유(仲由)의 자다. 행동함에 과단성이 있고 용감한 성격의 소유자로 알려져 있다.
6 유(有) : 또. '又'와 같은 뜻이다.
7 惟恐有聞(유공유문) : 이는 『논어·공야장(公冶長)』편에서 "자로는 어떤 것을 들은 뒤 그것을 행동으로 옮기기 전에 또 다른 것을 들을까봐 두려워했다(子路有聞, 未之能行, 唯恐有聞)"라고 한 데서 나온 글귀다. 다만 여기서 글귀는 그대로 따왔지만, 뜻은 좀 다르게 활용하고 있다.
8 赫然(혁연) : 혁혁한 모양. 찬란하게 빛나는 모양.
9 矜(긍) : 자긍하다. 자랑하다.
10 負(부) : 자부하다. 믿다.
11 揜(엄) : 가리다. 여기서는 타인의 영예를 '강탈하다'는 뜻.
12 賈(고) : 사다. 불러들이다.
13 媒(매) : 중매하다. 야기하다. 초래하다.

HS-031 「후한 세 현인 예찬」

後漢三賢贊

해제

    후한(後漢)의 세 현인인 왕충(王充)·왕부(王符)·중장통(仲長統)을 예찬한 3편의 글로 창작연대는 미상이다. 이들 세 사람은 모두 고관대작을 지내며 큰 공적을 세운 것이 아니라, 뛰어난 재주와 학문을 지녔음에도 불구하고 세상에 중용되지 못하고 세인들의 경시를 받은 인물들이다. 작자는 이들의 전기와 저술을 읽고 불행한 처지를 동정하며 각 인물의 특징과 주요 발자취를 서술하고 있다. 이들의 학문은 당시 유교적 가치에 바탕을 둔 예교의 틀에서 벗어나 보다 자유롭고 자율적인 인간상을 추구한 점에서 공통점을 지니며, 주요 저술인 왕충의 『논형(論衡)』, 왕부의 『잠부론(潛夫論)』, 중장통의 『창언(昌言)』은 후한 시대를 대표하는 삼대 저작으로 손꼽힌다.

왕충(王充)은 어떤 사람인가?
회계군(會稽郡) 상우현(上虞縣) 사람이다.
원적은 원성(元城) 출신인데
여기로 이사와 살았다.
반표(班彪)를 사사했으나
집이 가난해 읽을 책이 없었다.
서점에 가서 책을 읽었기 때문에
시장의 서점이 그가 놀던 곳이었다.
한 번 보면 바로 암송하고 기억해
마침내 뭇 학파의 학설에 통달했다.
문을 닫고 깊이 사색에 잠긴 끝에
『논형(論衡)』이 나오게 되었다.
양주(揚州)의 치중(治中) 벼슬을 하다가
스스로 사직하고 고향으로 돌아갔다.
동향 친구인 사이오(謝夷吾)라는 사람이
서찰을 올려 그를 추천함에
조정에서 특별히 조칙을 내려 공거(公車)로 불렀으나
병 때문에 부임하지를 못했는데
그때 나이 일흔이 넘었다.
이에 『양성(養性)』이란 책을 저술했는데
16편으로 되어 있다.
목종(穆宗) 임금 시절
영원(永元) 연간에 세상을 떠났다.

소해제

왕충(王充, 27-97)의 출신, 학업, 저술, 세상에서의 쓰임 등을 종합적으로 서술하고 있는데, 벼슬길에 뜻을 두기보다는 학문과 저술에 진력했음을 밝히고 있다.

원문 및 주석

王充¹者何? 會稽上虞². 本自元城³, 爰來徙居. 師事班彪⁴, 家貧無書. 閱書於肆, 市肆是遊, 一見誦憶, 遂通衆流⁵. 閉門潛思, 論衡⁶以修, 爲州治中⁷, 自免歸歟. 同郡友人, 謝姓夷吾⁸, 上書薦之, 待詔公車⁹. 以病不行, 年七十餘, 乃作養性¹⁰, 一十六篇. 肅宗之時, 終於永元¹¹.

---

1 王充(왕충) : 자가 중임(仲任)이고 중국 최초의 무신론적 유물주의 사상가로 손꼽힌다. 그는 철저한 반속정신(反俗精神)의 소유자로 공자와 맹자까지도 비판한 독창적이고 자유주의적 사상을 견지했으며, 하늘이 합목적적 의지 작용을 가지고 인간사에 영향을 끼친다는 천인상관설이나 미신적 예언설인 참위설을 비판하고 부정했다. 문학에 있어서도 옛것을 맹목적으로 추종하는 태도를 반대하고 진화론적 사고를 가져서 사상적 전환기에 선 당시로서는 매우 전위적인 인물이었다.

2 會稽上虞(회계상우) : 지금 절강성(浙江省) 상우현.

3 元城(원성) : 왕충의 원적인 위군(魏郡) 원성현 곧 지금의 하북성 대명현(大名縣).

4 班彪(반표) : 생몰년 3-54. 자가 숙피(叔皮)고 저명한 유학자요 사학자요 문학가로 반고(班固, 32-92)의 부친이기도 하며, 부풍(扶風) 안릉[安陵 : 지금 섬서성(陝西省) 함양시(咸陽市)] 사람이다. 『후한서』 왕충의 전기에 "부풍 사람 반표를 사사했다(師事扶風班彪)"라는 기록이 보이지만, 왕충 자신이 만년에 지은 『논형·자기(自紀)』에서는 이 일을 언급하고 있지 않다. 이로 인해 학자들은 왕충이 후대 학파의 차이로 인해 반표를 사사한 일을 인정하지 않았기 때문으로 해석하고 있다.

5 衆流(중류) : 각종 학술 유파의 학설을 가리킨다.

6 論衡(논형) : 왕충이 30여 년에 걸쳐 완성한 필생의 저술로 20여 만자에 달하고 30권 85편으로 되어 있다. 과학적이고 실증주의적 학문 태도로 낭시 유학 속에

잠재되어 있는 허망성(虛妄性)을 지적하고 속유(俗儒)들의 신비주의적인 미신 사상을 철저히 배격해 당시로서는 매우 진보적인 입장을 지닌 중국학술사상의 비중 있는 저술이다.

7 治中(치중) : 고을의 법령, 장부, 문서 등을 관리하는 관직. 장제(章帝) 원화(元和) 3년(86)에 왕충이 양주(揚州)로 피난해 보좌관이 되었다가 다시 치중으로 전임되었다.

8 謝夷吾(사이오) : 회계(會稽) 산음(山陰) 사람으로 자는 요경(堯卿)이다. 관직이 거록태수(鉅鹿太守)에까지 이르렀다. 『후한서·방술전(方術傳)』에 그의 전기가 보인다.

9 待詔公車(대조공거) : '待詔'는 『후한서』 왕충의 전기에 의하면 '特詔'의 잘못이고, 공거는 한나라 때에 미앙궁(未央宮)에 둔 관서로 공거사마(公車司馬)를 두고 천하의 상소문과 황제의 인재등용 업무 등을 총괄했다.

10 養性(양성) : 이 책은 지금 전하지 않는데, 『태평어람(太平御覽)』 권602와 『회계전록(會稽典錄)』에는 '양생(養生)'으로 되어 있다.

11 永元(영원) : 후한 목종(穆宗) 화제(和帝)의 연호(89-105). 왕충이 죽은 해는 영원 8년에서 16년 사이로 고증되고 있다. 따라서 앞 구절의 '肅宗'은 '穆宗'의 잘못이다.

HS-031-2

왕부(王符)는 자가 절신(節信)으로
안정군(安定郡) 임경현(臨涇縣) 사람이다.
학문을 좋아하고 큰 포부를 지녔으나
고향 사람들에게 존중받지 못했다.
세상에 대해 분개하는 마음을 품고 집필한 끝에
책 제목을 『잠부(潛夫)』로 명명했다.
그 중에서 「술사(述赦)」편은
사면이 가장 양민을 해치는 것이라고 간주했는데
그 뜻이 매우 자명했다.

도료장군(度遼將軍) 황보규(皇甫規)는
그가 왔다는 소식을 듣고 곧 놀라서
허리띠도 매지 않고 옷을 입고
신발을 끌면서 나와 맞이했다.
어찌 안문태수(鴈門太守)를 대하면서
기러기 고기 맛을 묻고 '경(卿)'이라고 부른 것과 같겠는가!
나가 벼슬하지 않고 집에서 늙어 죽었으니
아아! 선생이시여!

소해제

왕부(王符, 85-162)가 세상에 분개하는 심정으로 저술에 종사해 당시 고향 사람들로부터는 경시되었지만, 도료장군(度遼將軍) 황보규(皇甫規)의 예우를 받았다는 사적을 중심으로 서술하고 있다.

원문 및 주석

王符[1]節信, 安定臨涇[2]。好學有志, 爲鄕人所輕。憤世著論, 潛夫[3]是名, 述赦[4]之篇, 以赦爲賊[5], 良民之甚, 其旨甚明。皇甫度遼[6], 聞至乃驚, 衣不及帶, 屣履[7]出迎, 豈若鴈門, 問鴈呼卿[8]。不仕終家, 吁嗟先生!

1 王符(왕부) : 자가 절신(節信)이고, 입신출세주의를 반대한 후한 말기의 독특한 사상가. 가문이 미천해 고향 사람들에게 천대를 받았으나, 어려서부터 학문을 좋아하고 마융(馬融)·두장(竇章)·장형(張衡)·최원(崔瑗) 등과 친했으며, 절개를 굳게 지켰고 계속되는 농민폭동 속에서 세속에 분개해 숨어 살면서 30여 편의 책을 저술했다.
2 安定臨涇(안정임경) : 현청 소재지가 지금의 감숙성(甘肅省) 진원현(鎭原縣) 남쪽에 있었다.

3 潛夫(잠부) : '이름을 숨기고 사는 사내' 곧 '익명인'의 뜻인데, 왕부가 자기의 이름을 드러내지 않기 위해 이것으로 책 제목을 삼았다. 『잠부론』은 10권 35편으로 되어 있는데, 왕부가 난세에 처해 세속에 영합하지 않고 문란한 당시의 정치를 비판하며 운명론이나 미신을 배척하는 취지를 담아 저술한 책이다.

4 述赦(술사) : 『잠부론』의 한 편명으로 지나친 사면은 악인이 거리낌 없이 날뛰도록 하여 양민들에게 끼치는 해가 막중하다는 취지를 담고 있다.

5 賊(적) : 해를 끼치다.

6 皇甫度遼(황보도료) : 도료장군 황보규(皇甫規, 104-174)로 자가 위명(威明)이고 식견이 뛰어났으며 병법에 정통한 당시의 명장이었다. 이때 그는 관직을 그만두고 안정군으로 물러나 있었다.

7 屣履(사리) : '허둥지둥 신을 신은 둥 마는 둥 끌면서 마중나간다'는 뜻으로 대단히 반가워하며 맞이함을 형용한다.

8 問鴈呼卿(문안호경) : 고향 사람이 돈으로 관직을 사서 안문태수의 자리를 얻은 뒤 황보규를 방문하자, 황보규는 누워서 일어나지도 않은 채 '경'이라고 부르며 기러기 고기가 맛이 좋았는지를 물었다는 고사. 경은 윗사람이 아랫사람을 부르는 말투. 이는 황보규의 고향 사람에 대한 경시와 조롱을 나타내는 말이다.

HS-031-3

중장통(仲長統)은 자가 공리(公理)고 산양군(山陽郡) 고평현(高平縣) 사람이다. 일찍이 그가 고간(高幹)은 웅대한 포부는 있으되 웅대한 재주가 없다고 말한 적이 있는데, 뒤에 과연 고간이 패망하자 그 일로 인해 명성이 났다. 기개가 있고 호탕해 대담하게 자기 주장을 펼쳤고, 의견을 발표하거나 침묵을 지킴에 있어 일정한 기준이 없었기 때문에 사람들이 미치광이라고 여겼다. 주나 군에서 불렀으나 병을 핑계 대고 나아가지 않고서 저술을 통해 내심의 생각을 표현했다. 처음에 상서랑(尚書郎)으로 발탁이 되고 뒤에 승상의 군사에 참여했으나 끝까지 영달에 뜻을 두지 않았다. 고금의 일을 논술해 분발해서 집필을 한 뒤 책 이름을 『창언(昌

言)』이라고 했다. 친구 목습(繆襲)은 그의 문장이 서한(西漢)의 대가들을 계승하기에 부족함이 없다고 칭찬했다. 41세를 일기로 세상을 떠났으니 어찌 그리 단명한고! 아아! 선생이시여!

소해제

중장통(仲長統, 179-220)의 남다른 언행, 세상에서의 쓰임, 저술 등을 종합적으로 서술하고, 특히 문장의 성취를 찬양하고 있다.

원문 및 주석

仲長統¹公理, 山陽高平²。謂高幹³有雄志而無雄才, 其後果敗⁴, 以此有聲, 倜儻⁵敢言, 語黙⁶無常, 人以爲狂生。州郡會召⁷, 稱疾不就, 著論見情⁸。初擧尙書郎⁹, 後參丞相¹⁰軍事, 卒不至¹¹于榮。論說古今, 發憤著書, 昌言¹²是名。友人繆襲¹³, 稱其文章, 足繼西京¹⁴。四十一終, 何其短邪, 嗚呼先生!

1　仲長統(중장통) : '仲長'이 복성이고 '統'이 이름으로 자가 공리(公理)고 고평(高平) 사람이다. 후한 말기의 사상가로 어려서부터 학문을 좋아하고 글쓰기에 능했으며, 직언(直言)을 즐겨 당시 사람들이 광생(狂生)이라 부를 정도로 비판정신이 투철했다.
2　山陽高平(산양고평) : 지금 산동성(山東省) 미산현(微山縣) 양성진(兩城鎭).
3　高幹(고간) : 원소(袁紹 : ?-202)의 외조카로 조조(曹操)에게 투항해 병주자사(幷州刺史)가 되어 사방의 인재를 불러 모아 세력을 키웠다.
4　其後果敗(기후과패) : 고간이 뒤에 조조를 배반하고 전쟁에서 패한 뒤 형주(荊州)로 도망하려다가 상락도위(上洛都尉) 왕염(王琰)에게 체포되어 처형되었다.
5　倜儻(척당) : 기개가 있고 호탕해 소소한 일에 얽매이지 않음을 형용한다. '倜儻'으로도 적는다.
6　語黙(어묵) : '입을 열어 의견을 발표하거나 침묵을 지키다'는 뜻의 병렬관계 어구.
7　會召(회소) : '命召(명소)'의 잘못. 명령을 내려 부르다.

8　見情(현정) : 내심의 생각을 표현하다. '見'은 '現'과 같다.

9　尙書郎(상서랑) : 상서령(尙書令)의 속관으로 문서 작성을 관장했다.

10　丞相(승상) : 조조(曹操)를 가리킨다.

11　至(지) : 뜻이 ~에 미치다. 뜻을 두다.

12　昌言(창언) : 총 34편 10여 만 자로 된 저술로 '이치에 합당한 언론'이라는 뜻을 지니고 있다. '昌'은 '합당하다'는 뜻이다. 거의 실전되어 지금은 『후한서(後漢書)』 중장통의 전기에 「이란(理亂)」·「손익(損益)」·「법계(法誡)」의 3편이 남아 전하고, 『군서치요(群書治要)』·『의림(意林)』·『문선(文選)』·『태평어람(太平御覽)』·「제민요술서(齊民要術序)」 등에 단편적인 기록이 남아 있을 뿐이다.

13　繆襲(목습) : 생몰년 186-245년. 자가 희백(熙伯)이고 동해(東海) 난릉[蘭陵 : 지금 산동성(山東省) 창산현(蒼山縣) 난릉진(蘭陵鎭)] 사람으로 관직이 상서광록훈(尙書光祿勳)에 이르렀다. 중장통의 친구로 『삼국지(三國志)·위지(魏志)』에 전기가 실려 있다.

14　西京(서경) : 여기서는 서한(西漢) 시대의 저명한 문장가 동중서(董仲舒)·가의(賈誼)·유향(劉向)·양웅(揚雄) 등의 문장을 가리킨다.

HS-034 「피휘에 대한 변론」

諱辯

나는 이하(李賀)에게 편지를 보내어 그가 진사과에 응시하도록 권했다. 그가 향공진사과(鄕貢進士科)에 응시해 이름이 났는데, 그와 명성을 다투는 이가 진사과 응시를 권유한 일로 비방해 말했다.

"이하 부친의 존함이 진숙(晋肅)이니 그는 진사과에 응시하지 않는 것이 옳으며, 그에게 응시하라고 권하는 사람은 잘못을 저지르고 있다."

이런 말을 들은 사람들도 자세히 살피지 않고, 그에게 호응하고 동조해 완전히 한 목소리였다.

황보식(皇甫湜)이 말했다.

"만약 이 일을 분명히 밝히지 않으면 선생님과 이하가 모두 장차 죄를 얻게 될 것입니다."

나도 "그렇다"라고 말했다.

『예기』의 규정에 이른다.

"두 자 이름은 두 글자를 동시에 다 피휘할 필요는 없다."

이를 해석한 이가 말했다.

"만약 '징(徵)' 자를 말할 것 같으면 '재(在)' 자를 부르지 않고, '재(在)' 자를 말할 것 같으면 '징(徵)' 자를 부르지 않는 것이 그것이다."

『예기』의 규정에 이른다.

"발음이 비슷한 글자는 피휘할 필요가 없다."

이를 해석한 이가 말했다.

"이를테면 '우(禹)'와 '우(雨)', '구(丘)'와 '구(區)'와 같은 것이 그것이다."

지금 이하 부친의 존함이 진숙이니 이하가 진사과에 응시하는 것은 두 자 이름은 두 글자 모두 피휘할 필요가 없다는 규정을 어긴 것인가? 발음이 비슷한 글자는 피휘할 필요가 없다는 규정을 어긴 것인가? 부친의 존함이 진숙이라고 해서 자식이 진사과에 응시할 수 없을진댄, 만약 부친의 이름이 '인(仁)'이라면 그의 자식은 '사람(人)'이 될 수도 없다는 말인가?

대체로 피휘는 어느 때부터 시작된 것인가? 예법과 제도를 제정해 천하의 사람들을 교화한 이는 주공(周公)과 공자(孔子)가 아닌가? 그런데도 주공은 시를 지을 때 피휘하지 않았고, 공자는 모친 이름 중의 두 글자를 한 자씩 쓰는 것을 기피하지 않았으며, 『춘추』에서도 발음이 비슷한 글자를 피휘하지 않은 것을 나무라지 않았고, 강왕(康王) '소(釗)'의 손자가 실제로 '소(昭)'왕이었고, 증삼(曾參)의 부친은 존함이 '석(皙)'인데도 증자는 '석(昔)'자를 피휘하지 않았다. 주(周)나라 때에 '기기(麒期)'란 사람이 있었고 한(漢)나라 때에 '두도(杜度)'란 사람이 있었는데, 이런 경우 그들의 자식은 또 어떻게 피휘해야 하는가? 그들 부친의 이름과 비슷한 발음의 글자를 피휘해 결국 성까지 피휘해야 하는가? 아니면 비슷한 발음의 글자를 피휘하지 않아야 하는가? 한나라에서 무제(武帝)의 이름인 '철(徹)'을 피휘해 '통(通)'으로 썼으나 또 '수레바퀴 자국'의 '철(轍)'자를 피휘해 어떤 글자로 썼다는 말을 듣지 못했고, '여후(呂后)'의 이름인 '치 (雉)'를 피휘해 '야계(野鷄)'로 썼으나 또 '치천하(治天下)'의 '치(治)'자를 피 휘해 어떤 글자로 썼다는 것은 들어보지 못했다. 지금 신하가 올리는 주장(奏章)과 황제가 내리는 조칙(詔勅)에 '호(詩)'·'세(勢)'·'병(秉)'·'기 (機)'자를 피휘한다는 말을 듣지 못했다. 단지 내관과 궁녀들만이 감히 '유(論)'자와 '기(機)'자를 입에 담지 않으며 황제의 휘를 범하는 것으로 여겼다. 사대부 군자들이 언론을 펴고 일을 할 때 마땅히 본받고 준수 해야 할 규정은 무엇이겠는가? 지금 이것을 경서로 고증하고 규정에 맞 추어 보고 국가의 법령으로 상고해보건대, 이하가 진사과에 응시하는 것은 가능한가? 가능하지 않은가?

대체로 부모를 섬기는 것이 증삼과 같을 수 있다면 나무랄 데가 없다 고 할 수 있으며, 사람이 됨에 있어서 주공과 공자와 같을 수 있다면 또 한 지극하다고 할 수 있다. 지금 세상 사람들이 증삼이나 주공이나 공 자의 행위를 힘써 행하지 않고, 도리어 부모의 이름자를 피휘하는 데 있어 증삼이나 주공이나 공자를 능가하려고 힘쓰니 또한 그들이 미혹 되었음을 알겠다. 대체로 주공이나 공자나 증삼은 끝내 능가할 수 없는 데도, 피휘함에 있어서는 주공이나 공자나 증삼을 능가하고자 하여 곧 자기를 내관과 궁녀에 비견하니, 이것은 내관과 궁녀가 부모를 대하는 효도가 주공이나 공자나 증삼보다 낫다는 것인가?

해제

원화 6년(811) 하남현령(河南縣令) 재직 시에 지은 것으로 작자가 이하

(李賀, 790-816)에게 하남부(河南府) 주관의 향공진사과(鄉貢進士科)에 응시할 것을 권유한 사실을 두고 당시 이하의 경쟁자들이 피휘의 문제를 들어 그의 응시가 부당하며 이를 권유한 것도 잘못된 처사라는 주장에 대해 조목조목 변박한 논설문이다. 작자는 이런 황당무계한 논리를 공개적으로 비판하고, 피휘의 불합리성을 집중 거론해 자신의 주장을 설득력 있게 피력하고 있다.

'피휘'라는 독특한 문화현상은 주(周)나라 때에 자손들이 제사 시에 죽은 부친이나 조부의 이름을 부르지 않은 데서 발단했는데, 뒤에 살아 있는 사람에까지 확대되고 후대로 내려갈수록 까다로워졌다. 당나라에 들어와 피휘의 규정이 매우 강화되어 심지어 관청의 명칭이 부친이나 조부의 이름과 같으면 해당 부서의 관리가 될 수 없고 이를 어기면 1년 형에 처하는 율령까지 생겨났다고 한다.

원문 및 주석

愈與李賀¹書, 勸賀擧進士。賀擧進士有名², 與賀爭名者毀之, 曰 : "賀父名晉肅, 賀不擧進士爲是, 勸之擧者爲非³." 聽者不察也, 和而倡之, 同然一辭。皇甫湜⁴曰 : "若不明白, 子與賀且得罪!"

1 李賀(이하) : 27세에 요절한 중당(中唐) 시기의 천재 시인으로 자는 장길(長吉)이고 당나라 종실 정왕(鄭王)의 후손. 부친 이진숙(李晉肅)은 변방에서 말단 관직을 역임한 바 있다.
2 賀擧進士有名(하거진사유명) : 이하가 하남부(河南府)에서 주관한 향공진사과에 응시해 이름이 나다.
3 인용문 속의 세 구절은 이하 부친의 이름이 진숙(晉肅)이므로 이하가 진사과에 응하지 않는 것이 옳으며 그것을 권유하는 것은 잘못이라는 것이다. 『구당서(舊唐書)·이하전(李賀傳)』에 의하면 이런 상황에서도 한유는 이하가 진사과에 응

시하도록 권유했지만, 그는 결국 그 시험에 참가하지 않았다고 한다.

4   皇甫湜(황보식) : 자는 지정(持正)이고 생몰년은 대략 777-835년이다. 목주(睦州) 신안新安 : 지금 절강성(浙江省) 순안현(淳安縣)] 사람으로 중당대(中唐代)의 유명한 문인이다. 한유로부터 고문을 배운 우수한 제자였으나, 문장이 기벽하고 난삽한 데로 흘렀다.

愈曰:"然。"律⁵曰:"二名不偏諱⁶。"釋之者⁷曰:"謂若言'徵'不稱'在', 言'在' 不稱'徵'是也。"律曰:"不諱嫌名⁸。"釋之者⁷曰:"謂若'禹'與'雨'、'丘'與'蓲'之 類是也。"今賀父名晉肅, 賀擧進士, 爲犯'二名律'乎? 爲犯'嫌名律'乎? 父名 晉肅, 子不得擧進士 ; 若父名'仁', 子不得爲人乎?

5   律(율) : 규정. 인용문은 본래 『예기·곡례(曲禮)』에 있는 것인데, 『당률소의(唐律疏義)·직별(職別)』의 「상서주범휘(上書奏犯諱)」에도 보인다.
6   二名不偏諱(이명불편휘) : 두 자 이름은 두 글자를 동시에 다 피휘할 필요는 없다. 의미상 '偏'자는 '徧' 또는 '遍'의 뜻이다.
7   釋之者(석지자) : 그것을 해석한 이로 후한(後漢)의 대유학자 정현(鄭玄, 127-200)을 가리킨다. 인용문에서 예시로 나타난 '徵在'는 공자의 모친 안징재(顏徵在)다.
8   嫌名(혐명) : 이름자와 발음이 비슷한 글자.

夫諱始於何時? 作法制以敎天下者, 非周公⁹孔子歟? 周公作詩不諱¹⁰ ; 孔子不 偏諱二名¹¹ ; 春秋不譏不諱嫌名 ; 康王釗之孫實爲昭王¹² ; 曾參之父名'晳¹³, 曾子¹⁴不諱'昔'。周之時有騏期, 漢之時有杜度, 此其子宜如何諱? 將諱其 嫌, 遂諱其姓乎? 將不諱其嫌者乎? 漢諱武帝名'徹'爲'通¹⁵, 不聞又諱'車轍' 之'轍'爲某字也 ; 諱呂后¹⁶名'雉'爲'野雞', 不聞又諱'治天下'之'治'爲某字也。 今上章及詔不聞諱'滸'、'勢'、'秉'、'饑'也¹⁷。惟宦官宮妾乃不敢言'諭'及'機', 以 爲觸犯。士君子言語行事, 宜何所法守也? 今考之於經, 質之於律, 稽之以 國家之典, 賀擧進士爲可邪, 爲不可邪?

9   周公(주공) : 성명은 희단(姬旦). 무왕(武王)의 동생으로 어린 조카 성왕(成王)을 보필해 주나라의 문물제도를 정비한 인물이다. 공자가 꿈에서까지 그를 흠모했는데, 주공은 그의 작위이며 노나라에 봉해졌다.
10   이 구절은 주공이 지은 것으로 전해지는 『시경』 작품 속에 부왕인 문왕(文王)의 이름 창(昌)과 무왕의 이름 발(發)자가 그대로 쓰이고 있음을 말한다.

11 이 구절은 공자가 『논어』에서 모친의 이름자인 징(徵)과 재(在)를 피휘하지 않고 사용했음을 말한다.

12 『사기‧주본기(周本紀)』에 의하면 소왕은 강왕의 손자가 아니라 아들이다.

13 曾參之父名晳(증삼지부명석) : 증삼의 아버지 이름은 증석이다. 그러나 실제 증삼의 아버지의 이름은 점(點)이고 석(晳)은 그의 자다.

14 曾子(증자) : 증삼(曾參, B.C. 505-B.C. 432). 공자 말년의 우수한 제자의 한 사람으로 부모를 공경한 효자로도 유명하다.

15 이 구절은 한나라 때에 '철후(徹侯)'를 '통후(通侯)', '괴철(蒯徹)'을 '괴통(蒯通)'으로 피휘했음을 말한다.

16 呂后(여후) : 한나라 고조(高祖) 유방(劉邦)의 처로 뒤에 태후(太后)가 되어 정사에 깊이 간여하기도 했다.

17 이 구절은 당나라 때의 주장(奏章)과 조칙(詔勅)에서 태조(太祖)의 이름 호(虎), 태종(太宗)의 이름 세민(世民), 세조(世祖)의 이름 병(昞), 현종(玄宗)의 이름 융기(隆基)와 동음자인 '호(詳)'‧'세(勢)'‧'병(秉)'‧'기(饑)' 등의 글자가 피휘되지 않았음을 말한다.

凡事父母得如曾參, 可以無譏矣 ; 作人得如周公孔子, 亦可以止矣。今世之士, 不務行曾參周公孔子之行, 而譏親之名則務勝於曾參周公孔子, 亦見其惑也! 夫周公孔子曾參卒不可勝 ; 勝周公孔子曾參, 乃比於宦者宮妾 : 則是宦者宮妾之孝於其親, 賢於周公孔子曾參者耶?

이번 가뭄이 누구 때문인고?
내가 그 까닭을 아노니 풍백(風伯)의 허물이다.
산에는 구름이 피어오르고 못에는 수증기가 끓어 올라오며
우레는 수레를 채찍질하고 번개는 깃발을 뒤흔들어
비가 점점 곧 떨어지려 하는데
풍백이 노하니 구름이 멈출 수 없다.
태양은 인자한지라 이 백성들을 걱정해
햇빛을 감추고 신성한 위력을 나투시 않는다.

아 풍백이여! 홀로 무엇 때문인고!
내가 너를 두고 어찌 다른 마음을 품겠는고?
길일을 가려 제사 일을 받드니
양은 매우 살지고 술은 아주 맛있다.

먹을 것은 족히 배부를 만하고 마실 것은 족히 취할 만한데
풍백이 노한 것은 누가 시킨 것인가?
구름은 겹겹이 드리워져 있는데 네가 불어 옅게 날려버리고
천지의 기운은 장차 뒤섞이려는데 네가 불어 떠나가게 한다.
열기가 기운이 구름으로 변하지 못하도록 하고
한기가 구름이 비로 흩날리지 못하게 한다.
아! 풍백이여!
그 죄에서 벗어나고자 또 무슨 핑계를 댈 텐가!

하늘은 매우 밝아서 기율과 법도가 있다.
내가 지금 하늘에 고발하노니 그 죄를 누가 감당할 것인가?
하늘의 살육이 행해질 때가 되면 후회할 수도 없나니
설령 풍백 네가 죽게 되더라도 세상에 누가 가슴 아파하겠는가!

해제

　정원 19년(803)에 지어진 초사(楚辭) 체의 문장. 구름을 군자, 풍백을 소
인에 비유해 구름이 백성에게 비를 내리려고 해도 잔인한 풍백이 가로
막아 은택이 백성에게 미치지 못함을 개탄하고 풍백을 엄중히 징벌할
것을 하늘에 고하고 있다. 이해 정월에서 7월까지 경기 지역에 큰 가뭄
이 닥치자 황제는 백성들의 세금을 탕감하거나 면제해주도록 조칙을
내렸다. 그러나 경조윤(京兆尹)이던 이실(李實)이 이를 집행하지 않고 가렴
주구를 일삼자, 당시 감찰어사(監察御史)이던 작자가 백성들의 참상을 목
도하고 상소문을 올린 바 있다. 이 일로 인해 작자는 양산현령(陽山縣令)

으로 좌천되었다.

원문 및 주석

維茲之旱兮, 其誰之由? 我知其端兮, 風伯[1]是尤。山升雲兮澤上氣, 雷鞭車[2]兮電搖幟[3], 雨寖寖[4]兮將墜, 風伯怒兮雲不得止。暘烏[5]之仁兮, 念此下民; 閟[6]其光兮, 不鬪[7]其神[8]。

1　風伯(풍백) : 신화에 나오는 바람 신. '風伯是尤(풍백시우)'는 '尤風伯'의 도치 구문이다.
2　車(거) : 비를 몰아오는 수레.
3　幟(치) : 비를 몰아오는 수레에 달린 깃발
4　寖寖(침침) : 점점. 차츰차츰. '漸漸(점점)'과 같은 뜻이다.
5　暘烏(양오) : 태양의 다른 이름으로 '陽烏'라고도 적는다. 고대 신화에서 태양 속에 까마귀가 있다고 하여 이런 명칭이 생겨났다.
6　閟(비) : 감추다. 숨기다.
7　鬪(투) : 다투다. 여기서는 '드러내다'는 뜻이다.
8　神(신) : 태양이 갖고 있는 측량할 수 없는 신성한 위력.

嗟風伯兮, 其獨爲何! 我於爾兮, 豈有其他? 求其時兮修祀事, 羊甚肥兮酒甚旨, 食足飽兮飮足醉, 風伯之怒兮誰使? 雲屛屛[9]兮吹使醨[10]之, 氣將交兮吹使離之; 鑠[11]之使氣不得化, 寒之使雲不得施。嗟爾風伯兮, 欲逃其罪又何辭!

9　屛屛(병병) : 겹겹으로 포개져 있는 모양.
10　醨(이) : 묽다. 옅다.
11　鑠(삭) : 녹다. 용해하다. 여기서는 쇠가 빛나는 것과 같은 '열기'를 가리킨다.

上天孔[12]明兮, 有紀有綱; 我今上訟兮, 其罪誰當? 天誅加兮不可悔, 風伯雖死兮人誰汝傷!

12　孔(공) : 매우. 아주.

HS-036 「백이를 칭송하여」

伯夷頌

　　선비 중에 독자적인 입지와 독특한 품행을 지닌 사람은 사리에 적합할 따름이요, 다른 사람이 옳다고 하거나 그르다고 하는 것을 돌아보지 않는데, 이런 사람은 모두 호걸스런 인재로 도를 돈독하게 믿고 스스로를 분명하게 잘 아는 자다. 한 집안사람들이 그를 그르다고 하면 힘써 행하면서 미혹되지 않는 자가 드물고, 한 국가나 한 고을 사람들이 그를 그르다고 하면 힘써 행하면서 미혹되지 않는 자는 대체로 천하에 한 사람일 따름이며, 만약 온 세상 사람들이 그를 그르다고 하는 경우에도 힘써 행하면서 미혹되지 않을 이는 천 년 백 년에 겨우 한 사람 정도 나올 따름이다. 백이(伯夷)와 같은 사람으로 말하자면 시공을 초월해 온 천지와 만 대에 걸친 사람들이 그르다고 하더라도 꼼짝도 하지 않을 사람이다. 그에 비하면 밝디 밝은 해와 달도 밝다고 할 수 없고, 우뚝 솟은 태산도 높다고 할 수 없으며, 크고 넓은 천지도 다 포용한다고 할 수 없도다!

은(殷)나라가 망하고 주(周)나라가 일어날 때에 미자(微子)는 현인으로 제기를 안고 은나라를 떠나갔다. 무왕(武王)과 주공(周公)은 성인으로 천하의 현명한 인재와 천하의 제후를 이끌고 은나라 주왕(紂王)을 정벌하러 갔는데, 일찍이 그들을 비난하는 이가 있다는 소문을 들어보지 못했다. 그런데 저 백이와 숙제(叔齊)만이 유독 옳지 않다고 여겼다. 은나라가 멸망한 뒤 천하가 주나라를 종주국으로 받들었지만, 저 두 사람만이 유독 그 나라의 곡식 먹는 것을 부끄럽게 여겨 굶어 죽게 되어도 끄떡도 하지 않았다. 이를 통해 말하건대, 대체로 어찌 다른 의도가 있어서 이렇게 했겠는가? 도를 돈독하게 믿고 스스로를 분명하게 잘 알았기 때문이다.

소위 요즘 세상의 인재라고 하는 자는 한 평범한 사람이 그를 칭찬해주면 스스로 자기의 덕행에 넘침이 있다고 여기고, 한 평범한 사람이 그를 나무라면 스스로 자기의 덕행이 부족하다고 여긴다. 반면에 저 두 사람은 유독 성인을 그르다고 하고 스스로를 옳다고 한 것이 이와 같도다! 대체로 성인은 바로 오랜 세대의 표준이다. 내가 이 때문에 백이와 같은 사람은 '독자적인 입지와 독특한 품행을 지녀 온 천지와 만 대에 걸친 사람들이 그르다고 하더라도 끄떡하지 않을 사람이다'고 말하는 것이다. 비록 이와 같지만 두 사람이 없었더라면 난신적자(亂臣賊子)가 후세에 꼬리에 꼬리를 물고 끊임없이 출현했을 것이로다!

해제

백이(伯夷)가 정의를 견지하는 원칙을 찬양한 글로 아무리 많은 사람들이 왈가왈부하더라도 동요하지 않는 불굴의 정신을 높이 사고 있는데 창작연대는 미상이다. '송(頌)'은 사람이나 사적을 기리는 것을 주된 내용으로 하는 양식의 하나로 통상 압운을 하는 것이 관례지만, 이 글은 양식적 틀에 얽매이지 않고 산문체로 인물평을 주로 한 문장이어서 '송(頌)'으로서는 변체(變體)에 속한다. 이 글에서 높이 산 백이의 정신은 작자 자신이 일생동안 힘써 실천에 옮기려고 한 것으로, 백이에 대한 평가를 통해 세속의 시비 기준에 따라 고식적으로 처신하는 당시 사대부들을 비판하고 이런 세속의 무리들과 동류가 되지 않으려는 작자의 정신과 기백을 드러낸 것이라는 평가를 받는다. 글의 첫머리에 비슷한 어조나 어세를 가진 일련의 어구를 짝 지어 늘어놓은 긴 문장으로 '특립독행(特立獨行)'하는 백이의 형상을 거침없이 잘 표현한 점도 눈에 띈다.

백이와 숙제(叔齊)는 은나라 말 고죽국(孤竹國)의 두 왕자로 부왕이 둘째인 숙제가 왕위를 계승하라는 유언을 남기고 죽은 뒤에, 숙제가 형인 백이가 왕이 되는 것이 마땅하다고 하자 백이는 부왕의 명을 따라야 한다며 서로 양보하다가 함께 주나라로 도망가서 살고 있었다. 그러던 중에 주나라 무왕(武王)이 군대를 일으켜 포악무도한 은나라 주왕(紂王)을 정벌하려고 하자, 두 사람은 그 말고삐를 잡은 채 목숨을 걸고 부당함을 간한 뒤 수양산(首陽山)에 숨어 고사리를 캐먹다가 죽은 것으로 전해져 후세에 지조를 지킨 인물의 대명사로 알려지게 되었다. 그런데 단순히 백이의 행위를 미화하기만 한다면, 유학에서 성왕으로 떠받드는 무왕의 행위를 부정하는 것이 된다. 따라서 글의 전개에 많은 곡절과 변화를 주어 백이를 독자적인 입지와 독특한 품행을 지닌 인격의 화신으로 묘사하고, 아울러 난신적자의 발호를 경계함으로써 군신의 의를 강조하는 뜻을 곁들이고 있다. 후세에 송대(宋代) 왕안석(王安石, 1021-1086)의 「백이론(伯夷論)」과 명태조(明太祖) 주원장(朱元璋, 1328-1398)의 「박한유송백이문(駁韓愈頌伯夷文)」과 같이 이 글을 비판하는 문장이 많이 나오기도 했지만, 모두 이 글에서 드러내고자 한 이런 핵심을 제대로 파악하지 못한 편파적인 주장이라는 것이 정설이다. 백이란 인물에 대한 평가는 우리나라에서도 조선 시대에 병자호란(丙子胡亂) 이후 존왕양이(尊王攘夷)의 입장에서 사대부들의 의해 시대적 담론으로 부상해 많은 글이 나왔는데, 그중에서 연암(燕巖) 박지원(朴趾源, 1737-1805)의 「백이론(伯夷論)」이 특히 유명하다.

원문 및 주석

士之特立獨行[1], 適於義[2]而已, 不顧人之是非, 皆豪傑之士, 信道篤而自知明[3]者也。一家非之, 力行而不惑者, 寡矣; 至於[4]一國一州非之, 力行[5]而不惑者, 蓋天下一人而已矣; 若至於[4]擧世非之, 力行而不惑者, 則千百年乃一人而已耳。若[6]伯夷者, 窮天地亘萬世[7]而不顧者也。昭乎日月不足爲明, 崒乎[8]泰山不足爲高, 巍乎[9]天地不足爲容也!

1   特立獨行(특립독행) : 혼자 서고 홀로 가다. 자기 나름의 독특한 지조나 식견을 지녀 남이 하는 대로 따라가지 않다. 세속에 구애됨이 없이 자기 신념대로 행동하고 살아가다. 『예기·유행(儒行)』에 보이는 말로 현재 중국어에서도 사자성어로 널리 쓰인다.
2   義(의) : 마땅하다. 사상이나 행위가 일정한 표준에 합치하는 것을 말한다.
3   自知明者(자지명자) : 스스로를 아는 것이 밝은 사람. 『노자』 33장의 "다른 사람을 아는 것을 지혜롭다고 하고 스스로를 아는 것을 현명하다고 한다(知人者智, 自知者明)"라고 한 데서 유래한 표현이다.
4   至於(지어) : 전환접속사로 '~의 경우로 말하자면', '~에 있어서는'의 뜻이다.
5   力行(역행) : 힘써 행하다. 있는 힘을 다해 행하다. 「중용(中庸)」에 "있는 힘을 다해 행하면 인에 가까워진다(力行近乎仁)"라는 글귀가 보인다.
6   若(약) : 전환접속사로 '~의 경우로 말하자면', '~에 있어서는'의 뜻이다.
7   窮天地亘萬世(궁천지긍만세) : 시간과 공간을 다하다. 시공을 초월하다.
8   崒乎(줄호) : 높고 험준한 모양. 높디높은 모양.
9   巍乎(외호) : 크고 넓은 모양.

當殷之亡、周之興, 微子¹⁰賢也, 抱祭器而去之 ; 武王周公聖也, 從天下之賢士與天下之諸侯而往攻之 : 未嘗聞有非之者也。 彼伯夷叔齊¹¹者, 乃獨以爲不可。殷旣滅矣, 天下宗周, 彼二子乃獨恥食其粟, 餓死而不顧。繇¹²是而言, 夫豈有求而爲哉? 信道篤而自知明也。

---

10 微子(미자) : 본래 은나라의 마지막 왕 주(紂)의 서형(庶兄)으로 미[微 : 지금 산동성 양산현(梁山縣) 서북 땅에 봉해졌는데, 주왕(紂王)을 자주 간해도 듣지 않음에 주(周)나라에 귀의했다가 은나라 선조의 제사를 받드는 임무를 부여받고 송(宋)에 봉해져 송나라의 시조가 되었다. 이름은 계(啓 : '開'로 적기도 함)며, 그에 관한 사적은 『사기・송미자세가(宋微子世家)』에 자세히 보인다.

11 伯夷叔齊(백이숙제) : 백이는 성이 묵(墨)이고 이름이 윤(允)이며 자가 공신(公信)인데 이(夷)는 시호다. 숙제는 백이의 동생으로 이름이 지(智)고 자가 공달(公達)이며 제(齊)는 시호다. 백(伯)과 숙(叔)은 형제의 순서를 매길 때 쓰는 것으로 백이 맏이이고 숙은 그 다음 동생이다.

12 繇(유) : ~로 말미암아. ~를 통하여. '由'와 같다.

今世之所謂士者 : 一凡人譽之, 則自以爲有餘 ; 一凡人沮¹³之, 則自以爲不足。彼獨非聖人, 而自是如此。夫聖人乃萬世之標準也 ; 余故曰 : 若伯夷者, 特立獨行, 窮天地亘萬世而不顧者也。雖然, 微¹⁴二子, 亂臣賊子¹⁵接跡¹⁶於後世矣。

---

13 沮(저) : 저지하다. 방해하다. 여기서는 '나무라다', '비방하다'는 뜻이다.

14 微(미) : 만약 ~이 없다면. 『논어・헌문(憲問)』편에 "관중이 없었더라면 우리들은 아마도 머리를 풀어헤치고 옷깃을 왼쪽으로 여미는 오랑캐가 되어 있을 것이다(微管仲, 吾其被髮左袵矣)"라는 글귀가 보인다.

15 亂臣賊子(난신적자) : 신하나 자식으로서의 도리를 지키지 않고 두 마음을 품은 자들을 가리킨다. 『맹자・등문공하(滕文公下)』에 "공자가 『춘추』를 완성하자 난신적자들이 두려워했다(孔子成春秋而亂臣賊子懼)"라는 글귀가 보인다.

16 接跡(접적) : 발자취를 잇다. 꼬리에 꼬리를 물고 끊임없이 나타나다.

제2권

잡저(雜著)

서계(書啓)

子産不毁鄕校頌

나는 옛 사람을 그리워하니 그분은 바로 정(鄭)나라의 공손교(公孫僑)시다. 그분은 예로써 나라의 정치를 보좌했는데, 처음에는 사람들이 아직 그의 교화에 익숙하지 못해 향교에 모여 교유하면서 이러쿵저러쿵 떠들썩하게 입을 대었다. 어떤 사람이 자산(子産)에게 향교를 헐어버리면 입방아가 그칠 것이라고 했다. 그러자 자산이 말했다.

"무엇을 걱정하오? 여론은 좋은 일을 성취시킬 수 있소. 무릇 어찌 말이 많은 것이겠소? 단지 제가기 자기들의 뜻을 말한 것일 따름이라오. 나는 사람들이 좋다고 하는 것은 시행하고 좋지 않다고 하는 것은 피하며, 내가 하는 정치가 좋은지 나쁜지를 여론을 통해 살핀다오. 강물은 막을 수 없고 여론은 금지할 수 없는 법, 아래 백성들의 입이 막히고 위 집정자의 귀가 먹으면 나라는 장차 기울어지게 되오."

그리하여 향교는 허물어지지 않았고 정나라는 잘 다스려졌다.

주(周)나라가 흥성했을 때에는 노인을 잘 봉양해 나라를 다스리는 소견을 청해 들었으나, 주나라가 쇠락한 뒤에는 사람을 시켜 비방하는 자들을 감시하게 했다. 성공과 실패의 자취를 이를 통해 분명하게 볼 수 있다.

자산이여, 그대는 집정자의 모범이신데, 다만 성군을 만나지 못해 교화가 한 나라에 머물고 말았다. 만약 이 도리를 좇아 천하를 통치한 성군을 보좌했더라면, 그대의 교화가 널리 펼쳐져 끝없이 퍼져나갔을 것이다.

아아! 온 천하가 잘 다스려지지 않는 것은 성군은 있으나 현신이 없는 탓, 누가 장차 자산을 계승할 수 있을 것인가? 나는 옛 사람을 그리워한다.

해제

춘추시대에 정(鄭)나라 자산(子産, B.C. ?-B.C. 522)이 여론을 잘 살펴 개명한 정치를 한 사례를 끌어와 칭송함으로써 당시 집정자인 재상과 황제를 풍자한 글. 언로를 널리 개방해 간언을 받아들이는 것이 국가 경영에 관건적 요소임을 밝혔다는 점에서 현실적 의의가 자못 크다. 『좌전·양공(襄公) 31년』의 기록에 의하면 정나라 사람들이 향교에 모여 당시의 집정자인 자산의 정치적 조치를 두고 왈가왈부하자 주위 사람들이 자산에게 향교를 폐쇄하라는 건의를 올렸지만, 자산은 이를 따르지 않고 향교에서 이루어진 여론의 추이를 경청해 국정을 잘 수행했다고 한다. 이 글의 창작 시기와 동기에 대해서는 여러 가지 설이 있다. 덕종(德宗) 정원(貞元, 785-805) 말년에 이실(李實)을 풍자하기 위해 지었다는 설, 헌종(憲宗) 원화(元和, 806-820) 말년에 황보박(皇甫鎛)을 풍자하기 위해 지었다는 설, 원화 초기에 지었다는 설 등이 그것이다. 첫 번째 설이 가장 신빙성이 있는데 『한유전집교주(韓愈全集校注)』에서는 정원 15년(799)에 지은 것으로 보았다.

창작기법면에서 우선 글의 첫머리에 단지 93글자의 압축된 분량으로 역사서에 기록된 자산이 향교를 헐지 않은 사적을 간결하게 개괄한 솜씨가 돋보인다. 이어서 주(周)나라가 흥성기와 쇠퇴기에 여론을 대하는 태도가 완전히 상반되었다는 극명한 대비를 통해 글의 취지를 한층 분명하게 드러내었다. 마지막으로 자산의 업적과 처지에 대해 다시 한 번 평가하는 가운데 아쉬움과 칭송의 의미를 함께 담음으로써 글의 수미가 긴밀하게 호응하도록 했다. "我思古人"이라는 말을 처음과 끝에 반복적으로 배치함으로써 당시 조정에 사람이 없음을 개탄하는 심정을 한층 더 절실하게 나타내고 있음도 간과할 수 없다.

원문 및 주석

我思古人, 伊¹鄭之僑²; 以禮相國³, 人未安其敎; 遊于鄉之校⁴, 衆口囂囂⁵。或⁶謂子産, 毁鄉校則止。曰:"何患焉, 可以成美。夫豈多言, 亦各其志⁷。善也吾行, 不善吾避, 維善維否⁸, 我於此視。川不可防, 言不可弭⁹, 下塞上聾¹⁰, 邦其¹¹傾矣!" 旣鄉校不毁, 而鄭國以理¹²。

---

1 伊(이): 문장 머리에 쓰인 어음조사로 별 뜻이 없다.
2 鄭之僑(정시교): 정나라 대부로 이름은 교(僑), 자는 자산(子産), 시호는 성자(成

子). 정나라 목공(穆公)의 손자(孫子)인 관계로 공손교(公孫僑)로 불리며, 자(字)가 자국(子國)인 발(發)의 아들로 아버지의 자를 성씨로 삼아 국교(國僑)로도 불린다. 공자(孔子)와 함께 춘추시대를 대표하는 지성인의 한 사람으로 20여 년간 정나라의 재상으로 국정을 도맡아 정치 개혁과 외교에 뛰어난 업적을 남겨 당시의 강대국인 진(晉)과 초(楚)나라 사이에 끼여 있던 약소국 정나라의 국운이 오래 지속될 수 있도록 하는 데 크게 기여했다.

3 相國(상국) : 임금을 보좌해 국정을 다스리다. '相'이 동사로 쓰여 '보좌하다', '재상이 되다'는 뜻이다. 아래 '相天下君'의 '相'도 같은 용법이다.

4 鄕之校(향지교) : 향간의 공공장소로 향교라는 교육기관인 동시에 고을사람들이 모여 회의를 하는 회당으로도 활용되었다.

5 衆口囂囂(중구효효) : 뭇사람들이 이러쿵저러쿵 떠들썩하게 말하다. 『국어(國語)·주어하(周語下)』에 "뭇사람들의 입은 쇠를 녹인다(衆口鑠金)"라는 글귀가 보인다. '囂囂'는 시끌벅적 떠들썩한 소리.

6 或(혹) : 혹자. 어떤 사람. 『좌전·양공 31년』의 기록에 의하면 정나라 대부 연명(然明)을 가리킨다. 연명(然明)은 종멸(鬷蔑)의 자(字)다.

7 亦各其志(역각기지) : 『논어·선진(先進)』편의 "단지 제각기 그들의 뜻을 말했을 따름이다(亦各言其志也已矣)"에서 따온 말이다. '亦'은 '단지', '다만'이란 뜻으로 쓰였다.

8 維善維否(유선유비) : 좋은지 나쁜지. '維'는 뜻이 없는 어음조사로 아래에 나오는 경우에도 마찬가지며, '否'는 '악하다', '나쁘다'는 뜻.

9 弭(미) : 그치게 하다. 제지하다.

10 下塞上聾(하색상롱) : 아래 백성들의 입이 막히고 위 집정자의 귀가 먹다. '下'는 정치의 잘잘못에 대해 왈가왈부하는 백성, '上'은 위의 집정자를 가리킨다.

11 其(기) : 장차. 미래의 뜻을 나타내는 부사.

12 理(이) : '잘 다스려지다'는 뜻으로 당 고종(高宗)의 이름 '治(치)'를 피휘한 것이다.

在周之興, 養老乞言[13] : 及其已衰, 謗者使監[14] : 成敗之迹, 昭哉可觀。

13 養老乞言(양로걸언) : 현명하고 덕이 있는 노인들을 봉양해 그들의 말을 구해 듣다. 이는 『시경·대아·행위(行葦)』의 서문에 나오는 말로 주(周)나라의 시조 공류(公劉)가 유덕한 노인들의 의견을 청취해 정치하는 기준의 하나로 삼은 것을 가리킨다.

14 謗者使監(방자사감) : 사람을 시켜 비방하는 이들을 감시하게 하다. 『국어·주어상(周語上)』의 기록에 의하면 여왕(厲王)이 포학무도함에 사람들이 그를 저주하자 여왕은 위(衛)나라의 신통한 무당을 파견해 비방하는 자들을 감시하고 발견되는 대로 죽이게 했다. 그 결과 사람들이 감히 내놓고 말을 못하고 길에서 눈짓으로 의견을 주고받는 공포 분위기가 조성되었는데, 여왕은 비방이 그쳤다고 득의양양했지만 그로부터 3년 뒤에 백성들의 반란을 초래해 자신은 쫓겨나

체(彘)로 달아나고 서주(西周)는 쇠망의 길로 들어섰다.

維是子産, 執政之式, 維其不遇[15], 化止一國[16]。誠率是道, 相天下君, 交暢旁達, 施[17]及無垠[18]。

---

15 不遇(불우) : 자산이 천하의 임금 곧 천자에게 알려지지 못했음을 말한다.
16 化止一國(화지일국) : 자산의 교화가 일개 제후국인 정나라에만 미쳤을 뿐이다.
17 施(이) : 뻗치다. 미치다.
18 垠(은) : 한계.

於虖[19]! 四海[20]所以不理[12], 有君無臣[21], 誰其[11]嗣之[22], 我思古人。

---

19 於虖(오호) : 탄식을 나타내는 감탄사. '嗚呼'와 같다.
20 四海(사해) : 전 중국. 온 천하. 고대 중국인들은 중국이 사면이 바다로 둘러싸여 사해의 안에 있다고 여겼는데 당시의 세계관으로는 온 천하를 가리킨다.
21 有君無臣(유군무신) : 왕부(王符)의 『잠부론(潛夫論) · 애일(愛日)』에 보이는 "이른바 임금은 있으되 신하가 없다는 것은 주군은 있으나 보좌가 없는 것으로 국가 원수는 사리에 매우 밝지만 팔다리와 같은 신하들이 나태한 것이다(所謂有君無臣, 有主無佐, 元首聰明, 股肱怠惰者也)"라고 한 데서 유래한 글귀다.
21 誰其嗣之(수기사지) : 『좌전 · 양공 30년』의 기록에 의하면 자산이 집정한 지 3년이 되자 뭇 백성들이 "우리에게 자제가 있음에 자산이 그들을 가르쳐주고, 우리에게 경작지가 있음에 자산이 그 생산량을 증식시켜 주었다. 만약 자산이 죽으면 누가 장차 그를 계승할 것인가?(我有子弟, 子産誨之; 我有田疇, 子産殖之. 子産而死, 誰其嗣之)" 하며 칭송했다고 한다.

「참언을 해명하여」

釋言

　　원화(元和) 원년(806) 6월 10일에 나는 황제의 조칙을 받고 강릉법조참
군(江陵法曹參軍)에서 국자박사(國子博士)로 임명되어, 처음으로 지금 재상
인 정공(鄭公)을 만나 뵐 수 있었다. 공께서 나에게 앉을 자리를 내주시
며 말씀하셨다.

　　"내가 그대의 시 한 수를 읽은 적이 있는데, 나는 그때 한림학사(翰林
學士)로 재직 중이라 직위가 황제와 가까이 있고 공무를 보는 곳도 궁궐
내에 있었기 때문에, 감히 그대에게 알리고 교제할 수 없었다오. 지금
나를 위해 그대가 지은 시문 한 통을 써 가지고 오시오."

　　나는 재배를 올려 감사드리고 집으로 돌아와, 시문 몇 편을 써서 적
당한 날을 택해 갖다 바쳤다.

　　그로부터 몇 달 뒤에 어떤 사람이 나에게 와서 말했다.

　　"자네는 재상에게 시문을 바쳤소?"

내가 대답했다.

"그렇소."

그가 말했다.

"재상의 집을 방문한 어떤 사람이 자네를 헐뜯으며 '한유가 재상께서 나의 글을 구하시기에 감히 감출 수는 없지만, 재상께서 설마 나를 알아주시겠는가!'라고 말했다고 하니 자네 조심하게!"

내가 응답해 말했다.

"내가 감찰어사(監察御史)로 있을 때 덕종(德宗) 황제의 조정에서 죄를 범해 함께 남방으로 좌천되어 간 자가 모두 세 사람이었는데, 나만 홀로 먼저 조정으로 불려 올라와 임용되었으니 재상께서 내게 내려주신 은혜가 매우 크다네. 재상을 알현하러 들어온 문무백관 중에서 어떤 사람은 서서 말한 뒤에 물러나지만, 나는 황송하게도 앉아서 대답하도록 배려해주셨으니 나에 대한 재상의 예우가 매우 과분했네. 온 천하 각 지역의 백성들 중에 문무백관 이하로 자기가 지은 글을 가지고 재상의 좌우 측근 인사들에게 바치려는 사람이 많지만, 모두 마음속으로 꺼려서 감히 그렇게 하는 이가 아무도 없는데도, 유독 나만은 황송하게도 재상께서 먼저 찾으셨으니 나를 알아주신 재상의 은혜가 매우 극진했네. 내려주신 은혜가 크고 예우하심이 과분하며 알아주심이 극진했으니, 이 세 가지는 자기와 지위가 동등하거나 못한 사람들에게서 받더라도 어떻게 보답해야 마땅할지 모를 터인데, 하물며 천자의 재상이라면 오죽하겠는가? 스스로를 알지 못하는 사람이야 아무도 없지만, 대저 임용된 직무에 적합한 것을 재능이라 하고, 맡은 일을 잘 감당할 수 있는 것을 역량이라고 한다네. 나는 이 두 가지에 대해서 비록 날마다 힘써 노력하지만 미치지 못하는데도, 관복을 차려입고 손에 홀을 쥐고 사대부의 행렬에 서 있으면서 무능하다고 배척당하지 아니한 것만도 다행이온데, 어찌 감히 말을 오만하게 하겠소이까? 무릇 오만함은 악덕이지만, 반드시 믿는 구석이 있어야 감히 그렇게 할 수가 있다오. 나는 친척이나 친구가 매우 적어 지금 끌어당겨 줄 세력이 없고, 다른 사람과 인간관계를 잘 맺지 못해 조정에는 서로 먼저 하도록 양보하거나 서로를 위해 죽음도 불사할 친구가 없으며, 쌓아둔 재물이 없어 명성이나 세력을 얻을 수도 없고, 재주가 보잘것없고 역량도 부족해 권문세가의 집을 분주히 드나들며 기회를 틈타 빌붙어 권력이나 이익을 구할 수도 없소. 그러니 대체 무엇을 믿고 오만하게 굴겠소이까? 미치거나 미혹되어 이성을 잃은 사람이라면, 강물에 몸을 던지거나 불속으로 뛰어들며 말을 함부로 하고 욕하거나 꾸짖는 경우가 있기도 하겠지요. 다른 사람들이 내게는 이런 결함이 없는 줄 잘 알고 있는지라, 비록 나를 헐뜯는 사람이 백 명이나 되더라도 재상께서 그 말을 믿지 않으실 테니, 내가 무엇을 두려워하고 조심하란 말이오?"

몇 달이 지난 뒤에 또 어떤 사람이 나에게 찾아와서 말했다.
"한림학사 이공(李公)과 중서사인(中書舍人) 배공(裴公)에게 자네를 참언하는 사람이 있으니 자네는 조심하게!"
내가 말했다.
"두 공(公)은 우리 임금께서 아침저녁으로 그들에게 의견을 묻고 천하에 정치를 베풀어 태평성대에 이르도록 해주시는 분이니, 조정에 있을 때는 천자의 심장이나 등골뼈와 같은 측근이 되고, 지방으로 나가서는 천자의 팔이나 다리와 같은 신하가 되신다네. 온 천하 각 지역의 백성들 중에 문무백관 이하로 누군들 두 공에게 충성을 다해 은택을 받고자 바라지 않겠소? 나는 미치지도 어리석지도 않아서 강물에 몸을 던지고 불속으로 뛰어들거나 정신병에 걸린 것처럼 함부로 매도하지 않으니, 참소하는 자가 지어낸 것과 같은 말을 내뱉을 리 없소. 비록 나를 헐뜯는 사람이 백 명이나 되더라도 두 공께서 그 말을 믿지 않으실 테니, 내가 무엇을 두려워하고 조심하란 말이오?"

이런 말로 객에게 응대하고 난 뒤 밤에 집으로 돌아와 몰래 스스로 원망해 말했다.

"아이 참! 저잣거리에 호랑이가 나타났다는 것과 증삼(曾參)이 사람을 죽였다는 것이 바로 참언을 한 자의 공로로다! 『시경』에서 '저 참언을 하는 사람을 잡아다가 승냥이와 호랑이에게 던져 주리라. 승냥이와 호랑이도 먹지 않으면 북녘 땅에 던져 주리라. 북녘 땅에서도 받아들이지 않으면 하늘에 던져 주리라'고 했는데, 이는 참언의 폐해를 가슴 아파하고 그것을 몹시 미워해 한 말이다. 『시경』에서 또 '혼란이 처음 생겨난 것은 참언이 용납되기 시작한 때문이고, 혼란이 또 생긴 것은 왕께서 참언을 믿기 때문이라네'라고 했는데, 이는 처음에는 참언을 의심하다가 결국에는 믿는 것을 두고 한 말이다. 공자께서 말씀하시기를 '감언이설로 아첨하는 사람을 멀리하라'고 하셨다. 무릇 감언이설로 아첨하는 사람을 멀리하지 않으면, 때가 되면 언젠가는 그들을 믿게 되기 마련이다. 지금 나는 강직함을 믿고 경계하지 않았으니 장차 화가 미치게 될 것이다!"

얼마 지나지 않아 또 스스로에게 해명해 말했다.

"저잣거리에 호랑이가 나타났다고 믿은 것은 듣는 사람이 용렬한 때문이요, 증삼이 사람을 죽였다고 믿은 것은 사랑하는 마음이 총명한 판단력을 미혹시켰기 때문이며, 「항백(巷伯)」시에서 가슴 아파한 것은 난세를 만났기 때문이다. 지금 세 현인께서 한창 천자와 더불어 천하에 징치를 펼쳐 대평성대에 이르게 할 방도를 도모하시는지라 밝게 듣고 분명하게 보시며 공명정대하고 돈후관대하신데, 무릇 밝고 분명하면 귀로 듣고 눈으로 보는 것이 미혹되지 않고, 공명정대하면 참언과 사악함을 가까이하지 않으며, 돈후관대하면 다른 사람의 말을 받아들여서 곱씹어 볼 수 있으니, 저 참언하는 사람이 뉘라서 감히 저분들 앞으로 나아가 참언을 할 수 있겠는가? 비록 저분들 앞으로 나아가 참언을 한다고 하더라도 아무도 그 말을 듣지 않을 것이나! 그러니 내가 무엇을 두려워하고 조심하겠는가?"

몇 달이 지난 뒤에 황제께서 이공(李公)을 재상에 임명하셨는데, 객이 나에게 말했다.

"전에 어떤 사람이 재상 한 분에게 자네를 헐뜯는 말을 한 적이 있고, 지금 이공께서 또 재상이 되셨으니 자네는 위험하게 되었네!"

내가 말했다.

"전에 어떤 사람이 재상에게 나에 대해 참언을 한 것은 한림께서 알지 못하시고, 뒤에 어떤 사람이 한림에게 나에 대해 참언을 한 것은 재상께서 알지 못하신다네. 지금 두 공께서 같은 곳에 계시다가 만나실 텐데, 만약 나에 대해 말씀을 하신다면 반드시 '한유 역시 사람이거늘 그가 재상에게 오만하게 굴고 또 한림에게 오만하게 굴어 도대체 무엇을 구하겠는가? 반드시 그러하지 않을 것이오!'라고 하셨을 것이네. 나는 오늘에야 참언의 화를 면하게 될 줄 알겠네."

그 뒤에 참언은 과연 효과를 보지 못했다.

해제

원화 2년(807) 봄 권지국자박사(權知國子博士) 재직 시에 참언하는 자들의 헐뜯는 소리에 대응해 지은 해명성 문장. '釋言(석언)'은 『국어(國語)·진어(晉語)』 권2에 보이는 것으로 '말로써 자신을 해명하는 것'을 가리킨다. 국자박사로 근무할 때 당시의 재상 정인(鄭絪, 752-819)과 한림학사 이길보(李吉甫, 758-824) 및 중서사인 배게(裵垍, ?-810) 등 유력자에게 끊임없이 자신을 헐뜯는 소리가 올라가자 작자가 이 글을 지어 그 부당함을 조목

조목 해명했다. 작자가 당시 수도 장안에 있을 때 글재주가 출중하고 성격이 타인과 잘 맞지 않아 다른 사람들부터 시기와 비방이 끊이지 않자 낙양에 가서 근무하도록 요청할 지경이었다. 이에 대해서는 동년 진사 풍숙(馮宿)에게 보낸 답장인 「답풍숙서(答馮宿書)」(HS-099)에 상세하게 나와 있으니 참조하기 바란다.

　이 글을 통해 당시 관료사회의 부패상과 불량한 사회기풍을 엿볼 수 있고, 그런 세속의 분위기에 휩쓸려 권세가에 아첨하며 빌붙지 않고 자기 방식을 견지하며 살아가려는 작자의 지조를 알 수 있기도 하다. 자신을 해명하는 글이면서도 수세에 몰려 변명하기에 급급하지 않고 사실과 사리에 근거해 당당하게 자신을 변호함으로써 비방하는 무리와 유언비어를 믿을 수 없는 것으로 치부한 솜씨가 단연 돋보인다. 또한 문장 자체도 평이하고 담담해 역대로 호평을 받아왔다.

원문 및 주석

元和¹元年六月十日, 愈自江陵法曹²詔拜國子博士³, 始進見今相國鄭公⁴。公賜之坐, 且曰：“吾見子某詩, 吾時在翰林⁵, 職親而地禁⁶, 不敢相聞。今爲我寫子詩書爲一通⁷以來。” 愈再拜⁸謝, 退錄詩書若干篇, 擇日時以獻。

1　元和(원화)：당 헌종(憲宗)의 연호. 원화 원년은 806년.
2　江陵法曹(강릉법조)：강릉부(江陵府)의 법조참군(法曹參軍). 한유가 양산현령(陽山縣令)으로 유배가 있다가 사면된 뒤 받은 관직으로 도적을 심문하고 형벌을 정하며 감시하는 따위의 사법 업무를 담당하는 말단관직. 강릉은 지금 호북성 강릉시다.
3　詔拜國子博士(조수국자박사)：황제의 조서를 받고 국자학(國子學) 박사에 임명되다. 한유는 이해에 '권지국자박사'에 임명되어 수도 장안으로 돌아왔다. 권지(權知)는 '임시로 업무를 맡다'는 뜻이다.

4   相國鄭公(상국정공) : 재상 정인(鄭絪). 재임 당시 한유를 눈여겨보고 문학과 관
    련한 요직에 두려고 했다.
5   在翰林(재한림) : 정인이 한림학사로 재임한 것을 말한다.
6   職親而地禁(직친이지금) : 당나라 때에 한림학사가 근무하던 곳을 학사원(學士
    院)이라 불렀는데, 덕종 이후에는 황제의 고문 겸 비서관으로 늘 궁궐 내에서
    숙직하며 장군이나 재상의 임면, 왕후나 태자의 책봉과 같은 문서를 담당해 '내
    상(內相)'으로 불렸기 때문에 직위가 황제에게 가까이 있고 공무를 보는 곳도
    궁궐 내에 있다고 한 것이다.
7   通(통) : 처음부터 끝까지 두루.
8   再拜(재배) : 고대 예절의 일종. 앞뒤로 두 차례 절해 엄숙하고 성대한 예를 표
    시한다. 『논어·향당(鄕黨)』편에 "다른 나라에 있는 사람에게 문안드리기 위해
    사람을 보낼 때는 그 사람에게 재배한 뒤에 전송했다(問人於他邦, 再拜而送之)"
    라고 한 글귀가 보인다.

於後之數月, 有來謂愈者曰 : "子獻相國詩書手?" 曰 : "然." 曰 : "有爲讒於
相國之座者曰 : '韓愈曰 : 相國徵余文, 余不敢匿[9], 相國豈知我哉!' 子其愼
之!" 愈應之曰 : "愈爲御史, 得罪德宗朝[10], 同遷于南者凡三人[11], 獨愈爲先
收用, 相國之賜大矣 ; 百官之進見相國者, 或立語以退, 而愈辱[12]賜坐語,
相國之禮過[13]矣 ; 四海九州[14]之人, 自百官已下, 欲以其業[15]徹[16]相國左右[17]
者多矣, 皆憚以莫之敢, 獨愈辱先索, 相國之知至矣 : 賜之大, 禮之過, 知
之至, 是三者於敵以下[18]受之宜以何報? 況在天子之宰手! 人莫不自知, 凡
適於用之謂才, 堪其事之謂力, 愈於二者, 雖日勉焉而不逮 ; 束帶執笏[19]立
士大夫之行[20], 不見斥以不肖[21], 幸矣, 其何敢敎[22]於言手? 夫敎雖凶德[23],
必有恃[24]而敢行. 愈之族親鮮[25]少, 無扳聯[26]之勢於今 ; 不善交人, 無相先
相死[27]之友於朝 ; 無宿資蓄貨[28]以釣[29]聲勢, 弱於才而腐於力, 不能奔走乘
機抵巇[30]以要[31]權利 : 夫何恃而敎? 若夫[32]狂惑喪心[33]之人, 蹈河[34]而入火,
妄言而罵詈[35]者, 則有之矣 ; 而愈人知其無是疾也, 雖有讒者百人, 相國將
不信之矣, 愈何懼而愼歟?"

9   匿(닉) : 은닉하다. 숨기다.
10 得罪德宗朝(득죄덕종조) : 한유가 감찰어사로 있던 정원 19년(803)에 경기 지방
    에 가뭄이 들어 백성들이 기근에 허덕이는 재해가 발생하자, 세금 징수를 중지
    하고 궁시(宮市)의 철폐를 요구했다가 당시의 권신인 이실(李實)의 미움을 사서

양산현령으로 좌천된 일을 가리킨다. 「어사대상론천한인기장(御史臺上論天旱人饑狀)」(HS-276) 참조.

11 　三人(삼인) : 한유, 장서(張署), 이방숙(李方叔)의 세 사람.

12 　辱(욕) : 욕되게도. 황송하게도. 외람되게도. 다른 사람으로부터 그를 욕되게 할 정도로 분에 넘치는 호의를 받았다는 뜻으로 대단히 송구스러운 동시에 영광스러움을 나타내는 겸양의 말이다. '상대방이 내려주는 은혜를 입었을 경우'에 쓴다.

13 　過(과) : 분에 넘치다. 과분하다.

14 　四海九州(사해구주) : 온 중국 땅. 온 천하의 각 지역. 고대 중국인들은 중국이 사면이 바다로 둘러싸여 사해의 안에 있다고 여겼으며, 사해의 안은 아홉 고을로 나누었다. 당시의 세계관으로 온 천하를 가리킨다.

15 　業(업) : 나무판으로 시문을 가리킨다. 고대에 종이가 없어 나무판에 글을 쓴 데서 유래했다.

16 　徹(철) : 이르다. 도달하다. 통하다.

17 　左右(좌우) : 상대방에게 직접 하지 않고 그 좌우의 측근에 있는 사람을 통해서 한다는 데서 나온 말로 상대방을 예우해 높이는 존칭의 일종.

18 　於敵以下(어적이하) : 동등한 지위로부터 그 이하 사람들. 여기서 '於'는 '∼로부터', '敵'은 '필적하다', '대등하다'는 뜻이다.

19 　束帶執笏(속대집홀) : 관복을 차려입고 홀을 손에 들다. '조정에 나아가는 것'을 가리킨다. '笏'은 대신들이 조정에 나아갈 때 손에 드는 길쭉한 모양의 조각으로 옥이나 상아 또는 대나무 조각 등으로 만들었다. 임금으로부터 받은 명령을 기록하는 용도로 쓰였다.

20 　行(항) : 대오. 차례. 조정 내 문무백관의 대열.

21 　不肖(불초) : 현명하지 못하다. 무능하다.

22 　敖(오) : 오만하다. 거만하다. '傲'와 통한다. 이하 이 글에서는 모두 같다.

23 　凶德(흉덕) : 악덕. 한유는 「원도(原道)」(HS-5)에서 "덕에는 악덕과 미덕이 있다(德有凶有吉)"라고 했다.

24 　恃(시) : 믿다. 의지하다.

25 　鮮(선) : 드물다.

26 　扳聯(반련) : 당겨 이끌어주다. '세력이 있는 사람을 의지해 올라가다'는 뜻으로 쓰인다. '攀聯(반련)'으로도 적는다.

27 　相先相死(상선상사) : 서로 먼저 하도록 양보하거나 서로를 위해 죽음도 불사하다. 『예기・유행(儒行)』에 "선비는 선한 것을 들으면 서로 일러주고 선한 것을 보면 서로 보여주며, 작위는 서로 먼저 하도록 양보하고 환난을 당할 때는 서로를 위해 죽음도 불사한다(儒有聞善以相告也, 見善以相示也, 爵位相先也, 患難相死也)"는 글귀가 보인다.

28 　宿資蓄貨(숙자축화) : 쌓아둔 재물. 축적해둔 재화.

29 　釣(조) : 낚아 올리다. 취하다. 구하다.

30 抵巇(지희) : 틈을 타다. 기회를 이용하다. '抵巇'는 『귀곡자(鬼谷子)』의 한 편명이기도 한데, '抵'는 '치다(擊)'는 뜻이고 '巇'는 '틈', '간극'의 뜻이다. 틈이 생기거나 간극이 벌어질 때 미리 쳐서 채운다는 뜻에서, '틈을 타다', '기회를 이용하다'는 뜻이 파생되었다.

31 要(요) : 구하다. 취하다. '徼(요)'와 같다.

32 若夫(약부) : ～로 말하자면. ～의 경우에는.

33 狂惑喪心(광혹상심) : 미치거나 미혹되어 이성을 잃다.

34 蹈河(도하) : 강물에 몸을 던지다.

35 罵詈(매리) : 욕하며 꾸짖다.

旣累月, 又有來謂愈曰: "有讒子於翰林舍人李公與裴公³⁶者, 子其愼歟!" 愈曰: "二公者, 吾君朝夕訪焉, 以爲政於天下而階³⁷太平之治: 居³⁸則與天子爲心膂³⁹, 出⁴⁰則與天子爲股肱⁴¹。四海九州之人, 自百官已下, 其孰不願忠而望賜? 愈也不狂不愚, 不蹈河而入火, 病風⁴²而妄罵, 不當有如讒者之說也。雖有讒者百人, 二公將不信之矣。愈何懼而愼?"

36 翰林舍人李公與裴公(한림사인이공여배공) : 한림학사 이길보(李吉甫)와 중서사인(中書舍人) 배게(裴垍).

37 階(계) : 이르다. 도달하다. 단계적으로 밟아 오르다.

38 居(거) : 조정 내에서 벼슬하고 있을 때.

39 心膂(심려) : 심장과 등골뼈. 인체의 중요한 부분으로 임금의 측근에서 신임을 받는 신하를 비유한다. 『서경・군아(君牙)』에 "지금 그대에게 명해 나를 돕게 하노니, 나의 팔다리와 심장과 등골뼈가 되어 주오(令命爾予翼, 作股肱心膂)"라는 글귀가 보인다.

40 出(출) : 조정 밖으로 나가 지방관으로 있을 때.

41 股肱(고굉) : 다리와 팔. 수족. 임금에게 수족처럼 요긴하게 쓰이는 신하.

42 病風(병풍) : 정신 질환에 걸리다. 미치광이 병을 앓다. '病'이 '병들다'는 동사로 쓰였고, '風'은 '瘋'과 같다.

旣以語應客, 夜歸, 私自尤⁴³曰: "咄⁴⁴! 市有虎⁴⁵, 而曾參殺人⁴⁶, 讒者之效也! 詩⁴⁷曰: '取彼讒人, 投畀⁴⁸豺虎。豺虎不食, 投畀有北⁴⁹。有北不受, 投畀有昊⁵⁰。' 傷於讒, 疾而甚之⁵¹之辭也。又曰⁵²: '亂之初生, 僭⁵³始旣涵⁵⁴。亂之又生, 君子⁵⁵信讒。' 始疑而終信之之謂也。孔子曰: '遠佞人⁵⁶。' 夫佞人不能遠, 則有時而信之矣。今我恃直而不戒, 禍其至哉!" 徐又自解⁵⁷之曰

:"市有虎, 聽者庸也;曾參殺人, 以愛惑聰[58]也;巷伯[59]之傷, 亂世是逢也。今三賢[60]方與天子謀所以施政於天下而階太平之治, 聽聰而視明, 公正而敦大[61];夫聰明則聽視不惑, 公正則不遍[62]讒邪, 敦大則有以容而思;彼讒人者, 孰敢進而爲讒哉? 雖進而爲之, 亦莫之聽矣! 我何懼而愼?"

43　自尤(자우) : 스스로를 허물하다. 스스로를 원망하다.

44　咄(돌) : 아이 참, 나 원 참! 기가 막혀 개탄하는 뜻을 나타내는 감탄사.

45　市有虎(시유호) : 실제 저잣거리에 호랑이가 없는데도 세 사람이 그렇게 말하면 믿게 된다는 고사로 '삼인성호(三人成虎)'로 널리 쓰인다. 『전국책(戰國策)·위책(魏策)』 권2에 보인다.

46　曾參殺人(증삼살인) : 공자의 제자로 충성스럽고 효성스럽기로 이름난 증삼이 비(費)라는 고을에 살고 있을 때, 그와 이름이 같은 사람이 살인죄를 범함에 이웃 사람들이 증삼의 모친에게 증삼이 사람을 죽였다고 세 차례 보고하자 모친이 그 말을 믿고 베를 짜던 북을 내던지고 담장을 넘어 도망쳤다는 고사. 유언비어에 대한 두려움을 나타내는 뜻으로 널리 쓰인다. 『전국책·진책(秦策)』 권2에 보인다.

47　詩(시) : 『시경·소아(小雅)·항백(巷伯)』. 「모시서(毛詩序)」에 의하면 유왕(幽王)을 풍자한 시로 시인(寺人 : 내시(內侍)와 같은 벼슬) 맹자(孟子)가 참언에 가슴 아파하여 이 시를 지었다고 한다.

48　投畀(투비) : 던져주다.

49　有北(유북) : 북방의 한랭한 불모지. '有'는 접두사로 뜻이 없다.

50　有昊(유호) : 하늘. '昊天', '上天'의 뜻. '有'는 접두사로 뜻이 없다.

51　疾而甚之(질이심지) : 그것을 몹시 미워하다. 『논어·태백(泰伯)』편에 보이는 "어질지 않은 사람에 대해 너무 심하게 미워하면 어지럽게 된다(人而不仁, 疾之已甚, 亂也)"의 "疾之已甚"과 같은 뜻이다.

52　又曰(우왈) : 『시경·소아·교언(巧言)』에 보인다. 「모시서(毛詩序)」에 의하면 유왕(幽王)을 풍자한 시로 대부가 참언에 가슴 아파하여 이 시를 지었다고 한다.

53　譖(참) : 참언. 참소. '譖', '讒'과 통한다.

54　涵(함) : 용납되다. 받아들여지다.

55　君子(군자) : 주(周)나라 유왕(幽王)을 가리킨다.

56　遠佞人(원영인) : 감언이설로 아첨하는 사람을 멀리해야 한다. 『논어·위영공(衛靈公)』편에 보인다.

57　自解(자해) : 스스로에게 해명하다. 다른 사람의 참언으로 인해 상처받은 자기 마음을 달래기 위해 스스로에게 해명하는 것을 말한다.

58　以愛惑聰(이애혹총) : 자식을 사랑하는 마음 때문에 총명한 판단력이 미혹되다.

59　巷伯(항백) : 『시경·소아·항백』. 항백은 시인(寺人)의 우두머리로 이 시의 제목이 되었다.

60　三賢(삼현) : 세 분의 현인으로 여기서는 재상 성인, 한림학사 이길보, 중서시인

베게를 가리킨다.

61 敦大(돈대) : 돈후관대하다.
62 邇(이) : 가까이하다.

旣累月, 上^{63}命李公^{64}相^{65}, 客謂愈曰 : "子前被言於一相^{66}, 今李公又相^{65}, 子其危哉!" 愈曰 : "前之謗我於宰相者, 翰林不知也 ; 後之謗我於翰林者, 宰相不知也. 今二公合處而曾言, 若及愈, 必曰 : '韓愈亦人耳, 彼敎宰相, 又敎翰林, 其將何求? 必不然! 吾乃今知免矣^{67}." 旣而讒言果不行.

63 上(상) : 헌종 황제.
64 李公(이공) : 이길보(李吉甫).
65 相(상) : 재상이 되다.
66 一相(일상) : 재상 한 분. 정인(鄭絪)을 가리킨다.
67 吾乃今知免矣(오내금지면의) : 『논어·태백(泰伯)』편에서 증자(曾子)가 와병 중에 제자들에게 자기의 손발을 내어 보게 한 뒤 "지금부터 이후로 나는 형벌에서 면할 수 있음을 알겠도다!(而今而後, 吾知免夫)"라고 한 표현을 한 구절로 압축한 것이다.

愛直贈李君房別

전후좌우에 있는 이들이 모두 정직한 사람이면, 자기 몸이 부정직한 짓을 하고자 해도 어찌 그렇게 할 수 있겠습니까? 제가 이(李)선생 그대께서 남양공(南陽公)의 측근에 있는 것을 관찰해보니, 부중(府中)의 정사에 대해서 알지 못하는 것이 있을지언정 알면 일찍이 그분을 위해 생각하지 않는 것이 없고, 의심하지 않는 것이 있을지언정 의심하면 그분에게 말하지 않는 것이 없으며, 일시적인 기분에 따라 용기를 부리지 않고, 생각을 겉으로 나타내지 않았습니다. 남양공께서 취하는 조치들이 합당함을 잃지 않으며 천하 사람들이 몰래 관찰해 널리 칭찬하는 까닭은, 아마도 그분의 전후좌우에 바로 이런 정직한 사람이 있기 때문일 것입니다!

무릇 이곳 공의 청사로 출근해 그분의 정무를 논의하는 사람들은 제가 이미 모두 수행하며 교제해보았습니다. 공께서 그들이 하는 말을 신임하고 기획하는 일을 따르는 이라면, 사방의 모든 사람들이 이미 그들에 대해 알고 있습니다. 이선생 그대는 남양공의 사위십니다. 사람들 중에 그대를 잘 모르는 이가 말합니다.

"이선생은 지위가 높고 부유한 집안과 혼인한 것에 힘입어, 자신이 바라는 욕구를 충족하면 그만일 것이다."

이 때문에 저는 기꺼이 천하 사람들에게 그대의 사람됨을 말하고자 합니다. 지금 만약 그대가 다른 곳으로 가서 보좌관으로 근무한다면 저는 남양공을 위해 애석하게 여길 테고, 또 다른 사람들이 저쪽 장관에게 무슨 말로 그대를 천거할지, 저쪽 장관이 무슨 기준으로 그대를 대우할지 미처 알지 못하겠습니다. 그대를 천거함에 말을 잘못 하지 않고, 그대를 대우함에 합당한 기준을 잃지 않는다면, 비록 그대를 잃은 이쪽 공께서는 매우 애석하시겠지만, 그대를 얻은 저쪽 다른 장관은 대단히 기뻐하게 될 테니 그대에게는 마찬가지라고 할 수 있습니다. 그대에 대한 천거가 제가 말하는 것에 맞지 않고, 그대에 대한 대우가 제가 기대하는 것에 맞지 않는다면, 이선생 그대는 여기에서 뱉은 것과 같은 말을 입 밖으로 내어서는 안 될 것이니, 저는 거듭 천하 사람들을 위해 그대를 애석하게 여기게 될 것입니다.

해제

정원 15년(799) 서사호절도사(徐泗豪節度使) 장건봉(張建封, 735-800)의 막료인 절도추관(節度推官)으로 서주[徐州 : 지금 강소성(江蘇省) 서주시]에 있을 때 지은 글. 재직 시에 알게 된 장건봉의 사위 이군방(李君房)이 다른 고을로 전임되어 갈 때 써 준 이별사로 그의 사람됨과 직무 태도가 정직함에 경의를 표하면서 혹 새로운 장관이 정도를 따르는 인물이 아니라면 직언을 함에 신중해야 할 것임을 내비치고 있다. 제목의 '愛直(애직)'이라는 두 글자에서 알 수 있듯이, 정직함을 아끼고 정직한 인물을 존중하는 뜻을 은연중에 나타내고 있다.

원문 및 주석

左右前後皆正人也, 欲其身之不正, 烏¹可得邪? 吾觀李生²在南陽公³之側, 有所不知, 知之未嘗不爲之思; 有所不疑, 疑之未嘗不爲之言; 勇不動于氣, 義不陳乎色。南陽公擧措施爲不失其宜, 天下之所窺觀⁴稱道洋洋⁵者, 抑⁶亦左右前後有其人⁷乎!

1 烏(오) : 어찌.
2 李生(이생) : 이군방(李君房). 이군방은 정원 6년(790) 진사(進士)로 장건봉의 사위다. '生'은 '선생(先生)'의 준말로 재주와 학문을 갖춘 사람 곧 지식인이나 학자의 통칭이다.
3 南陽公(남양공) : 서사호절도사(徐泗豪節度使) 장건봉으로 자가 본립(本立)이고 등주(鄧州) 남양(南陽 : 지금 하남성 남양시) 사람.
4 窺觀(규관) : 넘겨 살피다. 몰래 관찰하다.
5 洋洋(양양) : 성대한 모양. '아름답고 훌륭하다(美善)'는 뜻으로 보아 '남양공이 행한 정치가 위대하다고 칭찬하다'로 풀이하기도 한다.
6 抑(억) : 아마도. 추측어기를 나타내는 부사.
7 其人(기인) : '바로 그 사람' 곧 '남양공의 신징을 드러내기에 합당한 인물로 위에 나온 '정직한 사람(正人)'을 가리킨다.

凡在此趨公之庭⁸, 議公之事者, 吾旣從而遊矣。言而公信之者, 謀而公從之者, 四方之人則旣聞而知之矣。李生, 南陽公之甥⁹也。人不知者將曰: "李生之託婚訥貴富之家, 將以充其所求而止耳。" 故吾樂爲天下道其爲人焉。今之從事於彼¹⁰也, 吾爲南陽公愛之 ; 又未知人之擧李生於彼者何辭, 彼之所以待李生者何道。擧不失辭, 待不失道, 雖失之此足愛惜, 而得之彼爲歡忻, 於李生道猶若也 ; 擧之不以吾所稱, 待之不以吾所期, 李生之言不可出諸其口矣¹¹, 吾重¹²爲天下惜之。

8   趨公之庭(추공지정) : 공이 집무하는 대청으로 달려가다. 절도사의 막부에서 근무하는 막료들의 행위를 가리킨다.

9   甥(생) : 사위(女婿).

10 從事(종사) : 동사로 쓰여 보좌관으로 근무하다. '從事'는 본래 명사로 한대(漢代) 이후에 삼공(三公)이나 주군(州郡) 등의 장관이 스스로 불러 임용한 막료를 가리킨다.

11 이 구절은 이군방을 천거하거나 대우하는 것이 합당하지 않으면 거리낌 없이 정직한 직언을 하면서 봉직할 수 없음을 가리킨다.

12 重(중) : 거듭. 재삼. '매우', '극도로'란 뜻의 정도부사로 풀이하기도 하지만, 이 글에서 이군방을 위해 애석해하는 표현이 여러 차례 나온 점을 고려할 때 '거듭'으로 풀이하는 것이 좋을 듯하다.

HS-040 「장중승전 후서」

張中丞傳後敍

원화 2년(807) 4월 13일 밤에 내가 오군(吳郡) 사람 장적(張籍)과 함께 집안의 옛 서적들을 뒤지다가 이한(李翰)이 지은 「장순전(張巡傳)」을 발견했다. 이한은 문장으로 자부한 사람으로 이 전기를 매우 상세하게 써놓았다. 그럼에도 불구하고 나는 누락된 점이 있음을 유감스럽게 생각하고 있었으니, 허원(許遠)의 전기를 별도로 쓰지 않은 것과 뇌만춘(雷萬春) 사적의 시말도 적어 놓지 않은 것이 그것이다.

허원은 비록 재능이 장순에 미치지 못하는 듯했으나 성문을 열어 장순을 맞아들이고, 지위가 장순보다 위에 있었음에도 그에게 병권을 넘기고 그의 아래에 있으면서 의심하거나 시기하는 마음을 품지 않았으며, 급기야는 장순과 함께 성을 지키다가 목숨을 바치고 공적과 명성을 이루었다. 성이 함락되고 포로가 되었을 때, 장순과 죽은 시간의 선후만 다를 뿐이었다. 두 집안의 자제들이 재주와 지혜가 보잘것없어서 부친들의 뜻을 제대로 알아차리지 못하고, 장순은 피살되었는데도 허원은 포로가 되었다고 여기고는 허원이 죽음을 두려워해 투항을 요청한 것으로 의심했다. 허원이 진실로 죽음을 두려워했다면, 무엇 때문에 얼마 안 되는 땅을 지키기 위해서 자기가 사랑하는 사람의 살점을 먹으면서까지 적들과 대항하고 항복하지 않았겠는가? 그가 포위를 당한 채 성을 지키고 있을 때 밖으로 왕개미나 개미새끼 만큼의 조그마한 지원도 없는 상황에서 충성을 다하고자 한 것은 나라와 임금뿐이었거늘, 적들이 나라는 망하고 임금은 이미 죽었다고 하자 허원은 원군이 오지 않고 적군이 갈수록 수가 더 늘어나는 것을 눈으로 직접 보고, 필시 적들의 말이 신빙성이 있다고 여겼던 것이다. 밖으로 기다릴 구원병이 없는데도 불구하고 성을 사수하고, 성안에는 서로 잡아먹을 사람마저도 거의 바닥이 난 상태였으니, 비록 어리석은 사람이라도 날짜를 헤아리며 죽을 곳을 알 수 있었다. 그러니 허원이 죽음을 두려워하지 않은 것은 또한 자명하도다! 성이 허물어져 자기 부하 장병들이 모두 다 죽는데, 어디 수치와 치욕을 덮어쓰고 혼자 살기를 구했을 리가 있겠는가? 비록 지극히 어리석은 사람이라고 하더라도 차마 하지 않았을 것인데, 아아! 허원과 같은 현명한 사람이 이렇게 했을 것이라고 하겠는가?

왈가왈부하는 사람들이 또 허원과 장순이 성을 나누어서 지켰는데 성의 함락은 허원이 분담한 곳부터 시작되었다고 말한다. 이 점을 가지고 허원을 나무라는데, 이것 또한 어린아이들의 식견과 다를 게 없다. 사람이 죽음에 임박할 때 오장육부 가운데 필시 먼저 병에 걸리는 부위가 있게 마련이고, 밧줄을 당겨 절단할 때도 끊어지는 곳이 있게 마련이다. 방관자들이 이렇게 된 상황을 보고서 문제가 발생한 곳에 죄를 돌린다면, 그 또한 이치를 너무 모르는 것이로다! 소인배들이 입방아 찧기를 좋아하고 다른 사람의 미덕이 잘 이루어지는 것을 즐거워하지 않는 것이 이와 같도다! 장순과 허원 같은 사람이 이룬 공적이 이처럼 우뚝 두드러진데도 오히려 입방아를 면할 수 없을진댄, 그 나머지 사람들은 또 달리 무슨 말을 할 게 있겠는가? 두 공께서 애당초에 성을 지킬 때 어찌 다른 사람들이 끝내 구해주지 않을 것을 알아서 성을 버리고 미리 도망갈 수 있었겠는가? 만약 이곳을 지킬 수 없어서 다른 곳으로 도피해갔던들 무슨 소용이 있었겠는가! 그들이 지원을 받지 못하고 또 매우 곤궁한 처지에 놓인 뒤에야, 부상을 당해 불구가 되고 굶주리고 쇠약해진 잔여 병사들을 이끌고 떠나고자 했더라도 필경 목적을 달성하지 못했을 것이다. 두 공은 현명해 매우 주도면밀하게 살폈도다! 이 한 성을 지켜 천하를 수호할 수 있음에, 수천 수백 명의 거의 다 소진되어가는 졸병들로 백만 명의 날로 불어나는 적군과 싸워서 장강(長江)과 회수(淮水) 유역을 차단해 방어하고 적군의 기세를 저지시켰으니, 천하가 망하지 않은 것은 누구의 공이겠는가! 이때에 성을 버리고 살아남기를 도모한 자들이 한둘이 아니며, 강한 군대를 마음대로 부릴 수 있으면서도 가만히 앉아서 방관한 자들이 서로 사방을 에워싸고 있었다. 이들을 추궁해 논하지 않고 두 공께서 성을 사수한 것을 책망한다면, 이는 또한 근거 없는 주장을 하는 자들이 스스로 반란을 일으킨 적들의 편에 서서 황당무계한 말을 날조해 적들의 공격을 방조하는 것이리라!

내가 일찍이 변주(汴州)와 서주(徐州)의 막부에서 보좌관으로 있을 때, 여러 차례 두 지역을 내왕하면서 사람들이 '쌍묘(雙廟)'라고 하는 곳에 가서 직접 제사를 지내곤 했다. 그곳의 노인들이 이따금씩 장순과 허원의 당시 사정을 다음과 같이 이야기해주었다.

남제운(南霽雲)이 하란진명(賀蘭進明)에게 가서 구원병을 요청했을 때 하란진명은 장순과 허원의 명성과 공적이 자기보다 더 높아지게 될까 봐 시기해 군대를 내어 구원해주려 하지 않고, 남제운의 용감하고 건장함을 좋아해 그의 말을 듣지 않고서 억지로 머무르게 한 뒤 음식과 풍악을 차려놓고 그를 청하여 앉게 했다. 남제운이 북받쳐 오르는 심정으로 말했다.

"제가 이곳으로 올 때 수양성(睢陽城)의 사람들은 먹지 못한 지가 한 달 이상이 되었소이다. 제가 비록 혼자 먹고자 하나 도의상 차마 그럴 수 없으며, 설사 먹는다고 하더라도 목구멍으로 넘기지 못하겠소이다."

그러고 나서 차고 있던 칼을 빼서 손가락 하나를 잘라 선혈이 뚝뚝 떨어지는 채로 그것을 하란진명에게 보여주었다. 좌중에 있던 모든 사람들이 크게 놀라며 다 격분해서 남제운을 위해 눈물을 흘렸다. 남제운은 하란진명이 끝내 자기를 위해 군대를 내어줄 뜻이 없음을 알고 즉각 말을 달려 떠나갔는데, 막 성을 나설 즈음에 화살을 뽑아 사찰의 불탑에 쏘니 화살이 불탑 위의 벽돌에 반이나 깊숙하게 박혔다. 남제운이 말했다.

"내가 돌아가 적들을 격파한 뒤에 반드시 하란진명을 멸할지니, 이 화살이 그 징표가 될 것이다."

내가 정원(貞元) 연간에 사주(泗州)를 지나간 적이 있었는데, 배안에 타고 있던 사람들이 아직도 그 화살을 가리키며 이 일을 입에 담고 있었다. 성이 함락된 뒤 적들이 칼을 들이대고 장순에게 투항하도록 위협했지만, 장순이 굴복하지 않자 곧 끌고 가서 목을 베려 했고, 또 남제운에게 투항하도록 했지만 남제운도 대답을 하지 않았다. 장순이 남제운을 불러 말했다.

"남팔(南八)아 사내대장부는 한 번 죽을 뿐이니 불의에 굴복할 수는 없다."

남제운이 웃으며 말했다.

"본래 살아남아 앞으로 할 일을 하고자 했으나, 공께서 이처럼 말하시니 제가 어찌 감히 죽지 않고자 하겠습니까?"

그러고는 굴복하지 않았다.

장적이 말했다.

"우숭(于嵩)이라는 사람이 젊었을 때 장순에게 의지해 살았는데, 장순이 반군을 토벌하기 위해 군대를 일으켰을 때 그는 줄곧 포위된 성안에 있었다. 내가 대력(大曆) 연간에 화주(和州) 오강현(烏江縣)에서 그를 만났는데, 그는 그때 나이가 60여 세였다. 장순을 따라 싸운 공으로 처음에 임환현위(臨渙縣尉)에 임명되었는데, 배우기를 좋아해 읽지 않은 책이 없었다. 나는 당시에 아직 어려서 장순과 허원의 사적을 대충 물어보았을 뿐 자세하게 묻지를 못했다. 우숭이 장순은 키가 일곱 자가 넘고 수염이 신선과 같이 길었다고 했다. 장순이 일찍이 우숭이 『한서(漢書)』를 읽는 것을 보고 그에게 일러 말한다.

'무엇 때문에 오래도록 이 책을 읽소?'

우숭이 말한다.

'아직 익숙하게 읽지를 못했습니다.'

장순이 말한다.

'나는 단지 세 번만 책을 읽으면 평생 잊어버리지 않소.'

그러고 나서 우숭이 읽고 있는 책을 암송하는데 한 권이 다 끝나도록 한 글자도 틀리지 않았다. 우숭은 깜짝 놀라며 장순이 우연히 이 한 권에만 익숙할 것이라고 여기고, 무작위로 다른 한 질의 책을 뽑아 시험해보았지만 그러하지 않은 것이 없었다. 우숭이 또 서가에서 여러 책들을 꺼내 장순에게 시험해 물어보니, 그는 말이 떨어지자마자 즉석에서 암송하며 전혀 망설임이 없었다. 우숭은 장순을 오래 동안 따라다녔지만, 그가 책 읽는 것은 보지 못했다. 문장을 지을 때도 종이와 붓을 쥐고 그 자리에서 바로 써나갈 뿐, 일찍이 초안을 잡는 법이 없었다. 애당초에 수양성을 지킬 때 병사들이 거의 만 명 남짓이나 되고 성안의 주민들도 거의 수만 가구에 달했는데, 장순이 한 번 성명을 물은 적이 있을 뿐인데도 뒤에 알지 못하는 사람이 없었다. 장순은 노하면 바로 수염이 벌어졌다. 성이 함락되었을 때 적들이 장순 등 수십 명을 포박해 앉히고 죽이려 할 즈음에 장순이 일어나 사방을 둘러보니, 그의 뭇 부하들은 장순이 일어난 것을 보고서 어떤 이는 일어나고 어떤 이는 울었다.

장순이 말했다.

'너희들은 두려워하지 말라, 죽는 것은 운명이다.'

뭇 부하들은 울면서 고개를 들고 쳐다보지 못했다. 장순은 처형될 때에 안색 하나 변하지 않고 태연자약 침착한 모습이 평상시와 꼭 같았다. 허원은 관대하고 중후하며 덕망이 높은 사람으로 외모가 그의 속마음과 같았으며, 장순과 같은 해에 태어났으나 월일이 장순보다 뒤라서 장순을 형님으로 불렀는데 죽을 당시 나이가 49세였다. 우숭은 정원 초에 박주(亳州)와 송주(宋州) 일대에서 죽었다. 어떤 사람이 전하기로는 박주와 송주 일대에 그의 전답이 있었는데, 군인이 그 땅을 빼앗아 차지하자 관가에 가서 고소하려다가 살해되었다고 한다. 우숭에게는 자식이 없었다."

장적이 이상과 같이 이야기했다.

해제

원화 2년(807) 여름 권지국자박사 재직 시에 장안(長安)에서 낙양(洛陽)으로 가기 전에 쓴 글. 조정의 일부 문무 관료들이 안사(安史)의 난 때 저지른 자신들의 비겁한 행위를 덮기 위해 국난 시에 목숨을 버리고 싸운 장순(張巡, 709-757)과 허원(許遠, 709-757) 등을 헐뜯자, 이한(李翰)이 시시비비를 가리고자 사실에 근거해 「장순전(張巡傳)」을 써서 숙종(肅宗)에게 올렸다. 그러나 그로부터 50여 년이 지나자 장순과 허원에 대한 근거 없는 소문이 나돌고 이한의 「장순전」도 누락되어 불충분한 점이 없지 않았으므로, 작자가 이 글을 지어 이들에 대한 비방에 반격을 가하고 누락된 사실을 보충 서술했다.

'後敍(후서)'는 본래 '後序'로도 적는 발문(跋文) 성격의 글로 원작인 「장순전」의 뒤에 덧붙인 것이지만, 이 글은 실제 역사 전기의 한 변체(變體)로서의 모습을 간직하고 있다. 이 글은 반도들과 맞서 싸운 영웅들의 공적을 칭송하고 그들을 둘러싼 평가의 시시비비를 해명하는 데 주안점을 둠으로써, 「장순전」과의 중복을 피하고 작자 나름의 관점을 돋보이게 드러낼 수 있었다. 즉 사실에 대한 장황한 서술보다는 서사를 의론의 증명거리로 활용해 서로 잘 안배함으로써 장순과 허원의 공적에 대한 몇 가지 잘못된 관점을 하나하나 조리 있게 변박했다. 역사물을 제재로 삼았지만 역사의 정전(正傳)이 아닌 관계로 숨은 일화나 세목 따위를 끌어와 적절하게 서술하고, 인물의 성격이나 형상 및 장면에 대한 소설적 묘사를 덧붙여서 논란거리에 대한 시비 가리기라는 작자의 창작의도를 잘 수행한 것이다. 이를 통해 작자는 뜨거운 열정과 분명한 태도로 국난에 임해 목숨을 내던져 싸운 영웅들을 기리고, 그 속에 번진의 할거를 반대하고 중앙집권을 주장한 자신의 정치적 소신을 잘 담아내고 있다.

원문 및 주석

元和二年[1]四月十三日夜, 愈與吳郡[2]張籍[3]閱家中舊書, 得李翰[4]所爲張巡[5]傳。翰以文章自名[6], 爲此傳頗詳密, 然尚恨有闕[7]者：不爲許遠[8]立傳, 又不載雷萬春[9]事首尾[10]。

1   元和二年(원화이년) : 서기 807년. 원화는 당나라 헌종(憲宗)의 년호.

2 吳郡(오군) : 지금 강소성(江蘇省) 소주시(蘇州市).

3 張籍(장적) : 자가 문창(文昌)이고 생몰년은 대략 767-830년이며, 화주(和州 : 지금
   안휘성(安徽省) 화현(和縣)] 사람이다. 오군(吳郡)은 그의 원적지며, 정원 14년
   (798)에 진사가 되었고, 수부낭중(水部郎中)과 국자사업(國子司業) 등의 관직을
   역임했다. 한유로부터 고문을 배운 제자로 악부시를 잘 지었는데, 『장사업집(張
   司業集)』 8권을 남기고 있다.

4 李翰(이한) : 조주(趙州) 찬황[贊皇 : 지금 하북성 원씨현(元氏縣)] 사람으로 관직
   이 한림학사(翰林學士)까지 올랐다. 일찍이 장순의 전기를 써서 숙종 황제에게
   올려 장순을 둘러싼 비방에 반대했다.

5 張巡(장순) : 등주(鄧州) 남양(南陽 : 지금 하남성 남양시) 사람으로 개원(開元)
   말엽에 진사가 되었다. 태자통사사인(太子通事舍人)으로 청하현령(淸河縣令)으
   로 전출되었다가 진원현령(眞源縣令)으로 전임했는데, 안녹산(安祿山)의 난이
   일어나자 군대를 일으켜 항거했다. 뒤에 어사중승(御史中丞)에 임명되어 허원
   과 합세해 수양성(睢陽城)을 방어했다. 수양성에서 10개월 여 포위된 채로 성을
   사수하다가, 군량이 떨어져 성은 함락되고 부장 36명과 함께 전사했다.

6 自名(자명) : 자부하다. 자신하다.

7 闕(궐) : 빠지다. 누락되다. '缺(결)'과 같다.

8 許遠(허원) : 자는 영위(令威), 항주(杭州) 염관[鹽官 : 지금 절강성 해녕현(海寧
   縣)] 사람이다. 안사의 난 때 수양[睢陽 : 지금 하남성 상구시(商丘市)] 태수를 담
   당하고 있던 중 장순과 합세해 반군의 진격에 항거하다가 성이 함락된 뒤 포로
   가 되어 낙양으로 압송되던 도중에 굴복하지 않아 언사현(偃師縣)에 이르러 피
   살되었다.

9 雷萬春(뇌만춘) : 장순의 부장. 얼굴에 화살이 6발이나 꽂힌 뒤에도 우뚝 선 채
   로 동요하지 않다가 성이 함락된 뒤 처형되었다고 전해지지만, 그의 사적은 당
   시에 이미 분명하지 않아 이 글에서도 언급되어 있지 않다. 일설에는 이것은
   '南霽雲(남제운)'의 잘못이라고 하는데 그래야 이 글의 앞뒤가 맞아 들어간다.

10 首尾(수미) : 사적의 시말. 출신이나 순국한 뒤에 추증 받은 관직 등의 전말.

遠雖材若不及巡者, 開門納巡[11], 位本在巡上, 授之柄[12]而處其下, 無所疑
忌, 竟與巡俱守死、成功名 ; 城陷而虜[13], 與巡死先後異耳。兩家子弟材智
下[14], 不能通知[15]二父志, 以爲巡死而遠就虜, 疑畏死而辭服[16]於賊。遠誠畏
死, 何苦守尺寸之地, 食其所愛之肉[17], 以與賊抗而不降乎? 當其圍守時,
外無蚍蜉蟻子[18]之援, 所欲忠者, 國與主耳 ; 而賊語以國亡主滅[19], 遠見救
援不至, 而賊來益衆, 必以其言爲信。外無待而猶死守[20], 人相食且盡, 雖
愚人亦能數日[21]而知死處矣, 遠之不畏死亦明矣! 烏有城壞其徒[22]俱死, 獨

蒙愧恥求活, 雖至愚者不忍爲; 嗚呼! 而謂遠之賢而爲之邪[23]?

11 開門納巡(개문납순) : 이하 세 구절은 당나라 숙종 지덕(至德) 2년(757) 정월에 안녹산의 아들 안경서(安慶緒)의 부장 윤자기(尹子奇)가 13만 대군을 이끌고 수양성을 공격해옴에 허원이 장순에게 긴급 구조를 요청하자, 장순은 본래 현령으로 군대를 일으켜 안녹산에 항거하던 중에 영릉(寧陵 : 하남성 영릉현)을 통해 수양으로 들어와 허원과 합세한 일을 가리킨다. 이때 고을 태수인 허원이 현령으로 자신보다 낮은 지위의 장순에게 성을 지키는 군대 지휘권을 넘기고 자신은 보조하는 임무를 맡았다.

12 柄(병) : 병권. 군대 지휘권.

13 城陷而虜(성함이로) : 이하 두 구절은 지덕 2년 10월에 수양성이 함락되자 장순과 허원 등이 포로로 잡혔는데, 장순은 남제운, 뇌만춘 등 30여 명과 함께 그 자리에서 처형되고 허원은 낙양으로 압송되던 중 언사현에 이르러 살해된 일을 가리킨다.

14 兩家子弟材智下(양가자제재지하) : 이하 두 구절은 장순의 아들 장거질(張去疾)과 허원의 아들 허현(許峴)이 제각기 자기 부친의 공을 앞세우고 과오를 타인에게 전가하려고 한 일을 가리킨다. 당나라 대종(代宗) 대력(大曆) 연간에 장거질이 수양성 함락 당시에 장순 등 30여 명은 심장이 갈라지고 피부가 벗겨지는 참혹한 죽음을 당한 데 반해 허원은 홀로 살아 압송되었고, 장순이 임종 시에 허원의 본심을 헤아리기가 어려워 국가 대사를 그르쳤음을 한스럽게 여긴 점을 들어 허원에게 내려진 관작을 박탈해달라는 상소문을 올린 일이 있었다. 이에 황제는 상서성(尙書省)에 조칙을 내려 백관들에게 장거질 및 허현과 함께 이 문제의 시비를 가리도록 했다. 논의 결과 성이 도륙될 때 고을 태수를 생포해 압송하는 것은 큰 전공이 되므로 허원이 장순보다 뒤에 죽은 게 이상하게 여길 것이 못되며, 당시에 장거질은 아주 어려서 사건의 전모를 잘 알지 못했다는 결정이 내려졌다고 한다.

15 通知(통지) : 완전히 알아차리다. 통달하다.

16 辭服(사복) : 투항을 요청하다.

17 食其所愛之肉(식기소애지육) : 당시에 수양성에는 군량미가 바닥이 나서 먼저 차잎이나 종이를 먹고, 또 말, 쥐, 참새 등을 잡아먹은 뒤에 최후 수단으로 전투력이 없는 사람까지 먹었다고 하는데, 장순이 애첩을 죽이고 허원이 노비를 살해해 병사들의 허기신 배를 채웠다고 한다. 『신당서(新唐書) · 장순전(張巡傳)』과 『자치통감(資治通鑑)』 권220에 관련 기록이 보인다.

18 蚍蜉蟻子(비부의자) : 검은색의 왕개미와 개미새끼로 아주 미력한 존재를 뜻한다.

19 賊語以國亡主滅(적어이국망주멸) : 당시에 낙양과 장안의 두 수도가 함락되고 현종이 촉(蜀) 땅으로 피난했지만, 숙종이 이미 영무(靈武 : 지금 감숙성 영무현)에서 즉위했으므로 나라가 망하고 임금이 시해되었다는 것은 반군들이 수양성에서 소식이 단절되어 있던 장순과 허원 등의 투항을 받기 위해 날조해낸 말이

다. 이런 사실이 역사서에는 기록되어 있지 않는 것으로 보아, 작자가 달리 전
해들은 소문에 근거한 것으로 여겨진다.

20 外無待而猶死守(외무대이유사수) : 이 구절은 수양성이 반군에게 포위되어 위급
한 상태에 처해 있을 때, 당시 주위에는 어사대부(御史大夫) 겸 하남절도사(河
南節度使) 하란진명(賀蘭進明)이 임회[臨淮 : 지금 안휘성 사현(泗縣)], 허숙기(許
叔冀)가 초군[譙郡 : 지금 안휘성 박현(亳縣)], 상형(尙衡)이 팽성[彭城 : 지금 강
소성 동산현(銅山縣)]에서 대군을 이끌고 주둔하고 있었지만 사태를 관망할 뿐
구원병을 보내주지 않은 사실을 가리킨다.

21 數日(수일) : 날짜를 헤아리다. 죽을 시기를 미리 짐작함을 말한다.

22 徒(도) : 무리. 성을 지키던 허원의 부하들.

23 邪(야) : 의문어기사로 '耶'와 같다.

說者又謂遠與巡分城而守^{24}, 城之陷, 自遠所分始。以此詬^{25}遠, 此又與兒
童之見無異。人之將死, 其藏腑^{26}必有先受其病者; 引繩而絶之, 其絶必有
處: 觀者見其然, 從而尤^{27}之, 其亦^{28}不達於理矣。小人之好議論, 不樂成
人之美^{29}, 如是哉! 如巡遠之所成就, 如此卓卓^{30}, 猶不得免, 其他則又何
說! 當二公之初守也, 寧能知人之卒不救, 棄城而逆遁^{31}? 苟此不能守, 雖
避之他處何益; 及其無救而且窮也, 將^{32}其創殘餓羸之餘^{33}, 雖欲去必不
達。二公之賢, 其講之精^{34}矣。守一城捍^{35}天下, 以千百就盡之卒, 戰百萬
日滋之師, 蔽遮^{36}江淮^{37}, 沮遏^{38}其勢, 天下之不亡, 其誰之功也! 當是時,
棄城而圖存者^{39}, 不可一二數; 擅^{40}彊兵^{41}坐而觀者, 相環也: 不追議此, 而
責二公以死守, 亦見其自比於逆亂, 設淫辭^{42}而助之攻也!

24 分城而守(분성이수) : 장순과 허원이 각기 수양성의 동북과 서남을 나누어 지킨
사실을 가리킨다.

25 詬(구) : 나무라다. 비난하다.

26 藏腑(장부) : 오장육부로 인체 내부 장기의 총칭. '藏'은 '臟'과 같다.

27 尤(우) : ~의 탓으로 돌리다. ~에게 죄를 돌리다.

28 亦(역) : 어기를 가중시키는 부사.

29 成人之美(성인지미) : 타인의 미덕을 완성시켜주다. 타인의 장점을 발전시켜주
다. 『논어·안연(顔淵)』편에 "군자는 남의 장점을 완성시켜주고 남의 단점을 조
장하지 않지만, 소인은 이와 정반대다(君子成人之美, 不成人之惡, 小人反是)"라
는 글귀가 보인다.

30 卓卓(탁탁) : 두드러지게 우뚝 솟은 모양.

31 棄城而逆遁(기성이역둔) : 당시 성을 버리고 미리 다른 곳으로 군대를 옮기는 문

제를 둘러싼 논의를 가리킨다. 『신당서·장순전』에 의하면 많은 무리들이 동쪽으로 도망가는 것이 좋다는 의견을 내놓았지만, 허원과 장순은 수양성이 강회(江淮) 지방으로 통하는 전략적 요충지라서 만약 이곳을 버리고 떠난다면 반군이 승세를 몰아 남하하게 될 테므로 강회 지방이 쉽게 적군의 손아귀에 들어갈 것이고, 굶주린 군대를 이끌고 이동하면 목적지에 도달하지 못할 것이라는 점을 들어 반대했다. '逆遁'은 '사전에 미리 헤아려 도망가다'는 뜻이다.

32 將(장) : 거느리다. 통솔하다.

33 創殘餓羸之餘(창잔아리지여) : 부상을 당해 불구가 되고 굶주려서 쇠약해진 잔여병사.

34 講之精(강지정) : 정밀하게 고려하다. 주도면밀하게 살피다.

35 捍(한) : 수호하다. 보위하다.

36 蔽遮(폐차) : 차단하다. 적의 공세를 차단하여 방어하다는 뜻.

37 江淮(강회) : 장강(長江)과 회수(淮水) 유역. 중국 남방의 대평원으로 곡창지대.

38 沮遏(저알) : 저지하다. 막다.

39 棄城而圖存者(기성이도존자) : 안녹산의 난 이후에 초군(譙郡)태수 양만석(楊萬石)과 옹구(雍丘)현령 영호조(令狐潮)가 반군에 투항했고, 산동동도절도사(山東東道節度使) 노경(魯炅)은 남양(南陽)을 버리고 양양(襄陽)으로 도망했으며, 영창(靈昌)태수 허숙기(許叔冀)는 팽성(彭城)으로 도주했다. 『신당서·장순전』과 『자치통감(資治通鑑)』 권219에 관련 기록이 보인다.

40 擅(천) : 제멋대로 하다. 혼자 독점하다.

41 彊兵(강병) : 강한 군대. '彊'은 '강(强)'과 같다.

42 洭辭(음사) : 황당무계한 말. '洭'은 '분수에 넘치다'는 뜻.

愈嘗從事於汴徐二府[43], 屢道[44]於兩府間, 親祭於其所謂雙廟[45]者；其老人往往說巡遠時事, 云：“南霽雲[46]之乞救[47]於賀蘭[48]也, 賀蘭嫉巡遠之聲威功績出己上, 不肯出師救。愛霽雲之勇且壯, 不聽其語, 彊[49]留之, 具食與樂, 延[50]霽雲坐。霽雲慷慨[51]語曰：‘雲來時, 睢陽之人不食月餘日矣！雲雖欲獨食, 義不忍；雖食, 且不下咽[52]。’ 因拔所佩刀, 斷一指, 血淋漓[53], 以示賀蘭。一座大驚, 皆感激爲雲泣下。雲知賀蘭終無爲雲出師意, 卽馳去, 將出城, 抽矢射佛寺浮圖[54], 矢著其上甎[55]半箭, 曰：‘吾歸破賊, 必滅賀蘭, 此矢所以志[56]也！’ 愈貞元[57]中過泗州[58], 船上人猶指以相語。城陷, 賊以刃脅降巡, 巡不屈, 卽牽去, 將斬之；又降霽雲, 雲未應, 巡呼雲曰：“南八[59], 男兒死耳, 不可爲不義屈！” 雲笑曰：“欲將以有爲也。公有言, 雲敢不死。” 卽不屈。

43 從事於汴徐二府(종사어변서이부) : 한유는 정원 12년(796) 6월에 낙양에서 변수

(汴州)로 가서 선무군절도사(宣武軍節度使) 동진(董晉)의 막부에서, 정원 15년 (799) 2월에 변주를 떠나 서주(徐州)로 가서 서사호절도사(徐泗豪節度使) 장건 봉(張建封)의 막부에서 보좌관으로 일했다.

44 屢道(누도) : 수차례 지나가다. '道'가 동사로 쓰여 '거치다', '지나가다'는 뜻.

45 雙廟(쌍묘) : 숙종 때에 장순을 양주대도독(揚州大都督), 허원을 형주대도독(荊 州大都督)에 추증한 뒤 수양에 사당을 세워 '쌍묘'라 부르고 매년 세시에 제사를 지내게 했다.

46 南霽雲(남제운) : 위주(魏州) 돈구(頓丘) : 지금 하남성 청풍현(清豐縣) 서남 사람 으로 젊어서 미천한 신분으로 배를 만들어 파는 일에 종사했다. 안녹산의 난 때 에 거야현위(鉅野縣尉) 장소(張沼)가 군대를 일으켜 반군을 토벌할 때 장군으로 발탁되었다. 뒤에 상형(尚衡)의 선봉장으로 수양에 이르러 장순의 사람됨에 감 동해 그의 부장으로 수양성을 사수하다가 장순과 함께 순국했다.

47 乞救(걸구) : 구원병을 요청하다.

48 賀蘭(하란) : 어사대부 겸 하남절도사 하란진명(賀蘭進明)으로 당시 대군을 이끌 고 임회(臨淮) 지방에 주둔하고 있었다.

49 彊(강) : 억지로. 무리하게. '強'과 같다.

50 延(연) : 초치하다. 초대하다.

51 慷慨(강개) : 비분강개하다. 감정이 격앙되어 북받쳐 오르다.

52 下咽(하연) : 목구멍 아래로 삼키다.

53 淋漓(임리) : 흠뻑 젖어 뚝뚝 떨어지다.

54 浮圖(부도) : 여러 가지 뜻이 있으나 여기서는 불탑을 가리킨다.

55 甎(전) : 불탑의 벽돌.

56 志(지) : 표지가 되다. 표지로 삼다. '誌'와 같다.

57 貞元(정원) : 당나라 덕종(德宗)의 연호(785-804).

58 泗州(사주) : 일찍이 임회군(臨淮郡)으로 불렸으며, 하란진명 군대의 주둔지.

59 南八(남팔) : 남제운. 남제운이 형제자매(종형제자매 포함)들 가운데 순서가 여 덟 번째임을 나타내는데, 이렇게 부르는 것은 친밀감의 표시다.

張籍曰 : 有于嵩者, 少依於巡。及巡起事[60], 嵩常在圍中。籍大曆[61]中於和 州烏江縣[62]見嵩, 嵩時年六十餘矣。以巡初嘗得臨渙縣尉[63], 好學無所不讀。 籍時尚小, 粗問巡遠事, 不能細也。云 : 巡長七尺餘, 鬚髯[64]若神。嘗見嵩 讀漢書[65], 謂嵩曰 : "何爲久讀此?" 嵩曰 : "未熟也。" 巡曰 : "吾於書讀不過三 徧, 終身不忘也。" 因誦嵩所讀書, 盡卷不錯一字。嵩驚, 以爲巡偶熟此卷, 因亂抽[66]他帙[67]以試, 無不盡然。嵩又取架上諸書試以問巡, 巡應口誦無疑。 嵩從巡久, 亦不見巡常讀書也。爲文章, 操紙筆立書[68], 未嘗起草。初守睢陽時, 士卒僅[69]萬人, 城中居人戶亦且[70]數萬, 巡因一見問姓名, 其後無不識者。巡怒, 鬚髯輒[71]張。及城陷, 賊縛巡等數十人坐, 且[72]將戮, 巡起旋[73], 其衆見巡起, 或起或泣, 巡曰: "汝勿怖! 死, 命也。" 衆泣不能仰視。巡就戮時, 顏色不亂[74], 陽陽[75]如平常。遠寬厚長者[76], 貌如其心, 與巡同年生, 月日後於巡, 呼巡爲兄, 死時年四十九。嵩貞元初死於亳宋間[77]。或傳嵩有田在亳宋間, 武人奪而有之, 嵩將詣[78]州訟理[79], 爲所殺。嵩無子。張籍云[80]。

---

60 起事(기사) : 군대를 일으켜 안녹산의 반군을 토벌한 것을 말한다.
61 大曆(대력) : 당나라 대종(代宗)의 연호(766-779).
62 和州烏江縣(화주오강현) : 지금 안휘성 화현(和縣) 동북 오강진(烏江鎭).
63 以巡初嘗得臨渙縣尉(이순초상득임환현위) : 장순이 순국한 뒤에 조정에서 장순을 도와 수양성 방어에 가담한 사람들을 공에 따라 상을 내렸을 때, 우숭이 임환현위에 임명된 것을 가리킨다. 임환은 지금 안휘성 숙현(宿縣) 서북이고, 현위는 현의 군사에 관한 일을 관장하는 관직.
64 鬚髯(수염) : 수염의 총칭. 턱에 난 것을 '鬚', 뺨에 난 것을 '髯'이라고 한다.
65 漢書(한서) : 동한(東漢) 사람 반고(班固, 32-92)가 편찬한 서한(西漢) 왕조의 역사서. 120권, 기전체로 된 서한 한 왕조만을 다룬 최초의 단대사(斷代史).
66 亂抽(난추) : 무작위로 뽑다.
67 帙(질) : 책갑. 책을 싸는 커버. 보통 몇 권씩을 한 질에 넣었는데, 여기서는 책갑 속의 책을 가리킨다.
68 立書(입서) : 그 자리에 선 채로 바로 쓰다.
69 僅(근) : 거의. 단옥재(段玉裁, 1735-1815)의 『설문해자주(說文解字注)』에 의하면 당나라 사람들의 글에 '僅'자가 '庶幾'의 '幾'라는 뜻으로 많이 쓰였다고 한다.
70 且(차) : 거의 ~에 가깝다. 대략을 나타내는 수량부사.
71 輒(첩) : 늘. 항상.
72 且(차) : 또. 게다가. 점층 관계를 나타내는 접속사.
73 起旋(기선) : 일어나 사방 한 바퀴 둘러보다. '旋'자는 '한 바퀴 둘러보다'는 뜻 이외에 '소변을 보다'로 풀이하기도 한다.
74 不亂(불란) : 변하지 않다.
75 陽陽(양양) : 태연하고 침착한 모양.
76 長者(장자) : 덕망이 높은 사람.
77 亳宋間(박송간) : 박주와 송주. 곧 지금의 안휘성 박현과 하남성 수양(睢陽) 일대.
78 詣(예) : 나아가다. 이르다.
79 訟理(송리) : 소송하다. 고소하다.
80 張籍云(장적운) : 작자가 전해들은 일화의 신빙성을 높이기 위해 이 단락의 첫머리에 '張籍曰'이라고 하고, 그 말미에 또 이 구절을 덧붙였다.

「하중부의 연리목을 칭송하여」

河中府連理木頌

　　사공(司空) 함녕군(咸寧郡) 군왕(郡王)께서 포주(蒲州)를 다스리신 지 7년
째 되던 해에 두 나무의 가지가 맞붙어 하나로 된 일이 황하의 동쪽 고
을에서 발생했다. 농부가 와서 보고해 말했다.

　　"저는 옛날의 상황을 알지는 못하지만, 아마도 땅의 기운이 서로 잘
통하기 때문일 것입니다."

　　우리 군왕의 미덕에 서로 잘 통하게 하는 것이 다섯 가지가 있으니,
이로 말미암아 두 나무가 맞붙어 감응한 것이다. 군대를 훈련시켜 위엄
을 떨쳐 흉악하고 간사한 무리들을 소탕해 진멸시켰으며, 덕에 의한 정
치를 실행하고 조화로움을 선양해 백성들이 편안하고 화목하며, 조정에
들어가 삼공(三公)의 지위에 이르니 백관들이 각자의 직무에 충실하며,
용감한 정예부대를 불러들여 통솔하니 주위 사방에서 예의를 갖추어 오
며, 홀아비와 과부를 불쌍히 여겨 어질게 대하니 불안한 사람들도 다
편안하게 되었다. 백성들이 군왕의 미덕을 즐겁게 여겨 억만년 장수하

도록 축원하고, 부중(府中)에는 뭇 관리들이 있고 군왕에게는 보좌관들이 포진되어 있어, 몸은 다르지만 마음은 하나가 되어 백성들을 태평성대로 돌아가게 했다. 천자께서 이를 가상히 여겨 사람을 보내 상을 내리고 군왕을 위로하시니, 군왕께서 이마에 손을 대고 머리를 조아려 큰절을 하면서 말씀하셨다.

"천자의 광채가 빛나고 온 공덕이 밝고 뚜렷하게 비치니, 신령이 이에 상서로운 복을 내려주셨도다."

뿌리가 다르면서 가지가 맞붙어 하나로 된 나무와, 같은 꽃으로 피어났지만 다른 이랑에서 자라난 벼는 내가 이 땅에서 생산되기를 기다린 지 오래되었다. 지금 내가 천자에게 알리려고 죽간(竹簡)에 그것을 기록하고자 했으나, 군왕께서 나를 말리셨다. 금속을 녹여 주조하거나 돌을 캐내 잘라 그 위에 공적을 기록해 후세에 무궁토록 전하려 했지만, 군왕께서 또 나를 말리셨다. 날아오를 듯이 기쁜 마음이 떨쳐 일어남에 어쩔 줄 모르며, 이 칭송의 말에 기탁해 오래도록 변화한 큰 거리에서 말하고자 한다. 송찬의 말은 다음과 같다.

나무가 무엇 때문에 이런 상서로운 조짐을 드러내는가?
진실로 그 아름다움은 우리 군왕에게 달려 있네.
이 나무를 북돋우고 길러 영원토록 견고하게 해서
사람들이 그분을 잊지 않도록 하고자 하네.

해제

정원 7년(791) 진사시에 합격하기 이전인 작자 나이 24세 때에 지은 칭송의 문장으로 연리목(連理木)과 관련한 농부의 보고에 대해 고서의 근거를 끌어와 증명하기 위해 『서경(書經)』을 위시한 경전의 표현을 많이 인용하고 있다.

원문 및 주석

司空咸寧王¹尹蒲²之七年, 木連理³生于河之東邑。野夫來告, 且曰:"吾不知古, 殆氣之交暢也。" 維吾王之德, 交暢者有五, 是其應乎!:訓戎⁴奮威, 蕩戮凶回⁵;擧政宣和, 人則寧嘉;入踐台階⁶, 庶尹克司⁷;來帥熊羆⁸, 四方作儀⁹;閔仁鰥寡¹⁰, 不寧燕息¹¹。人樂王德, 祝年萬億, 府有羣吏, 王有從事, 異體同心, 歸民于理¹²。天子是嘉, 俾錫勞王¹³, 王拜稽首¹⁴:"天子之光, 庶德昭融¹⁵, 神斯降祥。" 殊本連理之柯, 同榮異壟¹⁶之禾, 吾儕¹⁷之産茲土也久矣。今欲明于大君¹⁸, 紀于策書¹⁹, 王抑余也;冶金伐石, 垂耀無極²⁰, 王余抑也。奮肆妁嫭²¹, 不知所如²², 願託頌詞, 長言之于康衢²³。頌曰:

1　司空咸寧王(사공함녕왕): 혼감(渾瑊, 736-800)으로 말타기와 활쏘기에 능했다. 안사의 난 때 이광필(李光弼, 708-764) 장군을 따라 하북(河北) 지방을 평정하고 곽자의(郭子儀, 697-781) 장군을 따라 장안과 낙양을 수복하는 데 큰 공을 세워, 덕종(德宗) 흥원(興元) 원년(784)에 하중윤(河中尹)·하중절도사에 제수된 뒤 함녕군왕(咸寧郡王)에 봉해지고 사공의 직함을 더해 받았다. 사공은 주대(周代)에 설치된 육경(六卿)의 하나로 후대 공부상서(工部尙書)의 별칭으로도 쓰였고, 한대(漢代) 이후 대사마(大司馬)·대사도(大司徒)·대사공(大司空) 또는 태위(太尉)·사도·사공 등 삼공(三公)의 하나를 가리키기도 했다.

2　尹蒲(윤포): 포주(蒲州)의 최고 장관이 되다. '尹'은 동사로 쓰여 '다스리다', '최고 장관이 되다'는 뜻. 포주는 개원(開元) 9년(721) 정월에 하중부(河中府)로 명칭이 바뀌었는데, 지금 산서성(山西省) 영제시(永濟市) 부근으로 황하 중류 지방이다.

3　木連理(목연리): 뿌리가 다른 두 나무의 가지가 맞붙어 하나로 되는 것으로 길조를 나타낸다. 반고(班固)의 『백호통(白虎通)·봉선(封禪)』에 "덕이 초목에까

지 미치니, 붉은 풀이 돋아나고 나무 가지가 맞붙어 하나로 된다(德至草木, 朱草生, 木連理)"는 글귀가 보인다.

4 訓戎(훈융) : 군대를 훈련시키다. '戎'은 여기서 '군대'의 뜻.

5 蕩戮凶回(탕륙흉회) : 흉악하고 간사한 무리를 소탕해 진멸시키다. '回'는 '도리에 맞지 않고 비뚤어지다'는 뜻이다. 이 표현은 한유의 삼전(三傳) 제자격인 손초(孫樵)의 「손씨서재록(孫氏西齋錄)」에 "착하고 어진 인재를 등용해 높이고 흉악하고 간사한 무리들을 소탕해 진멸시킨다(登崇善良, 蕩戮凶回)"는 글귀에도 그대로 쓰이고 있다.

6 入踐台階(입천태계) : 조정에 들어가 삼공(三公)의 지위에 이르다. '台階'는 본래 삼태성(三台星)의 이름으로 옛날에 삼공을 가리키는 말로 쓰였다.

7 庶尹克司(서윤극사) : 백관들이 각자의 직무를 잘 감당할 수 있다. '庶尹'은 '백관의 우두머리' 또는 '백관'을 가리키고, '克'은 '할 수 있다(能)', '司'는 '맡다' 또는 '감당하다'는 뜻이다. 『서경·익직(益稷)』에 "모든 짐승들이 다 같이 춤을 추고 백관의 우두머리들이 진실로 화합했습니다(百獸率舞, 庶尹允諧)"는 글귀가 보인다.

8 來帥熊羆(내솔웅비) : '來'는 사역동사로 쓰여 '오게 하다', '불러들이다'는 뜻이고, '帥'은 '통솔하다', '거느리다'는 뜻으로 '率(솔)'과 같다. '熊羆'는 곰과 말곰처럼 용감한 병사나 굳센 군대'를 가리킨다. 『서경·강왕지고(康王之誥)』에 "또 곰과 말곰과 같은 군사들과 두 마음을 품지 않는 신하들이 있어서 왕실을 보호하고 다스려주었다(則亦有熊羆之士不二心之臣, 保乂王家)"라는 글귀가 보인다.

9 四方作儀(사방작의) : 주위 사방에서 예의를 갖추어오다. '儀'는 『좌전·양공(襄公) 31년』에 "위세가 있어 사람들을 경외하게 할 수 있는 것을 위엄이라고 하고, 풍채가 당당해 사람들을 본받게 할 수 있는 것을 의표라고 한다(有威而可畏謂之威, 有儀而可象謂之儀)"는 데서 따온 말로 군왕께서 의표 당당한 모범을 보임에 주위 사방에서 예의를 갖추어오는 것을 가리킨다.

10 閔仁鰥寡(민인환과) : 홀아비와 과부를 긍휼히 여겨 어질게 대하다. '閔'은 '憫'과 통하며 '仁'은 동사로 '어질게 대하다'는 뜻이다. 『맹자·양혜왕하(梁惠王下)』에 의하면 '鰥'은 '늙어서 아내가 없는 홀아비(老而無妻)', '寡'는 '늙어서 남편이 없는 과부(老而無夫)'를 가리킨다.

11 不寧燕息(불녕연식) : 불안한 사람들이 모두 편안하게 쉬다. '燕息'은 『시경·소아·북산(北山)』의 "어떤 사람은 편안하게 쉰다(或燕燕居息)"라는 데서 나온 표현이다.

12 理(이) : 치세(治世). 태평성대. 당 고종의 이름 '治(치)'자를 피휘한 결과다.

13 俾錫勞王(비석로왕) : 사람을 시켜 상을 하사하고 군왕을 위로하게 하다. '錫'은 '賜(사)'와 통하고, '勞'는 '위로하다', '위문하다'는 뜻이다.

14 拜稽首(배계수) : 이마에 손을 대고 허리를 굽히고 머리를 조아려 땅에 갖다 대며 하는 큰절을 가리킨다. 『서경·익직』의 "고요가 이마에 손을 대고 머리를 조아려 절하며 큰 소리로 말한다(皐陶拜手稽首颺言)"는 데서 따온 표현이다.

15 昭融(소융) : 밝고 뚜렷하다. 『시경・대아・기취(旣醉)』의 "매우 밝고 뚜렷하다 (昭明有融)"는 데서 나온 표현이다.

16 同榮異壟(동영이롱) : 같은 꽃으로 피어났지만 다른 이랑에서 자라나다. 『서 경・미자지명(微子之命)』의 뒤에 붙은 서문에 보이는 "당숙이 벼를 얻었는데 이랑은 달리하면서도 같은 이삭으로 패어나 있어 그것을 천자에게 바쳤다(唐叔 得禾, 異畝同穎, 獻諸天子)"라는 표현과 유사하다.

17 吾俟(오혜) : 내가 기다린다. 강우(江右) 곧 장강 서쪽 지방에서 '人'을 '俟'로 불 렀다는 것에 따라 '吾俟'를 '우리들(吾人)'로 풀이하는 설도 있다.

18 大君(대군) : 천자. 『역경・사(師)』에 "천자의 명령이 있다(大君有命)"는 글귀가 보인다.

19 策書(책서) : 죽간(竹簡)에 기록하는 것을 가리킨다.

20 垂耀無極(수요무극) : 기록해 후세에 무궁토록 전하다.

21 奮肆姁嬰(분사후유) : 날아오를 듯이 기쁜 마음이 떨쳐 일어나다. '姁嬰'는 '서로 즐거워하는 모양'을 뜻한다.

22 不知所如(부지소여) : 갈 곳을 알지 못하다. 어찌할 줄을 모르다. '如'는 '가다(往)' 는 뜻이다.

23 康衢(강구) : 번화한 큰 거리. 사통팔달하는 대로. 세분해서 말하면 '康'은 '오거 리', '衢'는 '사거리'를 가리킨다.

木何爲兮此祥, 洵²⁴厥美兮在吾王。願封植²⁵兮永固, 俾斯人兮不忘。

24 洵(순) : 진실로. 참으로.

25 封植(봉식) : 흙을 북돋우고 기르다. '封埴' 또는 '封殖'으로 적기도 한다.

汴州東西水門記 · 幷序

정원 14년(798) 정월 무자일(戊子日, 7일)에 농서공(隴西公)이 동서 수문을 건설하도록 명해, 3월 초하루인 신사일(辛巳日)이 되자 수문이 완성되었다. 초삼일 계미일(癸未日)에 대대적으로 각종 음악을 합주하며 수상놀이를 벌여놓고, 감군(監軍), 행군사마(行軍司馬), 보좌관, 속관, 장교와 용감한 병사들을 모으고 사방의 빈객을 공손히 맞이해 낙성식을 거행했다. 남녀가 화락한 모습으로 모여 성의 안팎이 가득 인산인해를 이루었다. 의식을 마친 뒤에 공의 보좌관인 창려(昌黎) 사람 한유가 그 사적을 기록하도록 해달라고 청했다. 그 글은 다음과 같다.

변주(汴州)는 황하의 물이 성안을 관통해 흐르기에 애당초 강가에 물길을 막아 성벽을 쌓았는데, 중간에 성벽이 이어지지 않는 곳에는 강속에 크게 쇠사슬을 설치해 밤에는 떠오르고 낮에는 가라앉도록 해서 배들이 몰래 통행할 수 없도록 했다. 그러나 물의 흐름이 교차하는 곳에는 성벽이 뚫려 떨어져나가 바람과 공기가 막히지 않고 잘 새어나가는 탓에 성안에 사는 백성들이 편안해하지 못하고 유언비어가 여러 차례 들끓었기 때문에, 여러 해에 걸쳐서 이 문제에 대해 연구하고 깊이 생각해왔다. 황제께서 천하를 다스리신 지 18년째 되던 해에 이 지역에 사는 사람들이 포악한 재앙을 만났는데, 어리석고 미련한 어린 녀석이 큰 소리로 고함지르며 군대의 힘을 믿고 뭇사람들을 협박하니, 백성들이 두려워 벌벌 떠는 모습이 깊은 못으로 떨어지고 큰 바다에 빠지는 것 같았다. 이때 농서공께서 황제의 명을 받고 이 지역을 관장하는 절도사가 되시어, 호위병도 거느리지 않은 채 간편한 행장으로 수레에 몸을 싣고 낙양(洛陽)에서 부임해 오셨다. 그리고는 백성들을 위급한 상황에서 구하고 잘못된 폐단들을 없앴으며, 지나치게 엄숙하게도 않고 사납게도 하지 않으시고 온화한 모습으로 태평한 시대를 이루시니, 신령이 감응해 상서로운 복을 내리고 오곡이 풍성하게 익었다. 그리하여 백성들의 수가 늘어나고 삶이 풍족해 인력이 남아돌자, 감군에게 자문을 구하고 행군사마와 상의한 뒤 곧 수문을 건설해 이 고을 성곽의 일부로 삼아서 바람과 공기가 새어나가지 않도록 단단하게 하고 도적떼들의 출현을 막으셨다. 누런 물길은 성대하게 흐르고 날아갈 듯한 성루(城樓)는 아주 깊숙하고 널찍했는데, 이 기회에 장식을 했지만 관람하거나 유람을 하기 위한 것은 아니었다. 천자의 위풍당당한 무용은 농서공께서 드날리시고, 천자의 문화적 교화는 농서공께서 펼치셨다. 장대하게 용솟음치는 황하가 곤륜산(崑崙山)에서 발원했듯이 천자께서는 만세무궁하시고 농서공께서는 그 복을 받으실 것이다. 이에 산에서 돌을 캐내와 거기에 수문을 건설한 날짜를 새겨 후세 사람들에게 그 유래를 알도록 하고자 한다.

해제

　정원 14년(798) 3월 선무군절도사(宣武軍節度使) 동진(董晉, 723-799)의 관찰추관(觀察推官)으로 재직하던 때에 작자가 변주성의 동서 수문 낙성식에 즈음해 명을 받들어 지은 기문으로 후일 비석 위에 새겨졌다. 수문 건설 경과를 기록했을 뿐 아니라, 동진이 부임한 뒤 변주(汴州 : 지금 하남성 개봉시(開封市))를 안정시키고 변란을 그치게 한 치적도 함께 서술하고 있다. 동진의 치적과 관련한 서술은 기본적으로 역사적 사실에 부합하기 때문에 근거 없이 미화한 것은 아니라고 할 수 있다. 기법면에서 이 글은 언어가 장중하고 전아하며, 서사 또한 군더더기 없이 깔끔하다는 평을 받는다.

원문 및 주석

貞元十四年正月戊子, 隴西公[1]命作東西水門, 越[2]三月辛巳朔, 水門成。三日癸未, 大合樂[3], 設水嬉[4], 會監軍軍司馬賓佐僚屬將校熊羆之士[5], 肅[6]四方之賓客以落[7]之。士女蘇會[8], 闐郛溢郭[9]。旣卒事, 其從事[10]昌黎韓愈請紀成績。其詞曰 :

1　隴西公(농서공) : 동진(董晉)을 가리킨다. 동진은 한(漢)나라의 유명한 경학자 동중서(董仲舒, B.C. 179-B.C. 104)의 후손으로 그의 선조가 광천(廣川)에서 농서 지방으로 이주한 관계로 '농서공'이란 호칭이 붙었다.
2　越(월) : 이르다. 되다.
3　合樂(합악) : 각종 음악을 합주하다. 교향악을 연주하다.
4　水嬉(수희) : 수상놀이. 물위에서 펼쳐지는 가무, 조정 경기, 잡기 등 여러 유형의 놀이를 가리킨다. 명대(明代) 동사장(董斯張, 1586-1628)의 『광박물지(廣博物

志』에 "부차는 천지라는 못을 만들고 청룡 모양의 배를 건조해 날마다 서시와 더불어 수상놀이를 했다(夫差作天池, 造靑龍舟, 日與西施爲水嬉)"는 기록이 있다.

5　監軍軍司馬賓佐僚屬將校熊羆之士(감군군사마빈좌요속장교웅비지사) : 의식에 참가한 군무 종사자들을 가리킨다. '監軍'은 군대를 감독하는 관직으로 당 현종 (玄宗) 이후에 환관이 이 직무를 맡았는데, 이때의 감군은 환관 구문진(俱文珍)이었다. '軍司馬'는 행군사마(行軍司馬)로 군대의 정무를 관장하는 권한을 가졌는데, 이때에 육장원(陸長源)이 이 일을 맡았다. '賓佐'는 빈객의 지위에 있으면서 군무를 보좌하는 자리고, '僚屬'은 군무를 보좌하는 속관이다. '將校'는 장교로 군관(軍官)이라고도 하며, '熊羆之士'는 '곰과 말곰처럼 용감한 병사'를 가리킨다.

6　肅(숙) : 공경하게 맞이하다. 『예기・곡례상(曲禮上)』에 "주인이 빈객을 공경하게 맞아들인다(主人肅客而入)"는 글귀가 보인다.

7　落(낙) : 고대에 건물이 준공된 뒤에 거행하던 제사 의식으로 여기서는 그런 '의식을 거행하다'는 동사로 쓰였다. 후대로 오면서 제사라는 의미는 퇴색하고 일반적인 건물 낙성식을 가리키는 뜻으로 발전했다. 『좌전・소공(昭公) 7년』에 "초나라 임금이 장화대를 완성한 뒤에 제후들과 그 낙성의 제사 의식을 거행하고자 했다(楚子成章華之臺, 願與諸侯落之)"는 글귀가 보인다.

8　龢會(화회) : 화락하게 모이다. '龢'는 '和'와 통한다.

9　闐郭溢郛(전곽일부) : 성 안팎이 사람들로 가득 차다. 성 안팎이 인산인해를 이루다. '闐'은 '가득 차다', '溢'은 '가득 차 흘러넘치다'는 뜻이다. '郭'은 성 밖에서 성을 두르고 있는 외성이고, '郛'는 성 밖의 큰 성곽이다.

10　從事(종사) : 보좌관으로 한대(漢代) 이후에 삼공(三公)이나 주군(州郡) 등의 장관이 스스로 불러 임용한 막료. 이때 한유가 변주 관찰추관을 담당하고 있었다.

維¹¹汴州河水自中注, 厥初距¹²河爲城, 其不合者, 誕寘¹³聯鎖¹⁴于河, 宵浮晝湛¹⁵, 舟不潛通¹⁶；然其襟抱¹⁷虧疏¹⁸, 風氣宣洩¹⁹, 邑居²⁰弗寧, 訛言²¹屢騰；歷載已來, 就究孰思²²。皇帝御天下十有八載²³, 此邦之人, 遭逢疾威²⁴, 嚚童嚘嚘²⁵, 劫衆阻兵²⁶, 懍懍栗栗²⁷, 若墜若覆²⁸。時維隴西公受命作藩²⁹, 爰自洛京³⁰, 單車來臨³¹。遂拯其危, 遂去其疵³²；弗肅弗厲³³, 薰爲大和³⁴；神應祥福, 五穀穰熟³⁵。旣庶³⁶而豐, 人力有餘；監軍是咨³⁷, 司馬是謀³⁸；乃作水門, 爲邦之郛；以固風氣, 以閒寇偸³⁹。黃流渾渾⁴⁰, 飛閣渠渠⁴¹, 因而飾之, 匪爲觀遊。天子之武, 維隴西公是布；天子之文, 維隴西公是宣。河之沄沄⁴², 源于崑崙⁴³；天子萬祀⁴⁴, 公多受祉。乃伐⁴⁵山石, 刻之日月, 尚俾⁴⁶來者, 知作之所始。

11 維(유) : 문장 첫머리에 놓인 어기조사(발어사라고도 함)로 문장의 기세를 강화해 정중하게 말할 때 주로 쓰인다.

12 距(거) : 막다. '拒'와 통한다.

13 誕寘(탄치) : 크게 설치하다.

14 聯鎖(연쇄) : 큰 쇠사슬.

15 湛(침) : 잠기다. '沈(침)'과 같다.

16 舟不潛通(주불잠통) : 방숭경(方崧卿), 요범(姚範), 동제덕(童第德) 등은 이 구절의 '不'자를 '用'자의 잘못으로 보고, "적선들이 이로써 몰래 통행했다"로 풀이했다. 이 경우 바로 뒤의 '然'자는 '그러나'의 뜻이 아니라 '그러므로(故)'의 뜻으로 풀이해야 앞뒤의 문맥이 순통한다는 견해도 덧붙였다. 그 근거로 비록 쇠사슬을 설치하긴 했지만 물속으로 가라앉게 되는 경우도 있어 적선들의 통행을 완전히 차단할 수 있었던 것이 아니며, 그 때문에 수문을 건설하게 되었다는 점을 들고 있다. 여기서는 원문을 좇아 그대로 번역했지만, 이들의 견해가 나름대로 타당성이 있어 주석으로 밝혀 참고할 수 있도록 하고자 한다.

17 襟抱(금포) : 물의 흐름이 서로 교차하는 곳을 가리킨다. 고대에 옷깃의 좌우가 서로 교차하도록 되어 것을 가지고 지세가 교차하는 것을 비유한 데서 유래했다.

18 虧疏(휴소) : 이지러지고 뚫리다.

19 宣洩(선설) : 막히지 않고 잘 새어나가다.

20 邑居(읍거) : 고을 성안에 사는 백성들.

21 訛言(와언) : 유언비어. 사실이 아니면서 떠돌아다니는 말.

22 就究孰思(취구숙사) : 이 문제를 가지고 연구하고 깊이 생각하다. '孰'은 여기서 '熟'의 뜻이다.

23 皇帝御天下十有八載(황제어천하십유팔재) : 덕종(德宗) 황제가 천하를 통치한 지 18년째로 정원 12년(796)을 가리킨다. '有'는 '又'자와 같은 뜻으로 '그리고'의 뜻이다.

24 疾威(질위) : 포학하다. 『시경・소아・우무정(雨無正)』에 "하늘이 포학하심은 천하 사람들이 올바르게 생각하지도 도모하지도 않았기 때문이네(昊天疾威, 弗慮弗圖)"라는 글귀가 보인다.

25 噩童嗷嘷(은동교호) : 어리석고 미련한 어린 녀석이 큰 소리로 외치다. 정원 12년 6월에 선무군절하사 이만영(李萬榮)이 중풍이 들어 사리 분간을 못하자, 그의 아들 이내(李廼)가 스스로 병마사(兵馬使)가 되어 관리들을 죽이고 제 마음대로 하며 일으킨 난리를 가리킨다.

26 阻兵(조병) : 군대의 힘에 의지하다. 『좌전・은공(隱公) 4년』에 "군대의 힘에 의지하면 뭇사람들이 들어붙지 않는다(阻兵無衆)"는 글귀가 보인다.

27 懍懍栗栗(늠름율률) : 두려워 벌벌 떠는 모양. 전전긍긍하는 모양. '栗栗'은 '慄慄'과 같이 '벌벌 떨다'는 뜻이다.

28 若墜若覆(약추약복) : 깊은 못에 떨어지는 것 같고 큰 바다에 빠지는 것 같다.

29 作藩(작번) : 번진이 되다. 정원 12년(796)에 동진이 선무군절도사(宣武軍節度使)

겸 송박영관찰사(宋亳潁觀察使)로 임명되어 부임한 것을 가리킨다.

30 낙경(洛京) : 동도(東都) 낙양(洛陽).

31 單車來臨(단거내림) : 동진이 호위병을 대동하지 않은 채 간편한 차림으로 변주
에 부임한 것을 가리킨다.

32 疵(자) : 흠. 하자. 정치적 폐단을 가리킨다.

33 弗肅弗厲(불숙불려) : 엄숙하지도 사납지도 않다. 너무 지나치게 엄숙하지 않다.

34 薰爲大和(훈위태화) : 온화하게 태평한 시대를 이루다. '薰'은 온화한 모양이고,
'大和'는 '태평하다'는 뜻으로 '太和'와 같다.

35 穰熟(양숙) : 곡식이 풍성하게 여물다.

36 庶(서) : 많다. 여기서는 사람 수가 많은 것을 가리킨다.

37 監軍是咨(감군시자) : 감군에게 자문을 구하다. '是'라는 구조조사를 사이에 두고
동사와 목적어가 도치된 구문이다.

38 司馬是謀(사마시모) : 행군사마와 상의하다. '是'라는 구조조사를 사이에 두고 동
사와 목적어가 도치된 구문이다.

39 閈寇儵(한구투) : 도적떼들을 막다. '閈'은 '막다'는 뜻으로 '扞'과 통하고, '寇儵'는
'도적'의 뜻.

40 渾渾(혼혼) : 물이 세차게 흐르는 모양.

41 飛閣(비각) : 날아갈 듯 높은 누각으로 성루(城樓)를 가리킨다.

42 渠渠(거거) : 깊숙하고 넓은 모양.

43 崑崙(곤륜) : 곤륜산. 전설에서 황하의 발원지로 알려진 성산(聖山).

44 萬祀(만사) : 만년.

45 伐(벌) : 파내다. 베어내다.

46 俾(비) : ~에게 ~하도록 시키다.

燕喜亭記

태원(太原) 사람 왕홍중(王弘中)이 연주(連州)에 있을 때 불교를 공부하는 승려 경상(景常) 및 원혜(元慧)와 교유했는데, 어느 날 두 사람을 따라오게 하고 그가 거처하는 곳의 뒤편으로 가서 거닐던 중, 구릉과 거친 들판 일대에서 높은 데에 올라가 멀리 바라보다가 경치가 특이한 곳을 발견했다. 그곳에서 띠풀을 베어내니 아름다운 나무가 줄지어 있고 돌을 치우자 맑은 샘물이 세차게 흘러나왔는데, 손수레로 더러운 흙을 실어내고 말라죽어 넘어져 있는 나무들을 불로 태웠다. 뒤로 물러나 서서 둘러보니 둑 튀어나온 곳은 우뚝하니 구릉을 이루고, 쑥 들어간 곳은 휑하니 골짜기를 이루었으며, 움푹 팬 곳은 연못이 되고, 갈라진 곳은 동굴이 되어 마치 귀신이나 괴이한 물상이 몰래 나와 도와준 것 같았다. 이때부터 왕홍중은 두 사람과 함께 새벽에 유람 나가면 저녁에 돌아가는 것조차 잊어버리곤 하더니, 마침내 그곳에 정자를 얽어 비바람이나 추위와 더위를 피했다.

정자가 완성되자 내가 그곳 경치에 이름을 붙여주겠다고 했다. 구릉은 '사덕구(俟德丘)'라고 했는데, 예전에는 덮어 가려져 있다가 오늘에서야 드러났으니 기다리는 도가 있음이요, 돌로 된 골짜기는 '겸수곡(謙受谷)'이라 하고 폭포는 '진로폭(振鷺瀑)'이라 하니, 골짜기의 이름은 그 덕을 상징해 말한 것이고 폭포의 이름은 그 외양을 가리켜 말한 것이다. 흙으로 된 골짜기는 '황금곡(黃金谷)'이라 하고 폭포는 '질질폭(秩秩瀑)'이라 하니, 골짜기의 이름은 그 외양을 가리켜 말한 것이고 폭포는 그 덕을 상징해 말한 것이다. 동굴은 '한거동(寒居洞)'이라 하니 처음 들어갔을 때의 계절을 기념한 것이고, 연못은 '군자지(君子池)'라 하니 텅 비었을 때 아름다움을 다 모으고 가득 찼을 때 더러움을 배출하기 때문이며, 샘물의 원천은 '천택천(天澤泉)'이라 하니 높은 데서 나와서 낮은 데로 흘러가기 때문이다. 이곳의 경치들을 다 합쳐서 이 정자를 '연희정(燕喜亭)'이라 명명하니, 『시경(詩經)』에서 이른바 "노(魯)나라 임금께서 잔치를 열고 기뻐한다"는 데서 따온 것으로 칭송하는 뜻이 들어 있다.

이때 이 고을의 연로한 주민들이 이 소식을 듣고 함께 구경하러 나와서 말했다.

"우리 고을의 산수 경치는 천하에 이름이 났지만, '연희정'과 비견할 만한 곳은 아무 데도 없소이다. 이 근처에 정자를 얽으려는 사람이 끊이지 않고 나왔지만, 아무도 이곳의 참된 가치를 알아차리지 못했다오. 아마도 하늘이 만들고 땅이 간직해두었다가 적합한 사람에게 내준 것일까요?"

왕홍중은 이부고공원외랑(吏部考功員外郎)에서 좌천되어 이곳으로 왔는데, 노상에서 지나온 곳을 차례대로 적어보자. 남전현(藍田縣)에서 출발해 상락현(商洛縣)으로 들어가 석수(淅水)와 단수(湍水)를 건너 한수(漢水)가에 이르러 현수산(峴首山)에 올라가 멀리 방성(方城)을 바라보았고, 형문(荊門)을 나서 민강(岷江)을 따라 내려온 뒤 동정호(洞庭湖)를 지나 상수(湘水)

를 거슬러 올라가 형산(衡山) 아래를 지나갔으며, 침현(郴縣)을 경유해 남령(南嶺)을 넘어왔으니 긴팔원숭이와 검은원숭이가 사는 곳이요 물고기와 용이 서식하는 곳이라 아득히 멀고 진기한 볼거리를 극진히 다 보았으므로 그가 이들 산과 강을 질리도록 실컷 듣고 보았다고 해도 마땅하다. 그런데 지금 그의 뜻에 아직 미진한 게 있는 것 같으니, 고서(古書)에서 "지혜로운 사람은 물을 좋아하고, 인자한 사람은 산을 좋아한다"라고 한 것이다. 왕홍중의 덕은 그가 좋아하는 것과 어울린다고 이를 만하다. 지혜로 일을 도모하고 인자함으로 살아가니, 나는 그가 이곳을 떠나 조정에 가서 다른 사람의 본보기가 될 날이 멀지 않을 줄 안다. 그리하여 돌에 새겨 정자를 읽은 저간의 내력을 적었다.

해제

정원 20년(804) 연주(連州)의 양산현령(陽山縣令)으로 좌천되어 있을 때 마침 연주사호참군(連州司戶參軍)으로 유배 와 있던 왕중서(王仲舒)가 정자를 짓고 소일하는 것을 적은 기문. 정자를 짓게 된 경위와 정자 주변의 경치나 정자에 이름을 붙인 뜻을 서술하고, 그 속에 왕중서의 덕을 찬미하며 실의에 빠진 그의 심정을 위로하는 메시지를 담았다. 정자에 붙인 기문이지만 정자 자체에 대한 묘사를 한 것이 아니라, 산수 경치의 불우함을 빌려 실의에 빠진 현인을 암시하는데 주력하고 있다. 그리하여 서술과 묘사와 의론이 뒤섞여 있어 정자를 묘사한 일반적인 기문과 다르다. 왕중서는 사람됨이 강직하고 불교와 도교를 배척하는 점에서 작자와 의기투합해 깊은 교분을 맺은 사람이다. 찬미의 내용이 함께 변방으로 좌천되어 있던 심경에서 우러나온 진심에 근거한 것이어서 싱

투적인 인사치레 따위와는 궤를 달리한다.

원문 및 주석

太原王弘中^{1}在連州^2, 與學佛人景常元慧游, 異日從^{3}二人者行於其居之後, 丘荒之間, 上高而望, 得異處焉。斬茅而嘉樹列, 發石而清泉激, 輦糞壤^4, 燔榴翳^5; 却立^{6}而視之: 出者突然成丘, 陷者呀然^{7}成谷, 窪者爲池而缺者爲洞; 若有鬼神異物陰^{8}來相^{9}之。自是弘中與二人者晨往而夕忘歸焉, 乃立屋以避風而寒暑。

1 太原王弘中(태원왕홍중) : 왕중서(王仲舒, 762-823). 태원(太原 : 지금 산서성 태원시)이 그의 본관인데, 태원왕씨는 당나라 때의 명망 있는 대족의 하나. 홍중은 그의 자다.
2 連州(연주) : 지금 광동성(廣東省) 연주시(連州市). 왕중서는 이부고공원외랑(吏部考功員外郎)에서 연주사호참군(連州司戶參軍)으로 좌천되어 와 있었다.
3 從(종) : 사역동사로 쓰여 '따라오게 하다'는 뜻인데, '대동하다', '데리고 가다'로 풀이해도 된다.
4 輦糞壤(연분양) : 손수레로 더러운 흙을 실어내다. '輦'이 동사로 쓰여 '손수레에 담다'는 뜻이다.
5 燔榴翳(번치예) : 선채로 말라죽거나 말라 넘어진 나무를 불태우다. '榴'는 '선채로 말라죽은 나무', '翳'는 '쓰러져 넘어지다'는 뜻이다.
6 却立(각립) : 뒤로 물러서다.
7 呀然(하연) : 휑하다. 휑뎅그렁하다. 크고 텅 빈 모양. '呀'는 본래 입을 딱 벌린 모양.
8 陰(음) : 몰래.
9 相(상) : 돕다.

旣成, 愈請名之, 其丘曰'竢德之丘'^{10}, 蔽於古而顯於今, 有竢之道也; 其石谷曰'謙受之谷'^{11}, 瀑曰'振鷺之瀑'^{12}, 谷言德, 瀑言容也; 其土谷曰'黃金之

谷,¹³ 瀑曰‘秩秩之瀑’,¹⁴ 谷言容, 瀑言德也 ; 洞曰‘寒居之洞’,¹⁵ 志¹⁶ 其入時
也 ; 池曰‘君子之池’,¹⁷ 虛而鍾其美,¹⁸ 盈以出其惡也 ; 泉之源曰‘天澤之泉’,¹⁹
出高而施下也 ; 合而名之以屋曰‘燕喜之亭’, 取詩所謂‘魯侯燕喜’²⁰者頌²¹也。

---

10 竢德之丘(사덕지구) : 사덕구. '덕을 기다리는 언덕'이라는 뜻으로 이 언덕이 오
    늘에 이르러서야 비로소 참모습을 드러낸 것은 덕이 있는 사람인 왕중서를 기
    다렸음을 말한다. '竢'는 '기다리다'는 뜻으로 '俟'와 같다.

11 謙受之谷(겸수지곡) : 겸수곡. '겸허하게 받아들이는 골짜기'라는 뜻으로 골짜기
    의 생김새가 속이 텅 비어 겸허하게 받아들일 수 있음을 말한다. 『서경·대우
    모(大禹謨)』에 "자만은 손해를 부르고 겸손은 이익을 얻으니 이것이 바로 하늘
    의 도다(滿招損, 謙受益, 時乃天道)"는 글귀가 보인다.

12 振鷺之瀑(진로지폭) : 진로폭. '떼 지어 나는 백로 폭포'라는 뜻으로 폭포의 모양
    을 형용한다. 『시경·주송(周頌)·진로(振鷺)』에 "떼 지어 나는 백로들이 저 서
    쪽 옹택으로 날고 있네(振鷺于飛, 于彼西雝)"라는 시구가 보인다.

13 黃金之谷(황금지곡) : 황금곡. '황금 골짜기'라는 뜻. 흙이 황금색이므로 흙으로
    된 골짜기를 이렇게 명명했다.

14 秩秩之瀑(질질지폭) : 질질폭. '끊임없이 흘러내리는 폭포'라는 뜻으로 폭포수의
    물줄기가 끝이 없음을 상징한다. 『시경·소아·사간(斯干)』에 "시냇물은 끊임
    없이 흘러내리고, 남산이 저 멀리 깊숙하게 솟아 있네(秩秩斯干, 幽幽南山)"라
    는 시구가 보이는데, 정현(鄭玄)이 『전(箋)』에서 "선왕의 덕이 산골짝의 수원과
    같이 끊임없이 흘러나와 끝이 없음을 비유한다(喩宣王之德如澗水之源, 秩秩流
    出無極已也)"라고 풀이했다. '秩秩'은 '물이 끊임없이 흘러나오는 모양'이다.

15 寒居之洞(한거지동) : 한거동. '추울 때 들어가 산 동굴'이란 뜻이다.

16 志(지) : 적다. 기록하다. '誌'와 같다.

17 君子之池(군자지지) : 군자지. '군자의 덕을 지닌 연못'이란 뜻이다.

18 虛而鍾其美(허이종기미) : 이하 두 구절은 연못이 텅 비어 있을 때 아름다운 것
    을 모을 수 있고, 가득 찰 때에 더러운 것을 배출시킬 수 있다는 뜻. 군자가 겸
    허할 때 미덕을 쌓을 수 있고, 도덕적 성취가 충분할 때에 끊임없이 결점을 고
    칠 수 있음을 비유한다. '鍾'은 '모으다'는 뜻이다.

19 天澤之泉(천택지천) : 천택천. '하늘의 은택을 입은 샘물'이란 뜻이다. 샘물이 높
    은 데서 낮은 곳으로 흐르는 것이 마치 하늘에서 내려준 은택과 같음을 말한다.

20 魯侯燕喜(노후연희) : 노나라 임금이 잔치를 베풀고 기뻐한다. 이 구절은 『시
    경·노송(魯頌)·비궁(閟宮)』에 나오는데, '魯侯'는 노나라 희공(僖公)을 가리킨
    다. 한유가 이 구절에서 정자의 이름을 따온 것은 왕중서를 노나라 희공에게 비
    견해, 그가 이곳에서 연회를 베풀고 기뻐하니 아내와 모친은 물론 현지 사람들
    이 모두 복록을 누리게 됨을 말하고자 한 것이다. 왕중서의 공덕을 기리고 축복
    하는 메시지를 담고 있다.

21 頌(송) : 이 글자를 쓸데없이 끼여 들어간 글자로 여겨 삭제한 판본도 있는데, 문

장이나 의미의 순통을 고려할 때 없는 것이 더 나은 것으로 보인다.

於是州民之老, 聞而相與觀焉, 曰:"吾州之山水名天下, 然而無與'燕喜'者
比。 經營²²於其側者相接也, 而莫直²³其地。 凡天作而地藏之以遺²⁴其人²⁵乎?"
弘中自吏部郎貶秩²⁶而來, 次²⁷其道途所經, 自藍田²⁸入商洛²⁹, 涉淅湍³⁰,
臨漢水³¹, 升峴首³²以望方城³³; 出荊門³⁴, 下岷江³⁵, 過洞庭³⁶, 上湘水³⁷, 行
衡山³⁸之下; 繇郴踰嶺³⁹, 蝯狖⁴⁰所家, 魚龍所宮⁴¹, 極幽遐瑰詭之觀⁴², 宜其
於山水飫聞而厭見⁴³也。 今其意乃若不足, 傳⁴⁴曰:"智者樂水, 仁者樂山。"
弘中之德, 與其所好, 可謂協矣。智以謀之, 仁以居之, 吾知其去是而羽儀⁴⁵
於天朝⁴⁶也不遠矣。遂刻石以記。

---

22 經營(경영): 토지를 측량해 집을 짓다. '생계를 꾸려나가다', '생활하다'는 뜻으로
　　풀이하기도 하나 취하지 않았다.
23 直(치): 값이 나가다. 상당하다. 만나다. '値와 통한다.
24 遺(유): 주다. 증여하다.
25 其人(기인): 가치를 제대로 알아보는 안목을 가진 적합한 사람을 가리킨다.
26 貶秩(폄질): 좌천되다. '秩'은 본래 관리의 봉록인데, 여기서는 관리의 직위나 품
　　계의 뜻으로 확대되어 쓰였다.
27 次(차): 차례대로 서술하다.
28 藍田(남전): 현 이름. 당나라 때 경조부(京兆府) 남전현으로 지금 섬서성(陝西
　　省) 위수(渭水) 남쪽 진령(秦嶺) 북쪽에 있었다.
29 商洛(상락): 현 이름. 현청 소재지가 지금 섬서성 상현(商縣) 동남쪽 상락진(商
　　洛鎭)에 있었다.
30 淅湍(석단): 석수와 단수. 석수는 하남성 서남부에 있고, 단수는 석수 동남쪽에
　　있다.
31 漢水(한수): 섬서성에서 발원해 호북성(湖北省)으로 흘러 들어가는 강으로 한양
　　(漢陽)에 이르러 장강으로 유입된다.
32 峴首(현수): 산 이름. 곧 현산(峴山)으로 호북성 양양현(襄陽縣) 남쪽에 있는데
　　동쪽으로 한수에 임해 있다.
33 方城(방성): 초(楚)의 장성을 가리키는데 하남성 서남부에 걸쳐 있다. 일설에는
　　호북성 죽산현(竹山縣)에 있는 산 이름으로 산의 남쪽에 10여리의 장성이 있어
　　이렇게 불렸다고 한다.
34 荊門(형문): 현 이름으로 지금 호북성 형문현.
35 下岷江(하민강): 민강을 따라 아래로 내려가다. 민강은 여기서 호북성 경내의
　　장강을 가리킨다. 장강이 민산에서 흘러나오므로 이런 이름이 붙여졌다.

36 洞庭(동정) : 동정호. 호남성 경내에 있는 중국 최대의 담수호로 북으로 장강과
통한다.

37 上湘水(상상수) : 상수를 거슬러 올라간다. 여기서는 남쪽으로 가는 것을 가리킨
다. 상수는 광서성(廣西省) 영천현(靈川縣) 해양산(海洋山) 서쪽 기슭에서 발원
해 동정호로 흘러들어가는 호남성 경내에서 제일 긴 강.

38 衡山(형산) : 중국 오악(五岳) 중 남악(南岳)으로 호남성 형산현 서쪽에 있다.

39 繇郴踰嶺(유침유령) : 침현을 경유해 남령을 넘다. '繇'는 '由'와 같고 '郴'은 지금
호남성 침현이며, '嶺'은 영남(嶺南)으로 지금 광동성(廣東省)의 통칭이다.

40 蝯狖(원유) : 긴팔원숭이와 검은원숭이.

41 宮(궁) : 동사로 쓰여 '살다'는 뜻. 앞 구절의 '家(가)'도 같은 뜻이다.

42 極幽遐瑰詭之觀(극유하괴궤지관) : 아득히 멀고 진기한 볼거리를 극진히 다 보
다. '極'은 '볼 수 있는 데까지 다 보다'는 뜻이다.

43 飫聞而厭見(어문이염견) : 질리도록 실컷 듣고 보다. 만족스럽게 실컷 듣고 보
다. '飫'와 '厭'은 본래 '포식하다'는 뜻인데, 여기서는 '만족하다'는 의미로 쓰였
다. '厭'은 '饜'과 통한다.

44 傳(전) : 고서(古書)로 여기서는 『논어 · 옹야(雍也)』편을 가리킨다. 인용된 구절
은 여기서 왕중서가 지혜롭고 인자한 사람임을 말하고, 그가 삶을 즐기고 장수
하기를 축원하는 뜻을 담았다.

45 羽儀(우의) : 모범이 되다. 본보기로 삼다. 큰기러기의 깃털이 그것의 풍채 당당
한 모습을 이루는 것처럼 '본받을 만하다'는 뜻이다.

46 天朝(천조) : 당나라 중앙 조정을 가리킨다.

「서주 · 사주 · 호주 세 고을 절도사 장서기 청사 벽기」

徐泗豪三州節度掌書記廳石記

　서기의 직무는 참으로 어렵다! 원수는 삼군(三軍)의 장병들을 질서 정연하게 통솔하고, 관할 지역의 농민들을 다스리며, 고을을 지키고 천자를 도와 교화를 베풀며, 또 대외적으로 빈객이나 사방 이웃 고을과 교류를 한다. 그러나 그가 천자를 알현하고 다른 고을과 상호 방문을 하거나 인재를 천거하고 신령에게 제사지내며 장수나 복을 비는 글을 쓰거나, 관할 지역의 정치에 참여하거나, 삼군의 호령과 관직의 승진이나 강등 등 글 쓰는 것과 관련한 모든 일은 다 서기의 손에서 나온다. 그러니 언변에 뛰어나고 사리에 통달하며 민첩해 출중한 인재가 아니면, 아무도 그 직무를 잘 감당할 수 없다. 그러나 서기관은 모두 원수가 자기 뜻대로 초빙하고 난 뒤에 천자의 임명 절차를 거치므로 만약 원수가 글재주가 없다면 이치상 그가 초빙한 사람이 간혹 적합하지 않는 경우도 있을 수 있다.

남양공(南陽公)께서 어사대부(御史大夫) 겸 호주(豪州)·수주(壽州)·여주(廬州) 세 고을의 관찰사에서, 황제로부터 부절을 받아들고 서주(徐州)절도사로 부임하신 지 11년이 지나는 동안 서기를 담당한 이가 세 사람이 있었다. 한 사람은 고양(高陽) 사람 허맹용(許孟容)으로 조정에 들어가 벼슬해 지금 상서성(尙書省) 예부낭중(禮部郎中)이 되었고, 한 사람은 경조(京兆) 사람 두겸(杜兼)으로 지금 상서성 예부원외랑(禮部員外郎) 겸 관찰사(觀察使) 판관(判官)이 되어 있으며, 한 사람은 농서(隴西) 사람 이박(李博)으로 향공진사(鄕貢進士)로서 비서성(祕書省) 교서랑(校書郎)에 임명되어 지금 이 직무를 담당하고 있다. 남양공은 문장으로 천하에 이름나 있는데, 그가 초빙한 사람들은 분명 이른바 언변에 뛰어나고 사리에 통달하며 민첩해 출중한 인재들이다. 후대 사람들이 만약 남양공의 문장을 알지 못한다면 나는 이 세 군자들을 살피도록 권하고, 만약 이 세 군자의 문장을 알지 못한다면 나는 남양공을 살피도록 권하노니 그리하면 바로 알 수 있다. 문채가 성대하게 아름다워 서로 밝게 드러나게 하고, 환하게 빛이 나서 서로 광채를 발하도록 하며, 뜻이 같고 의기가 투합해 물고기가 물속에서 헤엄치고 새가 구름 사이로 나는 것과 같도다!

나는 이곳의 주인과 빈객이 서로 의기투합한 것을 즐겁게 여겨 돌에 새겨 기록하도록 청해, 그 돌을 서기 청사의 벽에 박아 넣어 후대 사람들이 살펴볼 수 있도록 했다.

해제

정원 15년(799) 서사호(徐泗豪)절도사 장건봉(張建封)의 막부에서 설노추관(節度推官)으로 재직할 때에 절도사 서기의 사무실 벽간에 박아 넣기 위해 써 준 기문. 이때는 장건봉의 재임 11년째 되는 해로 그간 3명의 서기를 두었는데, 이 글은 초빙권자인 절도사와 임용된 서기들의 관계에 초점을 맞추어, 상호 물고기와 물이나 새와 구름처럼 의기투합하고 쌍방이 모두 뛰어난 글재주를 소유했음을 칭송하는 데 중점을 두고 있다. 아울러 객인 서기를 통해 주인인 절도사를 더욱 돋보이게 하려는 뜻도 들어 있다고 할 것이다.

'豪(호)'는 '濠'로 된 판본도 있으나, 원화 3년(808)에 '濠'로 고쳤으므로 '豪'로 쓰는 것이 옳다. '掌書記(장서기)'는 문서 담당 관리로 '書記'로 약칭하기도 한다. 당나라 중종(中宗) 경룡(景龍) 원년(707)에 절도사의 막부에 서기 1명을 두도록 규정했는데, 절도사가 초빙해 상신하면 조정에서 임명하는 절차를 밟았다. '廳石記(청석기)'는 '청벽기(廳壁記)' 곧 청사 벽에 쓴 기문이다.

원문 및 주석

書記之任亦難矣! 元戎[1]整齊三軍[2]之士, 統理所部之甿[3], 以鎭守邦國[4], 贊天子施敎化, 而又外與賓客四鄰交; 其朝覲[5]聘問[6]慰薦[7]祭祀祈祝[8]之文, 與所部之政, 三軍之號令升黜[9]; 凡文辭之事, 皆出書記。非閎辨[10]通敏兼人[11]之才, 莫宜居之。然皆元戎自辟[12], 然後命於天子; 苟其帥之不文, 則其所辟或不當, 亦其理宜也。

1　元戎(원융) : 원수. 여기서는 절도사를 가리킨다.
2　三軍(삼군) : 주(周)나라 제도에 의하면 12,500명을 1군으로 편성했는데 제후국 가운데 큰 나라가 3군을 둘 수 있었다. 여기서는 군대의 통칭으로 쓰였다.
3　甿(맹) : 농민. '氓'과 같다.

4 邦國(방국) : 고대의 제후들이 다스리던 지역을 뜻하는 말인데 여기서는 절도사의 관할 지역을 가리킨다.

5 朝覲(조근) : 제후가 천자를 배알하는 것인데 여기서는 절도사가 당나라 임금을 배알하는 것을 말한다.

6 聘問(빙문) : 제후국들 사이에 사절단을 보내 방문하는 것인데, 여기서는 절도사들이 관할하던 각 진(鎭)에서 상호 방문하는 것을 말한다.

7 慰薦(위천) : 추천하다. 천거하다.

8 祈祝(기축) : 장수(長壽)나 복 따위를 축원하다.

9 升黜(승출) : 관리들을 승진시키고 강등시키거나 내쫓다.

10 閎辨(굉변) : 웅대한 변론 능력을 갖추다. 웅변을 잘하다.

11 兼人(겸인) : 두 사람의 능력을 겸한 출중한 인재.

12 自辟(자벽) : 스스로 부르다. 절도사가 자기 의사대로 초빙하다.

南陽公¹³自御史大夫¹⁴、豪壽廬¹⁵三州觀察使, 授節¹⁶移鎭¹⁷徐州, 歷十一年, 而掌書記者三人 : 其一人曰高陽許孟容¹⁸, 入仕于王朝, 今爲尚書禮部郎中¹⁹ ; 其一人曰京兆杜兼²⁰, 今爲尚書禮部員外郎²¹、觀察判官²² ; 其一人隴西李博²³, 自前鄉貢進士²⁴授祕書省校書郎²⁵, 方爲之。南陽公文章稱天下, 其所辟實所謂閎辨通敏兼人之才者也。後之人苟未知南陽公之文章, 吾請觀於三君子 ; 苟未知三君子之文章, 吾請觀於南陽公可知矣 : 蔚乎²⁶其相章, 炳乎²⁷其相輝 ; 志同而氣合, 魚川泳而鳥雲飛也!

13 南陽公(남양공) : 남양 사람 장건봉(張建封, 735-800). 자가 본립(本立). 덕종(德宗) 흥원(興元) 원년(784) 12월에 수주자사(壽州刺史) 겸 어사대부로 호·수·여 세 고을의 관찰사가 되었다가, 정원 4년(788) 11월에 서·사·호 세 고을의 절도사로 부임했다. 훗날 정원 12년(796)에는 검교우복야(檢校右僕射)라는 직함이 더 보태졌다.

14 御史大夫(어사대부) : 당나라 때 어사대(御史臺)의 최고 장관으로 형법을 관장하고 백관의 죄악을 규찰하는 책무를 맡았다.

15 豪壽廬(호수려) : 호주·수주·여주의 세 고을. 각기 지금 안휘성의 봉양현(鳳陽縣), 수현(壽縣), 합비현(合肥縣)이다.

16 授節(수절) : 부절을 수여하다. 장수에 임명하다.

17 移鎭(이진) : 전임해 지키다. '鎭'은 여기서 '절도사로 부임해 지키다'는 뜻이다.

18 高陽許孟容(고양허맹용) : 고양은 지금 하북성 고양현. 허맹용(753-819)은 자가 공범(公範), 경조(京兆) 장안(長安) 사람인데 고양이라고 한 것은 허씨 계파의 하나.

19 尚書禮部郎中(상서예부낭중) : 상서성 소속 예부 산하의 사급(司級) 장관.

20 京兆杜兼(경조두겸) : 경조는 수도가 있는 군현을 지칭하는 말. 두겸은 자가 처홍(處弘)이다.

21 禮部員外郎(예부원외랑) : 상서성 소속 예부 산하의 사급(司級) 부장관으로 낭중을 보좌해 호구대장 등의 문서를 담당했다.

22 觀察判官(관찰판관) : 관찰사의 속관.

23 隴西李博(농서이박) : 농서 사람 이박. 이박은 한유와 정원 8년(792)의 동년(同年) 진사. 농서이씨는 당나라 때의 대표적인 명망 있는 대족의 하나.

24 鄕貢進士(향공진사) : 당나라 인재 선발 제도에 있어 학관(學官)을 통하지 않고 주현(州縣)에서 실시하는 과거시험에 선발된 자를 향공이라고 불렀다. 즉 주현에서 시행하는 진사시에 합격했음을 말한다.

25 祕書省校書郎(비서성교서랑) : 비서성은 당나라 때 경전이나 도서를 관장하는 관청이며, 교서랑은 거기에서 도서나 문장의 교감 업무를 담당하는 관직이다.

26 蔚乎(울호) : 문채가 성대하게 아름다운 모양.

27 炳乎(병호) : 환하게 빛나는 모양.

愈樂是賓主之相得²⁸也, 故請刻石而記之, 而陷置²⁹于壁間, 俾來者得以覽觀焉。

28 相得(상득) : 서로 마음이 맞다. 의기투합하다.

29 陷置(함치) : 박아 넣어 두다. '陷'은 여기서 '박아 넣다(嵌)'는 뜻이다.

HS-045 「그림에 대해 쓴 기문」

畫記

 고금의 사람과 물건을 한데 그린 한 폭의 두루마리로 된 자그마한 그림이 있다.

 말을 탄 채 서 있는 이가 다섯 사람이고, 말을 탄 채 갑옷을 입고 병기를 등에 지고 서 있는 이가 열 사람이고, 한 사람은 말을 타고 큰 깃발을 손에 들고 앞에 서 있고, 말을 탄 채 갑옷을 입고 병기를 등에 지고 가다가 말에서 내려 말을 끌고 가려고 하는 이가 열 사람이고, 말을 타고서 등에 짐을 지고 있는 이가 두 사람이고, 말을 타고 손에 기구를 들고 있는 이가 두 사람이고, 말을 타고 사냥개를 껴안고 있는 이가 한 사람이고, 말을 타고서 고삐를 당기고 있는 이가 두 사람이고, 말을 타고서 채찍질해 모는 이가 세 사람이고, 말재갈과 말고삐를 손에 들고 서 있는 이가 두 사람이고, 말을 타고 있다가 내려서 말에 기댄 채 팔에 송골매를 얹고 서 있는 이가 한 사람이고, 말을 타고 몰면서 물을 건너

는 이가 두 사람이고, 도보로 가축을 몰고 방목하는 이가 두 사람이고, 앉아서 지휘하는 이가 한 사람이고, 갑옷을 입고 투구를 쓰고 손에 활과 화살을 든 채 작은 도끼와 큰 도끼 자루를 땅위에 세우고 있는 이가 일곱 사람이고, 갑옷을 입고 투구를 쓴 채 땅위에 세워져 있는 깃발을 손에 들고 있는 이가 열 사람이고, 등에 짐을 지고 있는 이가 일곱 사람이고, 반듯하게 누워 자며 쉬고 있는 이가 두 사람이고, 갑옷을 입고 투구를 쓴 채 앉아서 자고 있는 이가 한 사람이고, 막 물을 건너고 있는 이가 한 사람이고, 앉아서 양말을 벗고 맨발로 있는 이가 한 사람이고, 추워서 불을 쬐고 있는 이가 한 사람이고, 각종 기구나 물건을 들고 일을 하고 있는 이가 여덟 사람이고, 투호 화살을 두 손으로 받쳐 들고 있는 이가 한 사람이고, 집안에서 음식을 준비하고 있는 이가 열한 사람이고, 물이나 술을 떠서 그릇에 부어 넣고 있는 이가 네 사람이고, 소를 끌고 있는 이가 두 사람이고, 당나귀를 몰고 있는 이가 네 사람이고, 한 사람은 지팡이를 짚고 등에 짐을 지고 있고, 부인과 어린이가 수레에 타고 있는데 눈에 보이는 이가 여섯 사람이고, 수레에 타거나 내리는 이가 세 사람이고, 장난치며 놀고 있는 어린이가 아홉 명이다. 사람의 행위나 동작이 모두 서른 두 가지이고, 어른이나 어린이를 그린 것이 백 이십 삼 명이지만, 그 중에 동작이나 자세가 같은 것은 하나도 없다.

　　말은 큰 놈이 아홉 마리다. 말 가운데는 또 높은 데로 올라가는 놈, 산기슭으로 내려가는 놈, 걸어가는 놈, 끌려가는 놈, 물을 건너는 놈, 뛰는 놈, 앞발굽을 들고 있는 놈, 고개를 돌려 보는 놈, 울부짖는 놈, 잠자는 놈, 움직이고 있는 놈, 서 있는 놈, 사람처럼 서 있는 놈, 풀을 뜯어먹고 있는 놈, 물을 마시고 있는 놈, 오줌을 싸고 있는 놈, 높은 데로 올라가는 놈, 비탈로 내려가는 놈, 가려워서 나무에 대고 긁고 있는 놈, 천천히 숨을 내쉬고 있는 놈, 냄새를 맡고 있는 놈, 기분이 좋아 서로 놀리며 장난질하는 놈, 성이 나서 서로 발길질하고 깨무는 놈, 여물을 먹고 있는 놈, 태우고 있는 놈, 쏜살같이 치달리는 놈, 달리는 놈, 사용할 물건을 등에 싣고 있는 놈, 여우와 토끼를 등에 싣고 있는 놈이 있다. 말의 행동이나 동작이 모두 스물일곱 가지고, 크고 작은 말을 그린 것이 여든 세 마리지만, 그 중에 동작이나 자세가 같은 것은 하나도 없다.

소는 크고 작은 놈 열한 마리가 있다. 낙타는 세 마리가 있다. 당나귀는 낙타 수보다 한 마리가 더 많다. 송골매는 한 마리가 있다. 개와 양과 여우와 토끼와 순록은 합쳐서 서른 마리다. 짐승의 털실로 씌워 만든 유개 마차는 석 대가 있다. 각종 병기, 활과 화살, 꼭대기에 오색 깃털로 장식한 깃발, 크고 작은 칼, 창과 방패, 활집, 화살통, 갑옷이나 투구와 같은 물건, 병과 사발, 제기와 식기, 광주리와 둥구미, 세발 가마솥과 가마솥 등 먹고 마시는 데 쓰는 기물, 투호 화살집과 쌍륙이나 바둑과 같은 놀이기구는 모두 이백 오십 한 가지다. 다 제각기 미묘함을 남김없이 잘 그려놓았다.

정원 갑술년(甲戌年, 794)에 내가 도성에 있을 때 아주 한가로워 할 일이 없던 차에, 같이 살고 있던 독고신숙(獨孤申叔)이라는 서생이 처음에 이 그림을 입수하고서 나와 내기 바둑을 두었는데 내가 운 좋게 이겨 그것을 얻게 되었다. 나는 마음속으로 그것을 매우 애지중지해, 화공 한 사람이 구상해 그린 것이 아니라 아마 여러 화공의 장점을 한데 모아 이룬 것이라고 여기고는 비록 백금을 준다 해도 바꾸려 하지 않았다. 이듬해에 내가 도성을 떠나 하양(河陽)에 이르러, 두세 명의 빈객들과 그림의 품질과 격조를 논할 때 이 그림을 내어서 보여주게 되었다. 좌중에 조시어(趙侍御)라는 이가 있었는데 그는 군자다운 사람이었다. 그가 이 그림을 보고 슬픈 기색을 띠며 마치 느끼는 바가 있는 것 같더니, 잠시 있다가 앞으로 나와 말했다.

"아아! 이것은 내가 손수 모사한 그림인데, 잃어버린 지 거의 20년이다 되어 갑니다. 내가 젊었을 때 늘 그림 그리는 일에 뜻을 두고 있던 차에, 전국적인 지명도를 가진 화공이 그린 그림 한 폭을 얻어 세상일을 끊고 본떠서 이 그림을 그렸는데, 민중(閩中) 지방을 유람하다가 잃어버렸습니다. 한가롭게 혼자 있을 때면 늘 마음속에 걸렸는데, 처음에 이 그림을 매우 힘들여 그렸고 평소에 줄곧 몹시 아꼈기 때문입니다. 지금 비록 이 그림을 다시 보게 되었으나 힘이 떨어져 다시 그릴 수 없으므로 잠시 화공에게 명해 그 대략만이라도 모사해두고자 합니다."

내가 이 그림을 매우 애지중지했지만 조군(趙君)의 일에 감동해 그 사람에게 증정하고, 그 속의 사람과 사물의 모습과 숫자를 기록해 늘 열람함으로써 마음속의 아쉬움을 달래고자 한다.

해제

정원 11년(795)년 세 차례 박학굉사과(博學宏辭科)에 응시했다가 실패한 뒤 고향 하양(河陽)으로 돌아가 있을 때 지은 기문. 친구와 내기 바둑을 두어 얻은 그림 한 폭을 가지고 백금을 주어도 팔지 않겠다며 애지중지하다가 원래 그 그림을 그린 사람을 만나 증정한 뒤, 잊지 않고 기념하기 위해 그 그림에 대해 설명식으로 쓴 글이다. 사람이나 마소와 기타 동물과 기물 등, 화폭에 담긴 모든 면면을 매우 사실적으로 정밀하게 기록해 글 속에 그림이 있는 것과 같은 느낌을 준다. 이 글은 실용적인 '금전 출납부'와 같다는 혹평을 받기도 했지만, 글의 구성이 근엄하고 전개가 분명하며 비슷한 문장구조인 것 같으면서도 중간에 장단과 파격의 변화를 주었는가 하면 인물이나 동물의 표정이나 동작을 매우 생동감 있게 그려내어 젊은 시절에 지어진 것이면서도 범상치 않은 솜씨를 발휘했다.

원문 및 주석

雜¹古今人物小畫共一卷²。

1   雜(잡): 뒤섞이다. 섞여 있다. '한 데 모여 있다'는 뜻이다.
2   共一卷(공일권): 한 폭의 두루마리로 되어 있다.

騎而立者五人, 騎而被甲載兵³立者十人, 一人騎執大旗前立, 騎而被甲載
兵行且下牽者十人, 騎且負者二人, 騎執器者二人, 騎擁田犬⁴者一人, 騎
而牽者二人, 騎而驅⁵者三人, 執羈靮⁶立者二人, 騎而下倚馬臂隼⁷而立者
一人, 騎而驅涉⁸者二人, 徒⁹而驅牧者二人, 坐而指使¹⁰者一人, 甲冑手弓
矢鈇鉞植¹¹者七人, 甲冑執幟植者十人, 負者七人, 偃¹²寢休者二人, 甲冑
坐睡者一人, 方涉者一人, 坐而脫足¹³者一人, 寒附火¹⁴者一人, 雜執器物
役者八人, 奉壺矢¹⁵者一人, 舍而具食¹⁶者十有¹⁷一人, 挹且注¹⁸者四人, 牛
牽¹⁹者二人, 驢驅²⁰者四人, 一人杖而負²¹者, 婦人以²²孺子載²³而可見者六
人, 載而上下²⁴者三人, 孺子戲者九人: 凡人之事三十有¹⁷二, 爲²⁵人大小百
二十有¹⁷三, 而莫有同者焉。

3   被甲載兵(피갑재병): 갑옷을 입고 병기를 등에 지다. '被'는 여기서 '입다'는 뜻
    으로 '披'와 통한다. '兵'은 '병기' 곧 '무기'의 뜻이다.
4   田犬(전견): 사냥개. '田'은 '사냥하다'는 뜻으로 '畋'과 같다.
5   驅(구): 말을 채찍질해 몰다.
6   羈靮(기적): 말재갈과 말고삐.
7   臂隼(비준): 팔에 송골매를 얹다. '臂'가 동사로 쓰여 '팔위에 얹다'는 뜻이다.
8   涉(섭): 걸어서 물을 건너다.
9   徒(도): 보행하다. 도보로 가다.
10 指使(지사): 손가락질해 부리다. 지위하나.

11 甲冑手弓矢鈇鉞植(갑주수궁시부월식) : 갑옷을 입고 투구를 쓰고 손에 활과 화살을 든 채 작은 도끼와 큰 도끼 자루를 땅위에 세우고 있다. '甲'·'冑'·'手'가 각각 '갑옷을 입다'·'투구를 쓰다'·'손에 들다'는 뜻의 동사로 쓰였고, '鈇鉞'은 작은 도끼와 큰 도끼며, '植'은 '세우다'는 뜻이다.

12 偃(언) : 반듯하게 눕다.

13 脫足(탈족) : 양말을 벗고 맨발로 있다.

14 附火(부화) : 불을 가까이하다. 불을 쬐다.

15 奉壺矢(봉호시) : 투호 화살을 두 손으로 받쳐 들다. '奉'은 '捧'과 같다.

16 舍而具食(사이구식) : 집안에서 음식을 장만하다. 집안에서 식사준비를 하다.

17 有(유) : 또, 그리고. '又(우)'와 통한다. 한문에서 십 단위 이하 나머지 숫자를 표시할 때 이런 식으로 표현했다.

18 挹且注(읍차주) : 물이나 술을 떠서 용기 속으로 부어 넣다.

19 牛牽(우견) : 소를 끌다. '牽牛'의 도치 구문.

20 驢驅(여구) : 당나귀를 몰다. '驅驢'의 도치 구문.

21 杖而負(장이부) : 지팡이를 짚고 등에 짐을 지다. '杖'이 '지팡이를 짚다'는 뜻의 동사로 쓰였다.

22 以(이) : '와', '과'. 병렬관계 접속사로 쓰였다. 이 글자가 없는 판본도 있다.

23 載(재) : 수레에 타다.

24 載而上下(재이상하) : 수레에 타거나 내리다.

25 爲(위) : 그리다. 여기서 '畵'의 뜻으로 쓰였다.

馬大者九匹；於馬之中又有上²⁶者，下²⁷者，行者，牽者，涉者，陸²⁸者，翹²⁹者，顧者，鳴者，寢者，訛³⁰者，立者，人立³¹者，齕³²者，飮者，溲³³者，陟者，降者，痒³⁴磨樹者，噓³⁵者，嗅³⁶者，喜相戲者，怒相踶齧³⁷者，秣³⁸者，騎者，驟³⁹者，走者，載服物⁴⁰者，載狐兎者：凡馬之事二十有¹⁷七，爲馬大小八十有¹⁷三，而莫有同者焉。

26 上(상) : 높은 데로 올라가다.

27 下(하) : 낮은 산비탈로 내려가다.

28 陸(육) : 뛰다. '踛(육)'과 통한다.

29 翹(교) : 발돋움하다. 여기서는 '앞발굽을 들다'는 뜻이다.

30 訛(와) : 움직이다. '吪(와)'와 통한다.

31 人立(인립) : 사람처럼 서다. 말이 사람처럼 똑바로 서 있는 것을 가리킨다.

32 齕(흘) : 풀을 뜯어 먹다.

33 溲(수) : 오줌 싸다.

34 痒(양) : 가렵다.

35 噓(허) : 숨을 천천히 내쉬다.

36 嗅(후) : 냄새를 맡다.
37 踶齧(제설) : 발길질하고 깨물다.
38 秣(말) : 여물을 먹다. 사료를 먹다.
39 驟(취) : 말이 빨리 달리다. 말이 질주하다.
40 服物(복물) : 사용할 물건. 용품.

牛大小十一頭。橐駝^{41}三頭。驢如橐駝之數, 而加其一焉。隼一。犬羊狐兔麋^{42}鹿共三十。旄車^{43}三兩^{44}。雜兵器弓矢旌旗^{45}刀劍矛楯弓服^{46}矢房^{47}甲胄之屬, 缾盂^{48}簦笠^{49}筐筥^{50}錡釜^{51}飮食服用之器, 壺矢^{52}博奕^{53}之具, 二百五十有^{17}一。皆曲極其妙。

41 橐駝(탁타) : 낙타.
42 麋(미) : 순록. 큰사슴. 엘크(elk).
43 旄車(전거) : 모전(毛氈) 마차. 모전 곧 짐승의 털실로 씌워 만든 유개 마차. '旄'은 '氈'과 통한다. 일설에는 '자루가 굽은 깃발이 꽂혀 있는 마차'라고도 한다.
44 兩(양) : 대. 수레의 수를 헤아리는 단위. '輛'과 통한다.
45 旌旗(정기) : 자루 꼭대기에 오색 깃털로 장식된 깃발.
46 弓服(궁복) : 활집. 활을 담는 주머니.
47 矢房(시방) : 화살통. 화살을 넣는 통.
48 缾盂(병우) : 병과 사발. '缾'은 '물을 긷는 그릇'으로 '瓶'과 통하고 '盂'는 '음식을 담는 둥근 그릇'이다.
49 簦笠(등립) : 질그릇으로 된 제기와 대나무로 된 식기. 이는 먹고 마시는 데 쓰는 기물이라는 문맥에 통하게 하기 위해 '笠'자가 '豆(두)'자로 된 판본에 의거해 풀이한 것이다. '簦'은 곧 '登'으로 질그릇으로 된 제기고, '笠' 곧 '豆'는 대나무로 된 식기다. 『시경·대아·생민(生民)』 시의 '於豆於登(어두어등)'이라는 구절에서 이 뜻으로 쓰였다. 원문의 글자 그대로 풀이하면 '簦'은 '자루가 긴 큰 삿갓 모양의 우비'고, '笠'은 '자루가 없이 머리에 쓰는 삿갓 모양의 우비'로 문맥이 어색하다.
50 筐筥(광거) : 광주리와 둥구미. '筐'은 '대나무로 엮어 만든 네모난 그릇'이고, '筥'는 '대나무로 엮어 만든 둥근 그릇'이다.
51 錡釜(기부) : 취사용의 세발 가마솥과 가마솥. '錡'는 '발이 셋 달린 가마솥'이고, '釜'는 '발이 없는 가마솥'이다.
52 壺矢(기부) : 투호 화살집.
53 博奕(박혁) : 쌍륙(雙六)과 바둑. 쌍륙은 편을 갈라서 차례로 주사위 둘을 던져 나오는 사위대로 말을 써서 먼저 궁에 들여보내는 오락의 일종으로 판이 12줄로 되어 있어 '십이기(十二棋)'라고도 한다.

貞元甲戌年[54], 余在京師, 甚無事, 同居有獨孤生申叔[55]者, 始得此畵而與余彈棊[56], 余幸勝而獲焉。意甚惜之, 以爲非一工人之所能運思, 蓋聚集[57]衆工人之所長耳, 雖百金不願易也。明年, 出京師, 至河陽[58], 與二三客論畵品格, 因出而觀之。座有趙侍御[59]者, 君子人也, 見之戚然, 若有感然；少而進曰："噫! 余之手摸[60]也, 亡之且二十年矣。余少時常有志乎玆事, 得國本[61], 絶人事[62]而摸得之, 遊閩中[63]而喪焉。居閒處獨, 時往來余懷也, 以其始爲[64]之勞而夙[65]好之篤也。今雖遇之, 力不能爲[64]已, 且命工人存其大都[66]焉。"余旣甚愛之, 又感趙君之事, 因以贈之, 而記其人物之形狀與數, 而時觀之, 以自釋[67]焉。

54 貞元甲戌年(정원갑술년) : 덕종(德宗) 정원 10년(794).
55 獨孤生申叔(독고생신숙) : 독고신숙. '獨孤'는 복성이고, '生'은 아직 벼슬길에 나서지 않은 서생을 가리키며, '申叔'은 이름이다. 낙양 사람으로 정원 13년(797)에 진사가 되고 15년에 박학굉사과를 통과해 교서랑(校書郞)에 임명되었으나, 정원 18년(802) 4월 5일에 26세를 일기로 요절했다. 자는 자중(子重)이다. 한유가 정원 10년에 수도 장안에서 만나 교제한 인연으로 그의 사후에 「독고신숙애사(獨孤申叔哀辭)」(HS-160)라는 글을 지어 바쳤다.
56 彈棊(탄기) : 바둑을 두다. 고대 바둑 놀이의 일종으로 한(漢)나라 때부터 있었다고 하나 지금은 전하지 않는다.
57 聚集(취집) : 한데 모으다.
58 河陽(하양) : 한유의 고향으로 지금 하남성 맹주시(孟州市). 한유는 정원 11년에 박학굉사과에 세 번째로 낙방한 뒤 섬서성(陝西省)의 동관(潼關)과 봉상(鳳翔) 등지를 여행하고 성묘차 고향에 들렀다가 낙양으로 갔다.
59 趙侍御(조시어) : 미상. 심흠한(沈欽韓)이 『역대명화기(歷代名畵記)』 권10의 기록에 근거해 조박선(趙博宣)·박문(博文) 형제가 아닌가 하는 설을 내놓은 적이 있다. '侍御'는 시어사(侍御史)로 당나라 때 어사대(御史臺)에 소속한 관직 이름이다.
60 手摸(수모) : 손수 모사하다. '摸'는 '摹' 또는 '模'와 같고, 원본을 본떠서 그리는 것을 말한다.
61 國本(국본) : '전국적 지명도를 가진 화공(國工)'이 그린 그림. 국고에 귀중본으로 소장된 그림을 가리킨다는 설도 있다.
62 絶人事(절인사) : 세상일을 끊다. 사람들과 교제하는 일을 그만두다.
63 閩中(민중) : 지금 복건성(福建省) 민후현(閩侯縣).
64 爲(위) : 그리다.
65 夙(숙) : 평소에 줄곧.

66 大都(대도) : 대략. 개략.
67 自釋(자석) : 스스로 애석함을 풀다. 애지중지하던 그림을 타인에게 넘겨준 뒤에
    마음속에 아쉬움이 없을 수 없으므로, 그 그림에 관한 기문을 써두고 봄으로써
    애석한 심정을 달래는 것을 말한다.

「남전현승 청사 벽기」

藍田縣丞廳壁記

　　현승(縣丞)이라는 직책은 현령(縣令)을 보좌하는 다음 자리므로 한 현의 사무에 대해서 마땅히 묻지 못할 일이 없다. 그 아래는 주부(主簿)와 현위(縣尉)인데, 그들은 각기 분담된 직책이 있다. 현승은 직위가 높아서 현령의 직권을 침해하기 쉬우므로 이 때문에 관례상 일처리에 있어 가타부타 의견을 표시하지 않는다. 공문이 발송되기 이전에 아전들이 이미 다 만들어진 서류를 안고 들어와 현승 앞에 와서, 그 앞부분은 말아 왼손으로 잡고 오른손으로 문서 두루마리의 끄트머리를 당겨 쥔 채 기러기와 오리처럼 행렬을 지어 나아가 꼿꼿이 서서는 현승에게 곁눈질하며 "서명하셔야 합니다"라고 한다. 현승은 붓에 먹을 묻혀 서명해야 될 자리를 짐작해 서명할 때 오직 조심스럽게 하고 나서, 아전들에게 눈짓으로 "되었는가, 안 되었는가?" 물으면 아전들이 "되었습니다"라고 하고 물러가고 마니, 감히 공문을 대충 훑어볼 수도 없으므로 그게 무슨 내용인지조차 전혀 알지 못한다. 관직은 비록 높으나 권력과 위세는 도리어 주부와 현위의 아래에 있다. 속담에 하는 일 없이 놀고먹는 관직을 꼽을 때 필시 '현승'이라고 하며, 심지어 그것으로 서로 조롱하고 헐뜯기까지 한다. 현승이라는 직책을 둔 뜻이 어찌 본래 이와 같았겠는가!

박릉(博陵) 사람 최사립(崔斯立)은 씨를 뿌리고 길쌈하듯 학문과 문장을 갈고 닦아 자기 내실을 쌓았기 때문에 학문에 깊이가 있고 폭도 넓어 널리 영향을 끼쳐 날로 더 광대해지고 자유분방해졌다. 정원(貞元) 초에 그의 재능에 힘입어 도성에서 글재주를 겨루었는데, 두 차례 응시해 두 번 다 다른 사람들보다 출중했다. 원화(元和) 초에 이전 관직인 대리평사(大理評事)로 있을 때 조정의 잘잘못을 거론한 일 때문에 그 자리에서 쫓겨나, 두 차례 다른 관직을 거쳐 이 고을의 현승으로 오게 되었다. 처음 부임해왔을 때 탄식해 말했다.

"관직에는 높고 낮음이 없는 법, 다만 내 재주가 직책을 다 감당할 수 없을 뿐이다."

뒤에 입을 다물고 아무 말도 할 수가 없으며 재주를 펼쳐 쓸 수 없게 되자 또 탄식해 말했다.

"현승이여! 현승이여! 나는 현승의 직책을 저버리지 않았거늘 현승의 직책이 나를 저버리는구나!"

그러고는 날카로운 이빨과 뿔을 다 잘라내듯 자신의 재주를 다 거둬들이고 완전히 이전의 관례를 좇으며, 낭떠러지나 언덕과 같은 자신의 모난 태도는 내버리고 이 관직을 수행했다.

현승의 청사에 본래 기문이 있었는데 건물이 허물어지고 물이 새어 더러워져서 글씨를 알아볼 수가 없게 되었다. 최사립이 청사의 서까래와 기와를 바꾸고, 벽에 석회를 바른 뒤 전임자의 성명을 다 써놓았다. 뜰에는 오래된 홰나무가 네 줄 심어져 있고 남쪽 담장 옆에는 키 큰 대나무 천 그루가 있는데, 마치 서로 맞서듯이 꼿꼿하게 서 있는 것 같고 물은 뜰의 섬돌을 따라 졸졸 소리 내며 흘렀다. 최사립은 빈틈없이 깨 끗하게 쓸고 물로 씻은 뒤, 소나무 두 그루를 마주보게 심어두고는 날 마다 그 사이에서 낮은 소리로 시를 읊조렸다. 일을 물어오는 사람이 있으면 바로 대답했다.

"나는 지금 공무를 보고 있는 중이니 그대는 잠시 물러가 계시게!"

고공낭중(考功郎中) 겸 지제고(知制誥) 한유가 쓰다.

해제

원화 10년(815) 고공낭중 겸 지제고 재직 시에 남전현승(藍田縣丞)의 청 사 벽에 새기기 위해 써 준 기문인데, 실용적이고 의례적인 차원을 넘 어 정치 풍자문의 성격을 띠고 있는 명문이다. 현승은 현의 제반 사무 의 결정에 참여할 권한이 있지만, 자칫 현령(縣令)의 직권을 침해할 수 있다는 혐의 때문에 여러 가지 제한을 받는다. 아전배들이 이런 제도상 의 결함을 헤집고 들어와, 현승의 존재를 완전히 무시하고 거드름을 피 운다. 이 글은 이런 역학 관계 속에서 유명무실한 현승의 서류 결재 과 정을 매우 생생하게 해학적으로 묘사하고 있다. 최입지(崔立之)는 뛰어난 재능을 품은 인물임에도 불구하고, 남전현승으로 부임한 뒤 이런 제도 적인 모순의 희생물이 된다. 작자는 친구 최입지의 경우를 통해 재능이 있는 인재가 소임을 다할 수 없는 당시 관리사회의 무사안일한 관행과 부패한 내막을 폭로하고 풍자한다. 핍진하고 해학적인 필치 속에 신랄 한 풍자의 뜻을 깃들인 수법이 특히 돋보인다.

남전은 경조부(京兆府) 관할 하의 현으로 그곳의 현령은 정6품상, 현승은 정8품상에 해당하는 품계였다. 당나라 때에 현령이 한 현의 모든 권한을 독점했고, 하급 관리들도 현승 따위는 안중에도 두지 않는 것이 관행처럼 뿌리내려서 현승은 이름만 부현령일 뿐 실권은 없는 직위였다.

원문 및 주석

丞之職所以貳令¹, 於一邑無所不當問。其下主簿²、尉³, 主簿、尉乃有分職。丞位高而偪⁴, 例⁵以嫌不可否事。文書行⁶, 吏抱成案⁷詣丞, 卷其前⁸, 鉗以左手⁹, 右手摘紙尾¹⁰, 鴈鶩行¹¹以進, 平立睨丞¹²曰: "當署!" 丞涉筆占位¹³署, 惟謹, 目吏¹⁴, 問"可不可", 吏曰"得", 則退, 不敢略省, 漫¹⁵不知何事。官雖尊, 力勢反出主簿、尉下。諺數慢¹⁶, 必曰"丞", 至以相詬謷¹⁷。丞之設, 豈端¹⁸使然哉!

1 貳令(이령) : 현령을 보좌하다. 현령에 다음가다. '貳'가 동사로 쓰여 '다음가다', '버금가다'는 뜻이다.
2 主簿(주부) : 문서나 장부와 도장 등을 관리하고 기록을 담당하는 현령의 서기관으로 품계는 정9품상이다.
3 尉(위) : 현위. 도둑을 잡고 사회 치안을 담당하는 직책. 현의 경찰서장으로 품계는 정9품하다.
4 偪(핍) : 핍박하다. 여기서는 '현령의 권한을 침해하다'는 뜻이다. '逼'과 통한다. '현령의 지위에 가장 가깝다'로 풀이하기도 한다.
5 例(례) : 관례에 따르다.
6 文書行(문서행) : 공문이 발송되려고 할 때로 곧 공문이 발송되기 이전에.
7 成案(성안) : 이미 만들어진 서류.
8 卷其前(권기전) : 공문의 앞부분을 말다. 현승에게 공문의 내용을 보여주지 않는 것을 말한다.
9 鉗以左手(겸이좌수) : 공문 두루마리의 앞부분을 말아서 왼손에 쥐다.
10 右手摘紙尾(우수적지미) : 오른손으로 문서 두루마리의 끝머리를 당겨 잡다.

11 鴈鶩行(안목항) : 기러기와 오리처럼 행렬을 짓다. 현승의 형식적인 결재 절차를 밟기 위해 아전들이 한꺼번에 줄지어 들어오는 것을 말한다.

12 平立睨丞(평립예승) : 꼿꼿이 서서 현승에게 곁눈질하다. 아전들이 상급자인 현 승을 완전히 무시하는 태도를 나타낸다.

13 涉筆占位(섭필점위) : 붓에 먹을 찍어 서명할 자리를 짐작하다. '占'은 본래 '점치 다'는 뜻이지만, 여기서는 '짐작하다', '살피다'는 뜻으로 쓰였다.

14 目吏(목리) : 아전들에게 눈짓하다. '目'이 동사로 '눈짓하다', '보다'는 뜻이다.

15 漫(만) : 막연한 모양. 망망하게 두서가 없는 모양.

16 諺數慢(언수만) : 속담에서 하는 일 없이 놀고먹는 관직을 꼽다.

17 訾謷(자오) : 헐뜯다. 여기서는 '조롱하다'는 뜻에 가깝다.

18 端(단) : 본래.

博陵崔斯立[19]種學績文[20], 以蓄其有, 泓涵演迤[21], 日大以肆。貞元初, 挾其能, 戰藝[22]於京師, 再進再屈□人[23]; 元和初, 以前大理評事言得失黜官[24], 再轉而爲丞玆邑, 始至, 喟[25]曰: "官無卑, 顧[26]材不足塞職[27]"。旣噤[28]不得施用, 又喟曰: "丞哉, 丞哉! 余不負丞, 而丞負余。" 則盡枿去牙角[29], 一躡故跡[30], 破崖岸[31]而爲之。

19 博陵崔斯立(박릉최사립) : 박릉[지금 하북성(河北省) 정현(定縣)] 사람 최사립. 이름은 입지(立之)고 '斯立'은 그의 자다. 정원 4년(788)에 진사가 되고 6년(790)에 박학굉사과에 합격한 뒤 10년에 남전현승으로 부임했다. 박릉 최씨는 당나라 때 북방의 명망 있는 대족의 하나다.

20 種學績文(종학적문) : 씨를 뿌리고 길쌈하는 것으로 최사립이 학문 연마와 글쓰기에 날마다 꾸준히 노력했음을 비유한다.

21 泓涵演迤(홍함연이) : 최사립의 학문이 깊이가 있고 폭도 넓어 널리 영향을 미치는 것을 형용한다. '泓涵'은 깊고 넓은 모양, '演迤'는 널리 퍼지는 모양.

22 戰藝(전예) : 글재주를 겨루다. 과거고시에서 다른 응시자들과 글재주를 경쟁함을 말한다.

23 再進再屈□人(재진재굴□인) : □자는 '于(우)'자나 '千(천)'자로 된 판본이 있으나, 『교주(校注)』에서는 '于'자일 경우 뜻이 완전히 반대가 되어 문맥이 통하지 않고 '千'자일 경우 통상 박학굉사과의 응시생이 수십 명 밖에 안 되는 점을 고려할 때 이치에 맞지 않다는 점을 들어 둘 다 취하지 않고 궐문으로 남겨두었다. 그런데 여기서는 □ 앞의 '屈'자가 형태적으로 '出'자와 유사해 잘못된 것이라는 주석에 근거해 '두 차례 시험에서 두 차례 모두 다른 경쟁자보다 출중했다'로 풀이했다.

24 黜官(출관) : 관직에서 쫓겨나다. 최사립이 전에 대리평사로 있을 때 조정의 잘잘못을 거론한 일 때문에 좌천된 일을 말한다.

25	喟(위) : 탄식하는 모양.
26	顧(고) : 단지. 다만.
27	塞職(색직) : 직책을 다 감당하다. 책무를 완수하다.
28	噤(금) : 입을 다물다. 입을 다물고 감히 말을 하지 못함을 말한다.
29	欓去牙角(얼거아각) : 나무의 그루터기를 제거하듯이 날카로운 이빨과 뿔을 다 잘라 없애다. '欓'은 '나무의 그루터기'로 '欓(얼)'과 같다. 자신의 재주나 예기를 감추고 드러내지 않음을 말한다.
30	一蹈故跡(일섭고적) : 완전히 옛 발자취를 좇다. 창의적인 업무 추진이 아니라 완전히 전례에 좇아 일처리 하는 것을 말한다.
31	破崖岸(파애안) : 낭떠러지와 언덕과 같은 모난 태도는 내버리다. 자신의 유별난 행동이나 태도를 숨기고 세상 흘러가는 대로 살아가는 것을 말한다.

丞廳故有記, 壞漏污不可讀, 斯立易楣³²與瓦, 墁治壁³³, 悉書前任人名氏。庭有老槐四行, 南牆鉅竹千梃³⁴, 儼立³⁵若相持, 水瀑瀑³⁶循除³⁷鳴, 斯立痛掃漑³⁸, 對樹二松, 日哦³⁹其間。有問者, 輒對曰："余方有公事, 子姑去!"

32	楣(가) : 네모난 서까래. 둥근 서까래는 '椽(연)'이라고 한다.
33	墁治壁(만치벽) : 흙손으로 벽에 진흙이나 회반죽 따위를 바르다. '墁'은 미장용 도구인 흙손으로 '鏝'과 같은데 여기서는 동사로 쓰였다.
34	鉅竹千梃(거죽천정) : 키 큰 대나무 천 그루. '鉅'는 '巨'와 같고 '梃'은 나무의 수 효를 헤아리는 단위.
35	儼立(엄립) : 꼿꼿하게 서 있다. 긍지를 가지고 서 있는 모양을 형용한다. 홰나무 와 대나무가 마치 맞서듯이 꼿꼿하게 서 있는 모습을 통해 최사립 자신이 이처 럼 살고 싶은 열망을 은연중에 나타낸 것으로 보인다.
36	瀑瀑(곡곡) : 물이 천천히 졸졸 소리 내며 흐르는 모양.
37	除(제) : 뜰의 섬돌.
38	痛掃漑(통소개) : 빈틈없이 깨끗하게 쓸고 물로 씻다. '痛'이 '철저하게', '빈틈없 이'의 뜻으로 쓰였다.
39	哦(아) : 낮은 소리로 시를 읊조리다.

考功郎中⁴⁰知制誥⁴¹韓愈記。

| 40 | 考功郎中(고공낭중) : 이부(吏部) 소속 관직으로 문무백관의 근무 고과 평정 업 무를 담당했다. |
| 41 | 知制誥(지제고) : 중서성(中書省) 소속 관직으로 황제의 조령(詔令)을 기초하는 업무를 담당했는데 통상 겸직하는 경우가 많았다. 한유는 원화 9년(814) 12월 15 일에 고공낭중 겸 지제고가 되었다가 11년 정월 20일에 중서사인(中書舍人)으 로 전임했다. |

HS-047 「등왕각 중수 기문」

新修滕王閣記

내가 젊었을 때 강남 지방에는 높이 올라가 아래로 내려다보며 구경할 만한 장관이 많지만, 등왕각(滕王閣)이 그중 제일로 기이하고 특출하다는 명성이 난 것을 들었다. 세 왕씨(王氏)가 등왕각에 대해 쓴 서문(序文)과 부(賦)와 기문(記文)을 구해 보니, 그 문장이 장관이어서 더더욱 등왕각에 가서 한 번 관람을 하고 그 글을 읽으며 나의 시름을 잊고 싶었으나, 조정에서 관직에 매여 있는 관계로 그 소망을 이루지 못했다. 원화 14년(819)에 상소문을 올린 일로 게양(揭陽) 지방의 고을 태수로 좌천되었을 때는 지름길로 가급적 빨리 도착하고자 바닷길로 간 탓에, 또 남창(南昌)을 경유하며 등왕각을 관람할 수가 없었다. 그해 겨울에 천자에게 존호(尊號)를 지어 올린 일로 천자께서 천하에 대사면을 내린 덕분에, 나는 원주자사(袁州刺史)로 전임하게 되었다. 원주는 남창에 속하는 고을이므로 마음속으로 다행으로 여기고 기뻐하며, 마땅히 몸소 관찰사의 부(府)로 가서 휘하의 집사들로부터 단속하는 법령 따위의 지시 사항을 받은 뒤, 공무가 끝나 돌아오는 길에 혹시 그곳에 갈 수 있다면 내 마음껏 관람해 평소의 숙원을 풀겠노라고 중얼거렸다. 원주에 부임한 뒤 7개월째 되던 때에 황제께서 조칙을 내려 중서사인(中書舍人) 태원(太原) 사람 왕공(王公)을 어사중승(御史中丞)으로 삼아 강남서도(江南西道)의 관찰사로 임명하셨는데, 홍주(洪州), 강주(江州), 요주(饒州), 건주(虔州), 길주(吉州), 신주(信州), 무주(撫州), 원주(袁州)가 모두 그의 관할 구역에 속했다. 여덟 고을의 백성들이 전에 불편하다고 느낀 일이나 원했지만 이루지 못한 일들을 공께서 부임하셔서 모두 민의에 따라서 폐지하거나 실행에 옮겼다. 큰 일은 역참을 통해 조정에 보고해 지시를 기다리고 작은 일은 그 자리에서 즉각 고쳤으며, 봄에 자라고 가을에 죽는 것이 양기를 따라 탁 트이고 음기를 맞아 닫히듯 했고, 관아에서 며칠 사이에 각종 법령을 제정하게 하니 백성들이 천리 밖 호수나 산속에 살면서도 혜택을 입어 스스로 만족스러워 했다. 내가 비록 의견을 내어 이해득실을 논하고 관찰사의 막부로 가서 명령을 듣고자 했으나, 우리 고을에는 도무지 구실을 삼아 갈 만한 일이 없으니, 또 어찌 나의 소관 사무를 버리고 가서 관사를 관리하고 빈객을 접대하는 사람들을 수고스럽게 할 수 있겠는가? 그리하여 또 등왕각에 가볼 기회를 얻지 못했도다!

그해 9월에 백성들과 관리가 잘 화합해 왕공과 감군사(監軍使)께서 이 누각에서 연회를 베풀자, 문무백관과 빈객이나 선비들이 다 함께 그 자리에 참석했다. 술이 빈 순배쯤 돌았을 때 모두가 한 목소리로 진언하여 말했다.

"이 누각은 보수하지 않으면 곧 허물어질 것입니다. 전에 공께서 이 고을에서 보좌관으로 근무하시던 시절에 때마침 새롭게 수리하셨는데, 그때 지으신 글이 아직 누각의 벽에 씌어져 있습니다. 지금 30년이 지난 뒤에 공께서 이 고을 태수로 부임하신 지 마침 만 한 달이 되었는데, 또 이곳에 오셔서 연회를 베푸시니 어찌 감회가 없을 수 있겠습니까?"

공께서 응답해 "좋소!"라고 했다. 그리하여 마룻대와 기둥, 대들보와 네모난 서까래, 판자와 난간 중에서 부식하여 검게 되거나 휘어 부러진 것, 이은 기와와 계단 벽돌 중에서 깨져 떨어져나간 것, 붉고 흰 그림 중에서 흐릿해 선명하지 못한 것을 모두 보수하니, 이전 사람들이 만든 것보다 화려하게 하지는 않았지만 후대 사람들의 볼거리가 되기에는 충분했다.

목수들이 공사를 다 마치자 공께서 많은 사람들을 초청해 함께 마시고, 서찰을 보내 나에게 명해 "그대가 나를 위해 기문을 써주기를 바라노라!"라고 말했다. 나는 그곳에 가서 직접 관람하지 못한 연유로 탄식을 하던 차에, 누각 위에 내 이름을 걸고 세 왕씨의 뒤에 글을 놓을 수 있는 것이 매우 영광스러운 일임을 마음속으로 기쁘게 여겨, 사양하지 않고 공의 명령을 받들었다. 이 누각 주위 강산의 아름다움과 이곳에 올라 조망하는 즐거움은, 내가 비록 늙었을지라도 만약 공을 따라 유람할 기회가 있다면 공을 위해 글로 읊어낼 수 있으리라.

원화 15년(820) 10월 아무 날 원주자사 한유가 쓰다.

해제

원화 15년(820) 10월 원주자사(袁州刺史) 재직 시에 강남서도관찰사(江南西道觀察使) 겸 홍주자사(洪州刺史)인 상관 왕중서(王仲舒)의 명을 받고 쓴 기문. 기문으로서는 매우 드물게 작자가 직접 등왕각(滕王閣)을 가보지 않고 쓴 것으로 유명하다. 게다가 등왕각을 소재로 쓴 시인묵객들의 글

이 비일비재한 관계로 작자는 자기가 가보기를 그토록 열망했으면서도
끝내 숙원을 이루지 못한 점에 착안해 글을 전개하고 있다.

원문 및 주석

愈少時則聞江南多臨觀之美, 而滕王閣¹獨爲第一, 有瑰偉絕特²之稱; 及
得三王所爲序賦記³等, 壯其文辭, 益欲往一觀而讀之, 以忘吾憂; 繫官于
朝, 願莫之遂。十四年⁴, 以言事斥守揭陽⁵, 便道取疾⁶以至海上, 又不得過
南昌⁷而觀所謂滕王閣者。其冬, 以天子進大號⁸, 加恩區內⁹, 移刺袁州¹⁰。
袁於南昌爲屬邑, 私喜幸自語, 以爲當得躬詣大府¹¹, 受約束¹²於下執事¹³,
及其無事且還, 儻¹⁴得一至其處, 竊¹⁵寄目¹⁶償所願焉。至州之七月, 詔以中
書舍人¹⁷太原王公¹⁸爲御史中丞¹⁹, 觀察江南西道²⁰; 洪江饒虔吉信撫袁悉
屬治所²¹。八州之人, 前所不便及所願欲而不得者, 公至之日, 皆罷行²²之。
大者驛聞²³, 小者立變²⁴, 春生秋殺, 陽開陰閉, 令修²⁵於庭戶²⁶數日之間,
而人自得²⁷於湖山千里之外。吾雖欲出意見, 論利害, 聽命於幕下; 而吾州
乃無一事可假²⁸而行者, 又安得捨己所事以動館人²⁹? 則滕王閣又無因而至
焉矣!

1   滕王閣(등왕각) : 지금 강서성(江西省) 남창시(南昌市) 감강(贛江) 가에 있는 누
    각. 당나라 고종(高宗) 영휘(永徽) 4년(653)에 고조(高祖)의 22번째 아들 등왕(滕
    王) 이원영(李元嬰)이 홍주도독(洪州都督)으로 있을 때 창건한 관계로 이런 이
    름이 붙었다. 당나라 때 명승의 하나로 초당사걸(初唐四傑)의 한 사람인 왕발
    (王勃)이 「등왕각서(滕王閣序)」라는 명문을 쓴 이후, 수많은 시인묵객들이 이
    누각에 올라와 명작을 남겼다. 지금도 황학루(黃鶴樓) 및 악양루(岳陽樓)와 함
    께 강남의 3대 누각의 하나로 손꼽히는데 28차례나 중건되었다고 전해진다.
2   瑰偉絕特(괴위절특) : 기이하고 특출하다.
3   三王所爲序賦記(삼왕소위서부기) : 세 왕씨가 지은 서문과 부와 기문으로 왕발

의 「등왕각서」, 왕서(王緖)의 「등왕각부」, 왕중서(王仲舒)의 「수각기(修閣記)」를 가리킨다.

4 十四年(십사년) : 당나라 헌종(憲宗) 원화(元和) 14년(819).

5 以言事斥守揭陽(이언사척수게양) : 상소문을 올린 일로 게양 지방의 태수로 좌천되다. 한유가 「논불골표(論佛骨表)」를 올려 부처 사리를 궁궐 안으로 들여오는 것을 극구 반대하다가 조주자사(潮州刺史)로 좌천된 일을 가리킨다. 당나라의 조주(潮州)가 한(漢)나라 때의 남해(南海) 게양(揭陽) 땅이었고, 태수는 당나라의 자사에 해당하는 한나라 때의 관직 이름이다.

6 便道取疾(편도취질) : 지름길로 신속함을 구하다. 빨리 도착하기 위해 지름길로 간 것을 가리킨다.

7 南昌(남창) : 현 이름으로, 당나라 때 홍주의 주청 소재지가 이곳에 있었고 강서 관찰사도 이곳에 주재했으므로 뒤에서 원주는 남창에 속하는 고을이라고 했다.

8 進大號(진대호) : 원화 14년 7월에 신하들이 헌종에게 ‘원화성문신무법천응도황제(元和聖文神武法天應道皇帝)’라는 존호를 지어 올린 것을 말한다.

9 區內(구내) : 천하. 세계.

10 移刺袁州(이자원주) : 원화 14년 10월 24일에 한유가 원주자사로 전임된 일을 가리킨다. 원주는 지금 강서성 의춘시(宜春市)다.

11 大府(대부) : 상급 관서를 높여 부르는 말로 관찰사의 부를 가리킨다.

12 約束(약속) : 단속하는 법령 따위의 지시 사항.

13 下執事(하집사) : 가장 낮은 등급의 사무원. 집사는 상대방의 사무원을 가리키는 말로 상대방을 직접 통하지 않고 아래의 사무원을 통해 듣는다는 것은 상대방을 높이는 표현이다.

14 儻(당) : 아마도. 혹.

15 竊(절) : 몰래. 내 마음대로.

16 寄目(기목) : 눈길을 부치다. 관람하다.

17 中書舍人(중서사인) : 당나라 제도에 중서성(中書省)의 중서령(中書令)과 시랑(侍郞) 아래에 사인 6인을 두어 왕명출납의 각종 문서를 기초해 올리는 업무를 담당하게 했다.

18 太原王公(태원왕공) : 태원 사람 왕중서(王仲舒).

19 御史中丞(어사중승) : 어사대 장관 어사대부(御史大夫) 바로 밑의 차관. 시대에 따라서는 중승이 어사대 장관인 경우도 많았다.

20 觀察江南西道(관찰강남서도) : 강남서도의 관찰사가 되다. 강남서도는 당나라 때 15도 중의 하나로 그 아래에 18개 주를 거느리고 있었다.

21 治所(치소) : 관청의 행정기구 소재지.

22 罷行(파행) : 폐지하거나 실행하다. 백성들이 불편하다고 느낀 일은 폐지하고, 하고자 원했으나 이루지 못한 일들은 실행한 것을 말한다.

23 驛聞(참문) : 역참을 통해 조정에 보고해 지시를 바라는 것을 말한다.

24 立變(입변) : 그 자리에서 바로 바꾸다. 즉각 변경하다.

25 修(수): 법령을 제정하다.
26 庭戶(정호): 청사. 집무실.
27 自得(자득): 스스로 만족해하다.
28 假(가): 구실을 대다.
29 館人(관인): 관사를 관리하고 빈객을 접대하는 일을 담당하는 사람.

其歲九月, 人吏浹和³⁰, 公與監軍使³¹燕于此閣, 文武賓士皆與在席. 酒半,
合辭言曰: "此屋不修, 且壞. 前公爲從事³²此邦, 適³³理新之, 公所爲文,
實書在壁; 今三十年而公來爲邦伯³⁴, 適³³及期月³⁵, 公又來燕于此, 公烏得
無情哉?" 公應曰: "諾." 於是棟楹梁桷板檻之腐黑撓折³⁶者, 蓋瓦級甎³⁷之
破缺者, 赤白之漫漶³⁸不鮮者, 治之則已; 無俟前人, 無廢後觀.

30 浹和(협화): 화합하다. 조화를 이루다.
31 監軍使(감군사): 장군이나 장교 등의 행동을 감독하는 관리로 당나라 현종(玄
   宗) 이후 환관(宦官)이 이를 담당했다.
32 從事(종사): 종사관. 보좌관.
33 適(적): 때마침.
34 邦伯(방백): 본래 고대에 한 지방 제후의 장을 가리키는 말로 쓰였는데, 여기서
   는 주의 장관을 가리킨다.
35 期月(기월): 만 1개월.
36 腐黑撓折(부흑요절): 부식해 검게 되거나 휘어 부러지다.
37 蓋瓦級甎(개와급전): 이은 기와나 계단 벽돌. '甎'은 '磚(전)'과 같다.
38 漫漶(만환): 흐려서 글씨나 그림 따위가 잘 보이지 않는 모양.

工旣訖功, 公以衆飲, 而以書命愈曰: "子其爲我記之!" 愈旣以未得造觀³⁹
爲歎, 竊喜載名其上, 詞列三王之次, 有榮耀焉; 乃不辭而承公命. 其江山
之好, 登望之樂, 雖老矣, 如獲從公遊, 尚能爲公賦之.

39 造觀(소관): 가서 관람하다.

元和十五年十月某日袁州刺史韓愈記.

HS-048 「과두문자 서책 후기」

科斗書後記

    나의 숙부님은 대력(大曆) 연간에 문장으로 조정에서 홀로 뛰어나시어, 천하에서 자기 선조의 공적과 덕행을 비문으로 써서 후세에 인정을 받으려는 사람들이 모두 한씨(韓氏) 집안으로 찾아왔다. 당시에 장작감(將作監) 이양빙(李陽冰)이 홀로 전서(篆書)에 능했고, 나와 동성인 숙부뻘 되는 택목(擇木)께서는 팔분서(八分書)에 뛰어나시어 당시 사람들은 물어 볼 것도 없이 그 분들의 특기에 대해 잘 알고 있었으니, 이와 같지 않았다면 중원 땅에 명성이 나지 않을 지경이었기에 세 집안에서는 각각의 특기를 자제들에게 전수하며 서로 교유하게 했다.

    정원(貞元) 연간에 내가 변주(汴州)에서 동승상(董丞相) 막부의 보좌관으로 있을 때, 개봉현령(開封縣令) 이복지(李服之)라는 사람을 알았는데 이양빙의 아들이었다. 그는 나에게 자기 집안의 과두문자(科斗文字)로 된 『효경(孝經)』과 한(漢)나라 때 위굉(衛宏)이 지은 『관서(官書)』를 주었는데, 두 책이 한 권으로 합쳐져 있었다. 나는 그것들을 보물처럼 간직하기는 했으나 익힐 틈이 없었다. 뒤에 장안에 올라와 사문박사(四門博士)로 있을 때 귀공(歸公)을 알게 되었다. 귀공은 고문자를 좋아하고 그것들에 정통했다. 나는 "고문자는 그 근거하는 것을 찾아내면 읽어낼 수 있겠지요"라고 말씀 드리며 내가 소장하고 있던 두 책을 귀공에게 드렸다.

원화(元和) 이후로 나는 여러 차례 사양해도 뜻을 이루지 못하고, 숙부님을 계승해 다른 사람들의 묘지명을 써서 공덕을 칭송했다. 무릇 문장을 씀에 있어서는 마땅히 글자를 대략이나마 알아야 하겠다는 생각이 들어 귀공으로부터 두 책을 빌려와 읽었는데, 책을 빌려온 뒤로 한 달 남짓 내 곁에 두었다. 그러던 중 장적(張籍)이 진사 하발서(賀拔恕)에게 한 부를 필사하도록 하여 내게 주었는데, 대략 10분의 4 내지 5정도를 베끼고 그 책은 귀공에게 돌려주었다.

원화 11년(816) 6월 4일 우서자(右庶子) 한유가 쓰다.

해제

원화 11년(816)에 과두문자로 된 『효경(孝經)』과 『관서(官書)』 두 권의 필사본 뒤에 써 붙인 기문. 한운경(韓雲卿)과 이양빙(李陽冰)과 한택목(韓擇木) 세 사람이 각기 문장에 뛰어나고 고문자에 능통한 것으로 이름나서 세 집안의 자제들도 집안의 전통을 계승했음을 기술하고 있다. 당시에 중원 땅에서 행세깨나 하는 집안 축에 들어가려면 이들 세 사람의 솜씨가 한데 어울린 비석을 세워야 할 정도로 이들의 명성은 대단했나. 즉

한운경이 지은 비문에다 이양빙이 전액(篆額)을 하고 한택목이 팔분서로 비석에 써넣어야 제격이었던 것이다. 이 글은 또 작자가 두 책을 이양빙의 아들 이복지(李服之)로부터 증정 받고 그것을 귀등(歸登)에게 봉증한 일과, 고문자 학습을 위해 다시 빌려와 연구하고 필사한 과정을 간결하고 차분하게 적고 있다. 그 가운데 작자가 문장에 능한 집안 전통을 이어받은 데 대한 뿌듯한 심정이 토로되어 있다.

원문 및 주석

愈叔父¹當大曆²世, 文辭獨行中朝, 天下之欲銘述³其先人功行取信來世⁴者, 咸歸韓氏. 於時李監陽冰⁵獨能篆書⁶, 而同姓叔父擇木⁷善八分⁸, 不問可知其人, 不如是者不稱三服⁹, 故三家傳子弟往來.

1　叔父(숙부) : 한유의 둘째 숙부 한운경(韓雲卿)을 가리킨다. 일찍이 감찰어사(監察御史)·예부낭중(禮部郎中)·예부시랑(禮部侍郎) 등을 역임하며 선정을 베풀고 문장에 뛰어났다. 이백(李白)이 「무창재한군거사비(武昌宰韓君去思碑)」에서 "한운경은 문장으로 당시 세상에 으뜸이었다(雲卿文章冠世)"라고 찬양한 바 있다.

2　大曆(대력) : 당나라 대종(代宗)의 연호(766-779).

3　銘述(명술) : 선조의 공적과 덕행 따위를 서술한 묘지명을 짓는 것을 말한다. 모두 동사로 쓰였다.

4　取信來世(취신내세) : 후대 사람들에게 알려 믿도록 하다. 후세에 인정을 받다.

5　李監陽冰(이감양빙) : 이양빙(李陽冰)으로 자가 소온(少溫), 조군(趙郡 : 지금 하북성 조현(趙縣)] 사람. 장작감(將作監)이란 관직을 지낸 까닭에 이감(李監)으로 불렸다.

6　篆書(전서) : 한위(漢魏) 이전에 유행한 고문자체(古文字體)로 대전(大篆)과 소전(小篆)으로 나뉘기도 한다. 광의로는 갑골문이나 금문을 포함하는 개념으로도 쓰인다.

7　同姓叔父擇木(동성숙부택목) : 한택목은 관직이 대종(代宗) 때에 예부상서(禮部尚書)에 이르렀다. 『예기·대전(大傳)』의 "5대째 같은 조상을 둔 사람의 초상

때에는 상복을 입지 않고 웃옷의 왼쪽 소매를 걷고 관을 벗어 머리를 묶어 매는 정도로 슬픔을 표시할 뿐이었으니, 동성의 관계가 점차 퇴색되어 가기 때문이다(五世祖免, 殺同姓也)"는 말로 미루어 볼 때, 한택목은 한유에게 숙부뻘의 먼 친척임을 알 수 있다.

8   八分(팔분) : 한자 서체의 하나로 '팔분서(八分書)' 또는 '분서(分書)'로도 불린다. 진(秦)나라 때 상곡(上谷) 사람 왕차중(王次仲)이 만든 것으로 전해지는데, 예서체(隸書體)와 비슷하고 좌우 삐침이 많다. 당나라 장회관(張懷瓘)의 『서단(書斷)』에서는 좌우로 삐친 이 서체의 모양이 여덟 '팔(八)'자의 등이 갈라진 것과 같기 때문에 이런 이름이 붙여졌다고 했다.

9   三服(삼복) : 중원. 중국. 보통 참최(斬衰, 3년 상복), 자최(齊衰, 1년 상복), 대공(大功, 9개월 상복)의 3가지 상복 등급으로 이런 상복을 입을 범위 내의 가까운 친척 관계를 가리킨다는 뜻으로 풀이하기도 한다. 이밖에 한운경의 문장, 이양빙의 전서, 한택목의 팔분서 세 가지를 '삼복'으로 보는 설도 있다.

貞元中[10], 愈事董丞相幕府於汴州[11], 識開封令服之[12]者, 陽冰子. 授余以其家科斗孝經[13], 漢衛宏官書[14], 兩部合一卷, 愈寶蓄之而不暇學. 後來京師, 爲四門博士[15], 識歸公[16]. 歸公好古書, 能通之, 愈曰 : "古書[17]得其據依, 蓋可講[18]." 因進其所有書屬歸氏.

10   貞元(정원) : 당나라 덕종의 연호. 여기서 '貞元中'은 정원 12년(796)을 가리킨다.

11   愈事董丞相幕府於汴州(유사동승상막부어변주) : 한유가 변주자사 및 선무군절도사(宣武軍節度使) 동진(董晉)의 부름을 받고 그의 막부에서 절도추관으로 근무하고 바로 시비서성교서랑(試秘書省校書郎)에 임명된 것을 가리킨다. 당시에 동진이 동중서문하평장사(同中書門下平章事)를 맡고 있었으므로 '董丞相'이라고 칭했다.

12   開封令服之(개봉령복지) : 개봉현령 이복지. 복지는 양빙의 아들이고 개봉은 지금 하남성 개봉시인데 당나라 때는 변주에 속했다.

13   科斗孝經(과두효경) : 과두문자로 씌어진 『효경』. 과두문자는 황제(黃帝) 때 창힐(蒼頡)이 시었다고 하는 고문자체의 하나로 머리 부분이 굵고 꼬리 부분이 가는 모양이 마치 '科斗(蝌蚪)' 곧 올챙이와 흡사해 이런 이름이 붙여졌다. '과두서(科斗書)', '과두전(科斗篆)'으로도 불린다.

14   衛宏官書(위굉관서) : 위굉은 자가 자경(子敬)으로 동한 광무제(光武帝) 때에 의랑(議郎)이 되어 『관서』를 지었다.

15   四門博士(사문박사) : 한유는 정원 18년(802)에 국자감 사문박사가 되었다.

16   歸公(귀공) : 귀등(歸登). 소주(蘇州) 사람이고 자가 충지(沖之)로 문장에 능하고 초서와 예서에 뛰어났다.

17   古書(고서) : 고문자체.

18 講(강) : 연구하다. 읽어내다.

元和¹⁹來, 愈亟不獲讓²⁰, 嗣爲銘文, 薦道功德 ; 思凡爲文辭宜略識字 ; 因
從歸公乞觀二部書, 得之, 留月餘。張籍令進士賀拔恕²¹寫以留愈, 蓋得其
十四五, 而歸其書歸氏。

19 元和(원화) : 당나라 헌종(憲宗)의 연호.
20 亟不獲讓(기불획양) : 여러 차례 사양해도 받아들여지지 않다. '亟'은 '자주', '여
러 차례'의 뜻.
21 進士賀拔恕(진사하발서) : 당나라 때에 진사고시 응시자들을 '거진사(擧進士)' 또
는 바로 '進士'라 불렀다. '賀拔恕'는 생애 미상인데, '賀拔'이 복성(複姓)이고 '恕'
가 이름이다.

十一年六月四日右庶子²²韓愈記。

22 右庶子(우서자) : 태자우서자로 정4품하의 품계. 태자에게 헌납하는 문서를 주관
했다.

헌종(憲宗) 14년(819)에 막 동평군(東平郡)을 평정하고 이사도(李師道)가 점거하고 있던 땅을 셋으로 나누어 화주자사(華州刺史) · 예부상서(禮部尙書) 겸 어사대부(御史大夫)인 부풍(扶風) 사람 마공(馬公)을 운주(鄆州) · 조주(曹州) · 복주(濮州) 절도사 및 관찰사로 삼아 그곳에 주둔하며 다스리게 했다. 1년 뒤에 그 군대를 표창해 '천평군(天平軍)'이라고 불렀다. 지금 황제 목종(穆宗)께서 즉위하신 그 이듬해에 마공을 조정으로 불러 들어오게 하여 중용하려고 했으나, 그곳 백성들이 마공의 다스림을 편안하게 여기므로 다시 그곳으로 돌아가 관할하게 했다. 황제께서 즉위하신 지 3년째 되는 지금은 마공이 운주 · 조주 · 복주에서 정사를 펴신 지 마침 4년이 되는 해로 정치가 잘 돌아가고 제도도 정비되니 모든 백성들의 마음이 크게 안정되어 악한 생각이 마음에서 사라지고 어진 마음이 얼굴에 나타나, 마음과 힘을 하나로 합쳐서 국가를 위해 봉사했다. 이때에 기주(沂州)와 밀주(密州)가 막 나누어져서 조정에서 파견한 관찰사를 잃해하고, 그 뒤에 유주(幽州)·진주(鎭州)·위박(魏博)의 병사들이 조정의 정치에 불만을 품고서 서로 선동하고 연달아 변란을 일으켜 이전의 군벌이 할거하던 국면으로 다시 돌아갔으며, 서주(徐州)의 병사들도 형세를 틈타 절도사를 축출한 뒤 자립해 유주·진주·위박의 세 지방과 같이 어지럽게 되었다. 오직 운주만이 저들과 확연히 달리 가운데에 자리 잡고 있었는데, 사방의 이웃 고을들이 바라보니 마치 제방이 물을 막아주는 것과 같이 견고했기 때문에 운주를 믿고 두려워하지 않았다.

　　그러나 그들(운주·조주·복주 세 고을 사람)은 모두 말했다.
　　"운주가 도적들의 소굴이 된 지 60년이 다 되어 가니 장수는 강하고 졸병들은 용감합니다. 조주와 복주는 운주에 비해 고을이 크고 서로 가까운데다 군대가 뿌리내리고 있는 기지라서, 세 고을이 다 교만하고 원한이 생기기 쉽습니다. 그런데 마공께서는 많은 사람들이 난리 통에 죽고 약탈이 이루어진 뒤에 이곳을 맡으셨기에, 살갗이 벗겨지고 골수까지 몽둥이질을 당할 정도로 가혹하게 착취가 자행된 뒤인지라, 공공이나 개인의 재산이 땅을 쓸듯 몽땅 빈털터리가 되어 남아 있는 것이 없었고, 신구 세력들도 서로 보호하거나 보살펴 줄 수 없어 만인이 눈을 부릅뜨고 사태를 주시하며 관망만 할 뿐이었습니다. 마공께서 이런 때에 그 백성들을 안정시키고 잘 다스렸기에 그 공적이 위대한 것이니, 만약 유주·진주·위주·서주에서 서로 선동하듯 연달아 변란을 일으키지 않았더라면, 마공의 공적은 도리어 보잘것없을 터인즉, 무엇 때문이겠습니까? 마공께서 처음 부임하셨을 때 뭇사람들이 아직 잘 교화되기 이전이었기 때문에 무력으로 그들을 대했더라면 분노하며 원한을 품었을 것이고, 은총으로 그들을 대했더라면 횡포하고 방자해졌을 것이며, 혹 착한 갓난아이로 될 수도 있고 혹 통제할 수 없는 용이나 뱀으로 될 수도 있을 터였는데 마음과 정력을 다 쏟아 붓고 많은 시간을 들이고 난 뒤에 그들을 잘 다스렸으니 참 어려운 일이었습니다. 교화가 베풀어지자 뭇사람들이 다 마공을 친부모처럼 떠받들었으니, 대체로 부모를 배반하고 원수를 따르는 것은 인지상정에 맞지 않기 때문에 쉬운 일이라고 말하는 것입니다.”

그리하여 천자께서는 마공을 상서우복야(尚書右僕射)로 삼고 부풍현(扶風縣) 개국백(開國伯)에 책봉해 표창하고 칭찬하셨다. 마공께서도 뭇사람들이 화합함을 즐겁게 여기고 사람들이 기뻐하는 것을 아시어 황제께서 내리신 후한 은사를 빛나게 드러내려고 했다. 이에 관저의 서북쪽 모퉁이에 전각을 한 채 얽어 계당(谿堂)이라고 이름 붙이고, 사대부들을 불러 연회를 열고 상하간의 의견이 소통하게 했다. 연회가 끝난 뒤에 그의 보좌관 진증(陳曾)이 뭇사람들에게 일러 말했다.

“마공께서 이 지방을 다스리심에 그 수고하심이 또한 지극하지 아니합니까? 이 지방의 사람들이 마공의 교화에 따라 오직 명령한 대로 행했으니 또한 복종한 것이 아니겠습니까? 윗사람이 수고하고 아랫사람이 복종을 하여 마침내 일이 잘 풀려 이런 경지에까지 이르렀으니 또한 아름답지 아니합니까? 이전에 사람들은 이 고을을 두고 뭐라고 했고 지금 사람들은 뭐라고 합니까? 비록 이와 같기는 하지만 이 전각을 지은 데에 할 말이 있을 것으로 생각되니, 입을 다물고 시나 노래를 읊조리지 않는다면 이것은 마공의 덕을 살펴 끌어와 이 지방 사람들을 도의 길로 인도하지 않는 처사가 될 것이외다.”

그리하여 사람을 보내 나에게 시를 청했다. 시는 다음과 같다.

고조(高祖) 황제가 천하 구주(九州)를 평정하신 지
여러 세대 여러 해가 되었는데
황폐해 다스려지지 않은 곳이 있으니
황하와 태산 사이로다.

우리 헌종 황제에 이르러
일거에 수복해 바르게 하시고는
지방을 보고 장관을 가려서
마공을 보내 주관하게 하셨다.

마공께서 부임해 주관하시니
사람들이 처음에는 믿지 않았지만
마공께서는 먹고 마시는 것도 잊은 채
가르치고 명령을 내리셨다.

누가 배고픈데 먹을 것이 없으며
누가 신음하고 누가 탄식하는가?
누가 억울한데도 아무도 물어주지 않아
저마다의 소원을 이루지 못하는가?

누가 이 땅의 해충과 같은 악인이라
줄기나 뿌리를 파먹는 마디충과 같고
양처럼 모질고 이리처럼 탐욕스러워
입방아로 성을 기울어지게 하는가?

공께서는 백성들에게 입김을 불어 따뜻하게 하고
손을 비벼서 백성들을 어루만지시기도 했으며
악인은 쇠침과 돌침으로 징벌하고
발가벗겨 찢어 죽이셨다.

공께서 다스리는 사방 모든 지역이
부유하고 강성해지자

사람들 공을 우리 아버지라 칭하니
누가 공의 명령을 어겼겠는가?
군대를 내어 정벌할 수도 있었고
그뿐 아니라 그곳을 지킬 수도 있었다.

공께서 계당을 지어
졸졸 물이 흐르니
얕은 곳엔 부들과 연꽃이 자라고
깊은 데는 물억새와 갈대가 나 있는데
공께서 빈객을 초청해 연회를 여시니
북소리 둥둥 울린다.

공께서 계당에서 연회를 베푸시니
빈객과 장교들은 배불리 먹고 취했으며
흐르는 물에는 물고기 뛰어오르고
물가에는 새들이 모여 있는데
노래 부르고 춤을 추니
북소리 쾅쾅 울려 퍼진다.

공께서 계당에 계실 때면
거문고를 연주하시고
공께서 빈객이나 막료들과 함께 하실 때는
경전을 고찰하고 법률을 자문하시나니
정치를 행함에 어긋남이 없고
인재 등용에 억울함이 없으시다.

시냇물엔 개구리밥과 줄풀이 자라고

거북이와 물고기가 있으며
공께서는 시냇물 가운데에서
오른손엔 『시경』, 왼손에는 『서경』을 들고 계시는데
우리들을 싫어해 버리지 마실지니
공께서는 이 지방의 복일지로다!

해제

장경(長慶) 2년(822) 병부시랑(兵部侍郞) 재직 시에 운주 사람들의 청에
응해 마총(馬摠, ?-823)의 충성심과 탁월한 정치적 수완을 찬양해 써 준 서
문과 시로 작자 만년의 작품이다. 이해에 마총은 운주의 관저 서북 모
퉁이의 시냇물 가에 계당(谿堂)이라는 전각을 짓고 빈객과 장교들을 초
청해 연회를 베푼 뒤, 여민동락(與民同樂)하는 태평스러운 모습을 자축했
다. 지방 군벌들의 발호가 끊이지 않는 때였지만, 운주(鄆州)와 조주(曹州)
그리고 복주(濮州)의 세 고을은 마총의 통치 하에 안정 기조를 유지하고
있었다. 마총의 이러한 치적은 국가의 통일을 옹호하고 번진의 발호를
반대해온 작자의 입장과 일치하므로, 이 글의 찬사는 근거 없는 아첨이
아니라 작자의 진심에서 나온 것이라 할 수 있다. 시 부분은 총 11장으
로 되어 있는데 장별로 환운을 했으며, 앞 여섯 장은 4구씩으로 되어 있
고 뒤 다섯 장은 6구씩으로 되어 있다.

원문 및 주석

憲宗之十四年¹, 始定東平, 三分其地², 以華州刺史禮部尙書兼御史大夫扶風馬公, 爲鄆曹濮節度、觀察等使鎭其地。旣一年, 襃其軍號曰："天平軍"。上卽位之二年³, 召公入⁴, 且將用之 ; 以其人之安公也, 復歸之鎭。上之三年⁵, 公爲政於鄆曹濮也適⁶四年矣, 治成制定, 衆志大固, 惡絶於心, 仁形於色, 尃心⁷一力, 以供國家之職。于時沂密始分而殘其帥⁸, 其後幽鎭魏不悅於政⁹, 相扇繼變, 復歸於舊, 徐亦乘勢逐帥自置¹⁰, 同於三方 ; 惟鄆也截然¹¹中居, 四鄰望之, 若防¹²之制水, 恃以無恐。

1 　憲宗之十四年(헌종지십사년) : 이하 두 구절은 헌종 원화 14년(819) 2월에 군대를 거느리고 조정에 복종하지 않던 치청(淄靑)절도사 이사도(李師道)가 부하인 도지병마사(都知兵馬使) 유오(劉悟)에게 살해되고, 그가 점거하고 있던 12주가 조정으로 돌아오게 된 것을 가리킨다. 동평(東平)은 군(郡) 이름으로 곧 운주(鄆州)인데, 주청 소재지가 지금 산동성(山東省) 동평현 서북에 있었다.

2 　三分其地(삼분기지) : 이하 세 구절은 원화 14년 3월에 조정에서 호부시랑(戶部侍郞) 양오릉(楊於陵)을 선무사로 파견해 이사도가 점거하고 있던 운(鄆)·조(曹)·복(濮)·유(溜)·청(靑)·제(齊)·등(登)·내(萊)·연(兗)·해(海)·기(沂)·밀(密)의 12주를 삼분한 것을 가리킨다. 마공은 부풍(扶風) 사람 마총(馬摠)으로 자가 회원(會元)인데, 삼분한 세 지역 중에서 운(鄆)·조(曹)·복(濮) 세 주의 절도사 겸 관찰사로 파견되었다.

3 　上卽位之二年(상즉위지이년) : 지금 황제가 즉위한 이듬해, 곧 장경(長慶) 원년(821)을 가리킨다. '上'은 목종(穆宗)으로 원화 15년(820) 정월에 즉위했다.

4 　召公入(소공입) : 이하 네 구절은 장경 초에 조정에서 유총(劉總)을 후임자로 파견하고 마총을 조정으로 불러들여 중용하려고 했으나, 마침 유총이 죽자 목종은 운주 사람들이 마총을 신임하는 관계로 그 자리에 복귀시킨 것을 가리킨다.

5 　上之三年(상지삼년) : 장경 2년(822)을 가리킨다.

6 　適(적) : 마침. 때마침.

7 　尃心(전심) : 마음을 합치다. 뜻을 같이하다.

8 　于時沂密始分而殘其帥(우시기밀시분이잔기수) : 원화 14년 7월에 기주(沂州)·해주(海州)의 장군인 왕변(王弁)이 관찰사 왕수(王遂)를 살해하고 유후(留後)를 자칭한 것을 가리킨다.

9 　其後幽鎭魏不悅於政(기후유진위불열어정) : 이하 세 구절은 장경 원년 7월에 유수(幽州) 노룡군(盧龍軍) 도지병마사(都知兵馬使) 주극융(朱克融)이 절도사 장

홍정(張弘靖)을 가둔 채 조정에 반기를 들고, 진주(鎭州) 성덕군(成德軍) 대장군 왕정주(王廷湊)가 조정에서 임명한 절도사 전홍정(田弘正)을 살해하고 유후를 자칭하고, 장경 2년 정월에 위박(魏博)절도사 전포(田布)가 협박을 못 이기고 자살한 뒤 병마사 사헌성(史憲誠)이 유후를 자칭한 것을 가리킨다. '扇'은 '선동하다', '부추기다'는 뜻으로 '煽'과 통하고, '舊'는 이전에 번진(藩鎭)의 군벌들이 할거하던 국면을 가리킨다.

10 徐亦乘勢逐帥自置(서역승세축수자치) : 장경 2년 2월에 서주의 무녕군(武寧軍) 절도부사(節度副使) 왕지흥(王智興)이 무력으로 협박해 조정에서 임명한 절도사 최군(崔羣)을 떠나가게 한 것을 가리킨다.

11 截然(절연) : 한계가 분명한 모양.

12 防(방) : 제방.

然而皆曰 : "鄆爲虜巢[13], 且六十年, 將彊[14]卒武。曹濮於鄆, 州大而近, 軍所根柢[15], 皆驕以易怨。而公承死亡之後[16], 掇拾[17]之餘, 剝膚椎髓[18], 公私掃地赤立[19], 新舊不相保持[20], 萬目睽睽[21]。公於此時能安以治之, 其功爲大 ; 若幽鎭魏徐之亂不扇而變, 此功反小 ; 何也? 公之始至, 衆未孰化[22], 以武則忿以憾, 以恩則橫而肆, 一以爲赤子[23], 一以爲龍蛇[24], 憊心罷精[25], 磨以歲月, 然後致之, 難也 ; 及敎之行, 衆皆戴公爲親父母, 夫叛父母從仇讎[26], 非人之情, 故曰易。"

13 鄆爲虜巢(운위노소) : 이하 두 구절은 이씨(李氏)가 운주를 근거지로 세력을 형성하고 있은 지가 장차 60년이 되어 감을 말한다. 대종(代宗) 영태(永泰) 원년(765) 7월에 평로(平盧) 병마사 이정기(李正己)가 이 지역 군대의 절도사가 된 이후, 그 자리가 차례대로 이정기의 아들 이납(李納), 이납의 아들 이사고(李師古), 이사고의 동생 이사도(李師道)에 전해진 뒤 이사도가 살해된 원화 14년(819)까지 55년간 지속되었다. 그러나 운주가 군인들에 의해 점령되어 다스려진 기간은 실제 이보다 오래되었으니, 숙종(肅宗) 건원(乾元) 원년(758)에 이미 후희일(侯希逸)이 부하들의 옹립을 받아 평로군(平盧軍)절도사가 된 적이 있었다.

14 彊(강) : 강하다. '强'과 같다.

15 軍所根柢(군소근저) : 군대가 뿌리내리고 있는 기지.

16 死亡之後(사망지후) : 큰 전란을 거치며 부상하거나 죽은 뒤에.

17 掇拾(철습) : 착취하다. 노략질하다. 이사도 군대의 착취를 가리킨다.

18 剝膚椎髓(박부추수) : 살갗이 벗겨지고 골수까지 몽둥이질을 당할 정도로 가혹하게 착취당하다.

19 掃地赤立(소지적립) : 땅을 쓸듯 흔적도 없이 빈털털이로 남아 있는 것이 없다. '掃地'는 '남아 있는 것이 없다', '赤立'은 '텅 비어 아무 것도 없다'는 뜻인데 모두

20 新舊不相保持(신구불상보지) : 마총이 데리고 온 관원들과 운주에 원래 있던 관리나 병사들이 서로 보호하고 보살펴줄 수 없는 것을 가리킨다.

21 睽睽(규규) : 눈을 부릅뜨고 주시하며 관망하다.

22 孰化(숙화) : 잘 교화되다. '孰'은 '熟'과 같다.

23 赤子(적자) : 갓난아이. 여기서는 양순한 착한 사람을 가리킨다.

24 龍蛇(용사) : 용이나 뱀. 여기서는 뻬돼 길들이기 어려운 무리를 가리킨다.

25 憊心罷精(비심피정) : 마음을 고달프게 하고 정력을 피곤하게 하다. 마음과 정력을 다 쏟아 붓다. '罷'는 '疲'와 통한다.

26 仇讎(구수) : 원수.

於是天子以公爲尙書右僕射²⁷, 封扶風縣²⁸開國伯²⁹以褒嘉之。公亦樂衆之和, 知人之悅, 而侈³⁰上之賜也。於是爲堂於其居之西北隅, 號曰: "谿堂", 以饗士大夫, 通上下之志。旣饗, 其從事陳曾³¹謂其衆言: "公之畜³²此邦, 其勤不亦至乎? 此邦之人, 纍³³公之化, 惟所令之, 不亦順乎? 上勤下順, 遂濟登兹³⁴, 不亦休³⁵乎? 昔者人謂斯何, 今者人謂斯何! 雖然, 斯堂之作, 意其有謂, 而喑³⁶無詩歌, 是不考引公德, 而接邦人於道也。" 乃使來請, 其詩曰:

27 尙書右僕射(상서우복야) : 상서성의 부장관직. 당나라 때 상서성의 장관인 상서령 아래에 좌우 복야 2인을 두고 장관을 보좌해 6부의 관리를 통할하게 했다.

28 扶風縣(부풍현) : 지금 섬서성 부풍현으로 마총의 원적지.

29 開國伯(개국백) : 마총이 운(鄆) · 조(曹) · 복(濮) 세 주의 절도사 겸 관찰사로서 변란을 잘 수습한 공로로 하사받은 작위.

30 侈(치) : 과장하다. 여기서는 아름답게 빛나도록 하다.

31 陳曾(진증) : 원화 15년 진사.

32 畜(축) : 기르다. 여기서는 '다스리다'는 뜻이다.

33 纍(누) : 연유하다. 따르다. '累'와 같다.

34 遂濟登兹(수제등자) : 마침내 일이 잘 풀려 상하가 화합해 맡은 직분에 충실한 바람직한 경지에 이른 것을 말한다.

35 休(휴) : 아름답다.

36 喑(음) : 입 다물다. 침묵하다.

帝奠九壝³⁷, 有葉³⁸有年, 有荒³⁹不條, 河岱之間⁴⁰。及我憲考⁴¹, 一收正之, 視邦選侯⁴², 以公尸⁴³。公尸尸之, 人始未信, 公不飮食, 以訓以徇⁴⁴: 孰饑無食, 孰呻孰歎 ; 孰寬不問, 不得分願⁴⁵。孰爲邦蟊⁴⁶, 節根之螟⁴⁷, 羊很狼貪⁴⁸, 以口覆城⁴⁹。吹之煦之⁵⁰, 摩手拊之⁵¹ ; 箴之石之⁵², 膊而磔之⁵³。凡公四封⁵⁴, 旣富以彊, 謂公吾父, 孰達公令? 可以師征, 不寧⁵⁵守邦。公作谿堂, 播播⁵⁶流水, 淺有蒲蓮⁵⁷, 深有蒹葦⁵⁸, 公以賓燕⁵⁹, 其鼓駭駭⁶⁰。公燕谿堂, 賓校醉飽, 流有跳魚, 岸有集鳥, 旣歌以舞, 其鼓考考⁶¹。公在谿堂, 公御⁶²琴瑟, 公暨賓贊⁶³, 稽經諏律⁶⁴, 施用不差⁶⁵, 人用不屈⁶⁶。谿有蘋苷⁶⁷, 有龜有魚, 公在中流, 右詩左書, 無我斁遺⁶⁸, 此邦是麻⁶⁹。

37 帝奠九壏(제전구전) : 당나라를 개창한 황제인 고조(高祖)가 천하를 평정하다. '奠'은 '정하다', '九壏'은 '구주(九州)' 곧 '온 천하'를 말한다.

38 葉(엽) : 세대.

39 不條(부조) : 다스려지지 않다. 치청(淄靑) 12주가 이씨의 군벌에 의해 점거되어 당나라 왕조의 통치가 미치지 못하는 것을 가리킨다.

40 河岱之間(하대지간) : 황하와 태산(泰山) 사이로 곧 운주를 가리킨다. '岱'는 대종(岱宗)으로 곧 태산이다.

41 憲考(헌고) : 헌종 황제를 가리킨다. 돌아가신 아버지를 '考'라고 하는데, 목종이 헌종의 셋째 아들인 관계로 이렇게 표현했다.

42 視邦選侯(시방선후) : 주군(州郡)을 보고 그 지방 장관을 선발하다. 본래 '邦'은 제후국, '侯'는 제후를 뜻하는데, 여기서는 각각 주군과 그곳의 행정 장관을 가리킨다.

43 尸(시) : 주관하다. 주장하다.

44 徇(순) : 순행(巡行)하고 명령을 내려 복종시키다.

45 分願(분원) : 신분에 상응하는 소원. 신분에 걸맞은 저마다의 바람.

46 蟊(모) : 농작물이나 묘목의 뿌리를 잘라먹는 해충으로 양민을 해치는 악인을 가리킨다.

47 螟(명) : 마디충 곧 명충나방의 유충으로 벼나 조와 피 따위의 줄기 속을 파먹어 말라 죽게 한다.

48 羊很狼貪(양흔낭탐) : 양처럼 모질고 이리처럼 탐욕스럽다. '很'은 '狼(한)'과 통하는데 '사납다', '비뚤어지다'는 뜻이다.

49 以口覆城(이구복성) : 날카로운 입방아가 나라를 기울어지게 한다는 비유로 쓰였다.

50 吹之煦之(취지후지) : 백성들에게 입김을 불어 따뜻하게 하다. 구분하자면 '吹'는 세게 불어주는 것이고, '煦'는 입김 따위로 가볍게 불어주는 것이다.

51 摩手拊之(마수부지) : 손을 비벼서 백성들을 어루만져주다. '拊'는 '撫(무)'와 통한다.

52 箴之石之(잠지석지) : 쇠침과 돌침으로 악인을 징벌하다. '箴'은 쇠침으로 '鍼(침)'

과 통하고 '石'은 돌침인데, 모두 '훈계하다', '징계하다'는 뜻의 동사로 쓰였다.

53 膊而磔之(박이책지) : 발가벗겨 찢어 죽이다. 발가벗겨 시체를 저자에서 찢어 죽이는 책형에 처하다.

54 四封(사봉) : 사방 경계.

55 不寧(불녕) : 비단 그뿐만 아니라. '不寧唯是(불녕유시)', '不但如此(부단여차)'의 뜻이다.

56 播播(파파) : 물이 졸졸 흐르는 모양.

57 蒲蓮(포련) : 부들과 연꽃.

58 蒹葦(겸위) : 물억새와 갈대

59 賓燕(빈연) : 빈객을 초청해 연회를 열다.

60 駭駭(해해) : 둥둥 울리는 북소리를 형용하는 말.

61 考考(고고) : 쾅쾅 울리는 북소리를 형용하는 말.

62 御(어) : 연주하다. 타다.

63 公曁賓贊(공기빈찬) : 공 및 빈객과 막료. '曁'는 '및', '와', '과'의 뜻이다.

64 稽經諏律(계경추율) : 경전을 고찰하고 법률과 관련 있는 문제를 자문한다.

65 施用不差(시용불차) : 정치적인 조치들이 이로 인해 어긋남이 없다. '用'은 '~때문에', '~로 말미암아'의 뜻이다.

66 人用不屈(인용불굴) : 인재 등용이 이로 말미암아 억울함이 없게 된다.

67 蘋苽(빈고) : 개구리밥과 줄풀. '蘋'은 '蘋', '苽'는 '菰'와 같다.

68 斁遺(두유) : 싫어해 버리다.

69 庥(휴) : 복. 경사. '休'와 같다.

HS-050 「고양이가 다른 새끼를 수유한 것에 대하여」

猫相乳

　　사도(司徒) 북평왕(北平王) 마수(馬燧) 각하의 집에 같은 날 새끼를 낳은 고양이 두 마리가 있었는데, 그 중 한 마리가 죽어버렸다. 새끼 두 마리는 죽은 어미의 품에서 젖을 빨고 있었는데, 어미가 이미 죽은 뒤라서 그것들은 잉잉 가냘프게 소리 내어 울었다. 다른 어미 고양이가 마침 제 새끼에게 젖을 먹이고 있다가, 바로 그 소리를 듣고 일어나 곧 자세히 들어보고 달려가 곧바로 그것들을 구했다. 한 마리를 물어다가 자기 둥지에 두고 또 가서 다른 한 마리도 그와 같이 하고는, 돌아와 제 새끼인양 그것들에게 젖을 먹였다. 아! 이는 몹시 신기한 일이로다!

　　대체로 고양이는 사람이 기르는 가축으로 본성이 어질거나 의로운 것이 아니니, 아마도 자기를 기르는 사람에 의해 감화를 받은 것일 게로다! 북평왕은 백성을 평강하게 다스리셨고, 죄 있는 자를 공평하게 토벌하셨으며, 음양을 고르게 조절해 마땅함을 얻도록 하시었다. 나라 일이 잘 다스려져 완수되자 집안의 도리도 바로 시행이 되어, 부모는 부모의 도를 행하고 자식은 자식의 도를 행하며, 형은 형의 도를 행하고 동생은 동생의 도를 행해 서로 화목하고 유쾌했으니, 바깥사람 대하기를 집안사람 대하듯이 하고 집안사람 대하기를 한 사람 대하듯이 했다. 대체로 이와 같으니, 그가 감응을 끼쳐 불러온 일 또한 미루어 알 수 있다. 『역경』에 이르기를 "진실됨이 돼지와 물고기에까지 미쳐 있다"라고 했으니, 이런 종류의 일이 아니겠는가!

나는 그때 다행스럽게도 북평왕의 보살핌을 입고 있었는데, 객 가운데 북평왕의 덕행을 묻는 이가 있어 내가 이것을 가지고 대답했다.

그러자 객이 말했다.

"대체로 봉록과 관직은 부유하고 귀한 것이라, 사람들이 크게 바라는 바이오. 그것을 얻기도 어렵지만 지키기란 더 어렵소. 공적으로 그것을 얻었더라도 덕행이 없어 잃기도 하고, 자신 대에서 그것을 얻었을지라도 자손으로 인해 잃기도 하지요. 지금 북평왕은 공적과 덕행이 이와 같고 상서로움과 복됨이 이와 같으니, 그가 그것을 잘 유지하고 있음을 알 수 있소이다."

그러고 얼마 지나지 않아 그 일의 경위를 서술해 「고양이가 다른 새끼를 수유한 것에 대하여」라는 글을 지었다.

해제

정원 3년(787)에 한유는 20살의 나이로 장안에서 진사시에 참가하고 있었는데, 종형 한엄(韓弇)의 연고로 마수(馬燧)를 배알하는 기회를 일있다. 마수가 한유에게 경제적인 지원을 해주고, 자기의 두 아들에게 잘 대접하도록 하여 한유는 그 집의 좌상객(座上客)이 되었다. 마수의 집에서 기르는 고양이가 다른 고양이 새끼를 젖 먹여 키운 이야기를 서술해, 이는 그의 공덕이 미물에까지 미친 소치임을 찬양하고 객의 입을 빌려 이 집안의 복록이 영원할 것임을 분명히 말한다. 창작연대에 대해서는 정원 2년, 6년, 7년 설 등이 있어 정확하게 단정하기는 어렵다. 글 말미에 보이는 '貓相乳說(묘상유설)'에 근거해 제목 끝에 '說'자를 붙인 판본도 있다.

원문 및 주석

司徒北平王¹家貓有生子同日者, 其一死焉。有二子飲於死母, 母且²死, 其鳴咿咿³。其一方乳其子, 若⁴聞之, 起而若⁴聽之, 走而若⁴救之, 銜其一置于其棲, 又往如之, 反而乳之若其子然。噫, 亦異之大者也!

1 司徒北平王(사도북평왕) : 마수(馬燧, 726-795). '司徒'는 중앙정부의 최고 장관인 삼공(三公)의 반열에 드는 승상 곧 행정장관이다. 마수는 자가 순미(洵美)고 여주(汝州) 겹성(郟城 : 지금 하남성 겹현) 사람인데, 전열(田悅)의 반란을 격파한 공적으로 북평군왕(北平郡王)에 봉해졌다.
2 且(차) : 이미. '장차'의 뜻으로 풀이해 이하 두 구절을 "어미 고양이가 다 죽어가면서 끙끙 울고 있었다"로 풀이하기도 하지만, 앞에서 이미 죽었다고 했으므로 취하지 않는다.
3 咿咿(이이) : 가냘프게 소리 내어 우는 소리.
4 若(약) : 곧. 바로. 세 차례 중복을 피하지 않고 써서, 고양이의 지체 없는 동작을 생생하게 부각시키고 있다.

夫貓, 人畜也, 非性於仁義者也 ; 其感於所畜者⁵乎哉! 北平王牧人⁶以康, 伐罪以平, 理陰陽⁷以得其宜 ; 國事旣畢⁸, 家道乃行, 父父子子, 兄兄弟弟⁹,

雍雍如¹⁰也, 愉愉如也, 視外¹¹猶視¹²中¹³, 一家猶一人: 夫如是, 其所感應召致, 其亦可知矣。易¹⁴曰: "信及豚魚。" 非此類也夫!

---

5   所畜者(소축자) : 기르는 사람으로 북평왕을 가리킨다.

6   牧人(목인) : 백성을 다스리다. '人'은 '民(민)'의 뜻이다. 고대에는 백성을 다스리는 것을 목자가 가축을 사육하는 것에 비견해 말했다.

7   理陰陽(이음양) : 음양을 고르게 조절하다. 『서경・주관(周官)』에 "이 삼공은 도를 논하고 나라를 다스리며 음양을 고르게 조절한다(兹惟三公, 論道經邦, 燮理陰陽)"라는 글귀가 보이는데, 당시 마수가 사도로 삼공(三公)의 반열에 들어가므로 이렇게 말했다.

8   畢(필) : 완성되다. 잘 다스려져 완성의 경지에 이르렀음을 말한다.

9   父父子子(부부자자) : 이하 두 구절은 부모형제가 제각기 자기에게 합당한 도리를 다한다는 뜻이다. 『역경・가인(家人)・단사(彖辭)』에 "부모는 부모의 도리를 다하고, 자식은 자식의 도리를 다하며, 형은 형의 도리를 다하고, 동생은 동생의 도리를 다하며, 남편은 남편의 도리를 다하고, 아내는 아내의 도리를 다해 집안의 도가 바르게 되고, 집안의 도가 바르게 되고 나서 천하가 제 자리를 잡게 된다(父父子子, 兄兄弟弟, 夫夫婦婦, 而家道正, 正家而天下定矣)"라는 글귀가 보인다. 여기서 '父父' 이하 같은 글자가 나란히 놓인 구조에서 앞의 것은 명사, 뒤의 것은 동사로 쓰였다.

10 雍雍如(옹옹여) : 화목한 모양. '如'는 상태를 표시하는 부사어에 붙은 접미사로 '然(연)'과 같은 용법이다.

11 外(외) : 바깥사람.

12 視(시) : 보다. 대하다. 뒤의 '一家(일가)'와 '一人(일인)' 앞에는 이 '視'가 생략되었다.

13 中(중) : 집안사람.

14 易(역) : 인용 구절은 『역경・중부(中孚)・단사(彖辭)』다.

愈時獲幸於北平王, 客有問王之德者, 愈以是對。客曰 : "夫祿位, 貴富人之所大欲也。得之難, 未若持¹⁵之之難也。得之於功, 或失於德 ; 得之於身, 或失於子孫 : 今夫功德如是, 祥祉¹⁶如是, 其善持之也可知已。" 旣已¹⁷, 因敍之爲貓相乳說云。

---

15 持(지) : 지키다. 유지하다. 잘 보존하다.

16 祥祉(상지) : 상서로움과 복됨.

17 旣已(기이) : 얼마 안 있어. 바로 뒤에.

HS-051 「진사 책문」 13편

進士策問 十三首

해제

　　진사과는 당나라 때 가장 존중받은 과거고시로 응시자들은 보통 먼저 주현(州縣)에서 치르는 향시(鄕試)에 참가하고, 그 합격자들이 예부[禮部 : 개원(開元) 24년(736) 이전에는 이부(吏部)]에서 주관하는 성시(省試)에 참가하도록 천거되었다. 시험의 내용은 시무책(時務策)과 첩경(貼經)과 시부(詩賦) 등이었다. 책문(策問)은 한(漢)나라 때부터 생겨난 산문 양식의 하나로 경전의 뜻이나 정사에 관한 문제를 내어 간책(簡策)으로 질문하고 응시자들의 대답을 구했다.

　　이 글은 진사과 시험용 책문으로 작자가 언제 어떤 단계의 시험을 위해 출제한 것인지 일일이 확인하기는 어려운데, 13편 모두를 일시에 지은 것이 아니고 편집 시에 한데 모아졌다고 보는 것이 일반적인 견해다.

다만 염기(閻琦) 교수는 작자가 정원 14년(798) 선무군(宣武軍) 관찰추관(觀察推官) 재직 시에 동진(董晉)의 명을 받들어 변주(汴州)의 향시를 주관할 때와 원화 5년(810) 하남현령(河南縣令) 재직 시에 하남부(河南府)의 향시를 주관할 때 출제한 것이 아닌가 하는 견해(『한창려문집주석(韓昌黎文集注釋)』상, 154-155)를 피력한 바 있다. 글의 내용은 경전의 요지에서부터 당시의 사회문제에 이르기까지 광범한 주제를 다루고 있는데, 간결하고 명료한 글에 풍부한 내용이 담겨 있다.

HS-051-1

묻는다. 『서경』에서 말한다.

"네게 큰 의문거리가 있으면 네 마음속으로 생각하고 주요 대신들에게 계책을 물어보며 서민들과 거북점이나 시초점에 물어본 뒤, 그 중에서 일치하는 것과 어긋나는 것을 살펴서 길흉을 분명히 한다."

이는 성인이 큰일을 거행하고 행동을 취함에 있어서 사람들과 함께 상의하지 않음이 없는 것이다.

그런데 『역경』에서는 또 말한다.

"군주가 은밀하시 않으면 신하를 잃고, 신하가 은밀하지 않으면 자기 생명을 잃게 되며, 기밀에 관한 일이 은밀하게 처리되지 않으면 일의 성취를 해치게 된다."

그리고 『춘추』에서도 "군주가 말을 누설한 것"을 나무란 글귀가 있으니, 이와 같다면 또 사람들과 함께 상의하지 않고 독단적으로 처리해야 할 것 같다. 『서경』과 『역경』 및 『춘추』는 모두 경전이다. 성인께서는 이들 경전 속에 자신의 생각을 다 쏟아 부었을 따름이다. 하지만 지금 그 글들이 서로 어긋나는 것이 이와 같으니, 사람들이 의심하지 않고자 해도 하지 않을 수 없다. 이 두 가지 견해는 진실로 옳고 그른 것이 있는가? 아니면 가리키는 뜻이 제각기 다른데도 배우는 사람들이 그것을 분명히 살피지 못한 것인가? 진실로 고대의 경전을 깊이 고찰하고 성인의 책을 읽는 이가 아니면, 어떻게 분별할 수 있겠는가? 이는 본래 그대들이 마땅히 사양할 수 없는 것이니 그대들의 가르침을 받고자 한다.

소해제

정치의 대사를 많은 사람들과 상의해야 한다는 『서경』과 기밀을 유지하며 처리해야 한다는 『역경』 및 『춘추』의 견해 중에서 어느 것이 옳은지, 아니면 각기 가리키는 대상이 다른 것인지 수험생들의 답변을 묻는 내용이다.

원문 및 주석

問：書¹稱："汝則有大疑, 謀及乃心, 謀及卿士², 以至于庶人龜筮³, 考其從違, 以審吉凶", 則是聖人之擧事興爲⁴, 無不與人共之者也；於易⁵則又曰："君不密則失臣, 臣不密則失身, 幾事⁶不密則害成。" 而春秋⁷亦有譏"漏言"之詞, 如是, 則又似不與人共之而獨運⁸者：書與易、春秋, 經也。聖人於是乎盡其心焉耳矣。今其文相庚悖⁹如此, 欲人之無疑, 不可得已。是二說者, 其信有是非乎? 抑所指各殊¹⁰, 而學者不之能察也? 諒非深考古訓¹¹, 讀聖人之書者, 其何能辨之? 此固吾子¹²之所宜無讓者, 願承敎焉!

1　書(서)：『서경・주서(周書)・홍범(洪範)』. 기자(箕子)의 말인데 원전은 이 글의

문구와 약간의 차이가 있다.

2 卿士(경사) : 집정관. 주요 대신들.

3 龜筮(귀서) : 거북점과 시초점. '龜'는 거북껍데기를 불에 그으러 그 갈라진 금의 무늬로 일의 길흉을 점치는 것이고, '筮'는 시초(蓍草) 점대로 치는 점이다. "점 대로 치는 점보다는 거북껍데기로 치는 점이 낫다(筮短龜長)"는 말이 있듯이, 거북점을 중대사를 점치는 상등으로 간주한다.

4 擧事興爲(거사흥위) : 큰일을 거행하고 행동을 취하다.

5 易(역) : 『역경·계사전상(繫辭傳上)』.

6 幾事(기사) : 기밀에 관한 일.

7 春秋(춘추) : 『춘추·문공(文公) 16년』조에 "진나라가 그 대부 양처보를 죽이자 진나라의 호사고가 적(狄)으로 달아났다(晉殺其大夫陽處父, 晉狐射姑出奔狄)" 라는 기록이 있는데, 『공양전(公羊傳)』에 그 연유를 풀이하면서 임금이 말을 누 설해 이런 일이 빚어졌음을 지적해 다음과 말했다. "진나라가 그 대부 양처보를 죽였는데, 호사고가 무엇 때문에 달아났는가? 호사고가 죽였기 때문이다. 호사 고가 죽였는데, 나라에서 죽였다고 한 것은 무엇 때문인가? 임금이 말을 누설했 기 때문이다. 그 말을 누설한 것은 어째서 그렇게 되었는가? 임금이 장차 호사 고를 시켜 장군으로 삼으로 하니, 양처보가 간언해 '호사고는 무리들이 기뻐하 지 않으니 상군을 시킬 수 없다고 합니다'라고 밀하자 장군에서 폐했다. 양치보 가 나오고 호사고가 들어가니 임금이 호사고에게 일러 '양처보가 호사고는 무 리들이 기뻐하지 않으므로 장군을 시킬 수 없습니다'라는 말을 했다고 했다. 호 사고가 노해 나와서 조정에서 양처보를 쏴 죽이고 달아났다(晉殺其大夫陽處父, 則狐射姑曷爲出奔? 射姑殺也. 射姑殺, 則其稱國以殺何? 君漏言也. 其漏言奈何? 君將使射姑將, 陽處父諫曰 : "射姑民衆不說, 不可使將." 於是廢將. 陽處父出, 射 姑入, 君謂射姑曰 : '陽處父言曰 : 射姑民衆不說, 不可使將.' 射姑怒, 出射陽處父 於朝而走)"라고 했다. 따라서 『춘추』에서 호사고가 양처보를 죽였다고 말하지 않고 진나라가 양처보를 죽였다고 말한 것은, 진양공(晉襄公)이 말을 누설해 양 처보의 죽음을 초래했음을 나무란 뜻이 들어 있다.

8 獨運(독운) : 독단적으로 처리하다. 홀로 생각해서 처리하다.

9 戾悖(여패) : 어긋나다. 서로 어긋나서 맞지 않다.

10 所指各殊(소지각수) : 이 구절과 관련해 『위본(魏本)』에는 "성인의 도에는 상도 (常道)도 있고 권도(權道)도 있고 임기응변의 도도 있다. 상도는 천하 백성들이 다 알 수 있는 것이고, 권도는 백성들은 알 수 없지만 뭇 신하들은 알 수 있는 것이며, 임기응변의 도는 비록 뭇 신하라도 알 수 없고 심복인 신하들만 알 수 있는 것이다. 이것이 『서경』과 『역경』 및 『춘추』에서 가리키는 뜻이 각기 다른 것이다(聖人之道, 有經, 有權, 有機. 曰經者, 天下之民擧知之可也; 曰權者, 民不 得而知之矣, 群臣知之可也; 曰機者, 雖群臣亦不得而知之矣, 腹心之臣知之可也. 此書, 易, 春秋所指各殊也)"라는 소순(蘇洵)의 말이 인용되어 있다.

11 古訓(고훈) : 고대로부터 전해오는 전적이나 기준으로 삼을 만한 말. 『시경·대

아(大雅)・증민(烝民)』에 "옛 교훈을 본받고, 위엄 있는 거동에 힘쓰네(古訓是式, 威儀是力)"라는 시구가 있는데, 정현(鄭玄)의 전(箋)에 "선대의 성왕들이 남긴 교훈(先王之遺典)"이라고 풀이했다.

12 吾子(오자) : 다른 사람을 친밀하게 부르는 호칭 또는 일반적으로 부르는 호칭.

HS-051-2

묻는다. 옛 사람이 말하기를 하(夏)나라의 정치는 '질박하고 후덕함'을 숭상했고, 은(殷)나라의 정치는 '삼가 신중함'을 숭상했으며, 주(周)나라의 정치는 '문물제도와 존비의 차이'를 숭상했다고 한다. 이 세 가지 정치가 서로 순환하며 처음과 끝이 맞물려 돌아가는 것이, 마치 오행이 상생하고 사계절이 서로 교체하는 것과 같았다. 그들이 당초에 이와 같은 정치를 내건 본심을 규명해보면, 모두 의도적으로 특별한 것을 내세우거나 남다른 것을 추구한 것이 아니라, 제각기 당시의 형편에 적합하게 하고 그 이전의 폐단을 없애고자 한 것일 따름이다. 하나라와 은나라의 책으로 남아 전하는 것은 볼 수 있고, 주나라 때의 서적들은 다 보존되어 있다. 하・은・주의 문물제도를 고찰해보면 그들이 숭상한 것이 서로 현격하게 차이가 나는 것 같지는 않은데, 어떻게 이른바 세 시대의 정치가 다르다고 말하는가? 그들의 도가 심오하고 정밀해 탐구할 수 없기 때문인가? 아니면 그들의 말이 은밀해 이해하기 어렵기 때문인가? 이와 같지 않다면, 옛 사람들이 말한 견해는 잘못이다. 주나라를 이어서 진(秦)・한(漢)・촉(蜀)・오(吳)・위(魏)・진(晉)이 나와 천하를 제패한 뒤에 또 숭상한 것이 있었는가, 없었는가? 그 여러 나라가 행한 정치를 관찰해보는 것 또한 큰 의의가 있을 것 같다. 옛 사람이 말한 서로 순환한다는 견해가 그 어디에 들어 있는가? 그대들은 이에 대해 남김없이 말하기 바란다.

소해제

옛 사람이 하·은·주 삼대의 정치 지향이 달랐다고 하는데, 그 당시의 서적을 통해서 보면 정치 학설상의 차이를 찾아볼 수 없는 원인은 무엇이며, 진·한 이후 각 시대의 정치 학설도 서로 순환했는지를 묻는다.

원문 및 주석

問: 古之人有云: 夏之政尚忠[1], 殷之政尚敬, 而周之政尚文[2]: 是三者相循環終始[3], 若五行[4]之與四時[5]焉。原其所以爲心, 皆非故立殊而求異也, 各適於時, 救其弊而已矣。夏殷之書存者可見矣, 至周之典籍咸在。考其文章, 其所尚若不相遠然, 焉所謂三者之異云乎? 抑其道深微不可究歟? 將其詞隱而難知也? 不然, 則是說爲謬矣。周之後秦漢蜀吳魏晉之興與霸, 亦有尚乎無也? 觀其所爲, 其亦有意云爾。循環之說安在? 吾子其無所隱焉!

---

1   이하 세 구절의 내용은 『사기·고조본기(高祖本紀)·찬(贊)』에 보인다. 따라서 앞의 옛 사람은 사마천(司馬遷)을 가리킨다. 이에 대한 자세한 내용은 「본정(本政)」(HS-023) 주석 2 참조.

2   文(문): 문화 곧 문물제도.

3   循環終始(순환종시): 서로 순환해 마지막이 다시 시작이 되는 것을 말한다. 하나라의 정치가 질박하고 후덕함을 숭상함에 소인이 야비하게 되는 폐단이 생기자, 은나라는 삼가 신중함으로 계승했지만 소인들이 귀신으로 쏠리는 폐단이 나타나므로, 주나라는 문물제도와 존비의 차이로 계승했는데 소인들이 성의가 없는 폐단으로 흘렀다. 이처럼 하·은·주 삼대가 서로 전대를 비판적으로 계승하는 기틀 위에서 새롭게 시작했음을 말한다.

4   五行(오행): 우주에 쉬지 않고 운행하는 나무(木), 불(火), 흙(土), 쇠(金), 물(水)의 다섯 원소. 전국(戰國)시대에 오행이 상생상극하며 만물이 생성되고 사멸한다는 견해가 제기되었다. 즉 상생설(相生說)은 '나무는 불을 넣고(木生火)', '불

은 흙을 낳고(火生土)’, ‘흙은 쇠를 낳고(土生金)’, ‘쇠는 물을 낳고(金生水)’, ‘물은 나무를 낳는다(水生木)’는 것이고, 상극설(相剋說)은 ‘물이 불을 이기고(水剋火)’, ‘불이 쇠를 이기고(火剋金)’, ‘쇠가 나무를 이기고(金剋木)’, ‘나무가 흙을 이기고(木剋土)’, ‘흙이 물을 이긴다(土剋水)’는 것이다.

5   四時(사시) : 사계절. 여기서는 사계절이 서로 교대하며 순환하는 것을 말한다.

HS-051-3

묻는다. 공자께서 제왕의 서적(『서경』)에 서문을 쓴 뒤 그 끝머리에 진(秦)나라와 노(魯)나라 임금의 글을 덧붙이고, 열국의 가요(『시경』)를 편집할 때 송(宋)나라와 노나라의 가요는 유독 송(頌)이라 칭했다. 진(秦)나라 목공(穆公)의 덕행은 제(齊)나라 환공(桓公)과 진(晉)나라 문공(文公) 두 패왕을 능가하지 못했으며, 송나라와 노나라의 임금은 제나라와 진(晉)나라의 임금보다 뛰어나지 않았다. 그들의 지위가 동등하고 도덕도 동일한데, 추켜올리고 깎아내리며 취하고 버리는 것이 이와 같이 서로 현격하게 차이가 난 것은 그 이유가 어디에 있는가? 이 문제를 분별하는 견해를 듣고자 한다.

소해제

진(秦)·노(魯)·송(宋) 세 나라의 임금이 다른 제후들보다 뛰어난 것이 없는데도 불구하고, 공자가 『서경』을 편집할 때 진나라와 노나라 두 임금의 글을 마지막에 수록하고, 『시경』을 편집할 때엔 송나라와 노나라의 가요를 ‘송(頌)’에 편입한 이유가 무엇인지 묻는다.

원문 및 주석

問：夫子之序帝王之書[1], 而繫以秦魯[2]；及次[3]列國之風, 而宋魯獨稱頌[4]焉。 秦穆[5]之德, 不踰於二霸[6]；宋魯之君, 不賢乎齊晉；其位等, 其德同：升黜[7] 取捨[8], 如是之相遠, 亦將有由乎？ 願聞所以辨之之說。

1　夫子之序帝王之書(부자지서제왕지서)：『한서・예문지(藝文志)』의 기록에 의하 면『상서』는 공자가 편찬한 것이고 그 각 편의 앞에 붙인 서문도 공자가 지은 것으로 전해진다. '夫子'는 공자고, 『서경』곧 『상서(尙書)』는 요순(堯舜)임금에 서부터 춘추 진(秦)나라 목공(穆公)에 이르기까지 역대 제왕들의 언행과 행사를 기록한 것이어서 '帝王之書'로 불리기도 한다.

2　繫以秦魯(계이진로)：「비서(費誓)」와 「진서(秦誓)」 두 편을『상서』의 마지막에 덧붙이다. 「비서」는 노나라 임금 백금(伯禽)이 회이(淮夷)와 서융(徐戎)을 정벌 할 때 비(費) 땅에서 군대에 맹세해서 쓴 것이고, 「진서」는 진(秦)나라 목공이 효산(殽山)에서 진(晉)나라에 패하고 회군할 때 지은 것이다. 노나라 임금이 다 른 나라를 정벌할 때 한 사전 준비와 진나라 임금이 과오를 뉘우치고 스스로를 경계한 내용이 후대의 본보기가 될 수 있다고 여겨, 제왕과 관련한 기록의 마지 막에 이 두 편을 덧붙인 것이다.

3　次(차) : 차례 지우다. 편집하다.

4　宋魯獨稱頌(송로독칭송)：공자가 15국풍을 편찬할 때 송나라와 노나라의 가요 는 송(頌)에 편입시킨 것을 가리킨다. 실제 주(周)나라 성왕(成王)이 주공(周公) 의 아들 백금(伯禽)에게 천자의 예악을 하사한 까닭에 노나라에는 교묘(郊廟)의 제사에 송(頌)을 쓸 수 있었고, 송나라는 본래 미자(微子)의 후손으로 그 대부 정고보(正考甫)가 주나라 태사(太師)로부터 「상송(商頌)」 12편을 얻어 선대 왕 들의 제사에 사용했으므로 공자가 남아 있는 5편을 송에 수록했다.

5　秦穆(진목)：춘추시대 진(秦)나라 목공(穆公) 임호(任好). 일찍이 진(晉)나라를 격파하고 양(梁)과 예(芮) 두 나라를 멸망시켰으나, 뒤에 진(晉)에 패한 뒤 서쪽 으로 세력을 확장해 서융(西戎)에서 패왕을 칭했다.

6　二霸(이패)：춘추 5패 중의 두 패왕인 제환공(齊桓公)과 진문공(晉文公).

7　升黜(승출)：추켜올리고 깎아 내리다. 『시경』을 편찬할 때 노・송 두 나라의 가 요는 송으로 격상시키고, 다른 나라의 가요는 국풍으로 깎아 내린 것을 말한다.

8　取捨(취사)：취하고 버리다. 『서경』을 편찬할 때 진(秦)나라와 노(魯)나라 두 임 금의 글은 취하고 다른 나라 임금의 글은 버린 것을 말한다.

묻는다. 공자께서 돌아가신 뒤 성인의 도가 밝혀지지 않음에 양주(楊朱)와 묵적(墨翟)의 학설을 신봉하는 사람들이 나와 유학을 침범해 어지럽히기 시작하자, 그때에 천하 사람들이 다 그 학설에 감화되어 따르게 되었다. 맹자가 말로 변호해 그들을 내치니 텅 빈 듯이 깨끗하게 되었다. 지금 그들의 서적 중에 아직 남아 전하는 것이 있으니, 그들의 도는 미루어 알 수 있지 않겠는가? 그들이 견지하는 주장은 어떤 일에 관한 것인가? 그들의 주장 중에 성인의 도에 맞지 않는 것은 어떤 것인가? 맹자가 말로 변호해 그들을 내친 까닭은 무엇 때문인가? 지금의 학자들 중에 저들의 학설을 배우는 사람들이 있는가? 저들의 학설에 가까운 견해가 있는가? 저들의 학설이 이미 전해지지 않는가? 아마도 사람들이 저들의 영향을 받고도 스스로 깨닫지 못하는 것인가? 저들의 학설이 전해지지 않는다면 좋을 테지만, 만약 아직 남아 있다면 장차 어떻게 그것들을 없앨 것인가? 제군들은 성인의 도를 배웠으므로 반드시 이 문제를 담론할 수 있을 테니 사양하지 말기 바란다.

소해제

공자 사후에 양주(楊朱)와 묵적(墨翟, B.C. 468?-B.C. 376?)의 학설이 유행하다가 맹자(孟子, B.C. 372-B.C. 289)의 배척을 받아 큰 타격을 받는데 쌍방의 주된 논점은 무엇이며, 지금도 그들의 학설이 영향을 끼치고 있는지와 영향을 끼치고 있다면 그것들을 없앨 방도는 무엇인지를 묻는다. 맹자가 양주와 묵적의 학설에 부모도 없고 임금도 없다고 비판한 바 있는데, 작자가 「원도(原道)」에서 불교와 도교가 인륜관계를 무시한다고 비

판한 적이 있음을 상기할 때 여기서 작자의 실제 의도는 불교와 도교의
학설을 겨냥하는 것으로 볼 수 있다.

원문 및 주석

問 : 夫子旣沒, 聖人之道不明, 蓋有楊墨者[1], 始侵而亂之, 其時天下咸化而
從[2]焉 ; 孟子辭而闢之[3], 則旣廓如[4]也 ; 今其書尙有存者, 其道可推而知不
可乎? 其所守者何事? 其不合於道者幾何? 孟子之所以辭而闢之者何說?
今之學者有學於彼者乎? 有近於彼者乎? 其已無傳乎? 其無乃化而不自知
乎? 其無傳也, 則善矣 ; 如其尙在, 將何以救之乎? 諸生學聖人之道, 必有
能言是者, 其無所爲讓。

1　楊墨者(양묵자) : 양주(楊朱)와 묵적(墨翟)의 학설을 신봉하는 무리. 양주는 전국
　　초기의 사상가이고, 묵적은 춘추·전국 교체기의 사상가다.
2　其時天下咸化而從(기시천하함화이종) : 전국시대에 양주와 묵적 두 학파의 학설
　　이 널리 유행해 당시 사람들이 그것에 감화되어 따른 것을 가리킨다. 『맹자·
　　등문공하(滕文公下)』에 보이는 "천하의 언론이 양주로 돌아가지 않으면 묵적으
　　로 귀의한다(天下之言, 不歸楊則歸墨)"라는 글귀가 이를 잘 반영한다.
3　孟子辭而闢之(맹자사이벽지) : 맹자가 양주와 묵적의 학설에 웅변적으로 대응하
　　여 내친 것을 말한다. '辭'는 '말로 변호하다', '웅변적으로 대응하다'는 뜻이고,
　　'闢'은 '물리치다', '내치다'는 뜻이다. 『맹자·등문공하』에 "양주와 묵적의 학설
　　이 잠잠해지지 않으면 공자의 도가 드러나지 못하니, 이는 옳지 못한 학설이 백
　　성들을 속여서 인의를 다 막아버리게 하는 것이다. 인의가 다 막혀버리면 짐승
　　을 끌고 와 사람을 잡아먹게 하다가 끝내는 사람들끼리 서로 잡아먹게 될 것이
　　다. 내가 이 때문에 두려워해 선대 성인들의 도를 밝혀서 양주와 묵적의 학설을
　　막고 정도에 맞지 않는 주장을 추방해서 옳지 못한 말을 하는 자가 일어나지 못
　　하도록 하는 것이다(楊墨之道不息, 孔子之道不著, 是邪說誣民, 充塞仁義也. 仁
　　義充塞, 則率獸食人, 人將相食. 吾爲此懼, 閑先聖之道, 距楊墨, 放淫辭, 邪說者
　　不得作)"라는 내용이 보인다.
4　廓如(확여) : 더러운 것이 사라지고 텅 빈 듯이 깨끗한 모양.

묻는다. 도를 귀하게 여기는 까닭은 그것이 다른 사람에게 편리하고 자기에게도 이득이 되기 때문이 아니겠는가? 주(周)나라가 쇠락한 때에 관이오(管夷吾)는 자기 임금으로 패업(霸業)을 이루게 하고 여러 차례 제후를 규합하고 천하를 하나로 바로잡아, 그로 말미암아 사방 소수민족들의 세력이 위축되고 주나라 왕실의 지위가 존귀하게 되어 온 천하에 그 혜택을 누리지 않은 사람이 없었다. 천하의 제후들이 제(齊)나라의 법제와 금령 때문에 분주해 한가할 틈이 없는데, 어느 나라가 그와 적이 되었겠는가! 이는 어찌 다른 사람에게 편리하고 자기에게도 이득이 된 것이 아니겠는가? 진(秦)나라가 상군(商君)의 법을 채택해 그로 말미암아 백성들이 부유해지고 나라가 강성해지자, 제후들이 감히 대항하지 못해 일곱 번째 임금에 이르러 천하가 진나라의 소유로 되었다. 천하가 진나라의 소유로 되게 한 것은 상군이다. 그런데 후대에 도를 담론하는 이들이 다 관이오와 상군을 언급하기를 부끄럽게 여기는 것은 무엇 때문인가? 이는 어찌 단지 그들의 이름이 유가가 아닌 것만을 따질 뿐, 그들의 실제적인 일처리가 대도(大道)에 부합하는지를 탐구하지 않은 때문이 아니겠는가? 제군들과 이 문제를 토론하고자 하니, 전통적인 학설에 미혹되지 말기 바란다.

소해제

관중(管仲, B.C. 723?-B.C. 645)은 제(齊)나라의 군주를 보좌해 패업을 이루게 하고, 상앙(商鞅, B.C. 395?-B.C. 338)은 법제의 개혁을 통해 진(秦)나라의 부강과 천하 통일의 기초를 닦아 놓은 인물이다. 이 두 사람은 백성들에게 이득을 제공하고 나라에 큰 공을 세운데도 불구하고, 후대 사람들이 칭송하기는커녕 도리어 그들의 공적을 입에 담기조차 부끄럽게 여기는 까닭이 무엇인지를 묻는다. 관중이 추구한 패업과 상앙의 법치에 대한 평가와 관련해 『맹자』 등에서 후대 유학자들은 비판적인 논조를 펼쳐 왔다. 그런데 작자는 전통적인 학설에 구애되지 말고 과감한 주장을 피력하라고 주문함으로써, 유가의 편협한 입장에 갇히지 않고 반전통적인 실사구시를 추구하는 자신의 사상적 넓이를 내보이고 있다.

원문 및 주석

問:所貴乎道者, 不以其便於人而得於己乎? 當周之衰, 管夷吾[1]以其君霸, 九合諸侯[2], 一匡天下[3], 戎狄[4]以微, 京師[5]以尊, 四海之內無不受其賜者. 天下諸侯奔走其政令之不暇, 而誰與爲敵! 此豈非便於人而得於己乎? 秦用商君[6]之法, 人以富, 國以彊, 諸侯不敢抗, 及七君[7]而天下爲秦. 使天下爲秦者, 商君也. 而後代之稱道者, 咸羞言管商氏, 何哉? 庸[8]非求其名而不責[9]其實歟? 願與諸生論之, 無惑於舊說.

1   管夷吾(관이오): 춘추 초기 제나라의 정치가로 자가 중(仲)이어서 흔히 관중으로 널리 불린다. 환공(桓公)에 의해 재상으로 발탁되어 그를 도와 국력을 크게 신장시키고 '주나라 왕실을 높이고 오랑캐를 물리친다(尊王攘夷)'는 명분으로 환공을 춘추시대 최초로 패왕의 자리에 오르게 했다.

2   九合諸侯(구합제후): 환공이 여러 차례 제후들의 회맹(會盟)을 주재해 전쟁을 그치게 한 일을 가리킨다. 『논어·헌문(憲問)』편에서 "환공이 여러 차례 제후들을 규합하되, 무력으로 하지 않았던 것은 관중의 능력이다(桓公九合諸侯, 不以兵車, 管仲之力也)"라고 한 글귀가 이를 입증한다. '九'는 '여러 차례'의 뜻으로 환공이 제후들 간의 회맹을 규합한 것은 실제 11차례에 달했다. 혹 '九'를 바로 '규합하다(糾)'는 뜻으로 풀이하기도 한다.

3   一匡天下(일광천하): 천하를 하나로 바로잡다. 『논어·헌문』편에서 "관중이 환공을 보필하는 재상이 되어 제후들의 패자가 되게 하고, 천하를 하나로 바로잡았기에 백성들이 지금까지 그 혜택을 누리고 있다(管仲相桓公, 霸諸侯, 一匡天下, 民到於今受其賜)"라고 했다.

4 戎狄(융적) : 서쪽과 북쪽의 소수민족. 여기서는 사방의 모든 소수민족을 두루 지칭한다.

5 京師(경사) : 주(周)나라 왕실. 본래 천자가 있는 수도 서울을 가리키는 말인데, 이때 동주(東周)의 수도는 낙읍(洛邑 : 지금 하남성 낙양시)이었다.

6 商君(상군) : 성은 공손(公孫)이고 이름은 앙(鞅)인데, 공적으로 상(商)의 15개 읍에 봉해진 까닭에 '상군'으로 불려 상앙(商鞅)이라고도 한다. 진(秦) 효공(孝公)을 보좌해 두 차례 변법을 단행함으로써 농업 생산력을 향상시키고 군사력을 강화해 진나라 부강의 기초를 굳건히 다진 인물이다.

7 七君(칠군) : 효공(孝公)에서 혜문왕(惠文王)·무왕(武王)·소양왕(昭襄王)·효문왕(孝文王)·장양왕(莊襄王)을 거쳐 일곱 번째 임금인 진시황(秦始皇).

8 庸(용) : 어찌.

9 責(책) : 추구하다. 탐구하다.

HS-051-6

묻는다. 공자의 말씀에 "어찌하여 각각 너희들의 포부를 말해보지 않겠느냐?"라고 하고, 또 "평소에 '나를 알아주지 않는다'고들 말하곤 했는데, 만약 어떤 사람이 너희들을 알아준다면 어떻게 하겠느냐?"라고 하셨다. 지금 과거에 응시한 사람들이 본 고향에서 나오거나 학교에서 차례대로 나오지 않고, 하루아침에 떼거지로 과거고시 담당관에게 이르니 과거고시 담당관이 그들을 알아주지 않는 것은 당연하다. 지금 주현(州縣)에서 시작하여 각자에게 가슴 속의 포부를 암송하게 해서 잠시 제군들의 뜻을 살피고자 한다. 죽은 사람이 다시 살아난다면 누구에게로 돌아갈 것인가? 대부 중에서 현명한 사람을 섬기고, 선비 중에서 어진 사람을 벗으로 삼아라. 감히 묻노니 제군들이 섬기거나 벗으로 삼는 사람은 누구인고? 현명하거나 어질다고 하는 이들의 사적은 어떠한고? 자기가 말할 때가 되었는데도 말하지 않는 것은 또한 군자가 하지 말아야 할 바이다.

소해제

과거 지망생들의 포부와 뜻, 섬기거나 벗으로 삼는 사람, 존경하는 사람 등에 대해 묻는다. "지금 주현에서 시작해 각자에게 가슴 속의 포부를 암송하게 해서 잠시 제군들의 뜻을 살피고자 한다"는 말로 보아, 작자가 변주(汴州)에서 고시관으로 있을 때 지은 것으로 여겨진다.

원문 및 주석

問: 夫子之言: "盍各言爾志^1?" 又曰: "居則曰^2: '不吾知也.' 如或知爾, 則何以哉?" 今之擧者^3, 不本於鄕, 不序於庠^4. 一朝而羣至乎有司^5; 有司之不之知也宜矣. 今將自州縣始, 請各誦所懷, 聊以觀諸生之志. 死者可作^6, 其誰與歸? 事其大夫之賢者^7? 友其士之仁者? 敢問諸生之所事而友者爲誰乎? 所爲賢而仁者, 其事如何哉? 言及之而不言^8, 亦君子之所不爲也.

---

1 盍各言爾志(합각언이지): 『논어‧공야장(公冶長)』편에 보이는 것으로 공자가 안연(顔淵)과 자로(子路) 두 제자에게 한 말이다. '盍'은 '하불(何不)'의 합음(合音) 겸사(兼詞)다.

2 居則曰(거즉왈): 이하 네 구절은 『논어‧선진(先進)』편에 보이는 것으로 공자가 지로(子路), 염유(冉有), 공서화(公西華), 증석(曾晳) 등 네 제자에게 한 말이다. '居'는 '평소'의 뜻인데, 당송(唐宋) 때에는 이를 '平居'로 표현했다.

3 今之擧者(금지거자): 주현(州縣)에서 선발해 도성으로 보내 진사과 고시에 참가한 사람들을 가리킨다.

4 庠(상): 고대 지방학교의 이름.

5 有司(유사): 담당 관리. 여기서는 과거고시 담당관.

6 死者可作(사자가작): 이하 두 구절은 『예기‧단궁하(檀弓下)』에 보이는 것으로 조문자(趙文子)와 숙예(叔譽)가 진(晉)나라 경대부들의 묘지인 구원(九原)을 살필 때 조문자가 한 말이다. '作'은 '起'로 '다시 살아나다'의 뜻이고, '其誰與歸(기

수여귀)'는 '其歸誰與'의 도치로 '與'는 '歟'의 뜻이다.
7 事大夫之賢者(사대부지현자) : 이하 두 구절은 『논어 · 위영공(衛靈公)』편에서 자공(子貢)이 인(仁)에 대해서 물었을 때 공자가 대답한 말이다.
8 言及之而不言(언급지이불언) : 『논어 · 계씨(季氏)』편에 보이는데, 군자를 모시고 있을 때 저지르는 세 가지 허물 중의 하나로 공자가 언급한 것이다. 즉 "자기가 말할 때가 되었는데도 말하지 않는 것을 숨긴다고 한다(言及之而不言謂之隱)"라고 했다.

HS-051-7

묻는다. 춘추(春秋)시대에 백여 개의 국가에는 다 대부와 선비가 있었다는 것이 옛 서적에 상세하게 기록되어 있는데, 현명한 사람이 없었던 나라는 하나도 없고 나머지 사람들도 모두 나름대로의 직위에 충당될 수 있었으며, 마땅한 사람이 없어 관직을 비워둔 적이 있었다는 말을 들어보지 못했다. 춘추 이후에는 서적의 기록이 더욱 상세해 오(吳) · 촉(蜀) · 위(魏)에 이르고서 아래로 진(晉)나라 때의 혼란에 이르기까지 나라가 매우 작게 분열되었을 때에도, 그때의 책을 읽어보면 모두 관리로 삼을 만한 인재들이 있었다. 지금 구주(九州)와 사해(四海)의 온 천하에 땅이 너무 커짐에 따라, 국가에서 인재를 선발할 때 안으로는 명경(明經)과 진사(進士) 고시가 있고, 밖으로는 지방 군정 장관의 추천이 있다. 이 밖에도 문벌과 공훈의 덕택으로 관리직으로 나오는 사람들이 이 두 경우보다 배나 더 되니 관리가 될 수 있는 길이 매우 많다. 그런데 어사대(御史臺)와 상서성(尙書省)에서부터 중서성(中書省)과 문하성(門下省)에 이르기까지 모두 관리가 부족하니, 어찌 지금 사람들이 옛 사람에 미치지 못하기 때문이겠는가? 무엇 때문에 구해도 관리가 될 사람을 얻지 못하는가? 공자의 말씀에 "열 가구 정도의 작은 마을에도 반드시 나와 같이 충성되고 신의가 있는 사람이 있을 것이다"라고 했다. 진실로 성인과 같이 충성되고 신의가 있는 사람을 찾아내어, 대신과 재상의 일을 맡긴다면 되지 않을 일이 있겠는가? 하물며 각종 임무를 담당하는 미관말직에 있어서야 오죽하겠는가! 옛날에는 열 가구 정도의 작은 마을에도 반드시 재상이나 대신을 맡길 만한 사람이 있었는데, 지금은 온 천하에 조정에서 사대부의 자리를 감당할 인재가 부족하다고 한다면, 그대들은 아마도 이에 대해 논평할 말이 있을 것이로다!

소해제

역사서의 기록을 통해서 보건대 역대 왕조에는 관리가 부족한 적이 없었다. 반면에 지금 조정의 모든 부처에는 관리가 모자라니 나라에서 인재를 선발하는 길이 많은데도, 이와 같은 것은 지금 사람들이 예전 사람들보다 못한 때문인가? 이런 현상을 진단하는 견해를 묻는다.

원문 및 주석

問：春秋之時, 百有餘國, 皆有大夫士[1], 詳於傳[2]者, 無國無賢人焉, 其餘皆足以充其位, 不聞有無其人而闕其官者；春秋之後, 其書尤詳, 以至于吳蜀魏, 下及晉氏之亂, 國分如錙銖[3], 讀其書, 亦皆有人焉。今天下九州四海[4], 其爲土地大矣；國家之擧士, 內有明經、進士[5], 外有方維大臣[6]之薦, 其餘以門地勳力[7]進者又有倍於是, 其爲門戶[8]多矣；而自御史臺[9]、尚書省[10]以至于中書門下省[11]咸不足其官, 豈今之人不及於古之人邪？ 何求而不得也？ 夫子之言[12]曰："十室之邑, 必有忠信如丘者焉。" 誠得忠信如聖人者, 而委之以大臣宰相之事, 有不可乎？ 況於百執事之微者哉！ 占之·| 室必有

任宰相大臣者, 今之天下而不足士、大夫於朝, 其亦有說乎?

1 大夫士(대부사) : 관직을 담당하는 자를 일컫는 말. 주(周)나라 때에 군주 아래에 경(卿)·대부·사 3등급의 관직이 있었는데, 이들은 다시 각기 상·중·하 3등급으로 세분되었다.

2 傳(전) : 고서. 옛 서적.

3 國分如錙銖(국분여치수) : 위진남북조(魏晉南北朝) 시대에 나라가 소국들로 수도 없이 분열된 것을 가리킨다. '錙銖'는 본래 지극히 가벼운 것을 나타내는 중량 단위로 '錙'는 1/4량(兩), '銖'는 1/24량이다. 『예기·유행(儒行)』에 "分國如錙銖"라는 글귀가 보인다.

4 九州四海(구주사해) : 온 천하. 온 세계. '九州'는 중국 전설상의 상고시대 행정구역이고, '四海'는 사방의 바다로 옛날 중국 사람들이 바다가 사방으로 중국 땅을 둘러싸고 있는 것으로 여긴 데서 나온 말이다. 유향(劉向)의 『설원(說苑)·변물(辨物)』에 "팔황 안에 사해가 있고, 사해 안에 구주가 있다(八荒之內有四海, 四海之內有九州)"라는 글귀가 보인다.

5 明經進士(명경진사) : 당나라 때의 대표적인 과거고시 과목으로 진사과는 시부(詩賦)의 작문 능력, 명경과는 경의(經義)와 시무(時務)에 대한 견해를 중시했다. 이 두 고시와 함께 매년 정기적으로 시행하던 시험으로 수재(秀才), 명법(明法), 명산(明算) 등이 있었고, 이 밖에 황제의 특별 조칙으로 시행하던 제거(制擧)라는 고시도 있었다.

6 方維大臣(방유대신) : 지방 군정 장관. '方維'는 『시경·소아·절남산(節南山)』의 "나라의 권력을 잡고서는 사방을 다 얽어맨다(秉國之鈞, 四方是維)"라는 데서 따온 말이다.

7 門地勳力(문지훈력) : 문벌과 훈공. 가문의 등급이 높거나 공훈을 쌓은 자의 후손이 관리로 임용되던 것을 말한다.

8 門戶(문호) : 문호. 관리가 될 수 있는 길.

9 御史臺(어사대) : 당나라 때의 중앙 감찰기관. 어사대부(御史大夫), 어사중승(御史中丞), 시어사(侍御史) 등의 관리가 있었다.

10 尚書省(상서성) : 당나라 때의 최고 행정기관. 그 예하에 6부(部) 24사(司)가 있었다.

11 中書門下省(중서문하성) : 중서성과 문하성. 중서성은 황명의 결정과 출납을 담당하는 최고 기관으로 상주되어 오는 공문을 심리하고 황제의 조령을 기초한다. 문하성은 조정의 정령을 심의하는 최고 기관이다.

12 夫子之言(부자지언) : 『논어·공야장』편에 보이는 말이다.

묻는다. 부자께서 말씀하시기를 "정갈하고 정미한 것이 『역경』의 가르침이다"라고 했는데. 지금 선비들이 이 책을 학습하면서 이 네 글자가 가리키는 뜻을 알지 못하니, 어찌하여 그 가르침이 던져주는 의의를 들어 구체적인 법칙을 하나하나 진술하지 않는가?

소해제

정갈하고 정미하다는 『역경』의 가르침이 무엇을 뜻하는지를 묻는다.

원문 및 주석

問: 夫子曰: "潔淨精微, 易敎也¹." 今習其書, 不識四者之所謂, 盍²擧其義而陳其數³焉?

1 潔淨精微(결정정미): 이하 두 구절은 『예기·경해(經解)』에 보이는 말로 사람이 엄정하고 깊이 있게 심오한 이치를 연찬하는 것을 말한다. 그 책에는 '潔淨'은 '潔靜'으로 적혀 있는데 서로 통한다.
2 盍(합): '어찌 ~하지 않는가?'는 뜻으로 '何不'의 합음 겸사다.
3 擧其義而陳其數(거기의이진기수): '義'는 '의의', '數'는 '법칙'의 뜻으로 이 구절은 『역경』이 주는 가르침의 의의를 지적하고, 그 구체적 법칙을 하나하나 진술한다는 뜻이다.

묻는다. 『역경』의 「설괘(說卦)」에 이르기를 "건(乾)은 강건함을 상징한
다"라고 했다. 지금 건괘(乾卦)의 효(爻) 중에서 첫 번째 효를 고찰해보니
"잠복해 있는 용을 상징하므로 나가 일하지 말라"라고 하고, 세 번째 효
에서는 "저녁까지 종일토록 걱정하고 경계해 마치 위급한 가운데 있는
것과 같이하니 해가 없다"라고 하고, 네 번째 효에서도 "해가 없다"라
고 하고, 맨 위의 효에서는 "후회함이 있다"라고 했다. 한 괘의 여섯 효
중에서 하나는 "나가 일하지 말라"라고 하고, 두 효에서만 단지 "해가
없다"라고 하고, 또 하나는 "후회함이 있다"라고 되어 있으니, 그 강건
함이 어디에 있는가? 또 "건(乾)은 수월하게 그 지혜를 드러내고, 곤(坤)
은 간편하게 그 재능을 나타낸다"라고 했는데, 건괘의 네 효는 이미 쉽
다고 할 수 없고, 곤괘(坤卦)의 효사(爻辭)에서는 또 "두 마리 용이 들에서
서로 싸운다"라고 했으니, 전쟁이 인간사에서 간편한 일이라고 할 수
있겠는가? 『역경』은 육경의 하나로 배우는 사람들이 마땅히 마음을 써
서 갈고 닦는 것이니, 글을 지어서 그 뜻을 진술하기 바란다.

소해제

『역경』의 건괘와 곤괘의 효사를 가지고 "건은 강건함을 상징한다"는
「설괘전(說卦傳)」과 "건은 수월하게 그 지혜를 드러내고, 곤은 간편하게
그 재능을 나타낸다"는 「계사전(繫辭傳)」의 풀이가 무엇을 뜻하는지를
묻는다.

원문 및 주석

問：易之説¹曰："乾, 健也²。" 今考乾之爻在初者³曰："潛龍勿用⁴", 在三者⁵ 曰："夕惕若厲無咎⁶", 在四者⁷亦曰："無咎", 在上⁸曰："有悔。" 卦六位⁹: 一 "勿用", 二"苟得無咎有一悔", 安在其爲健乎? 又曰："乾以易知, 坤以簡能¹⁰。" 乾之四位¹¹旣不爲易矣, 坤之爻¹²又曰："龍戰于野", 戰之於事, 其足爲簡 乎? 易六經也。學者之所宜用心, 願施其詞陳其義焉。

1   易之説(역지설) : 『역경』의 「설괘(説卦)」를 가리킨다.
2   乾(건), 健也(건야) : 공영달(孔穎達, 574-648)은 「소(疏)」에서 "건은 천체가 쉬지 않고 운행하는 것을 상징하므로 따라서 강건하다고 하는 것이다(乾象天體運轉不息, 故爲健也)"라고 했다.
3   在初者(재초자) : 건괘의 밑에서 첫 번째 양효(陽爻) 곧 초구(初九). 이 효는 귀인(貴人)이 마땅히 숨어 나가지 않는 것을 말한다.
4   潛龍勿用(잠룡물용) : 잠복해 있는 용을 상징하므로 나가 일해서는 안 되는 것을 말한다.
5   在三者(재삼자) : 건괘의 밑에서 세 번째 양효 곧 구삼(九三).
6   夕惕若厲無咎(석척약려무구) : 귀인이 자강불식(自强不息)해 저녁까지 종일토록 걱정하고 경계해, 마치 위태로운 가운데 있는 것과 같으므로 해가 없음을 말한다.
7   在四者(재사자) : 건괘의 밑에서 네 번째 양효 곧 구사(九四). 용이 깊은 못 안에서 도약하려고 하면서도 아직 결정을 하지 않은 상태라 해가 없음을 말하는데, 귀인이 높은 자리로 올라가고자 하지만 아직 행동으로 옮기지 않아서 해가 없음을 비유한다.
8   在上(재상) : 건괘의 맨 위 양효 곧 상구(上九). 지극히 높은 위치에 있는 용이라 후회함이 있음을 말하는데, 귀인이 가장 높은 자리에 올라가 있어 아래로 내려갈 수 없으므로 후회가 있을 수 있음을 비유한다.
9   卦六位(괘육위) : 초효(初爻)에서 상효(上爻)까지 모두 여섯 자리임을 가리킨다.
10   乾以易知(건이이지), 坤以簡能(곤이간능) : 『역경·계사전상(繫辭傳上)』에 보인다. 건곤이 만물을 생성함에 있어 건괘는 수월하게 별 하는 일 없이 그 지혜를 드러내고, 곤괘는 간편하게 번거로운 수고를 하지 않고 그 재능을 나타내는 것을 말한다.
11   乾之四位(건지사위) : 초구(初九), 구삼(九三), 구사(九四), 상구(上九)의 네 효.
12   坤之爻(곤지효) : 곤괘의 상육(上六). 두 마리 용이 들판에서 싸워서 붉고 누런색의 피를 흘리는 것으로 음양의 두 기운이 서로 교전해 음이 양을 병탄하고자 함을 말한다.

묻는다. 사람들이 의지해 살아가는 것은 곡식과 비단인데, 곡식과 비단이 풍부하면 춥고 배고픈 걱정이 없게 되니 그러한 뒤에라야 사람들이 어질고 정의로운 길로 다니고 편안하고 화평한 경지에 안착하도록 할 수 있다. 이는 어리석은 사람이나 지혜로운 사람이 함께 다 아는 것이다. 지금 천하에 곡식은 더 많아지고 비단도 값이 더 싸지는데도 불구하고, 사람들이 갈수록 더 곤궁하게 되는 것은 무엇 때문인가? 경작하는 사람이 많지 않지만 곡식이 남고, 누에를 치는 사람이 많지 않지만 비단도 남아도는데, 남아돌면 마땅히 충족되어야 할 텐데도 도리어 부족하니 이는 그 까닭이 또 무엇 때문인가? 이런 국면을 구제하기 위해 어떤 해결 방안을 갖고 있는가?

소해제

먹고 입는 문제가 해결된 뒤에라야 백성들에게 교화를 베풀 수 있는데, 지금 곡식과 비단이 풍족해 남아도는데도 불구하고 백성들이 갈수록 더 빈곤하게 되는 까닭이 무엇인지와 그 해결 방안을 묻는다.

원문 및 주석

問: 人之仰[1]而生者穀帛[2], 穀帛豐, 無飢寒之患, 然後可以行之於仁義之途, 措之於安平之地 ; 此愚智所同識也。 今天下穀愈多而帛賤[3]人愈困者何也? 耕者不多而穀有餘, 蠶者不多而帛有餘 ; 有餘宜足, 而反不足 : 此其故又何也? 將以救之, 其說如何?

1   仰(앙) : 의지하다. 의뢰하다.
2   帛(백) : 비단으로 만든 직물의 총칭.
3   賤(천) : 값이 싸다.

공자께서 말씀하시기를 "요임금과 순임금은 잠자코 옷을 드리운 채로 있는데도 천하가 잘 다스려졌다"라고 하고, 또 "크게 애써 무슨 일을 하지 않았는데도 잘 다스려지게 한 사람은 아마도 순임금일 것이로다"라고 했다. 『서경』에서 요임금에 대해서 "아홉 세대에 걸친 집안사람들을 사이좋게 했다"라고 하고, 또 "예의로 백관의 선악을 가려 밝히게 했다"라고 하고, 또 "만방을 화목하게 했다"라고 하고, 또 "해와 달과 별들의 운행을 관측해서 역법을 제정해 사람들에게 삼가 하늘의 때를 알리도록 했다"라고 하고, 또 홍수가 "산을 에워싸고 구릉을 잠기게 해 이 땅의 백성들이 탄식했다"라고 했다. 대체로 아홉 세대에 걸친 집안사람들을 사이좋게 하고, 백관을 가려 밝히며, 만방을 화목하게 하고, 하늘의 도리를 본받고, 백성들에게 하늘의 때를 내려주고, 수재를 걱정한 것은 애써 크게 무슨 일을 하지 않은 것이 아니다. 그런데 공자의 말씀에 "잠자코 옷을 드리운 채로 있는데도 천하가 잘 다스려졌다"라고 한 것은 무엇 때문인가? 『서경』에서 순임금에 대해서는 "오륜의 법도를 신중하게 했다"라고 하고, 또 "백관들을 잘 따르게 했다"라고 하고, 또 "명당의 네 문으로 빈객들을 잘 맞이했다"라고 하고, 또 "일곱 가지 정사를 나란히 늘어놓았다"라고 하고, 또 "상제에게 제사지내고 천지와 사계절에 제사지내며 산천에 제사지내고 뭇 신에게 두루 제사지냈다"라고 하고, 또 "사계절과 월령을 화합하고 날짜를 바르게 정했으며, 음률과 길이와 용적과 중량의 단위를 통일시키고, 5년에 한 차례씩 제후의 나라로 가서 시찰했다"라고 하고, 또 "천하를 12주로 나누고, 큰 산에 제단을 쌓고 봉선(封禪)의 제사를 올리며, 하천을 소통시키고, 다섯 가지 형벌을 삼가 베풀며, 천지신명과 조상에게 제사지내는 3례를 주재하고, 다섯 색깔의 복장을 선명하게 만들고, 오방에서 올라오는 의견을 받아들이고 내놓았다"라고 했다. 아아! 근면하고 바쁘기가 어찌 이와 같은고! 그런데 공자의 말씀에 "아무 일도 하지 않아도 천하가 잘 다스려졌다"라고 한 것은 무엇 때문인가? 말이 심오하고 뜻이 은밀해 이해할 수 없기 때문인가? 아니면 그 연대가 너무 오래되어 전해오는 것이 없어진 때문인가? 제군들은 이 문제를 가려 밝게 설명하기 바라노라!

소해제

『서경』에 기록되어 있는 요임금과 순임금의 치적과 관련해, 공자가 무위(無爲)의 정치를 구현했다고 평가한 문제에 대해 묻는다.

원문 및 주석

問∶夫子言∶"堯舜垂衣裳而天下理[1]", 又曰∶"無爲而理者[2], 其舜也歟。" 書[3]之說堯曰∶"親九族[4]", 又曰∶"平章百姓[5]", 又曰∶"協和萬邦", 又曰∶"曆象[6]日月星辰, 敬授人時", 又曰∶洪水"懷山襄[7]陵, 下人其咨[8]"; 夫親九族、平百姓、和萬邦、則天道、授人時、愁水禍, 非無事也; 而其言曰∶"垂衣裳而天下理"者何也? 於舜則曰∶"愼五典[9]", 又曰∶"敍百揆[10]", 又曰∶"賓四門[11]", 又曰

: "齊七政[12]", 又曰: "類[13]上帝, 禋六宗[14], 望山川[15], 徧羣神[16]", 又曰: "協時月正日[17], 同律度量衡[18], 五載一巡狩[19]", 又曰: "分十二州[20], 封山濬川[21], 恤五刑[22], 典三禮[23], 彰施五色[24], 出納五言[25]"; 嗚呼其何勤且煩如是! 而其言曰: "無爲而理"者何也? 將亦有深辭隱義不可曉邪? 抑[26]其年代已遠失其傳邪? 二三子[27]其辨焉!

1   堯舜垂衣裳而天下理(요순수의상이천하리) :『역경·계사전하』에 보이는 말. '理'자는 한유가 당나라 고종의 이름 '治'자를 피휘해 바꿔 쓴 것이다.

2   無爲而理者(무위이리자) :『논어·위영공(衛靈公)』편에 보이는 말. '理'자는 한유가 당나라 고종의 이름 '治(치)'자를 피휘해 바꿔 쓴 것이다.

3   書(서) :『서경』. 이하 인용문은『서경』의 「고요모(皐陶謨)」에 나오는 "彰施五色, 出納五言"의 두 구절을 제외하면, 모두 「요전(堯典)」에 보인다.

4   九族(구족) : 고조(高祖)에서 현손(玄孫)까지의 아홉 세대.

5   平章百姓(평장백성) : 예로써 백관의 선악을 가려 밝히게 하다. '平章'은 '예의로 밝게 가려 다스리다'는 뜻이고, '百姓'은 '백관의 성씨'로 고대의 귀족을 통칭한다.

6   曆象(역상) : 추산하고 본뜨다. 일월성신(日月星辰)의 운행 법칙을 추산해 역법(曆法)을 제정하다는 뜻이다.

7   襄(양) : 잠기게 하다.

8   下人其咨(하인기자) : 이 땅의 백성들이 탄식을 하다. '下人'은 '下民(하민)'의 뜻으로 '人'자는 한유가 당태종의 이름자의 하나인 '民'자를 피휘해 바꿔 쓴 것이다.

9   愼五典(신오륜) : 오륜의 법도를 신중하게 하다. '五典'은 인간의 가장 기본적인 윤리 관계인 오륜을 가리킨다.

10 敍百揆(서백규) : 백관들을 잘 따르게 하다. 이에 대해서는 여러 가지 풀이가 가능한데, 일일이 소개하지는 않는다.

11 賓四門(빈사문) : 명당(明堂)의 네 문으로 빈객들을 잘 맞아들이다. '賓'은 '儐'과 통해 '예로써 맞이하다', '인도하다'는 뜻이다.

12 齊七政(제칠정) : 일곱 가지 정사를 나란히 늘어놓다. '七政'은 제사(祭祀), 반서(班瑞), 동순(東巡), 남순(南巡), 서순(西巡), 북순(北巡), 귀격예조(歸格藝祖)의 일곱 가지 정사를 가리킨다. 순임금이 선양을 받아 섭정을 할 때 북두칠성을 관찰해 일곱 가지 정사를 나란히 배열해놓은 것을 말한다. 이 일곱 가지 정사의 내용에 대해서는『서경·요전』을 참조하기 바란다. 전통적인 견해로는 일·월과 금·목·수·화·토의 다섯 별 또는 춘·하·추·동의 사계절과 천문·지리·인도를 가리킨다고 풀이해왔으나『서경』의 문맥에 어울리지 않으므로 취하지 않는다.

13 類(유) : 임시로 하늘에 지내는 제사를 말한다.

14 禋六宗(인육종) : 천지와 사계절에 제사지내다. '禋'은 제사 이름.

15 望山川(망산천) : 명산대천에 제사지내다. 우러러보며 지내는 제사이므로 '望'이

라고 했다.

16 偏羣神(편군신) : 뭇 신에게 두루 제사지내다.
17 協時月正日(협시월정일) : 사계절과 월령을 화합하고 날짜를 바르게 정하다.
18 同律度量衡(동율도양형) : 음률과 길이와 용적과 중량의 단위를 통일시키다. 음악과 도량형을 통일시킨 일을 말한다.
19 巡狩(순수) : 천자가 제후의 나라로 가서 시찰하는 것을 말한다.
20 十二州(십이주) : 순임금이 즉위한 뒤 치수 사업 이후에 나누어진 기(冀)·연(兗)·청(靑)·서(徐)·형(荊)·양(揚)·예(豫)·양(梁)의 9주에다 유(幽)·병(幷)·영(營)의 3주를 더한 것이다.
21 封山濬川(봉산준천) : 큰 산에 제단을 쌓고 봉선의 제사를 올리며 하천을 소통시키다. '封山'은 12주의 매 고을마다 높은 산에 제단을 쌓고 제사지낸 것을 말한다.
22 恤五刑(휼오형) : 다섯 가지 형벌을 삼가 베풀다. 순임금이 형벌을 너그럽게 한 것을 뜻한다.
23 典三禮(전오례) : 천지신명과 조상에게 제사지내는 3례를 주재하다.
24 彰施五色(창시오색) : 다섯 색깔의 복장을 선명하게 만들어 등급을 밝히다.
25 出納五言(출납오언) : 오방에서 올라오는 의견을 받아들이고 내놓다. '상의하달'을 '出', '하의상달'을 '納'이라고 한다.
26 抑(억) : 아니면. 선택접속사.
27 二三子(이삼자) : 제군. 여러분.

HS-051-12

문는다. 옛날에 배우려고 하는 사람들은 반드시 스승이 있었으니, 스승은 학업을 정통하게 하고 도덕을 성취하도록 해주는 존재였다. 한(漢)나라 이후로 스승을 좇아 배우는 도리가 날로 시들해졌지만 때로는 아직도 경전과 학업을 전수하는 일이 남아 있었는데, 오늘날에 이르러서는 이런 일이 있다는 소문을 들어보지 못했다. 덕행은 안회(顔回)와 같고 언어는 자공(子貢)과 같으며 정사는 자로(子路)와 같고 문학은 자유(子游)와 같은데도 불구하고 스승이 있었다. 비단 이와 같을 뿐 아니라 비록 공자라도 스승이 있었으니, 노담(老聃)에게 예를 묻고 장홍(萇弘)에게 음악에 대해 물은 것이 그것이다. 지금 사람들은 공자나 안회에 훨씬 미치지 못하는데도 스승이 없는데, 그럼에도 학업이 정통하지 못하고 도덕이 성취되지 못했다고 하는 사람이 있음을 들어보지 못한 것은 무엇 때문인가?

소해제

공자와 안회와 같이 뛰어난 성인도 스승을 통해서 배웠는데, 한나라 이후 그런 기풍이 시들고 지금에 이르러서는 학업과 도덕의 성취가 예전보다 훨씬 못한데도 불구하고 스승에게 배우는 문제를 입에 담지 않는 원인이 무엇인지를 묻는다.

원문 및 주석

問:古之學者必有師[1], 所以通其業, 成就其道德者也。由漢氏已來, 師道[2]日微, 然猶時有授經傳業者;及于今, 則無聞矣。德行若顏回[3], 言語若子貢, 政事若子路, 文學若子游, 猶且有師;非獨如此, 雖孔子亦有師[4], 問禮於老聃, 問樂於萇弘是也。今之人不及孔子顏回遠矣, 而且無師;然其不聞有業不通而道德不成者, 何也?

1 　古之學者必有師(고지학자필유사):이하 세 구절의 의미와 관련해 「사설(師說)」(HS-021)에 나오는 스승의 정의를 참조하기 바란다.
2 　師道(사도):스승을 좇아 배우는 도리.
3 　德行若顏回(덕행약안회):이하 네 구절은 『논어·선진(先進)』편에 보이는 것으로 공자 문하의 네 학과목과 각 과목에 정통한 대표적 제자들을 지칭한다.
4 　孔子亦有師(공자역유사):이하 세 구절에 대한 풀이는 「사설(師說)」(HS-021)의 관련 주석을 참조하기 바란다.

묻는다. 곡식을 먹고 비단옷을 입으며 인의를 실행하면서 죽기를 기다리는 것은 두 임금과 세 왕이 준수해온 바고 성인도 그것을 고친 적이 없다. 지금 사람들이 하는 말에 신선이 되고 죽지 않는 도가 있다고 하면서, 곡식을 먹지 않고 비단옷을 입지 않으며 인의를 천박한 것으로 여겨 행할 만하지 못하다고 여기는데, 이는 진실로 무슨 도리인가? 성인이 사람들을 대하는 것은 부모가 자식을 대하는 것과 같다. 성인의 도가 있는데도 가르치지 않음은 어질지 못한 것이고, 성인의 도가 비록 있음에도 그것을 알지 못함은 지혜롭지 못한 것이다. 어질고 지혜로운 것조차도 될 수 없는데 또 어떻게 성인이 될 수 있겠는가? 그렇지 않다면 신선의 견해를 말하는 것은 허망할지로다!

소해제

인자함과 지혜를 갖추지 못한 지금 사람들이 신선불사(神仙不死)의 도를 말하면서 곡식을 먹지 않고 비단옷을 입지 않으며 인의(仁義)를 천시하는 것을 어찌 도라고 할 수 있는지를 묻는다.

원문 및 주석

問 : 食粟、衣帛[1]、服行[2]仁義以竢[3]死者, 二帝[4]三王[5]之所守, 聖人未之有改焉者也. 今之說者, 有神仙不死之道, 不食粟, 不衣帛, 薄仁義以爲不足爲, 是誠何道邪? 聖人之於人, 猶父母之於子. 有其道而不以教之, 不仁 ; 其道

雖有而未之知, 不智:仁與智且不能, 又烏足爲聖人乎? 不然, 則說神仙者
妄矣!

1   衣帛(의백):비단옷을 입다. '衣'는 동사로 '입다'는 뜻이다.
2   服行(복행):실행하다.
3   竢(사):기다리다. '俟'와 같다.
4   二帝(이제):요임금과 순임금 곧 당요(唐堯)와 우순(虞舜).
5   三王(삼왕):하나라 우왕(禹王), 상나라 탕왕(湯王), 주나라 문왕(文王)과 무왕
    (武王).

HS-064 「간쟁하는 신하에 대하여」

爭臣論

어떤 사람이 나에게 간의대부(諫議大夫) 양성(陽城)에 대해 묻는다.

"그는 올바른 도리를 터득한 선비라고 할 수 있습니까? 학문이 넓고 견문이 풍부하면서도 다른 사람에게 소문나서 알려지기를 구하지 않습니다. 옛 사람의 처세하는 도를 실천해 고대 진(晉)나라 땅의 시골 변경에 거처했는데, 진나라의 시골뜨기라도 그의 덕에 감화되어 선량하게 된 사람이 거의 천 명이나 되었습니다. 조정의 한 대신이 소문을 듣고 그를 추천해 천자께서 간의대부로 삼으시니, 사람들은 모두 영예롭다고 여겼지만 양선생께서는 기뻐하는 기색이 없었습니다. 그 자리에 있은 지 이미 5년이 되었는데, 그의 덕을 살펴보면 여전히 초야에 있을 때와 같으니 저 사람이 어찌 부귀 때문에 자기의 마음을 바꾸겠습니까?"

내가 응답해 말한다.

"이는 『역경』에서 '하나의 도덕과 정조를 오래도록 한결같이 지키는 것은 남자로서는 흉하다'고 말한 것이니, 어찌 올바른 도리를 터득한 선비라고 할 수 있겠습니까? 『역경』의 고괘(蠱卦) 상구(上九) 효사(爻辭)에서는 '왕이나 후를 섬기지 않고 자기의 덕행을 고상하게 한다'라고 하고, 건괘(蹇卦) 육이(六二) 효사에서는 도리어 '왕의 신하가 온갖 노고를 다하는 것은 자기 일신 때문이 아니다'라고 했습니다. 대체로 처한 시기가 같지 않아서 행한 덕도 달라진 때문이 아니겠습니까? 고괘의 상구 효사처럼 임용되지 않은 처지에 있으면서 자신을 돌보지 않는 절개를 다하고, 건괘의 육이 효사와 같이 왕의 신하 자리에 있으면서 왕을 섬기지 않는 마음을 고상하게 여긴다면, 나아가 벼슬하기를 함부로 했다는 우환이 생겨나고 직무를 유기했다는 비난이 일어나리니, 이런 뜻은 본받을 수 없으며 허물도 끝내 없을 수가 없을 것입니다. 지금 양선생께서 자리에 있은 지가 오래지 않다고 할 수 없고, 천하 정치의 잘잘못을 들은 것이 익숙하지 않다고 할 수 없으며, 천자께서 그를 대우한 것이 융숭하지 않다고 할 수 없습니다. 그런데도 일찍이 정치에 관해서 한 마디 발언도 하지 않았습니다. 정치의 잘잘못을 보기를 월(越)나라 사람이 진(秦)나라 사람이 살지거나 수척한 것을 보듯이, 개의치 않고 무관심해 마음속으로 기뻐하거나 슬퍼하지 않았습니다. 그의 관직을 물으면 간의대부라고 하고, 봉록을 물으면 하대부의 등급이라고 하며, 정치에 대해 물으면 나는 모른다고 말합니다. 올바른 도리를 터득한 선비가 본래 이와 같습니까? 또 내가 들건대 관직을 지키고 있는 이가 그 직책을 다하지 못하면 버리고 떠나가며, 간언의 책임이 있는 이가 자기의 간언이 소통되지 못할 지경이라면 버리고 떠나간다고 했습니다. 지금 양선생은 자기의 간언이 소통되어 간언을 했다고 여기는 것입니까? 자기의 간언이 소통되는데도 간언하지 않는 것과 자기의 간언이 소통되지 않는데도 버리고 떠나가지 않는 것은 어느 하나도 옳지 않습니다. 양선생은 봉록을 위해서 벼슬하려는 것입니까? 옛 사람이 말하기를 벼슬하는 것이 가난 때문은 아니지만, 어떤 때에는 가난 때문에 한다고 했으니 봉록을 위해서 벼슬하는 사람을 두고 한 말입니다. 이런 사람은 존귀한 지위는 사양하고 낮은 직위를 맡으며 후한 봉록은 사양하고 박한 봉록을 받아야 마땅하니, 관문을 지키거나 딱다기를 치며 시간을 알리는 일과 같은 것이 적합합니다. 아마 공자께서도 일찍이 양곡 창고를 관리하는 말단관리 노릇을 하셨고 일찍이 목축을 관리하는 벼슬을 하셨는데, 감히 그 직책을 내팽개치지 않고 반드시 '회계가 정확하도록 할 따름이다'라고 하고, 반드시 '소와 양이 잘 자라도록 할 따름이다'라고 말씀하셨습니다. 양선생의 직급과 봉록은 비천하거나 적다고 할 수 없음이 매우 분명하거늘 이와 같이 행동하는 게 옳겠습니까?"

어떤 이가 말한다.

"아니오, 그는 이와 같지는 않소이다. 대체로 양선생은 임금을 헐뜯는 사람을 미워하며, 다른 사람의 신하가 되어 자기 임금의 잘못을 들추어내는 것으로 명성을 얻는 사람을 미워합니다. 따라서 비록 간쟁하고 왈가왈부하기도 하지만 다른 사람들이 알지 못하도록 합니다. 『서경』에 이르기를 '너에게 좋은 계획과 좋은 책략이 있다면 들어가 궁정 안에서 너의 임금에게 고하고 너는 궁정 밖에서는 그에게 순종해, 이 계획과 이 책략은 우리 임금의 덕이라고 말해라'라고 했습니다. 대체로 양선생의 마음 씀씀이가 이와 같습니다."

내가 응답해 말한다.

"만약 양선생의 마음 씀씀이가 이와 같다면 그는 이른바 더욱 미혹된 자입니다. 들어가서는 임금에게 간쟁을 하고 나와서는 다른 사람이 알도록 하지 않는 것은 대신이나 재상이 하는 일이니, 양선생이 마땅히 해야 할 일이 아닙니다. 대체로 양선생은 본래 평민으로 쑥대가 우거진 초야에서 은둔하며 살았거늘, 임금께서 그의 품행과 도의를 아름답게 여겨 발탁해 이 자리에 두고 관직을 간쟁하는 것으로 이름 붙였으니, 진실로 마땅히 그 직책을 받들어 사방 백성과 후대 자손들로 하여금 조정에 직언을 한 강직한 신하가 있었고, 천자께서는 경우에 맞지 않게 상을 남발하지 않으며 물 흐르듯 거침없이 간쟁을 따랐다는 아름다운 덕이 있었음을 알 수 있도록 해야 합니다. 그래서 산간의 바위동굴에 묻혀 사는 선비들로 하여금 이런 소문을 듣고 흠모해 옷의 띠를 매고 머리를 묶고서 궁궐 아래로 나아가 자기의 견해를 피력해 우리 임금을 요순의 경지에 이르게 해서 위대한 이름이 무궁토록 빛나게 하도록 해야 합니다. 『서경』에서 말한 것은 대신과 재상의 일이요, 양선생이 마땅히 해야 할 일이 아닙니다. 게다가 양선생의 생각은 백성을 통치하는 군주로 하여금 자기의 허물 듣기를 싫어하도록 하려는 것입니까? 이는 그런 마음을 유발하도록 하는 것입니다."

어떤 이가 말한다.
"양선생은 소문나서 알려지기를 구하지 않았는데 다른 사람이 그를 소문내어 알렸고, 등용되기를 구하지 않았는데 임금이 그를 등용해 부득이 세상에 나와 정치에 참여하기는 했지만, 자기의 처세의 도를 고수하면서 바꾸지 않고 있거늘 무엇 때문에 그대는 이토록 가혹하게 그를 나무라는 겁니까?"
내가 말한다.
"예로부터 성인과 어진 선비는 다 소문나 알려지고 등용되기를 구한 적이 없었습니다. 시대가 태평하지 못하고 백성들이 다스려지지 않는 것을 우려해, 나라를 다스리는 도리를 터득하면 감히 자기의 일신만을 선하게 하지 않고 반드시 천하를 아울러 구제해 부지런히 쉬지 않고 힘을 써서 죽은 뒤에라야 그만두었습니다. 따라서 우(禹)임금은 치수 사업에 여념이 없어 자기 집 문 앞을 지나면서도 들어가지 못했고, 공자께서는 앉은 자리가 따뜻해질 겨를도 없이 천하를 돌아다녔으며, 묵자는 자기 집의 굴뚝이 검게 될 틈이 없었습니다. 저 두 성인과 한 현인이 어찌 스스로 편안하게 지내는 것이 즐거움을 알지 못했겠습니까? 진실로 천녕을 두려워하고 백성늘이 곤궁한 것을 불쌍히 여겼기 때문입니다.

대체로 하늘이 사람에게 성현의 재능을 부여한 것이 어찌 자기 자신만을 위해서 여유로움을 누리도록 했을 뿐이겠습니까? 진실로 그것으로 백성들의 부족한 재능을 보완하게 하고자 했습니다. 귀와 눈이 몸에 있어서 귀는 듣는 일을 맡고 눈은 보는 일을 맡아, 옳고 그름을 가려듣고 험난하고 평탄함을 살핀 뒤에라야 몸이 평안해질 수 있습니다. 성인과 현인은 그 시대 사람들의 귀와 눈이고, 그 시대 사람들은 성인과 현인의 몸입니다. 게다가 양선생이 현명하지 못하다면 장차 현인에게 부림을 당해 그 임금을 받들어야 할 것이고, 만약 진실로 현명하다면 당연히 천명을 두려워하고 백성들이 곤궁한 것을 불쌍하게 여겨야 할 테니 어찌 스스로 한가하고 안일하게 지낼 수가 있겠습니까?"

어떤 이가 말한다.

"내가 듣건대 군자는 다른 사람을 능멸하려 하지 않으며, 다른 사람의 비밀을 들추어내는 것으로 강직하다고 여기기를 싫어합니다. 그대의 논의로 말하자면 강직하기는 강직합니다만, 덕을 손상시키고 말을 허비하는 것이 아니겠습니까? 할 말을 기탄없이 다 하기를 좋아해 다른 사람의 잘못을 들추어낸 것은, 국무자(國武子)가 제(齊)나라에서 살해된 까닭입니다. 그대도 아마 들으셨겠지요!"

내가 말한다.

"군자가 벼슬자리를 맡고 있으면 그 관직을 위해 죽기를 생각하고, 미처 벼슬자리를 얻지 못하면 자기의 문장을 닦아서 자기의 도를 밝히려고 합니다. 나는 장차 도를 밝히려는 것이지 강직한 체해 다른 사람을 능멸하려는 게 아닙니다. 게다가 국무자는 착한 사람을 만나지 못했고 어지러운 나라에서 할 말을 기탄없이 다 하기 좋아한 때문에 죽임을 당한 것입니다. 고서에 이르기를 '오직 착한 사람만이 할 말을 기탄없이 다 하는 것을 받아들일 수 있다'고 했으니, 듣고 난 뒤에 고칠 수 있음을 두고 한 말입니다. 그대가 나에게 고해 말하기를 양선생은 올바른 도리를 터득한 선비라고 할 수 있다고 했는데, 지금 비록 거기에 미칠 수는 없다고 하더라도 양선생이 장차 선량한 사람 정도는 되지 못하겠습니까?"

해제

　정원 8년(792) 진사과 응시 차 장안에 체류하고 있을 때 지은 논설문으로 양성(陽城, 736-805)에 대한 평가를 실마리로 하여 간쟁에 대해 논하고 나아가 신하된 자가 어떠한 태도로 국사에 임해야 하는지를 피력했다. '쟁신(爭臣)'은 황제에게 간언을 올리는 것을 전담하는 관리로 '간관(諫官)'으로도 불린다. '爭'은 '諍'으로 적기도 하며, 제목이 「간신론(諫臣論)」으로 된 판본도 있다. 네 차례 질문하고 네 차례 대답하는 형식으로 반복적인 문제 제기와 논박을 통해 날카로운 필치로 작자의 적극적인 현실참여 정신과 정치적 이상을 조리정연하게 전개하고 있다. 논변의 기교가 원숙한 단계에 이르렀다고는 할 수 없지만 청년 작자의 힘 있고 과감한 주장이 돋보이는 명문장으로, 양성이 5년간 우간의대부(右諫議大夫)로 재직하는 동안 나라정치에 대해 한 마디 발언도 하지 않는 것은 자기 일신만을 돌보는 직무 유기라고 고발하고 올바른 도리를 터득한 선비의 처신이 아니라고 단언한다. 양성이 이 글을 읽고도 개의치 않았다고 전해지지만, 정원 11년(795)에 간신 배연령(裴延齡, 728-796)이 재상 육지(陸贄, 754-805)를 모함하자, 그는 분연히 떨쳐 일어나 상소해 배연령의 간악함과 육지의 무죄를 힘써 간언했다. 뒤에 또 덕종(德宗)이 배연령을 재상에 임명하려고 하자 심지어 조칙을 찢어버리겠다고 하며 저지했다. 양성은 이 일로 황제의 환심을 잃어 국자사업(國子司業), 도주자사(道州刺

史) 등으로 좌천되었다. 부임한 곳마다 선정을 베풀어 훗날 한유가 『순종실록(順宗實錄)』을 편찬할 때 그의 생애를 서술해 도덕과 공적을 높이 평가한 바 있다.

원문 및 주석

或問諫議大夫¹陽城²於愈 : 可以爲有道之士乎哉? 學廣而聞多, 不求聞於人也 ; 行古人之道, 居於晉之鄙³, 晉之鄙人薰其德而善良者幾⁴千人 ; 大臣⁵聞而薦之, 天子以爲諫議大夫, 人皆以爲華, 陽子不色喜 ; 居於位五年矣, 視其德如在野⁶ : 彼豈富貴移易其心哉? 愈應之曰 : 是易⁷所爲"恆其德貞而夫子⁸凶"者也, 惡⁹得爲有道之士乎哉? 在易蠱之上九¹⁰云 : "不事王侯, 高尙其事" ; 蹇之六二¹¹則曰 : "王臣蹇蹇¹², 匪躬之故" : 夫不以所居之時不一, 而所蹈之德不同也¹³? 若蠱之上九, 居無用之地, 而致¹⁴匪躬之節 ; 以蹇之六二, 在王臣之位, 而高¹⁵不事之心 : 則冒進¹⁶之患生, 曠官¹⁷之刺興, 志不可則¹⁸, 而尤不終無也. 今陽子在位不爲不久矣, 聞天下之得失不爲不熟矣, 天子待之不爲不加¹⁹矣 ; 而未嘗一言及於政. 視政之得失, 若越人視秦人之肥瘠²⁰, 忽焉²¹不可喜戚於其心. 問其官, 則曰諫議也 ; 問其祿, 則曰下大夫之秩²²也 ; 問其政, 則曰我不知也 : 有道之士, 固如是乎哉? 且吾聞之²³, 有官守者, 不得其職則去 ; 有言責者, 不得其言則去 ; 今陽子以爲得其言, 言乎哉? 得其言以不言, 與不得其言而不去, 無一可者也. 陽子將爲祿仕²⁴乎? 古之人有云²⁵ : 仕不爲貧, 而有時乎爲貧, 謂祿仕者也 ; 宜乎辭尊而居卑, 辭富而居貧, 若抱關²⁶擊柝²⁷者可也. 蓋孔子嘗爲委吏²⁸矣, 嘗爲乘田²⁹矣, 亦不敢曠其職 : 必曰"會計當而已矣", 必曰"牛羊遂³⁰而已矣." 若陽子之秩祿不爲卑且貧, 章章³¹明矣, 而如此, 其可乎哉?

1 　諫議大夫(간의대부) : 우간의대부(右諫議大夫)로 중서성(中書省)에 속하는 벼슬이다. 당나라 때 간의대부는 좌우(左右)로 나뉘어 각기 문하성(門下省)과 중서성에 소속되었다.

2 　陽城(양성) : 자가 항종(亢宗)이고, 정주(定州) 북평[北平 : 지금 하북성 정현(定縣)] 사람으로 집안이 가난해 책을 구할 형편이 못되자 글을 베껴주는 관리로 근무하면서, 6년간 집현원(集賢院)의 책을 몰래 가져 나와 밤새도록 읽어 모든 서적을 섭렵했다고 한다. 『구당서(舊唐書)』와 『신당서(新唐書)』에 모두 전기가 들어 있다.

3 　晉之鄙(진지비) : 진나라의 시골 변경 지방. '晉'은 고대 제후국의 이름으로 여기서는 산서성(山西省) 경역을 가리키고, '鄙'는 도성에서 떨어진 시골 변경 지방이다. 양성이 진사에 급제한 뒤 중조산(中條山)에 은거하고 있을 때 부근 사람들이 그의 덕행에 감화를 받아 선량해졌다고 한다. 중조산은 지금 산서성 서남부에 있는데, 그 주봉우리인 설화산(雪花山)이 지금 영제현(永濟縣) 동남쪽에 위치하고 있다.

4 　幾(기) : 거의. '몇'으로 풀이하기도 하나 취하지 않는다.

5 　大臣(대신) : 이비(李泌, 722-789)를 가리킨다. 양성이 섬주(陝州) 하현(夏縣)으로 이주해 살고 있을 때 섬괵(陝虢)관찰사로 있던 이비가 그의 명성을 듣고는 재상이 된 뒤에 저작랑(著作郎)으로 천거했다고 한다. 뒤에 덕종(德宗)이 정중히 양성을 불러 들여 우간의대부로 삼았다.

6 　在野(재야) : 벼슬하지 않고 초야에 묻혀 평민으로 있을 때.

7 　易(역) : 『역경』 항괘(恒卦)의 육오(六五) 효사(爻辭).

8 　夫子(부자) : 장부. 성년 남자.

9 　惡(오) : 어찌.

10 　蠱之上九(고지상구) : 고괘(蠱卦) 상구(上九) 효사. 괘나 효는 양(陽)을 '구(九)', 음(陰)을 '육(六)'이라 한다. 상구는 밑에서 첫 번째 양효임을 나타낸다.

11 　蹇之六二(건지육이) : 건괘(蹇卦) 육이(六二) 효사. 육이는 밑에서 두 번째 음효임을 나타낸다.

12 　蹇蹇(건건) : 어렵고 힘든 모양. 곤경에 처해 어려운 일을 하는 것을 가리킨다.

13 　也(야) : 의문어기사로 쓰여 '야(耶)'와 같다. 진술어기사로 보면 문장의 뜻이 잘 통하지 않아, 『고문관지(古文觀止)』에서는 앞 구절 '夫不(부불)'의 '不'자를 '亦(역)'자로 적고 있기도 하다.

14 　致(치) : 다하다. 다 바치다.

15 　高(고) : 고상하게 여기다. 높이 평가하다.

16 　冒進(모진) : 함부로 나아가다. 과분하게 벼슬길을 추구함을 가리킨다.

17 　曠官(광관) : 직무를 유기하다. 직책을 태만히 하다.

18 　則(칙) : 본받다. 본뜨다.

19 　加(가) : 융숭하게 대우하다.

20 　越人視秦人之肥瘠(월인시진인지비척) : 월나라 사람이 진나라 사람이 살지거나

수척한 것을 보듯 하다. 월나라는 동남방, 진나라는 서북방에 위치하고 있어 서
로 멀리 떨어져 있으므로 아무 관계가 없음을 가리킨다.

21 忽焉(홀언) : 전혀 마음에 두지 않는 모양. 무관심한 모양.

22 下大夫之秩(하대부지질) : 당나라 제도에 간의대부는 정5품, 연봉이 200석으로 고대 하대부의 등급에 해당한다. '秩'은 관리의 봉록을 뜻한다.

23 吾聞之(오문지) : 이하 다섯 구절은 『맹자・공손추하(公孫丑下)』에 보인다.

24 祿仕(녹사) : 봉록을 위해 벼슬하다. 벼슬이란 본래 자기 수양을 닦은 사람이 정도를 행해 백성을 구제하는 것을 목표로 하는데, 오로지 봉록에만 눈이 어두워 벼슬길로 나서는 일부 인사가 있음을 말한다.

25 古之人有云(고지인유운) : 이하 열두 구절은 『맹자・만장하(萬章下)』에 보이는 말인데 어구에 다소간의 차이가 있다.

26 抱關(포관) : 관문을 지키는 관리. 관문지기.

27 擊柝(격탁) : 딱따기를 치며 밤에 시간을 알리고 경비를 담당하는 사람. 순라군. 방범대원. '柝'은 딱따기로 옛날에 도난이나 화재를 예방하기 위해 밤에 경비를 돌 때 치는 나무토막.

28 委吏(위리) : 양곡 창고를 담당하는 말단관리. 양곡 창고의 회계 관리직.

29 乘田(승전) : 소나 양 따위의 방목을 담당하는 말단관리.

30 遂(수) : 자라다. 성장하다.

31 章章(장장) : 밝게 빛나는 모양.

或曰 : 否, 非若此也。 夫陽子惡訕上者[32], 惡爲人臣招[33]其君之過以爲名者 ; 故雖諫且議, 使人不得而知焉。 書曰[34]"爾有嘉謨嘉猷[35], 則入告爾后于內, 爾乃順之于外, 曰'斯謨斯猷, 惟我后之德。'" 夫陽子之用心, 亦若此者! 愈應之曰 : 若陽子之用心如此, 滋[36]所謂惑者矣! 入則諫其君, 出不使人知者, 大臣宰相者之事, 非陽子之所宜行也。 夫陽子本以布衣[37]隱於蓬蒿之下[38], 主上嘉其行誼[39], 擢在此位, 官以諫爲名, 誠宜有以奉其職, 使四方後代知朝廷有直言骨鯁之臣[40], 天子有不僭賞[41]從諫如流[42]之美 ; 庶[43]巖穴之士[44]聞而慕之, 束帶結髮[45], 願進於闕下, 而伸[46]其辭說, 致吾君於堯舜[47], 熙[48]鴻號[49]於無窮也。 若書所謂, 則大臣宰相之事, 非陽子之所宜行也。 且陽子之心將使君人者惡聞其過乎? 是啓之也!

32 惡訕上者(오산상자) : 임금을 헐뜯는 사람을 싫어하다. 『논어・양화(陽貨)』편에 "군자는 …… 낮은 자리에 있으면서 윗사람을 헐뜯는 자를 미워한다(君子 …… 惡居下流而訕上者)"는 글귀가 보이는데 여기서 윗사람은 임금을 가리킨다.

33 招(교) : 들추어내다. 폭로하다. 까발리다.

34 書曰(서왈) : 이하 다섯 구절은 『서경·주서(周書)·군진(君陳)』에 보이는 말로 주나라 성왕(成王)이 대신 군진(君陳)에게 훈계한 내용이다.

35 嘉謨嘉猷(가모가유) : 좋은 계획과 좋은 책략.

36 滋(자) : 더욱.

37 布衣(포의) : 평민. 관복을 입지 않은 일반 백성.

38 蓬蒿之下(봉호지하) : 쑥대밭 아래로 초야(草野)에 묻혀 살고 있음을 말한다.

39 行誼(행의) : 품행과 도의.

40 骨鯁之臣(골경지신) : 강직한 신하. ‘骨鯁’은 물고기의 가시로 성질이 강직해 시속을 따르지 않음을 비유한다.

41 僭賞(참상) : 상을 함부로 남발하다. 경우에 맞지 않게 상을 남발하다.

42 從諫如流(종간여류) : 간언의 말을 따르는 것이 마치 물이 아래로 흘러내려 가는 것과 같이 거침없음을 말한다.

43 庶(서) : 바라다. 소망하다.

44 巖穴之士(암혈지사) : 산속에 은거하는 선비.

45 束帶結髮(속대결발) : 띠를 매고 머리를 묶다. 의관을 정제하고 벼슬함을 말한다.

46 伸(신) : 펼치다. 표현하다.

47 致吾君於堯舜(치오군어요순) : 우리 임금을 요순의 경지에 이르게 하다. 자기가 모시는 군주를 성군의 상징인 요순의 경지에 이르게 하는 것은 유학자들의 공동의 목표요 이상이었다. 두보(杜甫)도 「봉증위좌승장이십이운(奉贈衛左丞丈二十二韻)」시에서 “임금을 요순의 위에 이르게 한다(致君堯舜上)”라고 읊은 바 있다.

48 熙(희) : 빛나게 하다. 발양광대하게 하다.

49 鴻號(홍호) : 군주의 위대한 이름.

或曰 : 陽子不求聞而人聞之, 不求用而君用之, 不得已而起, 守其道而不變, 何子過[50]之深也? 愈曰 : 自古聖人賢士皆非有求於聞用也, 閔[51]其時之不平, 人之不乂[52], 得其道, 不敢獨善其身[53], 而必以兼濟天下也, 孜孜矻矻[54], 死而後已[55]。故禹過家門不入[56], 孔席不暇暖[57], 而墨突不得黔[58] : 彼二聖一賢[59]者, 豈不知自安佚[60]之爲樂哉? 誠畏天命而悲人窮也。夫天授人以賢聖才能, 豈使自有餘而已? 誠欲以補其不足者也。耳目之於身也, 耳司聞而目司見, 聽其是非, 視其險易[61], 然後身得安焉。聖賢者, 時人之耳目也 ; 時人者, 聖賢之身也。且陽子之不賢, 則將役於賢, 以奉其上矣 ; 若果賢, 則固畏天命而閔人窮也。; 惡[62]得以自暇逸乎哉?

50 過(과) : 나무라다. 질책하다.

51 閔(민) : 우려하다. 애석하게 여기다. '憫'과 통한다.

52 乂(예) : 다스려지다. 다스리다.

53 不敢獨善其身(불감독선기신) : 이하 두 구절은 감히 자기의 일신만을 선하게 하지 않고 반드시 천하를 아울러 구제한다는 한유의 정치 이상을 피력한 말로 "곤궁할 때는 홀로 자기의 일신만을 착하게 하고 뜻을 얻어 벼슬하게 되면 천하를 아울러 구제한다(窮則獨善其身, 達則兼濟天下)"는 맹자의 사상보다 훨씬 더 적극적인 현실 참여 의지를 나타낸다. 『맹자·진심상(盡心上)』에 보이는 구절이다.

54 孜孜矻矻(자자굴굴) : 부지런히 쉬지 않고 애쓰는 모양.

55 死而後已(사이후이) : 죽은 뒤에라야 그만두다. 이는 본래 『논어·태백(泰伯)』편에 보이는 말로 제갈공명(諸葛孔明)의 「후출사표(後出師表)」에도 쓰였다. 목숨이 붙어 있는 한 그만두지 않고 전력을 다할 것이라는 비장한 각오를 나타내는데, 지금은 사자성어로 널리 쓰인다. 「성시안자불이과론(省試顏子不貳過論)」(HS-068) 주석 17 참조.

56 禹過家門不入(우과가문불입) : 전설에 우임금이 순임금의 명을 받들어 치수 사업에 종사한 13년 동안 세 차례 자기 집 앞을 지나면서도 집안으로 들어가지 않을 정도로 일에 전념했다고 한다. 아래 구절의 공자와 묵자의 경우와 함께 모두 '兼濟天下(겸제천하)'에 전력투구한 예를 가리킨다.

57 孔席不暇暖(공석불가난) : 공자가 천하를 철환할 때 앉은 자리가 따뜻해질 틈이 없을 정도로 바삐 돌아다녔음을 말한다.

58 墨突不得黔(묵돌불득검) : 묵자는 자기 집의 굴뚝이 검게 될 틈이 없을 정도로 사방을 분주하게 돌아다녔음을 말한다. 앞의 구절과 함께 반고(班固)의 「답빈희(答賓戱)」에 나오는 "孔席不暖, 墨突不黔"을 각각 5자구로 늘려 표현한 것이다.

59 二聖一賢(이성일현) : 우임금과 공자 두 성인과 현인 묵자.

60 安佚(안일) : 편안하게 지내다. '安逸'과 같다.

61 險易(험이) : 험난하고 평탄함.

62 惡(오) : 어찌.

或曰 : 吾聞君子不欲加諸人[63], 而惡訐以爲直者[64]。若吾子之論, 直則直矣, 無乃傷於德而費於辭乎? 好盡言以招人過[65], 國武子[66]之所以見殺於齊也。吾子其亦聞乎! 愈曰 : 君子居其位, 則思死其官[67] ; 未得位, 則思修其辭以明其道 : 我將以明道也, 非以爲直而加人也。且國武子不能得善人而好盡言於亂國, 是以見殺。傳曰[68] : "惟善人, 能受盡言。" 謂其聞而能改之也。子告我曰 : 陽子可以爲有道之士也 ; 今雖不能及已, 陽子將不得爲善人乎哉?

63 不欲加諸人(불욕가저인) : 다른 사람을 능멸하려 하지 않다. '加'는 '능멸하다'는 뜻이고, '諸'는 '之於'의 합음 겸사이다. 이는 본래 『논어·공야장(公冶長)』편에서 자공(子貢)이 "저는 남이 저를 능멸하는 것을 원하지 않고, 저 또한 남을 능멸하지 않고 싶습니다(我不欲人之加諸我也, 吾亦欲無加諸人)"라고 한 말에서 나온 것이다.

64 惡訐以爲直者(오알이위직자) : 남의 비밀을 들추어내어 공격하는 것을 정직하다고 생각하는 사람을 미워하다. 『논어·양화(陽貨)』편에 자공의 말로 나온다. '訐'은 '남의 비밀을 파내어 공격하다'는 뜻이다.

65 好盡言以招人過(호진언이교인과) : 이하 두 구절은 『국어·주어하(周語下)』의 기록에 따른 것이다. 가릉(柯陵)에서 회맹을 할 때에 단양공(單襄公)이 국무자가 말을 너무 솔직하게 해서 남의 선악을 아무 거리낌 없이 입에 담는 것을 보고 화를 면하지 못할 것이라고 여겼는데, 훗날 국무자가 제(齊)나라 영공(靈公)의 모친이 경극(慶剋)과 사통한 일을 곧이곧대로 질책해 영공에게 죽임을 당했다고 한다.

66 國武子(국무자) : 춘추시대 제나라의 국경(國卿)으로 이름은 좌(佐)고 '武子'는 그의 시호다.

67 死其官(사기관) : 자기 관직을 위해 목숨을 바치다. 순직하다.

68 傳曰(전왈) : 이하 인용문은 『국어·주어하』에 단양공의 말로 나온다.

HS-065 「이장할 때의 상복에 대하여」

改葬服議

경서에 이르기를 "이장할 때는 시마(緦麻)를 입는다"라고 하고, 『춘추곡량전(春秋穀梁傳)』에서도 "이장할 때의 예복은 시마인데, 최하등급을 쓰는 것은 오래되었기 때문이다"라고 했다. 이는 어느 것이나 자식이 부모의 이장을 하는 경우를 두고 한 말로 그 나머지 사람들은 모두 상복을 입지 않았다. 무슨 근거로 반드시 이와 같다고 확신하는가? 경서에서 다섯 등급의 상복을 나누어놓고 소공(小功)의 바로 아래 등급에 이장할 때의 예법을 언급해 놓았는데 더욱이 경중의 차등이 없으니, 이로써 오직 죽은 사람과 가장 가까운 사람이 입는 상복만 기록하고 그 나머지 사람들은 상복이 없으므로 기록하지 않았음을 알 수 있다. 만약 상주가 마땅히 참최(斬衰)를 입고 나머지 친척들도 제각기 합당한 상복을 입어야 한다면, 경서에서도 그것을 언급하고 당연히 시마라고만 말하지는 않았을 것이다. 『춘추곡량전』에서 "최하등급을 쓰는 것은 오래되었기 때문이다(擧下緬)"라고 했는데, '면(緬)'은 '오래되다(遠)'는 뜻이고,

'하(下)'는 상복 중에서 가장 등급이 낮은 것을 말한다. 죽은 사람이 세상을 떠난 지가 오래되었기 때문에 입는 상복이 가장 등급이 낮은 것이다.

강희(江熙)가 말했다.

"예법에 천자와 제후는 상복을 갈아입고 장례를 치르는데 천지신명과 교통함에 있어 흉사에 입는 완전한 상복을 입고 할 수 없다고 여겼으니, 하물며 죽은 지가 오래된 사람을 장사 지냄에 있어서는 오죽하겠는가? 이런 까닭에 이장할 때의 예는 그 상복이 가장 등급이 낮은 것이다."

그의 이 언급에 근거해 말하건대, 이는 또한 매우 분명한 것이다.

위(衛)나라 사도(司徒) 문자(文子)가 그의 숙부를 이장할 때 자사(子思)에게 상복에 대해 물었다.

그러자 자사가 대답했다.

"예법에 부모의 이장에는 시마를 입고 이장을 마친 뒤에는 그 상복을 벗는데, 차마 상복도 입지 않은 채 가장 가까운 육친인 부모를 이장할 수가 없기 때문이다. 부모가 아니면 상복을 입지 않으니, 상복을 입지 않으므로 조문의 복장에 삼베 허리띠를 맵니다."

이 또한 매우 분명하게 말한 것이다.

문자가 또 말했다.

"상복을 이미 벗은 뒤에 매장을 한다면, 그 상복은 마땅히 어떠한 것을 입어야 합니까?"

자사가 대답했다.

"상복을 입는 삼년상 기간 동안 아직 매장을 하지 않은 경우에는 상복이 바뀌지 않는데, 어떻게 상복을 벗는다고 할 수 있겠습니까?"

그러므로 이장하는 것과 매장을 하지 않은 것은 다르다. 옛날에 제후는 5개월 뒤에 매장을 하고, 대부는 3개월 뒤에 매장을 하며, 사(士)는 달을 넘겨 매장했는데, 특별한 사정이 없다면 기한이 지나도록 매장을 하지 않는 경우가 없었다. 기한이 지나도록 매장을 하지 않는 것은 장례를 치르지 못했다고 하여 『춘추』에서 비난하고 있다. 만약 특별한 사정이 있어 매장을 하지 못한 경우라면 비록 삼 년을 넘더라도 자식의 상복은 변하지 않으니, 이는 친상중인 자식이 자기의 심정을 나타내고 고대의 성왕께서 정해진 시간 내에 반드시 매장이 이루어지도록 기한을 규정해놓은 도리인 것이다. 비록 그러한 문자 규정이 있긴 하지만 실제로 이와 같이 행한 사람의 이름을 기록해 놓은 일이 없는 것으로 보아, 그러한 일이 극히 드물었음을 알 수 있다. 이장은 산이 무너지거나 물이 솟아올라 무덤을 훼손시키든지, 매장할 때 예를 다 갖추지 못한 때문에 하는 것이다. 이를테면 문왕(文王)이 왕계(王季)를 이장한 것은 홍수로 무덤이 침식되었기 때문이고, 노(魯)나라 은공(隱公)이 혜공(惠公)을 이장한 것은 송(宋)나라 군대와 전쟁 중인 데다가 태자가 나이가 어려서 매장을 할 때 결례를 했기 때문인데, 이와 같은 경우가 바로 그런 예다. 장례는 한 단계 한 단계씩 앞으로 나아갈 뿐 뒤로 물러나는 일이 없고, 등급이 낮은 상복으로 바꿔 입은 경우는 있어도 등급이 높은 상복으로 가중시킨 일은 없으며, 영구를 집안에 안치하는 것을 '초빈(草殯)'이라고 하고 들에 내다 묻는 것을 '매장(埋葬)'이라고 한다. 근세에 들어와서는 사정이 고대와 달라 혹 천 리 밖으로 공부하거나 벼슬하러 나가 있든지, 혹 자식이 어리고 아내가 능력이 없어 스스로 고향으로 운구할 수 없든지, 심지어 음양이나 풍수에서 꺼리는 사항에 구애되든지 하면 곧 객지에 매장을 한다. 고향으로 돌아와 매장을 하기까지 오래될 경우는 혹 수십 년에 달하고 가까운 경우라도 삼 년을 넘게 되면, 이장하는 사람이 평상복을 입고 생업에 종사한 지가 오래되었으니, 또 어찌 매장을 하기 전까지는 상복을 바꿔 입지 않는다는 전례에 따라 등급이 높은 상복을 입겠는가? 거상 기간에 마땅히 매장을 해야 할 때에라도 등급이 낮은 상복으로 바꿔 입는 것이 합당하거늘, 하물며 시간이 오래 지난 데도 불구하고 온전한 상복을 갖춰 입고 이장을 해야 하는가? 만약 등급이 높은 상복을 입는다면, 이는 이른바 상복을 벗어서는 안 되는데도 벗고, 등급이 높은 상복을 입지 않아야 하는데도 입은 것이다.

어떤 사람이 말한다.

"상사(喪事)는 집례의 형식적 절차가 아주 정연하기보다는 차라리 슬퍼해야 하니, 비록 등급이 높은 상복을 입더라도 또한 옳지 않겠습니까?"

내가 답해 말한다.

"그렇지 않습니다. 집례의 형식적 절차가 아주 정연한 것과 슬퍼하는 것을 비교한다면, 집례의 형식적 절차가 아주 정연한 것이 본래 슬퍼하는 것보다 못하지만 비록 그와 같더라도 예에 합당한 것의 아름다움만 못합니다. 검소함과 사치함을 비교한다면, 검소함이 본래 사치함보다 훨씬 낫지만 비록 그와 같더라도 예에 합당한 것의 아름다움만 못합니다. 지나친 것은 미치지 못하는 것과 같다는 것이 아마도 이런 경우를 두고 한 말일지로다!"

어떤 사람이 말한다.

"경서에서 '이장할 때는 시마를 입는다'고만 하고 입는 달수를 명기하지 않았으니 석 달을 입은 뒤에 벗을 수 있는 것 같습니다. 자사가 문자에게 대답할 때에 '이장을 마친 뒤에는 그 상복을 벗는다'고 했는데 지금 어떻게 해야 마땅합니까?"

내가 대답해 말한다.

"무덤을 열고 이장을 마칠 때까지 석 달이 되면 상복을 벗고, 석 달이 차지 않으면 석 달이 될 때까지 상복을 입어야 합니다."

어떤 사람이 말한다.

"아내가 남편을 이장할 때는 어떻게 합니까?"

내가 대답해 말한다.

"자식과 같이 합니다."

(어떤 사람이 말한다.)

"조문 복장 없이 삼베 허리띠를 매면 어떻습니까?"
내가 대답해 말한다.
"지금의 조문 복장은 옛날의 조문 복장과 같게 합니다."

해제

매장한 지 여러 해가 지난 뒤에 이장할 경우 죽은 사람의 자식과 다른 친척들이 어떤 상복을 입어야 하는지를 중점 논제로 하여 예를 논한 글이다. '개장(改葬)'은 다른 이유로 분묘가 무너져 영구(靈柩)가 유실될 우려가 있는 경우에 처음 초상(初喪)을 지낼 때와 꼭 같이 무덤을 새로 쓰는 것으로 이장(移葬)의 하나에 속한다. 작자는 이장 시에 죽은 사람의 자식이나 아내는 상복 가운데 가장 낮은 등급인 시마(緦麻)를 입고, 여타 친척들은 상복을 입을 필요가 없다고 주장한다. 자신의 이러한 주장을 뒷받침하기 위해 『의례(儀禮)』와 『곡량전(穀梁傳)』과 같은 경전을 끌어와 논증을 하고, 『공총자(孔叢子)』에 나오는 자사(子思)의 말을 인용해 방증으로 삼았다. 또 당시 사회의 실제 상황을 구체적으로 설명해, 이장할 때 높은 등급의 상복을 입는 풍습이 예에 맞지 않음을 지적했다. 충분한 논거를 끌어와 조리정연하게 반복적인 논증을 함으로써, 매우 설득력이 있는 글이라는 평가를 받는다.

원화 13년(818)에 지은 것으로 보는 견해가 있는데, 그해 4월에 상정예악사(詳定禮樂使)가 된 정여경(鄭餘慶)이 한유와 이정(李程)을 부사로 삼은 관계로 작자가 예의에 관한 문제를 다룰 기회가 많았음을 고려할 때 타당성이 높은 주장이다.

원문 및 주석

經[1]曰: "改葬緦[2]." 春秋穀梁傳[3]亦曰: "改葬之禮緦, 擧下緬也." 此皆謂子之於父母, 其他則皆無服。何以識其必然? 經次五等之服[4], 小功[5]之下然後著改葬之制, 更無輕重之差; 以此知惟記其最親者, 其他無服則不記也。若主人[6]當服斬衰[7], 其餘親各服其服[8], 則經亦言之, 不當惟云"緦"也。傳稱"擧下緬者", '緬'猶'遠'也; '下'謂服之最輕者也: 以其遠, 故其服輕也。江熙[9]曰: "禮, 天子諸侯易服而葬, 以爲交於神明者不可以純凶, 況其緬者乎? 是故改葬之禮, 其服惟輕." 以此而言, 則亦明矣。

1　經(경): 『의례(儀禮)・상복(喪服)』 기(記)에 보인다. 심흠한(沈欽韓)의 『한집보주(韓集補注)』에 의하면 「상복기(喪服記)」에 있는 말이므로 '經'이라고 한 것은 잘못이다.

2　緦(시): 시마(緦麻). 오복(五服) 중에서 가장 낮은 등급의 상복으로 세마포로 만들며 3개월간 입는다.

3　春秋穀梁傳(춘추곡량전): 노(魯)나라 사람 곡량적(穀梁赤)이 저술한 『춘추』 주석서로 바로 『곡량전』이라고도 하는데, 『춘추좌씨전(春秋左氏傳)』 및 『춘추공양전(春秋公羊傳)』과 함께 춘추삼전(春秋三傳)의 하나다. 인용문은 『춘추곡량전・장공(莊公) 3년』조에 보인다.

4　五等之服(오등지복): 다섯 등급의 상복으로 참최(斬衰), 자최(齊衰), 대공(大功), 소공(小功), 시마(緦麻)를 가리킨다. 죽은 사람과의 친소 관계에 따라 입는 상복이 정해지며, 각각 3년, 1년, 9개월, 5개월, 3개월 동안 입는다.

5　小功(소공): 오복의 하나로 가는 삼베로 짓고 종조부모, 재종형제, 종질, 종손(從孫) 등의 상례에 5개월간 입는다.

6　主人(주인): 죽은 사람의 아들. 친상중인 상제(喪制).

7　斬衰(참최): 오복의 하나로 가장 거친 삼베로 짓고 가장자리와 아랫단을 꿰매지 않는데 아버지나 아버지가 계시지 않는 경우의 할아버지의 상례에 3년간 입는다. 상복은 상의를 '최(衰)', 하의를 '상(裳)'이라고 한다.

8　其餘親各服其服(기여친각복기복): 죽은 사람의 아들을 제외한 나머지 친척들은 제각기 친소 관계에 따라 예에 합당한 상복을 입는다.

9　江熙(강희): 인용문은 『춘추곡량전・장공(莊公) 3년』조의 범녕(范甯)의 집해(集解)에 보이는데 글자에 다소간의 차이가 있다. 천자와 제후가 거상 시에는 관복을 완전한 상복으로 입지만, 매장할 때가 되면 삼가는 마음으로 천지신명과 교통해야 하므로 성복을 갈아입었다는 뜻이다. 『신당서・예문지(藝文志)』에 강희

의 저술인 『공양곡량이전평(公羊穀梁二傳評)』 3권이 저록되어 있지만 지금은
전하지 않는다.

衛司徒文子改葬其叔父[10], 問服於子思[11], 子思曰:"禮, 父母改葬緦, 旣葬
而除之, 不忍無服送至親[12]也; 非父母無服, 無服則弔服而加麻[13]." 此又其
著者也. 文子又曰:"喪服旣除, 然後乃葬, 則其服何服?" 子思曰:"三年之
喪未葬, 服不變, 除何有焉?"

10 衛司徒文子改葬其叔父(위사도문자개장기숙부): 이하 문자와 자사의 대화 내용
    은 모두 『공총자(孔叢子)・항지(抗志)』에 보인다.
11 子思(자사): 이름이 공급(孔伋, B.C. 483-B.C. 402)으로 자인 '子思'로 더 잘 알려
    져 있다. 공자의 손자로 일찍이 증자(曾子)에게서 배웠고, 맹가(孟子)가 그의 제
    자에게 배웠다고 전해진다. 그가 주장한 학설의 핵심이 「중용(中庸)」에 들어 있
    다.
12 至親(지친): 가장 가까운 육친으로 부모를 가리킨다.
13 弔服而加麻(조복이가마): 조문의 복장에 삼베 허리띠를 맨다. 삼베 허리띠는 상
    복을 입을 때 쓴다. 『공자가어(孔子家語)・종기해(終記解)』에 공자가 서거하자
    제자들이 모두 조문의 복장에 삼베 허리띠를 매었는데, 상복은 입지 않았지만
    아버지를 여읜 것과 같이 했다고 적혀 있다. 이로써 조문의 복장에 삼베 허리띠
    를 매는 것은 상복은 입지 않지만 웃어른에게 최고의 경의를 표시하는 방법임
    을 알 수 있다.

然則改葬與未葬者有異矣. 古者諸侯五月而葬[14], 大夫三月而葬, 士逾月;
無故, 未有過時而不葬者也. "過時而不葬[15], 謂之不能葬", 春秋譏之. 若
有改而未葬, 雖出三年, 子之服不變, 此孝子[16]之所以著其情, 先王之所以
必其時[17]之道也. 雖有其文, 未有著其人者, 以是知其至少也. 改葬者, 爲
山崩水涌毀其墓, 及葬而禮不備者. 若文王之葬王季[18], 以水齧[19]其墓; 魯隱
公之葬惠公[20], 以有宋師, 太子少, 葬故有闕之類是也. 喪事有進而無退[21].
有易以輕服, 無加以重服, 殯[22]於堂, 則謂之殯; 瘞[23]於野, 則謂之葬. 近代
已來, 事與古異, 或游或仕在千里之外, 或子幼妻稚而不能自還, 甚者拘以
陰陽畏忌, 遂葬於其土; 及其反葬也, 遠者或至數十年, 近者亦出三年, 其
吉服[24]而從於事也久矣, 又安可取未葬不變服之例而反爲之重服歟? 在喪

當葬, 猶宜易以輕服, 況旣遠而反純凶以葬乎? 若果重服, 是所謂未加除而除, 不當重而更重也。 或曰 : 喪與其易也寧戚²⁵, 雖重服不亦可乎? 曰 : 不然, 易之與戚, 則易固不如戚矣 ; 雖然, 未若合禮之爲懿²⁶也。 儉之與奢, 則儉固愈於奢矣 ; 雖然, 未若合禮之爲懿也。 過猶不及²⁷, 其此類之謂乎?

14 諸侯五月而葬(제후오월이장) : 이하 세 구절의 장례 시기는 『좌전·은공(隱公) 원년』에 보인다. 여기에는 빠져 있지만 참고로 천자는 일곱 달 뒤에 매장을 하도록 되어 있다.

15 過時而不葬(과시이부장) : 이하 세 구절과 관련해 『춘추·은공(隱公) 5년』에 "여름 (음력) 4월에 위 환공을 매장했다(夏, 四月, 葬衛桓公)"라고 되어 있는데 위나라 환공은 은공 4년 2월에 피살되었으므로 5개월 뒤에 매장하는 기한이 지났다. 따라서 『춘추』에서 매장 날짜를 기록하지 않았고, 『공양전·은공 5년』에서 "기한이 지났으므로 날짜가 적혀 있지 않으니 매장을 못한 것이라고 했다(過時而不日, 謂之不能葬也)"라고 되어 있다.

16 孝子(효자) : 친상중인 아들. 상주.

17 必其時(필기시) : 매장 시한을 규정하다. 일정한 기한 내에 반드시 그렇게 하도록 정해놓은 것을 말한다.

18 文王之葬王季(문왕지장왕계) : 이하 두 구절은 『여씨춘추·개춘론(開春論)·개춘』에 보이는데, 와산(渦山) 자락에 계력(季歷)을 매장하니 난수(灤水)가 그 무덤을 침식해 관이 드러나므로 문왕이 관을 꺼내어 사흘 뒤에 이장했다고 적혀 있다. '王季'는 계력으로 태왕(太王)의 아들이고 문왕의 아버지다.

19 齧(설) : 물이 휩쓸어버리다. 침식하다. 본래는 '깨물다'는 뜻이다.

20 魯隱公之葬惠公(노은공지장혜공) : 이하 네 구절은 『좌전·은공 원년』에 보이는데, 노나라 혜공이 죽었을 때 송나라와 전쟁이 나서 은공이 군대를 이끌고 작전 중인데다가 태자 환공(桓公)이 어려서 장례 절차에 결례가 많았다. 따라서 은공 원년 10월에 가서 이장했다.

21 喪事有進而無退(상사유진이무퇴) : 『예기·단궁상(檀弓上)』에 보이는데, 상사는 집안의 거주하는 방에서 단계적으로 전진해 무덤에까지 이르도록 되어 있고 역으로 되돌아갈 수 없음을 말한다.

22 殯(빈) : 시신을 입관한 뒤 장사지낼 때까지 안치하는 것을 말한다. 주(周)나라 제도에 사람이 죽으면 염을 하여 입관한 뒤에 본채의 서쪽 계단에 구덩이를 파고 안치했다. 여기서 서쪽 계단은 손님의 자리이므로 영구를 빈객으로 간주했음을 알 수 있다.

23 瘞(예) : 묻다. 매장하다.

24 吉服(길복) : 일반 예복. 평상복.

25 喪與其易也寧戚(상여기이야녕척) : 상사는 집례의 형식적 절차가 익숙하게 정연하기보다는 차라리 슬퍼야 한다. 이는 『논어·팔일(八佾)』편의 "예는 사치스럽게 하기보다는 차라리 검소한 편이 낫다(禮與其奢也寧儉)"는 구절에 뒤이어 나

오는 말로 예는 중용의 도를 취해야 하지만 그 근본을 말하면 일반적인 예의는 검소하고 상례는 슬퍼하는 데 중점이 있음을 말한다.

26 懿(의) : 아름답다.
27 過猶不及(과유불급) : 지나친 것은 모자라는 것과 마찬가지로 좋지 않음을 뜻하는 말로 『논어・선진(先進)』편에 보인다.

或曰經稱“改葬緦”, 而不著其月數, 則似三月而後除也。子思之對文子則曰 “旣葬而除之”, 今宜如何? 曰 : 自啓至于旣葬而三月, 則除之 ; 未三月, 則服以終三月也。曰 : 妻爲夫何如? 曰 : 如子, 無弔服而加麻則何如? 曰 : 今之弔服, 猶古之弔服也。

「성시에서 학생이 재랑의 직책을 대신하는 것에 대한 논의」

省試學生代齋郎議

재랑(齋郎)의 직책은 종묘사직의 소소한 일을 담당하므로 대개 선비가 하는 일 중에서 지위가 아주 낮은 것이다. 목재 제기와 대로 만든 제기를 손에 들고 아주 바삐 뛰어다니면서 자기의 상관이 시키는 대로 하고, 덕행으로 말미암아 등용이 되거나 언어 사령에 뛰어나 이름을 날리는 것이 아니라 단지 자기의 육체적인 힘으로 업무를 감당할 따름이다. 종묘사직의 소소한 일을 담당할 때는 목재 제기와 대로 만든 제기를 손에 들고 아주 바삐 뛰어다니는 것도 신중하게 하지 않을 수 없으므로 사대부의 자제들 가운데 아직 작위에 봉해지거나 관직을 수여받지 못한 사람들을 선발해 인원을 채우거나 결원을 보충하고 그들에게 일을 가르친다. 하는 일은 비록 대수롭지 않지만 부린 뒤에 보답을 하지 않을 수 없으므로 반드시 근무 연한을 기록해두었다가 세월이 오래되면 관리에 임명하여 업무를 맡기는데, 그 또한 매우 미천한 것이었다. 학생들 중에 어떤 사람은 경서에 정통해 발탁되고, 어떤 사람은 문장에 능숙해 이름이 나며, 가장 미천한 것으로 법률에 익숙하거나 글자나 글씨를 아는 경우도 다 교화에 도움이 될 수 있으므로 윗자리에서 일을 하도록 할 수 있다. 만약 타고난 자질이 매우 출중하고 오랜 시간을 들여 열심히 노력해 학업에 진전이 있어 향리에 소문이 나고 친구들 사이에 이름이 자자해 주부(州府)에 천거되어 국자사업(國子司業)에게 올라가지 못하면 국자감에 발을 들여놓을 수가 없다. 이와 같으므로 종묘사직의 소소한 일을 담당하는 것은 육체적인 힘을 쓰는 하찮은 일이고, 교화에 도움이 되어 윗자리에서 일을 하도록 할 수 있는 것은 도덕 수양과 유가 경전의 학습과 관계된 중대한 사안이니, 그 두 가지를 바꾸어 해서는 안 되는 것이 또한 너무 분명하다.

지금 논자들이 학생은 할 일이 없다고 하고, 재랑은 요행히 등용이 된다고 말하는 것은 그 본래의 의미를 깊이 음미하지 않고 한 것이니, 그것에 근거해 학생으로 재랑의 직무를 대신하게 하고 재랑의 자리를 없앨 수 있다고 하는 주장도 도리에 맞지 않는 것이다. 지금 재랑이 하는 일은 육체노동이고, 학생이 종사하는 분야는 도덕 수양과 유가 경전의 학습인데, 도덕과 유가 경전으로써 천거해놓고 육체노동에 그들을 부리는 꼴이니, 이는 군자로 하여금 소인의 일을 하도록 하는 것이고, 또한 국가에서 유학을 숭상하고 학업을 권면해 사람들이 선을 행하도록 유도하는 도리가 아니다. 이런 견해는 불가한 것이다.

그런데 더더욱 안 되는 이유가 또 있다. 종묘사직의 일은 비록 소소한 것일지라도 전념해 집행하지 않으면 안 되니, 전심전력을 기울여 경건하게 하는 것이 옛날의 도다. 지금 만약 학생에게 재랑의 일을 겸임하게 한다면, 종묘에 제사를 지내는 그때에 이르러서 그들에게 술잔이나 손 씻는 그릇과 같은 제구를 내어주면 그들의 일처리가 반드시 법도에 맞지 않을 것이고, 그들의 나아가고 물러나는 동작이 마땅하지 않을 것이며, 그들의 생각도 필시 확고하지 않을 것이고, 그들의 용모도 필시 장중하지 못할 것이다. 이것은 다른 까닭이 있는 것이 아니라, 그들이 일에 익숙하지 못하고 그들의 정신이 전념하지 못한 때문이니, 불경스러운 것에 가까운 것이 아니겠는가? 더욱 안 되는 이유가 또 있다고 한 것은 바로 이를 두고 한 말이다! 만약 이것이 안 되는 줄을 알면서도 앞으로 학생에게 장기간 동안 재랑의 일을 담당하도록 하여 그들의 본업을 황폐하게 한다면, 이는 학생의 교육이 날로 떨어지고 학생의 도덕이 갈수록 폄하되며, 재랑의 실질은 있으면서 재랑이라는 명분은 이미 없게 되는 것이나 마찬가지다. 대체로 제도를 고치고 법령을 바꾸는 것은 옛것에 비해 열 배 이상 이롭지 않으면 하지 않는 법인데, 하물며 옛것보다 못함에 있어서야 더 말할 게 무엇이 있겠는가?

고대를 상고해보아도 옛 뜻과 맞지 않고 지금에 비추어보아도 이롭지 않으며, 명분을 찾고 실질을 구해도 그 마땅함을 잃어버렸다. 따라서 재랑이라는 관직을 없애고 학생에게 종묘의 제사에 시중들게 하려는 논의는 이치에 닿지 않는다고 하는 것이다.

해제

정원 11년(795) 세 번째로 박학굉사과(博學宏辭科)에 응시했을 때 쓴 답안지. 이 작품의 창작연대에 대해서는 정원 10년(794) 설과 정원 12년(796) 설도 있지만, 여기서는 사천대학(四川大學)에서 나온 『한유전집교주(韓愈全集校注)』의 견해를 따랐다. '성시(省試)'는 당나라 때 상서성(尙書省)에서 거행한 고시로 회시(會試)라고도 불렀다. 종묘의 일은 아무리 소소한 것일지라도 전문적인 집행관이 예법 절차에 맞게 처리해야 하고, 학생은 도덕 수양과 경전 공부라는 본연의 업무에 충실해야 한다는 논리를 내세워, 학생에게 재랑의 직무를 대신하게 하는 처사는 옳지 않음을 논증하고 있다.

원문 및 주석

齋郎[1]職奉宗廟社稷之小事, 蓋士之賤者也。執豆籩[2], 駿奔走[3], 以役于其官之長[4]; 不以德進[5], 不以言揚, 蓋取其人力以備其事而已矣。奉宗廟社稷之小事, 執豆籩, 駿奔走, 亦不可以不敬也; 於是選大夫之子弟未爵命[6]者以塞員塡闕[7], 而敎之行事。其勤雖小, 其使之不可以不報也, 必書其歲; 歲旣久矣, 於是乎命之以官而授之以事, 其亦微矣哉。學生或以通經[8]舉, 或以能文[9]稱, 其微者[10], 至於習法律、知字書[11], 皆有以贊於敎化, 可以使令於上者也。自非[12]天姿茂異[13], 曠日經久[14], 以所進業發聞於鄕閭, 稱道於朋友, 薦於州府, 而升之司業[15], 則不可得而齒[16]乎國學[17]矣。然則奉宗廟社稷之小事, 任力之小者也; 贊於敎化, 可以使令於上者, 德藝[18]之大者也: 其亦不可移易[19]明矣。

1   齋郎(재랑): 종묘의 소소한 제사 업무를 맡아 처리하는 태상시(太常寺) 소속의 말단 관리로 '태묘재랑(太廟齋郎)'으로도 불렸다.
2   豆籩(두변): 목재 제기와 대로 만든 제기.
3   駿奔走(준분주): 아주 바삐 뛰어다니다. '駿'은 '빨리'라는 뜻의 부사로 쓰였다. 이상 두 구절은 『서경·무성(武成)』에 보인다.
4   官之長(관지장): 재랑의 상관인 태상시(太常寺)의 소경(少卿)을 가리킨다.
5   以德進(이덕진): 이하 두 구절은 『예기·문왕세자(文王世子)』에서 "어떤 사람은 덕행으로 말미암아 등용되고, 어떤 사람은 사무에 정통해 천거되고, 어떤 사람은 언어 사령에 뛰어나 이름을 날린다(或以德進, 或以事擧, 或以言揚)"라고 한

글에 근거한 것이다. 이 세 가지는 공문사과(孔門四科) 중에서 덕행·정사·언어 과목에 해당한다.

6   爵命(작명) : 작위에 봉해지고 관직을 수여받다.
7   塞員塡闕(색원전궐) : 인원을 채우거나 결원을 보충하다.
8   通經(통경) : 경서에 정통하다.
9   能文(능문) : 문장에 능숙하다.
10 其微者(기미자) : 지위가 낮은 학생으로 율학(律學), 서학(書學), 산학(算學) 등의 생원을 가리킨다.
11 字書(자서) : 본래 글자 단위로 한자의 형체와 독음 및 뜻을 풀이한 책을 가리키는데, 여기서는 고대의 한자 학습용 교본을 가리킨다.
12 自非(자비) : 만약 ~아니라면. '自'는 가정접속사로 뒤에 나오는 '則'과 호응해 복문을 이루고, 문장의 어기를 강화한다.
13 茂異(무이) : 재주와 덕이 출중하다. 재주와 덕이 출중한 사람을 가리키기도 한다.
14 曠日經久(광일경구) : 본래 '시간을 허비해 오래 질질 끌다'는 뜻인데, 여기서는 '오랜 시간을 들이다'는 뜻으로 쓰였다. '曠日持久(광일지구)'라고도 한다.
15 司業(사업) : 국자사업(國子司業). 국자좨주(國子祭酒)를 보좌해 생도들을 가르치는 일을 담당한다. 「태학생하번전(太學生何蕃傳)」(HS-070) 주석 8 참조.
16 齒(치) : 동렬에 놓다. 들여놓다.
17 國學(국학) : 국가가 설립한 학교로 곧 국자감을 가리킨다.
18 德藝(덕예) : 도덕과 육예(六藝). 육예는 육경의 유가 경전을 가리킨다.
19 移易(이역) : 바뀌다. 변경되다.

今議者謂學生之無所事, 謂齋郎之幸而進, 不本其意；因謂加以代任其事而罷之, 蓋亦不得其理矣。今夫齋郎之所事者力也, 學生之所事者德與藝也；以德藝擧之, 而以力役之, 是使君子而服小人之事, 且非國家崇儒勸學誘人爲善之道也。此一說不可者也。

抑又有大不可者焉。宗廟社稷之事雖小, 不可以不專；敬之至也, 古之道也。今若以學生兼其事, 及其歲時日月, 然後授其宗彝罍洗[20], 其周旋[21]必不合度, 其進退[22]必不得宜, 其思慮必不固, 其容貌必不莊；此其無他, 其事不習, 而其志不專故也；非近於不敬者歟？又有大不可者, 其是之謂歟！若知此不可, 將令學生恆掌其事, 而隳壞[23]其本業, 則是學生之教[24]加[25]少,

學生之道益貶 ; 而齋郎之實猶在, 齋郎之名苟無也。大凡制度之改, 改令之變, 利於其舊不什[26], 則不可爲已, 又況不如其舊哉?

20 宗彝罍洗(종이뇌세) : '宗彝'는 종묘 제사에 쓰는 술그릇, '罍洗'는 제사 때나 식사 전에 손을 씻는데 쓰는 그릇이다.
21 周旋(주선) : 제사 때의 각종 의식 절차 따위를 집행하는 일처리.
22 進退(진퇴) : 제사 때에 나아가고 물러나는 동작.
23 隳壞(휴괴) : 황폐하게 하다. 무너뜨리다.
24 敎(교) : '數'로 된 판본도 있다.
25 加(교) : 더욱. 바로 뒤 구절의 '益'과 함께 정도부사로 쓰였다.
26 什(십) : 열 배가 되다.

考之於古則非訓 ; 稽之於今則非利 ; 尋其名而求其實, 則失其宜 : 故曰, 議罷齋郎而以學生薦享[27], 亦不得其理矣。

27 薦享(천향) : 제사에 시중들게 하다.

HS-067 「체협 제사에 대한 논의」

禘祫議

위는 이번 달 16일자 황제의 조칙으로 백관들에게 논의해 5일 이내에 상주하도록 한 것인바, 장사랑(將仕郎)으로 국자감 사문박사(四門博士)인 신 한유가 삼가 논의한 내용을 헌상해 아룁니다.

엎드려 생각건대 폐하께서는 돌아가신 조상을 섬기고 제사에 관한 일을 엄숙하고 공경하게 받드시어, 대체로 헤아려 논의해야 할 여지가 있는 일은 감히 혼자 마음대로 하지 않으시고 온당한 중용의 견해를 구하기 위해서 뭇 신하들을 찾아다니며 자문하셨습니다. 그러나 예에 관한 문헌이 번잡하고 체계가 없어 각 사람들이 견지하는 견해가 제각기 달랐기 때문에, 건중(建中) 초기부터 올해에 이르기까지 여러 차례 체협(禘祫)의 제사를 지내왔지만 어떤 식으로 해야 합당한지 확정지을 수 없었습니다. 신은 성스럽고 밝으신 천자의 시대를 만나 살면서 그 은택을 흠뻑 받고 있는 터라, 비록 지위가 낮아 논의할 위치에 있지는 않지만 충성을 다하고자 하는 뜻은 간절합니다. 지금 곧 뭇 논의들의 잘못을 먼저 들고, 그러한 뒤에 제 자신의 견해를 펼쳐 밝히고자 합니다.

첫째 주장은 "헌조(獻祖)와 의조(懿祖)의 신주는 의당 영원히 협실(夾室)에 봉안해야 한다"는 것입니다. 그러나 신은 그렇게 해서는 안 된다고 생각합니다. '협(祫)'은 '합치다(合)'는 뜻입니다. 일상의 제사가 끝난 신주는 마땅히 태조(太祖)의 묘당에 합쳐서 제사를 받도록 해야 하니, 바로 헌조와 의조 두 선조는 일상의 제사가 끝난 신주입니다. 지금 비록 협실(夾室)에 봉안해두더라도, 체협(禘祫)의 제사를 지낼 때가 되면 어찌 태묘(太廟)로 옮겨가 제사를 받지 않을 수가 있겠습니까? 이름은 합제(合祭)라고 하면서, 두 선조가 제사를 받을 수 없다면 통합제사라고 부를 수 없게 됩니다.

둘째 주장은 "헌조와 의조의 신주는 마땅히 헐어서 매안(埋安)해야 한다"는 것입니다. 그러나 신은 또 그렇게 해서는 안 된다고 생각합니다. 삼가 『예기』에 따르면 천자께서 일곱 개의 묘당을 세우고 별도로 제단 하나와 제터 하나를 두어, 일상 제사가 끝난 신주는 모두 조묘(祧廟)에 봉안해 비록 백 대가 지나더라도 헐지 않고 협제를 지낼 때에 태묘로 옮겨와 제사를 받도록 했습니다. 위진(魏晉) 이후에 비로소 전대의 신주를 헐어서 매안을 한다는 논의가 일어났는데, 이 일은 경전의 근거가 없는 것이어서 결국에는 시행될 수 없었습니다. 지금 나라는 도덕이 두텁고 은택이 널리 빛나 아홉 사당을 세웠는데, 주(周)나라의 제도로 미루어보건대 헌조와 의조는 아직도 제단과 제터의 지위에 있거늘, 하물며 신주를 헐어서 매안해버리고 체협의 제사에 올리지 않을 수 있겠습니까?

셋째 주장은 "헌조와 의조의 신주는 각자의 묘지로 옮겨야 한다"는 것입니다. 그러나 신은 또 그렇게 해서는 안 된다고 생각합니다. 두 신주가 도성에서 제사를 받고 태묘에 배향된 지가 이미 이백 년이 되었습니다. 지금 하루아침에 옮긴다면 어찌 사람들만 그 말을 듣고 의아하게 생각할 뿐이겠습니까? 아마도 두 조상의 영혼도 머뭇거리며 곧장 지방으로 가서 제사를 흠향하려고 하지 않을 것입니다.

넷째 주장은 "헌조와 의조의 신주는 마땅히 흥성황제(興聖皇帝)의 묘당에 부속시켜 제사를 받도록 하고 체협의 제사에는 포함시키지 않아야 한다"는 것입니다. 그러나 신은 또 그렇게 해서는 안 된다고 생각합니다. 고서에서 이르기를 "조상에게 제사를 지낼 때는 조상신이 그 자리에 와 계시는 것과 같이 해야 한다"라고 했습니다. 경황제(景皇帝)께서는 비록 태조시지만 그 귀속 관계에 있어서는 곧 헌조와 의조의 손자고 아들입니다. 지금 그 아들에게 동향(東向)의 위패를 바르게 해주기 위해 그 부친의 체협 대제(大祭)를 폐지하는 것은 분명 본보기로 삼을 수 없습니다.

다섯째 주장은 "헌조와 의조의 두 신주는 마땅히 도성에 별도로 묘당을 건립해야 한다"는 것입니다. 그러나 신은 또 그렇게 해서는 안 된다고 생각합니다. 대체로 예의(禮儀)는 갈수록 그 격이 떨어져가고 인정도 갈수록 박해져가는 법, 이런 까닭에 먼 조상의 신주는 태묘에서 떨어져나가 조묘(祧廟)에 봉안되고, 조묘에서 떨어져 나가 제단에서 제사를 받고, 제단에서 떨어져 나가 제터에서 제사를 받고, 제터에서 떨어져 나가 귀신이 되니 점차 먼 조상으로 갈수록 그 제사 또한 더욱 뜸해지는 것입니다. 옛날에 노(魯)나라에서 계씨(季氏)가 양궁(煬宮)을 세우자 『춘추』에서 그 일을 비난하면서 마땅히 일상의 제사가 끝나 이미 봉안해 넣어둔 신주를 꺼내와 다시 묘당을 건립하고 제사를 지내서는 안 된다고 했습니다. 지금 논의하고 있는 것도 이것과 꼭 같습니다. 또 비록 예에 어긋나게 묘당을 세운다고 하더라도 체협의 제사를 지낼 때에 합제를 하자니 그것에 적당한 장소가 없고, 합제를 하지 않자니 도의상 농하지 않게 될 것입니다.

　이 다섯 가지 의견은 모두 받아들여서는 안 되는 것이기 때문에, 신은 전대의 관련 기록을 널리 찾아 모아서 절충을 했습니다. 신이 생각하기로는 은(殷)나라는 현왕(玄王)을 태조로 삼고 주(周)나라는 후직(后稷)을 태조로 삼았는데, 태조의 윗대는 모두 스스로 제왕이 되었던 데다가 세대도 너무 멀었기 때문에 다시 제사지내지 않았습니다. 따라서 태조가 정동향의 자리에 바로 놓이고 자손들의 신주는 차례대로 좌우 소목(昭穆)의 배열을 따르게 되었습니다. 예서(禮書)에서 말하고 있는 것은 대체로 한 때의 마땅함을 기록한 것일 뿐, 후대에 전하고자 하는 법도는 아닙니다. 고서에서 이르기를 "아들이 비록 엄숙하고 성스럽다고 하더라도, 부친의 앞자리에서 제사를 흠향하지는 못한다"라고 했습니다. 대체로 아들이 부친을 위해 자신을 낮춘 것을 말합니다. 경황제께서 비록 태조라 하더라도 헌조와 의조에 대해서는 손자고 아들입니다. 그러니 체협의 제사를 지낼 때에 헌조는 마땅히 동향의 자리에 두고 경황제는 마땅히 좌우 소목의 배열을 따르게 해야 하니, 조부는 손자로 인해 높아지고 손자는 조부를 위해 잠시 자신을 낮추는데, 신령을 대하는 법도를 추구하는 것이 어찌 인지상정에서 멀리 떨어져 있다고 하겠습니까? 게다가 일상 제사는 매우 많고 합제는 매우 드물므로 태조께서 낮아지는 제사는 지극히 적고 존엄을 받는 제사는 지극히 많으니, 손자의 존엄을 신장시키고자 조부의 제사를 없애는 것에 비해 또한 순리가 아니겠습니까? 오늘날의 사정이 은나라와 주나라와 다르니, 예도 따라서 변하는 것일 뿐 예에서 벗어나는 것은 아닙니다.

　신이 엎드려 생각건대, 예를 제정하고 음악을 작곡하는 것은 천자의 직분입니다. 폐하께서 신의 논의에서 취할 만한 것이 있고 대략이나마 폐하의 뜻에 부합한다고 여기신다면, 결단을 내리고 시행하실지니 그러면 그것이 바로 예가 됩니다. 만약 아직도 혹 의심스러운 대목이 있다고 여기시면, 신을 불러 면전에서 이 일과 관련한 각종 건의의 잘잘못을 진술하고 제 생각을 천명할 수 있도록 해주시기를 간구하옵니다. 삼가 이상과 같이 논의했습니다.

해제

정원 19년(803) 3월에 체협(禘祫)의 제사에서 헌조(獻祖)와 의조(懿祖)의 신주를 어떻게 배열해야 하는지를 묻는 조칙에 응해 쓴 변박성의 논문이다. 체협(禘祫)은 천자와 제후가 지내는 성대한 종묘 제례인데, 멀거나 가까운 조상에게 함께 올리는 통합제사다. 이 둘을 합쳐서 하나의 통합제사로 보기도 하지만, 나누어서 '체제(禘祭)'는 시조(始祖)를 하늘에 배향(配享)하는 대제(大祭)로 5년에 한 번 지내는 것이고, '협제(祫祭)'는 멀거나 가까운 조상들을 시조의 묘당에서 시조와 합동으로 지내는 제사로 3년에 한 번 지내는 것이라고도 한다. 이 글에서는 둘을 나누어 언급한 흔적은 보이지 않는다.

작자는 체협의 제사에서 신주를 어떻게 배열해야 하는지에 관한 여러 논자들의 주장을 조목조목 반박한 뒤, 헌조와 의조 두 조상의 신주는 태묘(太廟)에 두고 합사(合祀)를 해야 마땅한 바, 헌조의 신주를 동향의 정위에 두고 태조(太祖)는 소목(昭穆)의 자리로 내려놓아야 한다고 주장했다. 유가의 예법을 논한 문장인 만큼 기기괴괴(奇奇怪怪)한 것으로 정평이 난 작자의 다른 작품과 달리 글이 순정하고 전아하다는 평가를 받는데, 글의 전개 또한 논리적이고 조리도 분명하다.

원문 및 주석

右今月¹十六日勅旨², 宜令百僚議, 限五月內聞奏者, 將仕郎³守⁴國子監⁵四門博士⁶臣韓愈謹獻議曰 :

1 今月(금월) : 덕종 정원 19년(803) 3월.
2 勅旨(칙지) : 황제의 조서(詔書). 조칙.
3 將仕郎(장사랑) : 종9품하에 해당하는 품계의 산관(散官).
4 守(수) : 품계가 낮은 사람이 높은 관직에 임명되는 것을 말한다. 『당육전(唐六典)』에 "무릇 관직을 임명할 때 품계는 낮지만 직책이 높은 것을 '수'라고 하고, 품계는 높지만 직책이 낮은 것을 '행'이라고 한다(凡任官, 階卑而職高則曰守, 階高而職卑則曰行)"라고 되어 있다.
5 國子監(국자감) : 당나라 때의 교육관할 기구 및 최고학부로 국자학(國子學), 태학(太學), 광문관(廣文館), 사문학(四門學), 율학(律學), 서학(書學), 산학(算學)의 7학을 관할했다.
6 四門博士(사문박사) : 생도를 가르치는 2년 임기의 관리로 한유는 정원 17년에서 19년까지 이 관직을 맡았다.

伏⁷以陛下追孝⁸祖宗, 肅敬祀事, 凡在擬議, 不敢自專, 聿⁹求厥中, 延訪羣下 ; 然而禮文繁漫¹⁰, 所執各殊, 自建中¹¹之初, 迄至今歲, 屢經禘祫, 未合適從. 臣生遭聖明¹², 涵泳¹³恩澤, 雖賤不及議¹⁴, 而志切¹⁵效¹⁶忠. 今輒先擧衆議¹⁷之非, 然後申明其說.

7 伏(복) : 엎드려. 자기 겸양과 낮춤을 표시하는 정태부사.
8 追孝(추효) : 죽은 조상의 영혼을 잘 섬기다.
9 聿(율) : 문장 첫머리에 쓰인 어조사로 별 뜻이 없다.
10 繁漫(번만) : 번잡해 체계가 없다.
11 建中(건중) : 당나라 덕종(德宗)의 연호로 780-783년간 사용되었다.
12 聖明(성명) : 당시의 천자를 높여 부른 말로 덕종을 가리킨다.
13 涵泳(함영) : 물속에 깊이 잠기다. 여기서는 은택을 '흠뻑 받다'는 뜻이다.
14 賤不及議(천불급의) : 당나라 때 도성(都省)에서 모여 국사를 논의할 때 조관(朝官)만 참여할 수 있었으므로 7품의 사문박사인 한유는 논의에 참여할 자격이 없기에 이렇게 말한 것이다. 조관은 상참관(常參官)이라고도 하는데, 5품 이상의 문관과 중서성과 문하성의 담당 관리, 감찰어사, 원외랑, 태상박사 등이 포함된다.

15 切(절) : 간절하다. 절박하다.

16 效(효) : 다 바치다.

17 衆議(중의) : 건중 2년(781) 태상박사(太常博士) 진경(陳京) 이후 홍려경(鴻臚卿)
　　 왕권(王權)에 이르기까지 수많은 관리들이 이 문제를 논의했는데, 한유가 다섯
　　 조목으로 나누어 논박한 견해가 바로 이들의 주장이다.

一曰[18] : "獻懿[19]廟主, 宜永藏之夾室[20]." 臣以爲不可. 夫祫者, 合也. 毀廟
之主, 皆當合食[21]於太祖[22], 獻懿二祖, 卽毀廟主也. 今雖藏於夾室, 至禘
祫之時, 豈得不食於太廟[23]乎? 名曰"合祭", 而二祖不得祭焉, 不可謂之合
矣.

18 一曰(일왈) : 이 주장은 태자좌서자(太子左庶子) 이영(李嶸)과 배욱(裴郁) 등 일
　　 곱 사람이 정원 8년(792) 정월에 제기한 것이다.

19 獻懿(헌의) : 헌조(獻祖)와 의조(懿祖). 헌조는 당나라 고조(高祖) 이연(李淵)의
　　 고조부 이희(李熙), 의조는 증조부 이천사(李天賜).

20 夾室(협실) : 종묘 내당(內堂)의 동상(東廂)과 서상(西廂) 뒷부분의 작은 측실로
　　 5대조 이상 먼 조상의 신위를 모시던 곳이다.

21 食(식) : 제례를 흠향하다. 제사를 받다.

22 太祖(태조) : 당나라 고조 이연의 조부 이호(李虎)의 묘호(廟號)로 경황제(景皇
　　 帝)로 추존되었다.

23 太廟(태묘) : 천자의 종묘. 역대 왕의 위패를 봉안하고 신명과 교통하며 제례를
　　 올리는 사당이다.

二曰[24] : "獻懿廟主, 宜毀之瘞[25]之." 臣又以爲不可. 謹按禮記[26], 天子立七
廟[27], 一壇一墠[28], 其毀廟之主, 皆藏於祧廟[29], 雖百代不毀, 祫則陳於太廟
而饗[30]焉. 自魏晉已降[31], 始有毀瘞之議, 事非經據, 竟不可施行. 今國家
德厚流光[32], 創立九廟[33], 以周制推之, 獻懿二祖猶在壇墠之位 ; 況於毀瘞
而不禘祫乎?

24 二曰(이왈) : 이 주장을 피력한 논자는 미상인데, 권재지(權載之)의 『천묘주의(遷
　　 廟奏議)』에 이런 견해가 들어 있다.

25 瘞(예) : 묻다. 매안(埋安)하다.

26 禮記(예기) : 『예기·제법(祭法)』.

27 七廟(칠묘) : 주나라 때 천자의 종묘로 태조묘(太祖廟)와 삼소(三昭)·삼목(三穆)
　　 의 총칭. 신주를 봉안하는 차례는 시조인 태조묘를 중앙에 모시고, 2세·4세·6
　　 세는 '소(昭)'라 하고 왼편인 동쪽에, 3세·5세·7세는 '목(穆)'이라 하고 오른편

인 서쪽에 모셨다. '소'는 '양명(陽明)', '목'은 '음유(陰幽)의 뜻이며, 부자를 다른 편에 배치했다.

28 一壇一墠(일단일선) : 제단 하나와 제터 하나로 사당이 헐린 신주가 제사를 받는 곳. '壇'은 흙으로 높이 쌓아올린 제단, '墠'은 깨끗하게 청소한 지면인 제터다.

29 祧廟(조묘) : 먼 조상을 합동으로 제사하는 사당으로 천묘(遷廟)라고도 한다. 시조와 다음 두 세대인 2세와 3세의 묘는 천묘하지 않았으며, 제사하는 자와 가장 먼 선조를 천묘했다.

30 饗(향) : 제사를 받다. 제례를 흠향하다.

31 魏晉已降(위진이강) : 위진 이후. 실제 한나라 원제(元帝) 때에 승상 위현성(韋玄成)이 이미 이런 주장을 피력했다고 한다.

32 流光(유광) : 은택이 널리 퍼져 후세에까지 전하는 것을 말한다.

33 九廟(구묘) : 천자가 모시는 아홉 대의 종묘. 『통전(通典)·길례(吉禮)』 권6에 의하면 당나라 현종 개원(開元) 10년에 헌조(獻祖), 의조(懿祖), 태조(太祖), 대조(代祖), 고조(高祖), 태종(太宗), 고종(高宗), 중종(中宗), 예종(睿宗)의 태묘(太廟) 9실을 세웠다고 한다.

三曰[34] : "獻懿廟主, 宜各遷於其陵所." 臣又以爲不可. 二祖之祭於京師, 列於太廟也, 二百年[35]矣. 今一朝遷之, 豈惟人聽疑惑, 抑恐二祖之靈眷顧[36]依遲[37], 不卽[38]饗於下國[39]也!

34 三曰(삼왈) : 이는 사훈원외랑(司勳員外郞) 배추(裵樞)의 주장.

35 二百年(이백년) : 당나라 고조 무덕(武德) 원년(618)에서 덕종 정원 19년(803)까지는 186년인데, 200년이라고 한 것은 개략적인 숫자로 말한 것이다.

36 眷顧(권고) : 되돌아보며 그리워하다.

37 依遲(의지) : 헤어지기 섭섭해 머뭇거리는 모양.

38 卽(즉) : 나아가다.

39 下國(하국) : 제후의 나라. 고대에 천자의 나라를 상국(上國)이라고 한 것과 구별하여 부른 것.

四曰[40] : "獻懿廟主, 宜附於興聖廟[41]而不禘祫." 臣又以爲不可. 傳[42]曰 : "祭如在." 景皇帝[43]雖太祖, 其於屬, 乃獻懿之子孫也. 今欲正其子東向之位[44], 廢其父之大祭[45], 固不可爲典[46]矣.

40 四曰(사왈) : 이는 고공원외랑(考功員外郞) 진경(陳京)이 건중 2년(781) 이후 여러 차례 주장한 것으로 육순(陸淳)·왕권(王權)·왕소(王紹) 등도 이를 주장한 뒤에 채택되었다.

41 興聖廟(흥성묘) : 당 현종(玄宗) 때에 흥성황제로 추존된 이고(李暠)를 모신 사

당. 이고는 당나라의 시조로 고조 이연의 7대조다.

42 傳(전) : 고서를 가리킨다. 여기서는 구체적으로『논어·팔일(八佾)』편을 가리킨다.

43 景皇帝(경황제) : 당 고조 이연의 조부 이호(李虎)를 추존한 호칭.

44 東向之位(동향지위) : 정위(正位). 상위(上位)로도 불린다.

45 大祭(대제) : 사계절의 제사, 합제(合祭), 대상(大喪) 등의 제례.

46 典(전) : 본보기. 모범.

五曰[47] : "獻懿二祖, 宜別立廟於京師." 臣又以爲不可. 夫禮有所降[48], 情有所殺[49] ; 是故去廟爲祧, 去祧爲壇, 去壇爲墠, 去墠爲鬼 ; 漸而之[50]遠, 其祭益稀. 昔者魯立煬宮[51], 春秋非之[52], 以爲不當取已毀之廟, 卽藏之主, 而復築宮以祭. 今之所議, 與此正同. 又雖達禮立廟, 至於禘祫也 ; 合食則禘無其所, 廢祭則於義不通.

47 五曰(오왈) : 이는 이부낭중(吏部郎中) 유면(柳冕) 등 12인의 주장.

48 降(강) : 격이 떨어지다.

49 殺(쇄) : 감소하다. 강등되다.

50 之(지) : 가다.

51 煬宮(양궁) : 양공(煬公)을 모신 사당으로 계씨(季氏)가 중건했다. 양공은 이름이 희(熙)로 백금(伯禽)의 아들인데, 일찍이 사당이 헐린 신주인지라 다시 사당을 세워서는 안 되기 때문에『춘추』에서 비난했다.

52 春秋非之(춘추비지) :『춘추·정공(定公) 원년』에 양궁을 세웠다는 기록이 보이고, 삼전(三傳)에서 모두 이 문제의 시비를 거론했다.

此五說者皆所不可, 故臣博采前聞, 求其折中. 以爲殷祖玄王[53]、周祖后稷[54], 太廟之上, 皆自爲帝 ; 又其代數已遠, 不復祭之, 故太祖得正東向之位, 子孫從昭穆之列. 禮所稱者蓋以紀一時之宜, 非傳於後代之法也. 傳[55]曰 : "子雖齊[56]聖, 不先父食." 蓋言子爲父屈也. 景皇帝雖太祖也, 其於獻懿則子孫也. 當禘祫之時, 獻祖宜居東向之位, 景皇帝宜從昭穆之列 ; 祖以孫尊, 孫以祖屈, 求之神道, 豈遠人情? 又常祭甚衆, 合祭甚寡, 則是太祖所屈之祭至少, 所伸之祭至多 ; 比於伸孫之尊, 廢祖之祭, 不亦順乎? 事異殷周, 禮從而變, 非所失禮也.

53 玄王(현왕) : 은나라의 시조 설(契)을 가리킨다. 모친이 현조(玄鳥) 곧 제비의 알

을 삼킨 뒤에 잉태했으므로 '현왕'이라고 불렀다고 한다.

54 后稷(후직) : 주나라의 시조로 이름이 '기(棄)'다. 순임금 때의 농관(農官)으로 농사를 담당했기 때문에 '후직'으로 불렀다고 한다.

55 傳(전) : 『좌전』으로 인용문은 『좌전·문공(文公) 2년』조에 보인다.

56 齊(재) : 엄숙하다. 장중하다. '齋'와 같다.

臣伏以制禮作樂者, 天子之職也。陛下以臣議有可采, 粗合天心, 斷而行之, 是則爲禮 ; 如以爲猶或可疑, 乞召臣對面陳得失, 庶有發明[57]。謹議。

57 發明(발명) : 천명하다. 밝게 설명하다.

省試顔子不貳過論

논제는 다음과 같다.

공자의 문하로 들어온 사람이 매우 많아 삼천 명의 문하생들이 네 가지 과목으로 공부했는데, 누군들 성인의 도를 따라 군자다운 선비가 된 자가 아니었겠는가? 그들이 분수에 넘치는 잘못된 행동과 말을 한 것이 매우 드문데도 불구하고, 공자께서는 같은 잘못을 반복하지 않은 것으로 오직 안회(顔回)만을 든 것은 무엇 때문인가?

이 점에 대해 논하고자 한다.

대체로 성인께서는 성실하고 현명한 올바른 본성을 가슴에 품고 중용의 지극한 덕을 근본으로 삼고 있어서, 마음속으로부터 나와서 겉으로 나타난 것은 생각할 필요도 없이 저절로 법도에 맞지 않는 것이 없었고, 선하지 않는 생각이 마음속으로 들어갈 길이 없었으며, 가려내어야 할 행동이 더 보태어질 수가 없었기 때문에, 오직 성인께서는 잘못이 없으셨다. 이른바 잘못이란 행동으로 나타나고 말로 밝게 드러나서 사람들이 다 잘못이라고 한 뒤에야 잘못이 되는 아니라, 마음속에 생겨났다면 잘못이 된다. 따라서 안회의 잘못은 이와 유사한 것이다. 반복하지 않는다는 것은 애당초 싹이 트려고 할 때 멈추고, 겉으로 나타나기 이전에 단절해 말이나 행동으로 되풀이하지 않았다는 것이다. 「중용」에서 말한다.

"정성됨으로 말미암아 밝아지는 것을 본성이라고 하고, 밝아짐으로 말미암아 정성스럽게 되는 것을 교화라고 한다."

정성됨으로 말미암아 밝아지는 것은 노력할 필요도 없이 알맞게 되고, 생각할 필요도 없이 저절로 터득하게 되어 조용히 도에 들어맞으니, 이는 성인으로 잘못이 없는 자다. 정성됨으로 말미암아 밝아지는 것은 선을 가려서 굳게 잡는 것으로 노력하지 않으면 알맞지 않고 생각하지 않으면 터득할 수 없으니, 이는 잘못을 반복하지 않는 자다. 따라서 공자께서 말씀하셨다.

"안회의 사람됨은 중용을 택해 한 가지 선을 얻으면, 받들어 가슴에 꼭 지니고 있으며 그것을 잃지 않았다."

또 말씀하셨다.

"안씨의 아들은 거의 도의 경지에 이르렀도다!"

안회가 아직은 성인의 경지에 이르지 못했음을 말한 것이다. 그리고 맹자도 말씀하셨다.

"안자는 성인이 지닌 덕의 전체적 내용을 갖추긴 했지만 규모가 미약한 자다."

그가 마음속에 잘못된 생각이 떠오르지 않을 수는 없었지만, 그것을 밖으로 드러내지는 않았음을 말하는 것이다. 성인의 도에 비추어 생각해보면 약간 잘못이 있었을 따름이다.

안자는 스스로 자기가 이와 같다고 여기고 누추한 골목에 살면서 그 정성을 극진히 하고, 한 표주박의 물을 마시며 자신의 뜻을 추구해 재산이나 높은 지위 때문에 올바른 도를 방해하지 않았고, 곤궁하게 사는 것 때문에 자신의 마음을 바꾸지 않았다. 확고부동하게 본심을 뺏기지 않으며, 넓고 굳세고 맑고 올바르게 스스로를 지켜 스승의 높고 굳센 경지가 숭상할 만한 것임을 알고, 그런 경지에 이르기 위해 수고로움을 잊은 채 애써 우러러보고 뚫고 들어가 보려고 했지만, 소임은 무겁고 갈 길은 멀어 끝내 도달하지 못했다. 이 때문에 공자께서는 그가 "불행하게도 명이 짧아" "지금은 그가 죽고 없어 학문하기를 좋아하는 자가 없는 것"을 탄식하고, 자기와 더불어 지극히 성스러운 경지에 나란히 서서 교화가 크게 행해지는 것을 볼 수 없게 되었다고 하셨다. 그가 이와 같이 하지 않았던들 대체로 행동이란 몸 밖으로 나와서 다른 사람에게 영향을 주고 말이란 가까운 데서 나와 먼 곳까지 미치는 법, 만약 삼가지 않으면 실패와 굴욕이 뒤따르기 마련이니 그런 뒤에 잘못을 반복하지 않으려고 하더라도 성인의 도와는 또한 멀어지는 것이 아니겠는가? 더욱이 공자께서 그를 일러 "거의 도의 경지에 이르렀도다!"라고 칭찬하셨고, 맹자께서도 "성인이 지닌 덕의 전체적 내용을 갖추긴 했지만 규모가 미약한 자다"라고 하셨으니, 안자가 잘못을 반복하지 않은 것은 이 두 마디 말에 다 들어 있다.

　삼가 이상과 같이 논했다.

해제

　정원 9년(793) 박학굉사과에 처음 응시했을 때 쓴 답안지로 경전에 대한 섬세한 이해의 한 단면을 보여준다. '무과(無過)'한 공자와의 비교를 통해, '불이과(不貳過)'한 안회(顔回)의 경지를 논하고 있다. 즉 성인 공자가 애써 노력하지 않아도 도에 합당하고 생각할 필요도 없이 도를 터득한 관계로 잘못이 없는 데 비해, 안회는 힘써 노력해 도에 합당하고 생각해 도를 터득함으로써 같은 잘못을 반복하지 않는다는 점을 밝히고 있다. '不貳過'는 『논어·옹야(雍也)』편에 보이는 말로 노(魯)나라 애공(哀公)이 공자에게 제자 중에 배우기를 좋아하는 사람이 누구인지를 물었을 때, "안회라는 제자가 있어 배우기를 좋아해 자기 노여움을 남에게 옮겨 화풀이하지 않고 같은 잘못을 반복하지 않았습니다(有顔回者好學, 不遷怒, 不貳過)"라는 공자의 대답 속에 들어 있다. 응시작인 관계로 글이 순정하고 의미가 분명하다. 안자(顔子)는 이름이 회(回)고 자가 자연(子淵)인데, 덕행으로 뛰어난 공자의 수제자로 배우기를 좋아하며 안빈낙도(安貧樂道)의 삶을 살아 후세 유학자들에 의해 복성(復聖)으로 떠받들어졌다.

원문 및 주석

論曰 : 登孔氏之門者衆矣, 三千之徒[1], 四科之目[2], 孰非由聖人之道, 爲君子之儒[3]者乎? 其於過行過言[4], 亦云鮮矣 ; 而夫子擧不貳過惟顏氏之子, 其何故哉? 請試論之 :

1 三千之徒(삼천지도) : 『사기·공자세가(孔子世家)』에 의하면 공자가 시(詩)·서(書)·예(禮)·악(樂)으로 가르쳤는데, 제자가 3,000명에 달하고 그중에서 육경(六經)에 통달한 사람만도 72인이나 되었다고 한다.
2 四科之目(사과지목) : 공자 문하의 네 가지 학과목으로 덕행(德行)·언어(言語)·정사(政事)·문학(文學)을 가리킨다. 『논어·선진(先進)』편에 보인다. 『논어·술이(述而)』편에 보이는 "선생님께서는 네 가지로 가르쳤으니, 글공부와 덕행과 충성과 신의가 그것이다(子以四敎, 文行忠信)"라고 한 '文行忠信(문행충신)'을 가리킨다고 보는 견해도 있다.

3   君子之儒(군자지유) : 『논어·옹야(雍也)』편에 "너는 군자다운 덕을 갖춘 선비가 될 것이지, 소인 같은 하찮은 선비가 되지 말라(女爲君子儒, 無爲小人儒)"는 글 귀가 보이는데, 공자가 자하(子夏)에게 일러 준 권고다.

4   過行過言(과행과언) : 분수에 넘치는 잘못된 행동과 말. 행동과 말에 있어서의 잘못.

夫聖人抱誠明之正性, 根中庸之至德⁵, 苟發諸中形諸外者, 不由思慮, 莫匪規矩 ; 不善之心, 無自入焉 ; 可擇之行⁶, 無自加焉 : 故惟聖人無過. 所謂過者, 非謂發於行·彰於言, 人皆謂之過而後爲過也 ; 生于其心則爲過矣. 故顏子之過此類也. 不貳者, 蓋能止之于始萌, 絶之於未形, 不貳之於言行也. 中庸⁷曰 : "自誠明謂之性, 自明誠謂之教." 自誠明者, 不勉而中⁸, 不思而得, 從容中道, 聖人也, 無過者也 ; 自誠明者, 擇善而固執之者⁹也, 不勉則不中, 不思則不得, 不貳過者也. 故夫子之言¹⁰曰 : "回之爲人也, 擇乎中庸, 得一善, 則拳拳服膺¹¹而不失之矣." 又曰¹² : "顏氏之子, 其殆庶幾乎!" 言猶未至也. 而孟子¹³亦云 : "顏子具聖人之體而微者." 皆謂不能無生于其心, 而亦不暴之於外. 考之於聖人之道, 差爲過耳.

5   中庸之至德(중용지지덕) : 『논어·옹야』편의 "중용의 덕은 정말로 지극하도다! 이 덕을 가진 사람이 드물어진 지가 오래되었도다!(中庸之爲德, 其至矣乎! 民鮮久矣!)"에 근거한 것이다.

6   可擇之行(가택지행) : 가려내어야 할 행동. 가려 내버려야 할 행동. 『효경·경대부장(卿大夫章)』에 보이는 "입 밖으로 내뱉은 말 중에 가릴 것이 없고, 몸으로 한 행동 중에 가릴 것이 없다(口不擇言, 身不擇行)"라는 글귀에서 따온 것이다.

7   中庸(중용) : 원래 『예기』의 한 편으로 공자의 손자 자사(子思)가 지은 것이라고 하는데, 주희(朱熹)가 『중용장구(中庸章句)』로 편집하여 『사서(四書)』에 편입시켰다. 인용문은 『중용장구』 21장에 보인다.

8   不勉而中(불면이중) : 이하 네 구절은 『중용장구』 20장에서 '성(誠)'에 대해 풀이할 때 나오는 말이다.

9   擇善而固執之者(택선이고집지자) : 이 구절은 『중용장구』 20장에서 '정성되게 하는 것(誠之者)'을 풀이할 때 나오는 말이다.

10 夫子之言(부자지언) : 『중용장구』 8장에 보인다.

11 拳拳服膺(권권복응) : 늘 마음속에 간직해 정성스럽게 지키다. 현대중국어에서도 사자성어로 널리 쓰인다. '拳拳'은 '꼭 잡아서 놓지 않는 모양'으로 '간절한 모습'을 나타내고, '服膺'은 '마음속에 굳게 새긴다'는 뜻으로 '굳게 간직해 잊지 않는 것'을 말한다.

又曰(우왈):『역경·계사전하(繫辭傳下)』에서 "안씨의 아들은 거의 도의 경지에 이르렀도다!(顔氏之子, 其殆庶幾乎!)"라고 칭찬한 공자의 말을 가리킨다.

13 孟子(맹자): 인용문은『맹자·공손추상(公孫丑上)』의 "옛날에 제 나름대로 듣건 대, 자하와 자유와 자장은 모두 성인의 덕의 일부분을 가지고 있었고, 염백우와 민자건과 안연은 그 전체를 갖추긴 했지만 미약하다 했습니다(昔者竊聞之子夏 子游子張皆有聖人之一體, 冉牛閔子顔淵, 則具體而微)"에 근거한 것이다.

顔子自惟其若是也, 於是居陋巷[14]以致其誠, 飮一瓢以求其志, 不以富貴妨 其道, 不以隱約[15]易其心, 確乎不拔, 浩然[16]自守, 知高堅[17]之可尙, 忘鑽仰 之爲勞, 任重道遠[18], 竟莫之致; 是以夫子歎其"不幸短命", "今也則亡[19]", 謂其不能與己並立於至聖之域, 觀敎化之大行也. 不然, 夫行發於身加於 人, 言發乎邇[20]見[21]乎遠, 苟也不愼也, 財辱隨之; 而後思欲不貳過, 其於聖人 之道不亦遠乎? 而夫子尙肯謂之"其殆庶幾", 孟子尙復謂之"具體而微"者哉? 則顔子之不貳過, 盡在是矣. 謹論.

14 陋巷(누항): 뒤 구절의 '一瓢(일표)'와 함께『논어·옹야』편의 "현명하도다! 안회 는, 한 대그릇의 밥을 먹고 한 표주박의 물을 마시며 누추한 골목에서 살게 되 면, 다른 사람들은 그 괴로움을 참을 수 없는데 안회는 그 즐거움을 바꾸지 않 는다. 현명하도다! 안회는(賢哉! 回也. 一簞食, 一瓢飮, 在陋巷, 人不堪其憂, 回 也不改其樂. 賢哉! 回也)"에서 나온 말이다.

15 隱約(은약): 곤궁하다.

16 浩然(호연): 본래 물이 '넓고 성대한 모양을 가리키지만, 여기서는『맹자·공손 추상(公孫丑上)』에 나오는 '浩然之氣(호연지기)' 곧 '사람의 마음속에 차 있는 넓 고 군세고 맑고 올바른 기운'의 '浩然'을 뜻한다.

17 高堅(고견): 뒤 구절의 '鑽仰(찬앙)'과 함께『논어·자한(子罕)』편의 "안연이 깊 이 탄복해 말하기를 '우러러보면 볼수록 더욱 높은 곳에 계시고 뚫어 내려갈수 록 더욱 굳어져 들어간다(顔淵喟然歎曰:'仰之彌高, 鑽之彌堅')"라고 한 데서 나온 말이다. 이는 공자의 수제자 안회가 공자의 도는 우러러 구하면 구할수록 더욱 높은 곳에 있고, 뚫고 내려가면 갈수록 더욱 굳어져 파고 들어가기 어려운 지라, 감히 연찬해 도달하기 어려운 경지에 있음을 찬탄한 내용이다.

18 任重道遠(임중도원):『논어·태백(泰伯)』편에서 "선비는 뜻이 크고 꿋꿋하지 않 으면 안 되니, 소임은 무겁고 갈 길은 멀기 때문이다. 인자함을 이루는 것을 자 기의 소임으로 삼으니, 임무가 또한 무겁지 아니한가? 죽은 뒤에라야 그만두니, 갈 길이 또한 멀지 아니한가?(士不可以不弘毅, 任重而道遠. 仁以爲己任, 不亦重 乎, 死而後已, 不亦遠乎?)"라고 한 증자(曾子)의 말에 보인다.

19 今也則亡(금야즉무): 앞 구절의 "不幸短命(불행단명)"과 함께 모두『논어·옹

야』편에 나오는 글귀다.

20 邇(이) : 가까운 곳.
21 見(현) : 나타나다. 미치다. '現'과 같다.

「비서성의 이씨에게 보내어 소공은 추복하지 않는다는 문제를 논하는 편지」

與李秘書論小功不稅書

  증자(曾子)께서 이르기를 "소공(小功)의 상복은 거상 기간이 지난 뒤에 상을 당한 것을 늦게 알고 소급해 입지 않는다고 하는데, 그렇다면 멀리 사는 형제는 결국 상복이 없게 될 것이니, 그래도 되겠는가?"라고 하셨습니다. 정현(鄭玄)이 주석을 달기를 "인정에 근거해 예제가 인정에 부합하도록 요구한 것이다"라고 했습니다. 오늘날의 선비들은 마침내 이 말을 끌어와 소공의 상복을 추복(追服)하지 않고 있습니다. 소공은 상복 중에 입어야 할 경우가 가장 많은데, 가깝게는 숙부가 여덟 살에서 열한 살 사이에 요절하거나, 적장손이 여덟 살에서 열한 살 사이에 요절하거나, 형제가 여덟 살에서 열한 살 사이에 요절한 경우 등이 있고, 윗사람으로는 외조부와 외조모가 있으며, 가장 흔한 경우로는 종조부와 종조모가 있습니다. 예는 인정에 따르는 법, 소공의 상복을 입지 않을 수 없는 것은 자명합니다.

옛날 사람들은 군복무나 공무로 외지를 돌아다닐 때 일정한 기한을 넘기지 않았고 서로 한 나라 안에 살았기 때문에, 거상 기간이 지난 뒤라도 소공의 상복을 입지 않는 것이 비록 옳지 않았지만 그래도 그런 경우는 극히 드물었습니다. 요즘 사람들은 남자는 외지에 가서 벼슬살이하거나 여자는 집을 떠나 시집살이하느라 간혹 천 리 밖에 있기도 하는데, 집안이 가난해 부고를 제때에 알리지 못하기 십상이니 소공의 상복을 입지 못하는 경우가 늘 많고 소공의 상복을 입는 일이 늘 드뭅니다. 군자가 자신의 골육이 죽을 경우에 슬퍼하고 애통해하여 그 사람을 위해 상복을 입으니, 어찌 외부적인 요인 때문에 제한을 받겠습니까? 골육이 죽었다는 소식을 듣고 슬퍼하고 애통해함에 있어, 어찌 바로 죽은 것과 오래 전에 죽은 것에 차이가 있을 수 있겠습니까? 지금 단지 부고가 제때에 오지 않아 죽었다는 사실을 들은 뒤 상복을 입는 개월 수가 넘었다는 것 때문에, 상복을 입지 않아도 되겠습니까? 저는 늘 이 점을 이상하게 생각하고 있었습니다. 근래에 집을 나서서 다른 사람을 조문하러 갔었는데, 어떤 사람의 안색은 매우 애통해하여 상을 당한 것과 같은 모양이었지만, 그가 입고 있는 옷은 평상복이기에 그 사람에게 물어보니 "소공의 상복이라 소급해 입지 않았습니다"라고 대답했습니다. 『예기』의 문장이 훼손되거나 누락되고 경학 대사가 가르치는 도리가 전해지지 않게 되어 잘 알지 못하겠습니다만, 『예기』에서 이른바 '불태(不稅)'라는 말이 과연 소급해 상복을 입지 않는다는 것이겠습니까? 아마도 별도로 가리키는 뜻이 있는데도 불구하고, 경전을 해석하고 풀이한 사람이 그 본래의 취지를 잃어버린 것은 아닐는지요!

엎드려 생각건대 이형(李兄)께서는 도덕이 순수하고 해맑으며 고대의 도리를 몸소 실천하고 계시니, 이와 같은 경우를 반드시 마음속으로 생각해보셨을 터인즉 결정이 내려지면 아까워 마시고 제게도 가르쳐주십시오. 그러면 매우 다행스럽고 다행스럽겠소이다! 비가 내려 길이 질고 타는 말이 좋지 않아 감히 문 밖으로 나갈 수 없어 몸소 찾아가 절하고 직접 문안드릴 수가 없는지라, 서신으로 여쭙나니 심히 황송하옵니다. 한유가 재배를 올립니다.

해제

창작연대와 '이비서(李秘書)'가 누구인지는 모두 미상. 작자는 증자(曾子)의 견해에 힘입어 '소공의 상복은 거상 기간이 지난 뒤에 상을 당한 것을 늦게 알고 소급해 입지 않는다(小功不稅)'고 한 옛날의 예법이 당시 형편에는 맞지 않는다는 견해를 피력했다. 옛날에는 외지에 오래 머무르는 경우가 거의 없었으므로 '小功不稅(소공불태)'해도 별 문제가 없었다. 그러나 남녀 간에 외지에 체류하는 것이 빈번해진 당시의 시대상을 고려할 때, '小功不稅'한다면 친척이 죽었을 때 상복을 입고 애도를 표할 기회가 거의 사라지게 되어 인지상정에 맞지 않는다. 다만 '小功不稅'가 엄연히 옛 예법인 만큼, 완전히 무시하기는 어려우므로 비서성의 이씨에게 이에 대한 의견을 물은 것이다. 그래서 혹자는 제목의 '論(논)' 자가 '問(문)'으로 되어야 한다고 주장하기도 했다. 이씨가 이 문제와 관련하여 한유에게 답장을 보낸 지는 미상이다.

원문 및 주석

曾子¹稱 : "小功不稅"², 則是遠兄弟終無服也, 而可乎? 鄭玄注³云 : "以情責情⁴." 今之士人, 遂引此不追服⁵小功, 小功服最多, 親則叔父之下殤⁶, 與適孫⁷之下殤, 與昆弟⁸之下殤 ; 尊則外祖父母 ; 常服則從祖祖父母⁹ : 禮沿人情, 其不可不服也明矣.

1 曾子(증자) : 증삼(曾參). 공자보다 46세 연소한 제자로 인자하고 후덕한 성품을 소유하고 특히 효행에 뛰어났다.

2 小功不稅(소공불태) : 이하 세 구절은 『예기·단궁상(檀弓上)』에 보이는 글귀다. '小功'은 죽은 사람과의 친소 관계에 따라 규정된 오복(五服) 중에서 넷째 등급으로 삶은 세마포로 지어 다섯 달 동안 입는 상복이다. '稅'는 '상을 당한 것을 늦게 알고 거상 기간이 지난 뒤에 소급해 상복을 입는 것'으로 '稅(세)'와 같다. 『박아(博雅)』에서도 "예제의 규정을 넘어서서 소급해 상복을 입는 것을 '태'라고 한다(過制追服謂之稅)"라고 했다.

3 鄭玄(정현) : 생몰년은 128-200년이고 자가 강성(康成)이며 북해(北海) 고밀(高密 : 지금 산동성 고밀현) 사람. 동한(東漢)의 경학 대사로 마융(馬融) 등을 사사해 10여 년간 수학한 뒤 고향으로 돌아와 제자를 모아 가르치고 오경(五經)에 주석을 달았다.

4 以情責情(이정책정) : 금본 정현의 주석에는 이 구절이 들어 있지 않다. 『교주(校注)』에 의하면 방포(方苞, 1668-1749)가 장지교(蔣之翹, 1596-1659)의 견해를 인용해 "정현의 주석에는 이 말이 들어 있지 않다. 그러나 한유 선생은 여러 서적을 널리 섭렵하고 의미 풀이에 매우 밝았으므로 결코 잘못되었을 리가 없다. 이로써 지금의 주석이 당나라 이전의 옛 모습 그대로는 아니라는 점을 알 수 있다(鄭注無此語. 然韓子博極群書而詳於義訓, 必無訛舛, 以此知今之傳注, 非唐以前之舊也)"라고 했다.

5 追服(추복) : 상을 당한 것을 늦게 알고 거상 기간이 지난 뒤에 소급해 상복을 입다.

6 下殤(하상) : 『의례·상복(喪服)』에 의하면 19세에서 16세 사이에 죽는 것을 '長殤(장상)', 15세에서 12세 사이에 죽는 것을 '中殤(중상)', 11세에서 8세 사이에 죽는 것을 '下殤', 7세 이하에 죽는 것을 '無服之喪(무복지상)'이라고 했다. '殤'은 '요절하다'는 뜻이다.

7 適孫(적손) : 적장손(嫡長孫). '適'은 '嫡'과 같다.

8 昆弟(곤제) : 형제.

9 從祖祖父母(종조조부모) : 종조부와 종조모 조부의 형제와 그 아내로 곧 백조부

(伯祖父)와 백조모(伯祖母) 및 숙조부(叔祖父)와 숙조모(叔祖母)를 가리킨다.

古之人行役¹⁰不踰時, 各相與處一國, 其不追服, 雖不可, 猶至少；今之人男出仕, 女出嫁, 或千里之外, 家貧訃告¹¹不及時, 則是不服小功者恆多, 而服小功者恆鮮¹²矣。君子之於骨肉, 死則悲哀而爲之服者, 豈牽於外¹³哉？聞其死則悲哀, 豈有間¹⁴於新故死哉？今特¹⁵以訃告不及時, 聞死出其月數, 則不服, 其可乎？愈常怪此。近出弔人¹⁶, 見其顔色慼慼¹⁷類¹⁸有喪者¹⁹, 而其服則吉²⁰, 問之, 則云"小功不稅"者也。禮文²¹殘缺, 師道²²不傳, 不識禮之所謂不稅, 果不追服乎？無乃別有所指, 而傳注者²³失其宗²⁴乎！

10 行役(행역)：군복무나 공무 따위로 외지를 돌아다니다.
11 訃告(부고)：부고하다. 상을 알리다. '訃'는 옛날에 '赴'로 적기도 했다.
12 鮮(선)：드물다.
13 外(외)：제때에 사망 소식을 들었는지, 아니면 늦게 알았는지 따위의 외부적 요소.
14 間(간)：차이.
15 特(특)：다만. 단지.
16 弔人(조인)：상을 당한 사람을 조문하다.
17 慼慼(척척)：근심에 차 있다. 조바심하고 두려워하다. 『논어・술이(述而)』편의 "군자는 마음이 안정적이고 너그럽지만, 소인은 언제나 조바심하고 두려워한다(君子坦蕩蕩, 小人長戚戚)"에 보이는 '戚戚'과 통한다.
18 類(유)：유사하다. 흡사하다.
19 有喪者(유상자)：상을 당한 사람. 『논어・술이』편에 "선생님께서는 상을 당한 사람 곁에서 식사를 하시면 배부르시도록 잡수신 적이 없으셨다(子食於有喪者之側, 未嘗飽也)"라는 글귀가 보인다.
20 吉(길)：예복.
21 禮文(의문)：『예기』에 수록된 문장.
22 師道(사도)：경학 대사의 학술.
23 傳注者(전주자)：경전을 해석하고 풀이한 사람. 여기서는 정현을 가리킨다.
24 宗(종)：취지. 요지.

伏惟²⁵兄道德純明, 躬行古道, 如此之類, 必經於心；而有所決定, 不惜示及。幸甚²⁶, 幸甚！泥水馬弱²⁷不敢出, 不果鞠躬²⁸親問而以書, 悚息²⁹尤深, 愈再拜³⁰。

25 伏惟(복유) : 엎드려 생각하다. 아랫사람이 윗사람에게 하는 경어.

26 幸甚(행심) : 편지글에서 매우 다행스럽고 희망적임을 표시하는 상투적 표현으로 두 차례 반복해 쓰이는 경우가 많다.

27 泥水馬弱(이수마약) : 한유가 외출할 때의 주된 교통수단은 '말(馬)'이었다고 한다. 이는 당나라 때 진사들이 보통 '당나귀(驢)'를 타고 다닌 것에 비해 형편이 좋은 편이었다. 다만 한유는 관리가 된 뒤에도 경제 상황이 넉넉지는 않아 좋은 등급의 말을 갖지는 못해 이런 표현을 한 것으로 보인다.

28 鞠躬(국궁) : 몸을 굽히다. 삼가 공경하는 모양. 『논어·향당(鄕黨)』편에 "궁궐 문을 들어가실 때에는 몸을 굽히시는 것이 마치 문이 좁아 들어가기 어려운 것 같으셨다(入公門, 鞠躬如也, 如不容)"는 글귀가 보인다.

29 悚息(송식) : 두려워 숨을 죽이다. 여기서는 '황공하다'는 뜻으로 편지글에 자주 쓰이는 상투적 표현.

30 再拜(재배) : 재배하다. 상대방에게 정중한 예를 표하는 것으로 편지글의 말미에 쓰는 상투적 표현. 자세한 풀이는 「석언(釋言)」(HS-038) 주석 8 참조.

HS-070 「태학생 하번 전기」

太學生何蕃傳

    태학생 하번(何蕃)은 태학에 입학해 공부한 지가 20여 년이 되었다. 매년 진사시에 응시할 정도로 학업에 성취를 거두고 덕행도 드높아 태학의 모든 학생들로부터 추앙을 받아서, 그들이 모두 감히 하번과 동렬에 서려 하지 않고 함께 조교와 박사의 면전에서 칭찬을 하니, 조교와 박사가 그의 사적을 적어 국자사업(國子司業)과 국자좨주(國子祭酒)에게 보고했고, 국자사업과 국자좨주가 하번의 많은 덕행 중에서 밝게 빛나는 것 수십여 가지를 조목조목 적어 예부(禮部)에 올려 천자로 하여금 이 사실을 아시도록 했다. 장안의 모든 학생들 중에 하번을 추천하는 제목으로 글을 쓰거나 구두로 설명한 사람이 이루 다 헤아려 기록할 수 없을 정도이고, 공경대부 중에서 하번을 아는 사람이 어깨를 나란히 하고 설 정도로 많았지만 예부에서 벼슬하는 사람이 아무도 없었으며, 예부에서 벼슬하는 사람들은 모두 하번과 맞지 않는 자들이어서 그 때문에 하번은 진사시에서 뜻을 이루지 못했다.

하번은 회남도(淮南道)사람으로 부모가 다 살아 계신다. 처음에 태학에 입학했을 때는 매년 보통 한 번씩 귀성길에 올랐는데, 부모가 그렇게 하지 말라고 말려서 그 뒤에는 한두 해를 건너 한 번씩 귀성했지만, 또 그렇게도 하지 말라고 말려서 귀성하지 못한 지가 5년이나 되었다. 하번은 지극히 효성스런 사람이다. 양친이 연로해가는 것을 애처롭게 여겨 스스로를 억제하지 못하던 차에 하루는 여러 학생들에게 하직 인사를 하고 화주(和州)로 돌아가 양친을 봉양하려고 하자, 여러 학생들이 만류할 수가 없어서 곧 하번을 빈집 안에 가두어 두었다. 이에 국자감 소속 여섯 학관(學館)의 선비 100여 명이 또 하번의 의로운 행동을 국자사업 양성(陽城) 선생에게 보고하면서, 그가 나서서 하번이 머무르도록 깨우쳐 주기를 요청했다. 이때 국자감의 좌주가 공석인데다, 마침 양선생도 도주자사(道州刺史)로 부임하는 바람에 결과적으로 그를 머무르게 하지 못했다.

구양첨(歐陽詹) 선생께서 말했다.
"하번은 인자하고 용감한 사람이다."
그러자 어떤 이가 말했다.
"하번이 태학에 있을 때 여러 학생들이 감히 의롭지 못한 일을 저지르지 않았고, 돌아갈 곳이 없는 죽은 사람을 장사지낸 뒤 그의 고아를 불쌍히 여겨 양육해주었으며, 다른 사람으로부터 받은 은혜는 크든 작든 간에 반드시 힘닿는 대로 보답했으니, 이는 아마도 그대가 인자하다고 말한 것이겠지요! 그러나 하번의 힘은 자기 한 몸을 감당하지 못하고, 그의 모습은 자기의 마음을 감당하지 못하니, 저는 그가 용감한지는 모르겠습니다."
구양첨 선생이 말했다.
"주체(朱泚)가 반란을 일으켰을 때 태학의 여러 학생들이 다 그를 따르고자 하여 하번에 와서 떨쳐 일어나기를 요청하자, 하번이 징색을 하고 그들을 꾸짖어 여섯 학관의 학생들이 반란에 가담하지를 않았으니, 이는 그가 용감한 것이 아니겠소?"

  애석하도다! 하번이 낮은 자리에 머물러, 그가 다른 사람에게 베풀 수 있는 혜택이 널리 퍼지지 못했다. 물에 비유하면 그는 못은 되었으나 강은 되지 못한 것인가? 강은 높고 못은 낮으며, 높은 것은 흘러내리고 낮은 것은 고여 있으니, 이 때문에 하번의 인자하고 의로움이 마음속에 충만해 태학에 행해졌으니 쌓인 덕은 많았지만 멀리까지 베풀어지지 못했다. 하늘에서 비가 내리려고 수증기가 상승할 때는 강이든 못이든 산골 시냇물이든 계곡물이든 높고 낮은 것을 가리지 않으니, 그렇다면 못의 도리 또한 베풀어질 수 있을 것인가? 아니면 그런 때를 기다리고 있는 것인가? 따라서 무릇 가난하고 미천한 선비는 반드시 때를 기다린 뒤에라야 공적을 세울 수가 있나니, 어찌 홀로 하번만 그렇겠는가! 이 때문에 내가 이런 말들을 하여 그의 사적이 끊어져 전해지지 않는 일이 없도록 하려고 한다.

해제

  정원 15(799)년 겨울 작자가 서주(徐州)에서 장안으로 돌아온 뒤에 지은 글. 태학생 신분으로 20여 년간 있으면서도 진사시에 합격하지 못한 하번(何蕃)을 동정하고 있다. 하번을 동정하는 가운데 인맥이 없이는 합격하기가 쉽지 않은 진사고시의 불공평한 현상에 대한 비판도 담고 있다. 빈천한 선비는 기다리는 것이 있음을 반복적으로 말함으로써, 조정의 유력자가 하번과 같이 인자하고 용감한 인재를 임용해 국익에 도움이 되기를 바라는 소망을 은연중에 곁들인다. 재주와 덕을 겸비한 인재를 대신해 불평을 토로한 글로서 사실의 서술을 기조로 하고 있고, 이한(李漢)이 한유 문집을 처음 편집할 때 '서독류(書牘類)'에 포함시킨 점 때문에 '서체(書體)'라는 주장도 있지만, '전체(傳體)'와 '서체'의 특징을 겸비한 독특한 양식의 글로 봐도 무방할 듯하다. 문장의 앞뒤가 긴박하게 맞물리도록 이어가지 않고 의도적으로 에둘러 가게 하여 글의 전개에 여유가 있고, 서사가 간결하며 마지막 단락의 비유도 생동감이 있다.

원문 및 주석

太學生[1]何蕃入太學者 廿[2]餘年矣。歲擧進士[3], 學成行尊; 自太學諸生推頌不敢與蕃齒[4], 相與言於助敎、博士[5], 助敎、博士以狀[6]申[7]於司業[8]、祭酒[9], 司業、祭酒撰次[10]蕃之輩行焯焯[11]者數十餘事, 以之升於禮部[12]而以聞[13]於天子。京師諸生以薦蕃名[14]文說[15]者不可選紀[16]。公卿大夫知蕃者比肩立[17]; 莫爲禮部, 爲禮部者率蕃所不合者, 以是無成功[18]。

1   太學生(태학생) : 태학은 국자감 소속 칠학(七學)의 하나이기도 하지만, 당시 국립대학으로 나머지 여섯 학관 곧 국자학(國子學)・광문관(廣文館)・사문학(四門學)・율학(律學)・서학(書學)・산학(算學)을 포함한 통칭으로도 쓰였다. 따라서 칠학의 학생은 모두 태학생으로 불렸다. 이 글의 바로 다음 단락에서 작자는 '太學六館'이라 했는데, 국자감 관할 하에는 '광문관'을 포함한 '칠학'이 있었다.
2   廿(입) : 스물. 이십. 참고로 고문자(古文字)에서 삼십은 '卅(삽)', 사십은 '卌(십)'으로 쓰기도 했다.
3   歲擧進士(세거진사) : 매년 진사시에 응시하다. 매년 예부 주관의 진사과 고시에 참가할 수 있는 자격을 얻은 것을 말한다.
4   齒(치) : 나란히 서다. 동렬에 서다.
5   助敎博士(조교박사) : 국자감에 설치된 관직 이름. 조교는 좨주와 박사를 도와 학생들을 가르치고, 박사는 학생의 교육을 주관한다. 오늘날 대학의 조교 및 교

수와 흡사하다.

6 狀(장) : 행장. 한 사람의 사적을 기록한 문체의 일종인데 여기서는 사적을 가리킨다.

7 申(신) : 보고하다. 상급 또는 관련 기관에 문서로 보고하는 것을 말한다.

8 司業(사업) : 국자감의 행정 업무를 담당하는 차관으로 당나라 때는 국자감에 종4품하의 국자사업 2명을 두었다.

9 祭酒(좨주) : 국자감의 최고 행정 장관으로 당나라 때는 국자감에 종3품의 좨주 1명을 두었다.

10 撰次(찬차) : 차례대로 서술하다. 조목조목 적다.

11 焯焯(작작) : 환하게 빛나다. 특출하게 돋보이다.

12 禮部(예부) : 과거고시를 주관하는 행정관서로 육부(六部)의 하나.

13 聞(문) : 듣게 하다. 알도록 하다.

14 名(명) : 동사로 쓰여 '제목으로 하다'는 뜻이다.

15 文說(문설) : 글을 쓰거나 구두로 설명하다.

16 選紀(선기) : 헤아려 기록하다. '選'은 예전에 '算(산)'과 통용되었다.

17 比肩立(비견립) : 어깨를 나란히 하여 서다. 사람이 아주 많은 것을 말한다.

18 成功(성공) : 여기서는 진사고시에 합격하는 것을 말한다.

蕃, 淮南^{19}人, 父母具全. 初入太學, 歲率^{20}一歸, 父母止之 ; 其後間一二歲乃一歸, 又止之 ; 不歸者五歲矣. 蕃, 純孝人也. 閔^{21}親之老, 不自克^{22}, 一日, 揖^{23}諸生, 歸養于和州^{24} ; 諸生不能止^{25}, 乃閉蕃空舍中. 於是太學六館士百餘人, 又以蕃之義行言於司業陽先生城^{26}, 請諭留蕃. 於是太學闕^{27}祭酒, 會^{28}陽先生出道州^{29}, 不果留.

19 淮南(회남) : 회남도(淮南道). 당나라 때 회하(淮河) 이남에 설치한 도로 지금의 안휘성 대부분과 호북성·강소성 일부 지역에 해당한다.

20 率(솔) : 대략. 보통.

21 閔(민) : 애처롭게 여기다. 긍휼히 여기다. '憫'과 같다.

22 不自克(부자극) : 부모가 그리워 애처롭게 여기는 마음을 스스로 억제하지 못하다.

23 揖(읍) : 읍하다. 여기서는 하직 인사를 하는 것을 말한다.

24 和州(화주) : 화주. 지금 안휘성(安徽省) 화현(和縣)으로 당나라 때 회남도에 속했다.

25 不能止(불능지) : 봉건 윤리 도덕의 견지에서 볼 때 부모를 봉양하기 위해 귀향하는 것은 말릴 수 없는 행위였다.

26 司業陽先生城(사업양선생성) : 국자사업 양성 선생. 그에 대한 자세한 사적은 「쟁신론(爭臣論)」(HS-064) 참조.

27 闕(궐) : 궐석이다. 공석으로 있다. '缺(결)'과 통한다.

28 會(회) : 마침. 때마침.

29 出道州(출도주) : 양성이 정원 11년(795) 7월에 국자사업으로 부임했다가 직언을
    한 학생들을 옹호한 일 때문에, 15년(799) 9월에 도주(道州 : 지금 호남성 도현)
    자사로 전임되었다.

歐陽詹生³⁰言曰 : "蕃, 仁勇人也." 或者曰 : "蕃居太學, 諸生不爲非義, 葬
死者之無歸³¹, 哀其孤³²而字³³焉, 惠之大小必以力復³⁴, 斯其所謂仁歟 ; 蕃之
力不任³⁵其體, 其貌不任其心, 吾不知其勇也." 歐陽詹生曰 : "朱泚之亂³⁶,
太學諸生擧³⁷將從之, 來謂起蕃, 蕃正色叱³⁸之, 六館之士不從亂, 玆非其
勇歟?"

30 歐陽詹生(구양첨생) : 구양첨 선생. 구양첨은 한유와 동년 진사로 자가 행주(行
    周)고 천주(泉州) 진강(晉江) 사람인데 문집 10권이 전한다. 이때 그가 사문학
    조교였으므로 이런 존칭을 썼다. 구양첨에 대한 자세한 사적은 「구양생애사(歐
    陽生哀辭)」(HS-158) 참조.

31 葬死者之無歸(장사자지무귀) : 시신을 고향으로 옮겨 장사지내줄 사람이 없는
    이를 묻어 주다.

32 孤(고) : 고아. '어려서 아버지가 없는 아이(幼而無父)'를 '孤'라고 한다.

33 字(자) : 기르다. 양육하다.

34 復(복) : 보답하다.

35 任(임) : 감당하다. 이하 두 구절은 하번이 정신력은 강하지만 몸이 약해 용감한
    사람 같지가 않다는 점을 말한다.

36 朱泚之亂(주체지란) : 덕종 건중 4년(783) 10월에 경원군(涇原軍)이 반란을 일으
    켜 장안으로 쳐들어와, 태위(太尉) 주체를 황제로 추대하고 국호를 대진(大秦)
    이라 했다. 이듬해에 국호를 한(漢)으로 바꾸고 천황(天皇) 원년을 칭했으나, 3
    월에 관군에게 패하고 주체가 측근 부하에게 피살됨으로써 이 반란은 종식되었
    다.

37 擧(거) : 모두. 다.

38 叱(질) : 꾸짖다.

惜乎蕃之居下, 其可以施於人者不流³⁹也。譬之水, 其爲澤, 不爲川乎! 川
者高, 澤者卑 ; 高者流, 卑者止 : 是故蕃之仁義充諸⁴⁰心, 行諸⁴⁰太學, 積者
多, 施者不遐⁴¹也。天將雨, 水氣上, 無擇於川澤澗谿之高下, 然則澤之道
其小有施乎? 抑⁴²有待於彼⁴³者歟? 故凡貧賤之士必有待然後能有所立⁴⁴,

獨何蕃歟! 吾是以言之, 無亦使其無傳焉。

39 不流(불류) : 널리 퍼지지 못하다. 영향이 크지 않다.
40 諸(저) : '之於(지어)'의 합음 겸사(兼詞).
41 施者不遐(시자불하) : 베풀어진 범위가 넓고 멀지 못하다. 하번이 인자하고 용감했지만, 단지 태학 내에서만 통했을 뿐 영향을 준 범위가 넓지 못하고 알고 있는 사람도 적은 것을 말한다.
42 抑(억) : '아니면'이란 뜻의 선택접속사.
43 有待於彼(유대어피) : 일정한 조건을 기다리다. '彼'는 위에서 말한 '하늘에서 비가 내리려고 할 때'와 같은 조건으로 합당한 때를 가리킨다.
44 立(입) : 공적을 세우다.